Der Krügerrand Plot

Zu diesem Buch
Der Inhalt dieses Buches beruht auf wahren Tatsachen, schließt aber auch Ereignisse nicht aus, die als Fiktion additiv zu sehen sind und dem Roman eine eigene, unverwechselbare Spannung geben. Der Leser erfährt zudem Wissenswertes über den Goldmarkt, beginnend Mitte der 40er Jahre und mit einem Zeitsprung hin bis zum Jahre 1997.

Es sei hier ausdrücklich vermerkt, dass Ähnlichkeiten mit lebenden und verstorbenen Personen rein zufällig sind und es keine Absicht war, diskriminierende Aspekte bewusst einzubauen, sondern eher auf geschichtliche und soziale Tatsachen einzugehen, die als Vorgaben der Zeit zu betrachten sind.

Unter diesem Blickwinkel sollten auch die am Goldmarkt beteiligten Kreditinstitute gesehen werden, die in diesem Roman Erwähnung finden.

Der fiktive Bereich dieses Buches ist für den Leser offensichtlich und fügt sich in dieser Story als dramaturgisches Mittel nahtlos ein.

Der Autor
Wolfgang Hennies war mehr als 15 Jahre für den Goldmarkt tätig und ist Kenner vor allem der internationalen Goldmarketing-Organisatoren in Südafrika, Australien, Kanada und den USA.

Geb. 1942, arbeitete er nach einem Studium der Kommunikationswissenschaften zunächst im kommunikativen Bereich in Werbeagenturen, in denen er unter anderem auch als Texter tätig war und Marketingkampagnen initiierte.

Es folgten Managementfunktionen in Unternehmen im Bereich Marketing, bevor er 1979 bis 1995 von den Goldproduzenten verpflichtet wurde.

Heute lebt er in München und arbeitet als freier Schriftsteller.

Wolfgang Hennies

Der Krügerrand Plot

Eine reale Fiktion

Kriminalroman

Dank an alle, die mich bei den notwendigen Recherchen unterstützt und mich immer wieder ermutigt haben, diese Story zu beenden.

Danke an das Lektorat

Bibliografische Information der Deutschen Nationalbibliothek:
Die Deutsche Nationalbibliothek verzeichnet diese Publikation in der Deutschen Nationalbibliografie; detaillierte bibliografische Daten sind im Internet über http://dnb.d-nb.de abrufbar.

Umschlagsgestaltung: Daniel Hennies
Lektorat, Satz, Herstellung und Verlag:
Books on Demand GmbH, Norderstedt
ISBN: 978-3-8334-8729-3

Berlin 1942

Das fahle und langsam schwindende Tageslicht kündigte den Abend und die unvermeidlich folgende Nacht an. Ein eisiger Wind fegte durch die Straßen und Gassen von Berlin, verstärkt auch durch die vielen Lücken in den Häuserreihen, die durch die Bombenangriffe der Alliierten entstanden waren.

Es war Krieg. November 1942.

Mit der einbrechenden Dunkelheit setzte wieder ein Schneetreiben ein, das schon in den letzten Wochen für vereiste und nun erneut verschneite Wege sorgte. Nur entlang der zerbombten Gebäude und der seit Tagen schwelenden Brände war die Eisdecke geschmolzen, doch die Straßen wurden nun wieder mit Schnee zugedeckt. Außerdem sorgte der Wind dafür, dass die Schneefläche fest wurde. Die Trümmer der zerstörten Häuser, Steine, verbrannte Inneneinrichtungen, teilweise auch Tote, die man versäumt hatte einzusammeln, alles wurde mit der Stille und dem weißgrauen Farbton des Schnees wieder zugedeckt. Eine trügerische Friedlichkeit.

Die in den letzten Tagen schwach strahlende Sonne hatte tagsüber die alten Schneeflächen zum Schmelzen gebracht, doch in der Nacht war alles wieder gefroren. Die in dieser Nacht erneut mit frischem Schnee bedeckten vereisten Flächen waren gefährlich. Für Fußgänger wie für die sporadisch auftauchenden Autos, zumeist dunkle Fahrzeuge, deren Erscheinungsbild nichts Gutes vermuten ließ. Wer in diesen Kriegstagen ein Auto besaß, musste eine besondere Beziehung zum Regime haben oder der SS angehören.

Einige wenige Passanten liefen eilig, mit Schals ihre Gesichter verdeckend durch die Straßen, dicht an den Hauswänden entlang, als ob von dort noch etwas Wärme abstrahlte. Oft hatten die dunkel Vermummten bewusst die Arme hochgezogen, um den auf ihrer linken Brustseite angenähten gelben Judenstern zu verdecken.

Über der Stadt lag um diese Abendzeit gespenstische Stille. Nach den letzten Tagen des Donners und Lärms der Bombenangriffe, die die Gebäude zerbersten ließen, fiel die Ruhe nun doppelt auf. Angst war spürbar, niemand sprach mit seinem Nachbarn, auch wegen der Hinweise an Geschäften und der Plakate an Litfasssäulen: Kauft nicht bei Juden. Vorsicht, Feind hört mit.

Immer öfter war es in den Nächten Pflicht, alles zu vermeiden, das die feindlichen Bomber auf Leben hinwies. Licht- und Stromsperren, Verdunkelungen waren vorgeschrieben.

Der Schnee sorgte für ein grau reflektierendes Licht, so dass man zumindest die Straßen erkennen konnte, auch ohne Beleuchtung.

Leutnant van Lichten steuerte seinen alten Horch vorsichtig über die glatten Spurrillen, die er im Licht der großteils abgedunkelten Scheinwerfer gerade noch erkennen konnte. Die schmalen Schlitze vor den Lampen waren genauso Vorschrift wie das Ausschalten jeglichen Lichtes auch in den Häusern. Er war stolz auf dieses Auto, das er einem Juden abkaufen konnte, der mit dem Kaufpreis seine Fahrkarte nach Amerika bezahlte.

Seine rechte Hand löste sich von dem hölzernen Lenkrad und strich fast zärtlich über das Leder seines Sitzes. In den schwach grün leuchtenden Instrumenten konnte er trotz des Alters des Autos die gepflegte Ausstattung, die das Fahrzeug hatte, erkennen.

Ein leichtes Rutschen der Hinterachse ließ ihn sofort wieder beide Hände an das Lenkrad legen. Sein Blick richtete sich nun wieder konzentriert nach vorn, auf die Straße und die Spurrillen, denen er folgen musste. Wenn er diese eingefahrenen Rillen verließ, würde er womöglich ins Schleudern kommen.

Leicht nach vorn zur Windschutzscheibe gebeugt, achtete er auf seinen Weg, der ihn aus Berlin-Mitte über Potsdam nach Wandlitz führen sollte.

Leutnant van Lichten war ein groß gewachsener schlanker Mann, sportlich schon durch seine militärische Ausbildung. Normalerweise kleidete er sich elegant, wenn er nicht wie diesmal mit einem geheimen militärischen Auftrag ausgestattet war. Trotz der Kälte, die ihn auch in seinem Auto umgab, hatte er seine Uniformjacke ausgezogen und auf den Beifahrersitz gelegt, ebenso seine Mütze. Seine Karriere hatte ihn nach einem Jurastudium zum Militär gebracht, fast gezwungenermaßen jedoch, denn den Glauben an die Aufgaben und Ziele des so genannten Dritten Reiches hatte er längst verloren.

Er betrachtete im Rückspiegel sein hageres Gesicht mit der langen Narbe, die sich vom Unterkiefer über die ganze Wange zog. Sie war zwar gut verheilt, zeigte aber dennoch jedem, dass er sie sich als Beweis der Mitgliedschaft in einer schlagenden Verbindung während seines Studiums zugezogen hatte. Sie entstellte sein Gesicht nicht, im Gegenteil, zeigte sie doch eine gewisse Verwegenheit, die besonders von den Frauen geschätzt wurde.

Van Lichten war nicht verheiratet, hatte aber einige Frauenbekanntschaften hinter sich. Er wollte sein Leben genießen, doch nun, da sich die Zeiten geändert hatten, seine Ideale verloren gegangen waren, dachte er mehr und mehr über zwei Dinge nach: Das eine war, mit seiner derzeitigen Freundin Susanne doch eine feste Bindung einzugehen und, da er durchaus die negativen Seiten des Hitlerregimes und des Krieges erkannt hatte, einen Weg zu finden, um sich mit Susanne abzusetzen. Niemand wusste von diesen Gedanken. Die Führung hielt ihn nach wie vor für einen integren Mann, den man mit Sonderaufträgen betrauen konnte. So war er vom Dienst an der Front freigestellt und arbeitete unter dem Sonderkommando der Abteilung Devisenbeschaffung.

Mit einem Lächeln wandte er seinen Blick wieder vollends auf die Straße. In den letzten Monaten hatte sich sein Plan nicht nur verdichtet, sondern war Realität geworden. Er hatte sich bei den vielen Sonderaufträgen, die ihn mit Devisen nach Zürich führten, bereichern können. Das Abzweigen kleinerer Geldbeträge hatte er so geschickt manipuliert, dass es schwer sein würde, ihm etwas nachzuweisen. Sein heutiger Auftrag würde Höhepunkt und gleichzeitig Ende seiner persönlichen Beschaffungsmaßnahmen sein. Alles bis hin zu seiner Flucht hatte er minutiös durchdacht und viele Male neu erarbeitet.

Ihm war klar, dass er dazu Hilfe brauchte, und so war seine Freundin Susanne einigermaßen eingeweiht. Aus Vorsicht jedoch, um sie und ihre Familie, mit der sie in München lebte, nicht zu gefährden, hatte er sie immer nur von Aktion zu Aktion eingesetzt, und auch dann nur, wenn es unbedingt erforderlich war.

Über die jetzt vor ihm liegende gefährliche Aktion wusste sie jedenfalls nur wenig. Ein Treffen mit ihr in zwei Tagen in Österreich, in der Nähe von Bregenz, das war alles, was er ihr anvertraut hatte. Warum das so wichtig war, hatte er ihr nicht verraten.

Er hatte die Innenstadt hinter sich gelassen und fuhr nun auf der Chaussee entlang dem kleinen und großen Wannsee. Der Schneefall wurde stärker. Wieder beugte van Lichten sich dicht an die Scheibe, als ob er dadurch mehr erkennen könne. Die Gegend war ihm nicht unbekannt. Oft war er, wenn Susanne ihn in Berlin besuchte, mit ihr zur Pfaueninsel gefahren. Beide liebten diese kleine Insel, die nur mit einer alten Seilzugfähre erreichbar war. Nach langen Spaziergängen, bei denen sie sich von Zeit zu Zeit hinter Bäumen und Büschen leidenschaftlich küssten, waren sie so aufgeheizt, dass sie schnell den Weg zurück zum Auto nahmen.

Und fast jedes Mal, wenn sie sich dann bei Einbruch der Dunkelheit wieder von der Insel auf das Festland fahren ließen und quer über den kleinen Parkplatz zu seinem Auto gingen, untergehakt, verliebt, fröstelnd, blieben sie noch einige Zeit im Auto sitzen und begannen zu schmusen.

Beim Küssen, Umarmen und Lieben, wenn die Scheiben des Autos durch ihr heftiges Atmen beschlugen, waren sie glücklich, hier ein wenig Zeit für sich allein zu haben. Weil sie wussten, dass niemand mehr in das Fahrzeug hineinsehen konnte, wurden ihre Umarmungen leidenschaftlich und hemmungslos.

Hinterher, wenn sie sich umständlich anzogen, kicherten sie über ihren Überfall der Liebe.

Van Lichten hatte Susanne während eines Parteitreffens in München kennen gelernt. Abends im Hofbräuhaus saß sie ihm an dem langen Biertisch gegenüber, neben ihr rechts und links weitere Parteigenossen und deren weibliche Begleitungen.

Er sah sie und konnte seine Augen nicht mehr von ihr wenden. Ihr schmales Gesicht, die blasse Haut und vor allem ihre strahlenden hellblauen Augen zogen ihn sofort in den Bann. Und als er sie immer öfter an diesem Abend ansah, sie musste das spüren, bemerkte er, dass auch sie begann, ihn wiederholt zu betrachten. Sie nahm seine Blicke auf, und irgendwann gab sie die Intensität, die er in seinen Blick legte, zurück.

Van Lichten und Susanne, die sich über den Tisch kurz vorgestellt hatte, vergaßen ihre Umgebung, hörten nicht mehr die zahlreichen Tischreden. Mit einem Kopfnicken und einem fragenden Blick bat er sie, mit ihm den Saal zu verlassen.

Sie ging zuerst vor die Tür. Draußen wartete sie im Schatten des Gebäudes gegenüber auf ihn. Wenige Minuten später folgte er ihr. Ohne große Worte nahm er sie in die Arme und küsste sie. Sie zog ihn an der Hand mit sich.

»Komm, wir gehen zu mir. Es ist nicht weit, wir können laufen. Aber sei leise. Ich wohne bei meinen Eltern, die schlafen sicher schon. Ich möchte nicht, dass wir sie wecken.«

So begann ihre Liebe, die sie nun seit fast zwei Jahren immer wieder zusammenführte. Er nutzte jeden erdenklichen Anlass, nach München zu fahren, oder sie nahm Urlaub und kam nach Berlin. Sie studierte Kunstgeschichte und verstand wenig von seiner Arbeit, obwohl er inzwischen so viel Vertrauen in sie gefasst hatte, dass er ihr davon gelegentlich erzählte. Dass auch sie die politische Situation, den Krieg verabscheute, half beiden, sich noch dichter aneinander zu klammern und nach Auswegen zu suchen.

So verdichtete sich immer mehr sein Plan, sich für die Zukunft »danach« abzusichern und entsprechende finanzielle Reserven zu beschaffen.

Wie lange der Krieg noch dauern würde, konnte niemand abschätzen. Van Lichten aber war intelligent genug zu wissen, dass er nicht mehr zu gewinnen war.

In den letzten Wochen hatte er oft schlaflose Nächte, oder er wachte in Angstschweiß auf und wälzte sich in seinem Bett. Nur die Zeit und die Nächte, die er mit Susanne verbringen konnte, brachten ihm etwas Ruhe und Trost. Er musste seine Angst überwinden, kaltblütiger werden und für seinen letzten großen Schlag noch präziser arbeiten. Er musste sein schauspielerisches Vermögen noch stärker ausreizen, um seiner Umgebung seine politische Integrität glaubhaft zu machen.

Als Mitglied der SS hatte er Zugriff zu vielen Sonderaufträgen und besaß Freiheiten, die es ihm erlaubten, eigenständig Entscheidungen zu fällen. Diese ermöglichten ihm, Profit für sich herauszuschlagen. Er war ein Privilegierter und hatte nicht die geringsten Skrupel mehr, dies in seinem Sinne auszunutzen.

Durch seine Erfahrungen kritisch geworden, ging er sehr vorsichtig mit den so genannten Parteifreunden um, vor allem da er innerlich nicht mehr auf Parteilinie war. Er wahrte Distanz, was ihm den Ruf eines Adligen einbrachte. Das sorgte für eine gewisse Unterordnung der Männer, die unmittelbar mit ihm zu tun hatten.

Dieses Regime hatte seine Chance nicht genutzt. Mit Gewalt und Terror nach innen und außen konnte es keinen Bestand haben.

Mit diesen Gedanken sanktionierte er sein Tun, seine persönliche Bereicherung, die ihn nun zu seinem letzten großen Schlag führte.

Seine Gedanken kamen wieder in die Realität zurück. Das Schneetreiben war jetzt so heftig geworden, dass er zweifelte, seinen Zielort heute noch zu erreichen. Aber wenn nicht, würde das seine Planung über den Haufen werfen. Also bediente er vorsichtig das Gaspedal und schlich förmlich in Schrittgeschwindigkeit Richtung Glienicker Brücke. Als er sie erreicht und überquert hatte, atmete er auf. Die wenigen Kilometer, die noch vor ihm lagen, konnte er nun auch noch schaffen. Der tiefe Schnee sorgte dafür, dass das darunter liegende Kopfsteinpflaster seinen Wagen nicht allzu sehr erschütterte.

Die Frontscheibe beschlug von seinem Atem. Mit der Hand wischte er sich eine Lücke frei, damit er den festgefrorenen Spuren im Eis folgen konnte.

Als er Wandlitz passiert hatte, entdeckte er den kleinen Weg, der ihn zu einer alten Fabrik führen musste, den Ort, wo sein letzter großer Auftrag auf ihn wartete. In den schmalen Lichtschlitzen seiner Scheinwerfer erkannte er die große Halle, nur spärlich mit einer einzigen Laterne beleuchtet. Vor ihm lag eine eiserne Doppeltür. Links und rechts von ihr waren fast vier Meter hohe, in Stahl gerahmte Glasscheiben in die Steinmauer eingefasst. Die Scheiben waren blind, von innen hatte man sie mit einer dunklen Farbe zugemalt. So konnte niemand sehen, was dahinter in der Halle geschah. Van Lichten aber wusste, was hinter diesen Mauern lag. Dort wurden Schmuck, herausgeschlagene Goldzähne, goldene Brillenfassungen, Ringe, teilweise mit Edelsteinen besetzt, zu handelsfähigen Gold- und Silberbarren umgeschmolzen. Das Gold stammte zumeist von in Konzentrationslagern ermordeten Menschen.

Van Lichtens Auftrag war klar umrissen. Er sollte den Transport von hier nach Zürich führen. Das Edelmetall sollte dort in Devisen getauscht werden, um so strategische Metalle für Waffen und Rohstoffe für Kriegsmaterial kaufen zu können.

Vor der Hallentür stoppte er sein Auto. Im Licht des linken Scheinwerfers erkannte er einen bewaffneten Soldaten, der nun eilfertig auf ihn zukam. Van Lichten nahm Mütze und Jacke, öffnete die Fahrzeugtür, zog vor dem Wagen seine Jacke an und setzte die Mütze auf. Er fröstelte in dem immer noch dichten Schneetreiben. Sorgfältig schloss er seinen Wagen ab und drehte sich zu dem Soldaten um, der nun bei ihm angekommen war.

»Guten Abend, Herr Leutnant«, grüßte der mit vorschriftsmäßig erhobenem Arm. Van Lichten nickte nur kurz und grüßte militärisch mit der Hand an seiner Stirn zurück. Ohne weiter auf den Soldaten zu achten, stapfte er durch den tiefen Schnee auf die Eisentür zu, die sein Begleiter diensteifrig aufstieß. Ihm öffnete sich der Blick in einen riesigen hohen Raum, in dem geschäftig etwa ein Dutzend Uniformierte arbeiteten. Hinten, gut abgeschottet und beleuchtet, standen lange flache Tische. Auf einem lagen hunderte von Goldbarren, auf einem zweiten Silberbarren und auf einem dritten Tisch das Material, das noch bearbeitet werden musste.

Van Lichten dachte an die vielen Menschen, die für diese Wertsachen sterben mussten, in den Konzentrationslagern und in ihren Heimatorten. Er drehte sich um, damit seine Mimik den Ekel nicht verriet, den er den Tätern gegenüber empfand.

Beflissen kam ein weiterer Soldat auf ihn zu.

»Leutnant van Lichten, vermute ich. Ihre Ankunft wurde uns

schon mitgeteilt. Wir werden den Transport für morgen früh fertig haben.« Der Soldat blieb wartend bei ihm stehen.

»In Ordnung. Ich selbst werde dann morgen um sechs Uhr früh den Konvoi begleiten. Sie haben hoffentlich drei Lastwagen bestellt?«

Der Soldat, der hier wohl die Funktion eines Vorarbeiters hatte, nickte. Van Lichten dankte und befahl ihm weiterzumachen. Dann erblickte er im Hintergrund auf der linken Seite der Halle einen mit Glasscheiben abgetrennten kleinen Büroraum, in dem an einem Schreibtisch ein weiterer Uniformierter saß. Er ging hinüber und öffnete die Tür. Der Soldat erhob sich von dem Schreibtisch und drückte van Lichten einige Papiere in die Hand.

»Das sind die Begleitpapiere und die Zollbescheinigungen, die Sie für den Transport brauchen.«

Van Lichten sah kurz darauf, erkannte die akribische Arbeit und den enormen Wert, den seine Fuhre haben würde.

»Machen Sie weiter. Die Unterlagen erwarte ich morgen komplett. Ich werde wieder fahren, mir irgendwo ein Hotel suchen und bin dann morgen zu sechs Uhr wieder da. Die Ware sollte dann bereits in die Lastwagen verladen sein. Bei dem Wetter werden wir keine einfache Fahrt haben. Umso wichtiger, dass wir rechtzeitig loskommen. Also sehen Sie zu, dass alles klappt.«

Mit knappem militärischem Gruß verließ er das kleine Büro, winkte den Arbeitern zu und verließ die Halle. Draußen sprang sofort der Wachmann an seine Seite, nahm ihm die Schlüssel ab, sprintete zu van Lichtens Auto und öffnete die Fahrertür, um ihm das Einsteigen zu erleichtern. Erneut hob er die Hand zum Hitlergruß, doch van Lichten beachtete ihn gar nicht, schloss die Fahrzeugtür, legte seine Mütze auf den Beifahrersitz und startete den Motor. Langsam wendete er und rutschte mehr als er fuhr auf die Ausfahrt des Geländes zu. Von dort lenkte er seinen Wagen auf die Hauptstraße, die ihn zurück nach Berlin führen sollte. Schon auf dem Hinweg hatte er auf der linken Straßenseite einen Gasthof gesehen. Zwar war alles dunkel, sicher der Vorschrift entsprechend, doch er hoffte, dass er trotz dieser späten Stunde dort noch jemanden antraf, der ihm ein Zimmer für diese Nacht gab.

Nicht viel später, van Lichten fuhr besonders behutsam, damit er den Gasthof nicht verfehlte, erkannte er das dunkle Gebäude. Seine Scheinwerfer streiften kurz den Schriftzug »Hotel«.

Langsam kam er näher, fand aber keinen Parkplatz. Er stellte den Wagen auf dem Bürgersteig dicht an der Hauswand ab. So konnten andere Fahrzeuge ungehindert vorbei, obwohl van Lichten nicht daran glaubte, dass in dieser Nacht überhaupt noch jemand hier entlang kommen würde.

Er stieg aus, nahm seine Reisetasche, schloss die Fahrzeugtür sorgfältig ab und vergewisserte sich, dass alle Lichter ausgeschaltet waren. Dann suchte er mit Hilfe einer kleinen Taschenlampe die Eingangstür, die sich an der rechten Seitenfront des Hauses befand.

Er erklomm einige Stufen und klingelte an der fest verriegelten Tür.

Nichts. Van Lichten drehte sich um, ging die Stufen wieder hinunter und spähte die Hausfassade hoch. Inzwischen war zu dem heftigen Schneetreiben noch Nebel gekommen, der von eisigem Wind um die Hausecken getrieben wurde. Van Lichten fröstelte, doch dann sah er, wie im oberen Stockwerk ein Lichtblitzer durch das zugehängte Fenster drang.

Er stieg die Treppe wieder hoch, hörte nun im Inneren des Hauses eine Tür schlagen und dann, wie jemand einen Schlüssel in der Eingangstür drehte.

Langsam und vorsichtig, nur wenige Zentimeter, wurde die Tür geöffnet.

Ein schmales, blasses Gesicht, blondes, etwas wirres Haar, große blaue Augen, die ihn ängstlich musterten. Er erkannte ein junges Mädchen, dessen Einfachheit und Jugendlichkeit ihn faszinierten – und die leichte Verschlafenheit, die aus ihren Augen schaute. Eine lange Falte lag quer über ihrem Gesicht, vermutlich ein Abdruck von ihrem Kopfkissen. Er musste sie aus tiefem Schlaf gerissen haben.

»Entschuldigung, ich sah Ihren Gasthof. Kann ich wohl so spät noch ein Zimmer bekommen?«

Sie antwortete nicht und betrachtete ihn prüfend. Gut oder böse und gefährlich? Seine Uniform schien sie zu beruhigen, denn sie öffnete jetzt einladend die Tür und machte einen Schritt rückwärts und zur Seite.

»Ja, natürlich. Ich bin zwar ganz allein heute Nacht, aber wenn Sie nicht gerade Luxus erwarten, ein Bett und ein Bad sind für Sie da. Kommen Sie bitte herein.«

Er folgte ihr und gewahrte vor sich im schummrigen Geflacker der einzigen Glühbirne an der Decke ihre sehr schlanke Figur unter einem dünnen Morgenmantel, dessen Gürtel lose an der Seite hing und am Boden schleifte.

Sie führte ihn in ein Büro, nahm hinter einem Schreibtisch Platz und reichte ihm ein Formular.

»Ist wegen der polizeilichen Meldung.« Sie atmete hörbar aus. »Pflicht.« Sie sprach sehr leise, als ob es ihr unangenehm war. Dann nahm sie eine Menükarte vom Tisch, griff hinter sich an eine Tafel, zögerte einen Moment und nahm dann einen Schlüssel.

»Ich gebe Ihnen unser schönstes Zimmer. Es ist sowieso niemand sonst im Hause. Ich werde Sie hinaufbringen.«

Wieder ging sie vor ihm, diesmal eine schmale Treppe nach oben in den ersten Stock. Van Lichten folgte ihr und nutzte diesen Moment, indem er ihre Beine und Fesseln betrachtete, die unter dem Mantel sichtbar wurden. Sehr schmale Fesseln, bemerkte er. Das gefiel ihm. Überhaupt musste er nun, da er sie bei Licht betrachtet hatte, seinen Eindruck revidieren. Sie schien tatsächlich nicht so schüchtern und einfach zu sein, wie er angenommen hatte. Zwar war sie sehr jung, machte aber durchaus einen entschlossenen Eindruck auf ihn.

Oben im ersten Stock gingen sie an zwei Türen vorbei, bis das Mädchen vor der dritten stehen blieb, sich zu ihm umdrehte und die Tür aufschloss.

»Hoffentlich gefällt es Ihnen und Sie fühlen sich wohl für die Nacht. Falls Sie noch etwas essen oder trinken möchten.« Sie reichte ihm eine Speisekarte.

Hunger hatte er nicht. Aber ein Bier wäre nicht schlecht, dachte er bei sich. Er sah sie an, jetzt sprachlos wegen ihrer Schönheit, die er nun im sanften Licht, das aus dem Zimmer kam, erkannte. Seine Gedanken schweiften kurz ab. Er wollte sie spontan liebkosen, so sehr gefiel sie ihm.

»Nur was auf der Karte steht!« Jetzt lächelte sie ihn an. Sie hatte wohl in seinen Gedanken gelesen.

»Ein Bier wäre nicht zu verachten.« Er reichte ihr die Menükarte.

Sie ging die Treppe hinunter ins Erdgeschoss, und als er erneut ihr barfüßiges Tapsen auf dem Holzboden hörte, warf er schnell seine Tasche auf das Bett, zog seine Uniformjacke aus, legte die Krawatte ab und stand nun abwartend mitten im Zimmer.

Sie kam mit einer großen Flasche Bier, öffnete den Verschluss, goss ein Glas ein und reichte es ihm. Ihr Morgenmantel, der ohnehin die ganze Zeit nicht richtig geschlossen war, öffnete sich nun halb, als sie den Arm hob und ihm das Bier entgegenhielt. Sie weiß es, dachte er sofort, und das machte ihm die Situation noch sympathischer.

»Wenn Sie wollen, bleibe ich eine Weile bei Ihnen. Ich habe Angst vor dem nächsten Fliegerangriff und fühle mich hier ein wenig allein.«

Ihre Offenheit kam ihm vor wie eine Einladung zu mehr, und das war ihm recht. Denn sie gefiel ihm.

»Sehr gern würde ich diese Nacht mit dir verbringen. Entschuldige, das Du ist dir doch recht?«

Sie nickte, ging auf ihn zu, nahm ihm das Glas aus der Hand, trank selbst daraus und drängte sich zärtlich an ihn. Dann schob sie ihn in Richtung Bett.

Van Lichten genoss diese Nähe. Nun, da er beide Hände frei hatte, sie aber nur eine, schob er sanft den Morgenmantel von ihren Schultern, links und rechts, neigte seinen Kopf an die Seite ihres Halses und küsste sie. Er mochte die blonden Härchen an ihrem Hals, die er mit seinen Lippen erspürte.

Jetzt war sie vollends nahbar, voller Hingabe, drückte ihn auf das Bett, stand kurz vor ihm an der Bettkante, entledigte sich des Mantels. Darunter trug sie nur ein Höschen und ein schlichtes Hemd, allerdings so kurz, dass es gerade bis zum Bauchnabel reichte. Er griff ihr mit einer Hand an der Taille, mit der anderen fasste er um sie herum und legte seine Handfläche auf ihren Po, um sie an sich zu ziehen. Sie folgte gern, wie er bemerkte. Sie küsste ihn zärtlich, legte sich langsam auf ihn und öffnet seine feste und dicke Uniformhose. Van Lichten lächelte sie an. So nah, wie ihr Gesicht dem seinen war, schaute er in eine himmelblaue Iris, die ihm der Inbegriff völliger Unverdorbenheit zu sein schien. Und so war auch ihr Verhalten, unschuldig. Doch sie wusste, was sie wollte und tat.

Viel später saßen sie gemeinsam auf der Bettkante, tranken Bier – sie hatte inzwischen eine weitere Flasche geholt – und sprachen zärtliche Worte. Sie erzählte ihm von ihrem kurzen Leben, und er vermied, ihr von seiner Arbeit zu berichten. Das Bier sorgte dafür, dass beide bald einfach hintenüber fielen und eng umklammert einschliefen.

Er spürte ihre Ängste, ein Leben, vage, eine unsichere Zukunft. Aber sie war noch jung, dachte er, und hatte das Leben noch vor sich. Mit diesen tröstenden Gedanken hatte ihn der Schlaf übermannt, traumlos, bis ihn am nächsten Morgen sehr früh die Pflicht und die vor ihm liegende Aufgabe aus dem Bett trieb. Das Mädchen war verschwunden, doch unten in einem Frühstücksraum standen für ihn eine Kanne Kaffee und einige Brote bereit. Er wollte sie noch einmal sehen und sich verabschieden. Doch weder bekam er sie noch einmal zu sehen, noch antwortete sie auf sein Rufen.

Enttäuscht zog er seine Uniformjacke an, blickte aus dem Fenster in den klaren Himmel, nahm seinen dicken Militärmantel aus der Reisetasche, zog ihn über und verließ den Gasthof.

Trotz der eisigen Kälte sprang sein altes Auto problemlos an. Während er den Motor warmlaufen ließ, kratzte er die vereisten Scheiben frei. Dann setzte er sich hinter das Steuer, fuhr auf die Straße, wendete das Auto und blickte zu dem Gasthof. Oben im ersten Stock sah er ihr Gesicht noch einmal, sie lächelte und winkte ihm. Das tröstete ihn ein wenig, hatte er doch eine denkwürdige Nacht erlebt, die er so schnell nicht vergessen wollte. Und doch wusste er nicht einmal ihren Namen.

Susanne, die er aufrichtig liebte, mit der er schon viele gemeinsame Dinge erlebt hatte, ließ ihm manche Freiheit, zumindest solange sie nicht zusammenleben würden oder verheiratet wären.

Diesmal kannte er den Weg zur alten Fabrikhalle. So war die Fahrt jetzt, da ihn auch das Tageslicht unterstützte, sehr viel einfacher. Nach einer knappen halben Stunde hielt er wieder auf dem Hof vor der eisernen Doppeltür. Links von ihm standen drei große Lastkraftwagen mit laufenden Motoren, die von einigen Soldaten mit Kisten beladen wurden.

Van Lichten ging auf den Vorarbeiter zu. »Den ersten Wagen nur mit den Goldbarren beladen, den zweiten und dritten mit Silber und den Edelsteinen. Ich werde selbst den ersten Wagen fahren, da ich den Weg kenne.«

Van Lichtens Worte und Ausdruck ließen keinen Widerspruch zu, und so wurde er auch verstanden. Im Büro, das sich in der Halle befand, zeichnete er die Transportpapiere gegen und bestätigte den Empfang der Kisten.

Die Arbeit in der Halle war beendet. Nichts deutete auf die nächtlichen Aktivitäten hin. Die Halle wirkte, als sei sie seit Jahren unbenutzt. Die Soldaten nahmen Haltung an. Sie hatten sicher alle eine Pause verdient nach dieser Arbeit in einer schlaflosen Nacht.

Van Lichten dankte dem Vorarbeiter, versprach, die gute und pünktliche Arbeit dem Vorgesetzten zu melden, salutierte und ging hinüber zu dem Wachsoldaten, der immer noch vor der Tür stand. Diesmal sah man ihm die lange und kalte Nacht an.

»Stehen Sie bequem«, sagte van Lichten. »Tun Sie mir einen Gefallen, bringen Sie mir meinen alten Wagen nach Berlin-Dahlem, in die Arnim-Allee 12. Stellen Sie ihn bitte dort in der Garage unter. Und danke für Ihre Fürsorge.«

Dann ging er auf den ersten Laster zu und winkte den beiden anderen Fahrern, einzusteigen und ihm zu folgen. Die Fahrt wird sicher nicht leicht sein, dachte er bei sich.

Wenigstens hatte es aufgehört zu schneien. Der Konvoi löste sich aus dem Schatten der alten Fabrikhalle und bewegte sich auf die Landstraße zu.

Irgendwann am Nachmittag, sie hatten Bayreuth bereits hinter sich gelassen, hielten sie an einer Tankstelle. Van Lichten ordnete eine einstündige Pause an, die die beiden anderen Fahrer nutzten, um sich im nahe gelegenen Gasthof aufzuwärmen und eine Mahlzeit zu sich zu nehmen.

Van Lichten war nicht nach Essen zumute, er hatte keinen Hunger. Zu unruhig fühlte er sich. Schon auf der Fahrt war ihm ab und zu übel, wenn er an die Folgen dachte, falls man seinen Plan aufdecken und ihn schnappen würde.

Er ging in die Tankstelle und bat, telefonieren zu dürfen.

Er wählte Susannes Nummer in München. Als er sie endlich am Apparat hatte, sprach er aufgeregt, aber leise: »Pass auf, Susanne, du fährst heute Abend in Richtung Bregenz. Im Bregenzerwald an der Landstraße liegt der Gasthof ›Zum Goldenen Hirschen‹. Dort wirst du mich und die Lastwagen finden. Halte dich versteckt dort auf, ich werde dich finden und dir erzählen, wie unsere Zukunft aussieht. Frag jetzt nicht, fahr einfach los und bring deinen Ausweis mit.«

Er legte auf und hoffte, dass niemand ihn gehört hatte. Sein Plan war bis dahin einfach, und so wollte er ihn auch weiterverfolgen. Er durfte gar nicht daran denken, was passieren würde, wenn man ihn enttarnte. Der Tod war ihm sicher, und Susanne würde auch nicht ungestraft davonkommen.

Nach einer Stunde setzten sie die Fahrt fort. Sie passierten München, und nachdem sie sich kurz orientiert hatten, fanden sie die Straße nach Bregenz, indem sie zunächst die Richtung Lindau einschlugen.

Nach 15 Stunden – van Lichten stöhnte, sein Rücken tat ihm weh, er war übermüdet und jetzt auch hungrig – fuhren sie von der Landstraße ab in eine schmalere Straße, die den Konvoi in den Bregenzerwald führte.

Nach einer kurvenreichen Fahrt bergauf und bergab erreichten sie den Gasthof »Zum Goldenen Hirschen«. Van Lichten leitete die drei Lastwagen hinter den Gasthof, wo sie, vor Blicken geschützt, im Schatten des Hauses parkten.

Nachdem er die Wachzeiten eingeteilt hatte, ging van Lichten zunächst in den Gastraum und bestellte sich etwas zu essen. Einer der beiden anderen Fahrer setzte sich zu ihm, doch ein Gespräch kam nicht auf. Als sie schweigend ihre Mahlzeit verzehrt hatten, ging der Fahrer nach oben in sein Zimmer, das er nach fünf Stunden mit seinem Kollegen tauschen musste, denn dann begann seine Schicht draußen bei den Fahrzeugen.

Van Lichten erwartete Susanne, die endlich durch die Tür des Gastraumes kam. Da beide hier unbekannt waren, konnten sie sich zusammensetzen und unterhalten.

»Hast du es geschafft, bist endlich da!« Van Lichten nahm ihre Hand. »Pass auf, wir werden uns in Zürich wieder sehen. Ich habe die notwendigen Reisepapiere für dich. So kommst du ohne Probleme in die Schweiz.« Er schob ihr einen Umschlag zu.

»Du fährst über den Grenzübergang St. Margarethen und dann immer geradeaus nach Zürich. Dort treffen wir uns im Café Odeon am Platz Bellevue. Alles Weitere erfährst du dann dort.«

»Aber wozu das alles? Ich habe Angst! Was wollen wir in Zürich?«

»Frag nicht. Tu einfach, worum ich dich bitte, und vertrau mir. Ich muss jetzt schlafen. Morgen früh fahre ich weiter in die Schweiz. Du kannst jetzt sofort weiterfahren. Such dir ein kleines Hotel in der Altstadt von Zürich und erwarte mich morgen Abend in dem Café.«

Er stand auf, nahm ihre Hand und zog Susanne mit sich vor die Tür auf den Hof vor dem Haus. Er küsste sie und schob sie zu ihrem Auto.

»Fahr jetzt! Alles andere erzähle ich dir morgen.«

Er öffnete die Fahrertür, drückte Susanne auf den Sitz und schloss die Tür. Sie zögerte, doch dann startete sie ihr Auto und fuhr langsam vom Hof auf die Landstraße, die nach Bregenz und zur Schweizer Grenze führte.

Van Lichten ging zurück in den Gasthof. Bevor er das Haus wieder betrat, holte er tief Luft. Die eisige Kälte füllte fast schmerzhaft seine Lungen. Dann ging er auf sein Zimmer. Er zog sich aus, ließ sich auf das Bett fallen und war sofort eingeschlafen.

Zürich

Am nächsten Morgen standen seine beiden Fahrer schon bereit, diesmal in Zivil. Schließlich wollte man in der Schweiz nicht auffallen. Auch van Lichten trug jetzt eine dunkle Kordhose und eine Lederjacke. Sie starteten ihre Lastwagen und nahmen die letzten Kilometer in Angriff.

Es war fast geschafft, der schwierigste Teil, die Fahrt, jetzt noch die Kontrollen, alles andere war bis hierher überstanden. Doch sein Herz pochte wild bis hoch zu seinem Hals, die deutschen Soldaten am Schlagbaum sahen bedrohlich aus. In dicke schwarze Mäntel eingehüllt, jeweils ein Machinengewehr über der Schulter, betrachteten sie ihn unbeweglich, als er sich mit seinem LKW dem Schlagbaum näherte. Er und seine zwei ihm folgenden Wagen mussten die Motoren abstellen, sein Herz sackte vor Angst wieder in die Hose. Das Schneetreiben hatte jetzt wieder angefangen und wurde immer dichter. Jetzt zeigte sich Unmut in den Gesichtern der beiden. Lustlos blätterten sie durch die gereichten Papiere, van Lichten spürte, dass der Schnee und der eisige Wind den Soldaten Probleme bereiteten. Wortlos erhielt er die Zollpapiere zurück, der zweite Soldat ging die wenigen Schritte zur Schranke und hob sie an. Mit einer kleinen fast unbemerkbaren Handbewegung winkte er sie durch. Erst als van Lichten außer Sicht der Grenze war, wischte er sich den Angstschweiß von der Stirn. Von nun an sollte es keine Probleme mehr geben, es war geschafft.

Er fuhr mit dem Konvoi direkt über eine hintere Parallelstraße der Bahnhofstraße direkt auf das Gelände der UBS. Parkte seinen Lastwagen, während die beiden anderen LKWs direkt daneben hielten.

Van Lichten bedankte sich, drückte jedem von ihnen etwas Geld in die Hand und schickte die beiden Fahrer vom Gelände, stellte sie frei und bat sie, am nächsten Tag wieder zu erscheinen, um die Lastkraftwagen abzuholen. Dass er dann nicht mehr dabei sein würde, verschwieg er, denn am nächsten Tag begann ein neuer Abschnitt in seinem und in Susannes Leben.

Sein Puls beruhigte sich, die Aufregung der letzten Tage legte sich. Für einen kurzen Moment fiel ihm das unbekannte Mädchen in dem Gasthof bei Potsdam ein, dessen Namen er nicht einmal wusste. Es hatte eine schöne und liebevolle Unterbrechung gegeben, die ihn von seinen Ängsten abgelenkt hatte. Er nahm sich vor, Susanne davon zu erzählen. Schließlich hatte dieses Mädchen zu seiner Ruhe beigetragen, die er in dieser Nacht der Ablenkung erfahren durfte.

Nach wenigen Minuten kamen einige Mitarbeiter der Bank über den Hof zu ihnen. Sie wussten Bescheid. Van Lichten übergab die Transferpapiere, ließ sich den Empfang gegenzeichnen und betrat die Bank, wo er gleich von einer Sekretärin abgeholt wurde.

»Grüezi, Herr van Lichten. Heute haben Sie aber Ihr Meisterstück abgeliefert!« Bankdirektor Buchhold gab ihm die Hand und geleitete ihn in sein Büro.

»Ich habe schon alles vorbereitet. Hier ist der Scheck in Höhe von 20 Millionen Dollar, wie es dem Wert der Ware entspricht. Sie brauchen nur den Empfang zu bestätigen.« Buchhold schob ihm den Scheck und ein Formular über den Schreibtisch.

»Diesmal, Herr Buchhold, soll ich mit diesem Betrag weiterreisen nach Paris. Der Führer bittet um einen Barscheck. Bitte bereiten Sie mir das bis morgen früh vor. Ich werde mich heute erholen und komme dann morgen wieder zu Ihnen. Sie wissen ja, der Führer befiehlt, und ich muss gehorchen.«

Buchhold verstand, bestand aber darauf, die Einlagerung des Goldes und des Silbers ordnungsgemäß protokollarisch festzuhalten. Nur für das Archiv, beteuerte er, allerdings musste dann auch die Aushändigung des Barschecks notiert werden.

Van Lichten war das egal, plante er doch zu dem Moment, wo er in Berlin überfällig war, schon längst im Ausland zu sein. Dazu brauchte er allerdings das Geld, und die Zeit bis zum nächsten Tag musste er nutzen, um die Weiterreise festzulegen. Er schaute auf seine Uhr. Susanne würde im Café Odeon schon auf ihn warten. Er willigte ein, unterschrieb mehrere Papiere, und Buchhold versprach, alles bis zum nächsten Tag zu erledigen. Dann gaben sie sich die Hand, und Buchhold brachte van Lichten zum Ausgang. Diesmal auf der anderen Seite der Bank, direkt an der Bahnhofstraße.

Jetzt hatte van Lichten es eilig. Das Wichtigste war geschafft, er war nahe dran, hatte praktisch das Geld schon in der Tasche. So konnte er weiter planen. Das musste er nun mit Susanne besprechen. Auf dem Weg zum Bellevue-Platz, direkt neben dem Café, kam er an einem Reisebüro vorbei. Er merkte sich den Ort und betrat das Odeon.

Die Rauchwolken der Zigarren und Zigaretten benebelten ihn, kaum konnte er sich orientieren. Seine Augen mussten sich erst einmal daran gewöhnen. Dann sah er sie, seine Susanne. Sie saß allein an einem Ecktisch nahe dem Ausgang. Er beobachtete sie unbemerkt. Sie schien nervös, blickte hektisch mal nach links, mal nach rechts. Sie machte den Eindruck, als werde sie verfolgt.

Irgendetwas stimmte nicht, das war van Lichten sofort klar. Im Laufe der letzten Monate, in denen er diesen Coup geplant und kleinere Unterschlagungen als Test durchgezogen hatte, hatte er ein Gespür dafür bekommen, was um ihn herum passierte. So war er extrem vorsichtig und wartete lange, bevor er den nächsten Schritt tat, sich nach allen Seiten absichernd. Susanne war noch nicht so weit, und deshalb ahnte er, dass sie sich nicht wohl fühlte. Schnell ging er an den anderen Gästen vorbei auf den kleinen Tisch zu, an dem sie saß.

Sie sah ihn, sprang auf und kam ihm entgegen.

»Gott sei Dank, dass du da bist! Es ist etwas passiert! Ich habe heute Morgen mit meinen Eltern in München telefoniert. Sie erzählten, dass um fünf Uhr in der Frühe zwei Leute von der Gestapo da waren. Sie suchen dich! Und nach mir haben sie auch gefragt. Meine Eltern haben denen gesagt, ich sei auf dem Weg nach Berlin. Dann sind die beiden gegangen. Was machen wir jetzt?«

Van Lichten nahm einen Stuhl und setzte sich.

»Beruhige dich. Es ist so weit, wir gehen nicht mehr nach Deutschland zurück. Ich habe alles vorbereitet. Wir werden nach Amerika fliehen. Ich habe genug Geld. Morgen kaufen wir die Schiffspassagen und die Zugfahrkarten. Wir fahren mit dem Zug nach Marseille, und von dort nehmen wir ein Schiff nach New York. Da deine Eltern keine Ahnung haben, wird die Gestapo ihnen nichts anhaben können.«

Susanne schluckte. Nachdenklich sah sie aus dem Fenster, während er sich einen Kaffee bestellte.

»Denk mal darüber nach. In Deutschland sind wir sowieso geliefert. Der Krieg ist nicht mehr zu gewinnen. Es wird katastrophal zugehen, die SS holt zum großen Rundumschlag aus. Ob wir überleben, ist zweifelhaft. Selbst die Zivilbevölkerung ist nicht mehr sicher. Die Alliierten werden alles zerbomben, es wird Millionen Tote geben, und ich möchte nicht, dass wir dazugehören.«

Er nahm ihre Hand und drückte sie. Langsam wandte sie ihren Blick vom Fenster zu ihm hin. Sie sah ihm in die Augen, prüfend, doch dann nickte sie.

»Gut, wir haben wohl kaum eine andere Chance. Ich vertraue mich dir an. Wie soll es jetzt weitergehen?«

Van Lichten erläuterte ihr seinen Plan, dem sie schließlich zustimmte.

Dann tranken sie ein Glas Sekt auf das Glück, der Verfolgung entkommen zu sein, verließen das Café und gingen am Zürichsee spazieren. Den Abend und die Nacht verbrachten sie in dem kleinen Hotel, das sie in der Niederdorfstraße gebucht hatte.

Bis tief in die Nacht diskutierten sie ihre weiteren Schritte. Selbst die Zugfahrt durch Frankreich war gefährlich, obwohl die Reisepapiere, die er schon vor langer Zeit organisiert hatte, korrekt waren. Er musste nur neue Reisepässe besorgen. Die Fotos hatten sie beide schon vor einiger Zeit in Berlin machen lassen, als er ihr vage seine Gedanken und Pläne mitgeteilt hatte.

Schließlich schliefen sie eng umschlungen ein.

Am nächsten Morgen blieben sie nach dem Erwachen noch eine Weile im Bett liegen. Beide hatten sich erholt, jeder hing seinen Gedanken nach. Susanne nahm innerlich Abschied von ihrem Zuhause, ihren Eltern, ihrer Heimat. Leise weinte sie vor sich hin. Aber sie begriff, dass es nun keinen anderen Weg mehr gab. Dass es so schnell ging, überraschte sie. Doch sie hasste den Krieg und das totalitäre System in Deutschland und machte sich mehr und mehr mit dem Gedanken vertraut, dass die Flucht der einzige Weg war, wieder glücklich zu werden. Und das mit ihrem bisherigen Liebhaber, den sie nun als eine Art Verlobten betrachtete. Sie blinzelte und drückte sich dicht an van Lichten. Spürte seine muskulösen, kräftigen Arme und wusste, dass er sie in der unsicheren Zukunft, die auf sie zukam, beschützen würde.

Van Lichten spürte ihre Ängste, doch er war voller Zuversicht. Mit zwanzig Millionen Dollar war es leicht, optimistisch zu sein und den Dingen, die in der Zukunft lagen, ruhig und gelassen entgegenzusehen.

»Komm, lass uns aufstehen. Je eher wir hier wegkommen, desto besser für uns. So verringern wir die Gefahr, dass uns doch noch etwas aufhält. Während du dir noch Zeit lassen kannst, werde ich mich um neue Ausweise und die Reisepapiere kümmern.«

Er küsste sie, stand auf und ging ins Bad. Susanne rekelte sich, rollte sich unter der Bettdecke auf seinen Platz, spürte die Wärme, die er hinterlassen hatte. Jetzt fühlte sie sich wohl, fasste Vertrauen und wurde zuversichtlich.

Van Lichten ging sofort zur UBS und ließ sich zu Direktor Buchhold führen, der schon in seinem Büro auf ihn wartete.

»Herr van Lichten, ich habe alles Ihrem Wunsch entsprechend vorbereitet. Hier ist Ihr Barscheck. Die Gold- und Silberbarren sind in unserem Depot eingelagert. Wir werden sie sicher irgendwann umschmelzen, aber jetzt sind sie erst einmal sicher verstaut. Ich hoffe, wir werden weitere Geschäfte in dieser Größenordnung machen können. Wir kennen uns jetzt schon einige Monate. Ich würde mich freuen, Sie bald gesund wieder zu sehen.«

Buchhold übergab van Lichten den Umschlag und reichte ihm die Hand zum Abschied. Dann begleitete er ihn noch zur Kassenhalle. Von dort gelangte van Lichten wieder direkt zur Bahnhofstraße.

Wieder ein Schritt weiter, dachte er sich. Er überquerte die Straße und betrat die Halle der Crédit Suisse. Dort reihte er sich in eine kleine Schlange an einem Kassenschalter ein. Als er an die Reihe kam, nahm der Kassierer den Scheck entgegen. Er betrachtete ihn, schloss seine Kasse und begleitete van Lichten in einen kleinen Raum.

»Was kann ich für Sie tun?«

Van Lichten bat ihn, ein Konto auf seinen Namen einzurichten und ihm zehntausend Dollar in bar auszuhändigen.

Der Kassierer nahm seinen Ausweis, verschwand für einige Minuten und kam dann mit Formularen zurück, die van Lichten ausfüllen musste. Dann schob er ihm einen dicken Umschlag zu, in dem sich die Dollars befanden.

Problemlos und schnell, dachte van Lichten. Er steckte den Umschlag ein, dankte und verließ zufrieden die Bank.

Wie weit würde die Suche nach ihm gehen? Aber bevor er darüber nachdachte, wollte er doch ganz sicher gehen und neue Reisepässe besorgen.

Er ging zum Bahnhof und durchquerte ihn bis zu dessen Rückseite, wo, wie er wusste, alle möglichen legalen und illegalen Geschäfte abgewickelt wurden. Er sprach mehrere Personen an, bis er einen alten Mann vor sich hatte, der versprach, schon für den nächsten Tag gute und fast echte Papiere zu beschaffen. Für tausend Dollar je Pass. Das Geld werde van Lichten aber erst nach der Lieferung aushändigen. Sie vereinbarten die Übergabe für den nächsten Morgen am selben Treffpunkt.

Van Lichten ging denselben Weg zurück, trat aus dem Bahnhof heraus, blickte sich kurz um, ob jemand folgte, und bewegte sich dann in Richtung Limmatquai zu dem Reisebüro, das er am Tag zuvor gesehen hatte.

Er kaufte zwei Zugfahrkarten Zürich–Marseille und zwei Schiffspassagen von Marseille nach New York. Als er die Reiseunterlagen in den Händen hielt, merkte er, wie seine Hände zitterten. Jetzt fiel langsam die Anspannung von ihm ab, die ihn in den letzten Tagen im Griff gehabt hatte.

Er atmete auf. Nur noch die Pässe am nächsten Tag, nur noch ein Tag in Zürich. Wenn die Zugfahrt nach Marseille klappte, die Kontrollen überstanden und sie endlich auf dem Schiff waren, dann war alles überstanden. Bis hierher hatte seine Planung ihn nicht verlassen. Seine stille Begeisterung wandelte sich jetzt in ein Lachen, ein Lachen auf offener Straße, das einige Passanten verwundert nach ihm sehen ließ.

Zurück im Hotel, eilte er die Treppen hinauf. Er wollte Susanne die erfreulichen Nachrichten mitteilen, mit ihr seine Freude teilen und ihr die Ängste nehmen.

Marseille

Der Zug fuhr die ganze Nacht durch. Nur an der Grenze nach Frankreich wurden die Reisepapiere oberflächlich kontrolliert. Van Lichten und Susanne verbrachten die Nacht im Schlafwagenabteil, konnten zunächst aber keine Ruhe, geschweige denn Schlaf finden. Sie unterhielten sich, diskutierten, träumten von einer Zukunft, die für beide eine glückliche sein sollte. Und irgendwann zurück nach Deutschland, wenn der Krieg und der Horror vorbei sein würden, dachten beide. Nur für kurze Momente schlossen sie ihre Augen für einen unruhigen Schlaf.

Als der Tag anbrach, näherte sich der Zug Marseille. Der Bahnhof St. Charles war überfüllt von Menschen, die ihr Ziel erreicht hatten oder weiterfahren wollten. Das Gedränge erschwerte das Durchkommen für van Lichten und Susanne. Sie schoben und drängelten, beladen mit Reisetaschen, bis zum Ausgang, wo sie ein Taxi zum Hafen nahmen.

Erst als sie die Gangway zur »M.S. Poseidon« hinaufstiegen und an Bord noch einmal ihre Passagen vorlegten, waren sie endlich frei. Frei von allen Ängsten.

Sie belegten ihre Kabine und warfen sich auf das Bett. Van Lichten zog Susanne aus, verführte sie, sie schliefen miteinander und schliefen wieder ein. Zu sehr hatten sie die letzten Tage erschöpft.

An Bord konnten sie ihre alte Identität wieder aufnehmen. Van Lichten hatte schon in Zürich seine Uniform, beschwert mit einigen Steinen, nachts in der Limmat versenkt. Nichts sollte an seine militärische Vergangenheit erinnern.

Jetzt waren sie Klaus van Lichten und Susanne Melchior.

Erst als sie auf hoher See waren, wurden sie durch das Stampfen des Schiffes und das gleichmäßige Brummen der Schiffsmotoren geweckt.

»Lass uns etwas essen gehen.« Van Lichten richtete sich auf und sah Susanne an, die nackt neben ihm lag, sehr nah. Sonderlich breit war das Bett nicht. Er lächelte sie an.

»Ich habe hier etwas für dich.« Er langte in seine Jacke und spürte den fest eingenähten Umschlag mit den Dollarscheinen sowie ein kleines flaches Etui, das er der Seitentasche entnahm.

»Ich möchte mich mit dir verloben. Und wenn wir in New York sind, heiraten wir.«

Er reichte ihr einen schlichten Goldring, in den ein kleiner Diamant eingefasst war.

Susanne erhob sich erstaunt, aber sie brauchte nicht lange nachzudenken.

»Ich freue mich, dass du mich endlich darum bittest. Schon in Deutschland habe ich darauf gewartet.«

Sie ließ sich den Ring an den Finger stecken und küsste van Lichten.

»Danke. Und du hast Recht – ich habe einen Riesenhunger.«

Sie zogen sich an, verließen die Kabine und suchten den Restaurantbereich auf dem Oberdeck des Schiffes. Dort war ein langes Buffet aufgebaut, an dem sie sich bedienen konnten.

Als sie sich an einen Tisch setzten und ihr erstes richtiges Frühstück nach Tagen genossen, begann auf einer kleinen Bühne ein Orchester zu spielen. Van Lichten war erstaunt. Jazzmusik. Musik, die in Deutschland verpönt war. Musik, die er so liebte.

Fasziniert lauschte er den Klängen. Vor allem bewunderte er den Saxophonisten, einen sehr hageren Mann mittleren Alters, der mit Hingabe sein ganzes Können entfaltete.

Allein sein Spiel ließ die Gespräche im Saal verstummen. Alle lauschten ihm, der so fantastisch das Instrument beherrschte, dass man einfach hinhören musste. Als das Stück zu Ende war, ertönte begeisterter Applaus. Der Saxophonist bedankte sich. Auch die nächsten Stücke waren geprägt von seiner Musik, er dominierte die ganze Band.

Susanne sah ihren Verlobten verträumt an. »Meinst du nicht, dass du deine zukünftige Ehefrau zum Tanz auffordern solltest?«

»Ich kann nicht tanzen. Aber wenn es denn sein muss, vielleicht heute Abend, wenn wir an der Bar unsere Verlobung feiern. Vielleicht, sage ich!« Er lächelte sie an und strich ihr über die Wange, während sie immer noch kaute.

Dann wanderten sie über die verschiedenen Decks des Schiffes. Da er erste Klasse gebucht hatte, genossen sie alle Annehmlichkeiten, die trotz der Zeiten des Krieges zur Verfügung standen.

Am Abend liebten sie sich wieder in ihrer Kabine. Susanne war voller Hingabe. Sie hatte etwas zu viel Champagner genossen und ließ sich immer wieder zu Zärtlichkeiten hinreißen, in einer Intensität, die sie bisher so nicht kannte.

Die nächsten drei Wochen verliefen ruhig, fast eintönig. Der Tagesablauf war vorgegeben. Die vielen Flüchtlinge, die auf den verschiedenen Decks untergebracht waren, suchten nach Abwechslung. Oft jedoch führte man Diskussionen über die ungewisse Zukunft. Auch Susanne und van Lichten hatten oft lange Gespräche, gelegentlich unterbrochen von Nachrichten aus Deutschland über den Krieg, die der Kapitän an einem schwarzen Brett im Vorraum zum Speisesaal allen zur Kenntnis brachte.

Abends jedoch schien die harte Realität des Alltags vergessen. Der große Speisesaal wurde von der Mannschaft festlich dekoriert und zu einem Ballsaal umgerüstet, in dem das Jazzorchester zum Tanz aufspielte.

Susanne genoss diese Abende, ging aber doch meistens kurz nach Mitternacht in die Kabine. Van Lichten mochte die Zeit, in der er allein war, und ging dann meistens in den Barraum, der hinter dem Saal lag. Oft auch, wenn das Orchester seinen Auftritt beendet hatte, kam der Saxophonist ebenfalls an die Bar, setzte sich auf einen Barhocker und trank still einige Gläser Bier. In einer dieser Nächte saß der Musiker neben van Lichten.

»Wie kommt es, dass Sie so hervorragend amerikanischen Jazz spielen können? Wo haben Sie das gelernt?«

»Ich bin in Berlin aufgewachsen und habe schon vor Jahren die Schallplatten gesammelt, die mir Freunde aus Amerika geschickt haben. Schon während meiner Schulzeit habe ich mein eigenes kleines Orchester gegründet und später dann Musik studiert. Klassik, aber der Jazz hat mich nicht mehr losgelassen. Leider ist er nun in Deutschland verboten. Und da ich Jude bin, bin ich nun auf der Flucht aus Deutschland.«

Van Lichten betrachtete den Mann genauer. Er hatte den Eindruck, dass in ihm eine tiefe Traurigkeit lag.

»So wie Sie Ihr Saxophon spielen, habe ich das Gefühl, dass da viel Melancholisches mitklingt. Und man merkt Ihr echtes Gefühl für den Jazz.« Van Lichten bestellte für sich und den Musiker ein weiteres Bier. Sie prosteten sich zu.

»Ja, das mag sein. Wissen Sie, ich habe auf der Flucht quer durch Deutschland meine zwei kleinen Söhne verloren. Unser Zug wurde von britischen Bombern angegriffen und zerstört. Ich bin aus dem Chaos von Blech und Feuer aus dem Zug herausgeschleudert worden. Meine Kinder habe ich nicht mehr gesehen. Ich weiß nicht einmal, ob sie noch leben. Nach verzweifeltem Suchen und Rufen habe ich es dann aufgegeben und bin zu Fuß weiter, bis ich an die französische Grenze kam. Dort haben mich Franzosen nach Marseille gebracht. So kam ich auf dieses Schiff. Zum Glück habe ich mein Instrument retten können und hier an Bord dieses Orchester gefunden.«

Er nahm einen tiefen Schluck aus dem Bierglas.

»Mein Name ist Paul Salzmann. Ob ich in Amerika in meinem Alter noch einmal mit meiner Musik eine Chance erhalte, ist fraglich. Da ich nun meine ganze Familie verloren habe – meine Frau ist in den Trümmern unseres Hauses in Berlin umgekommen –, weiß ich nicht, was mich in New York erwartet.«

»Das wissen wir alle nicht«, entgegnete van Lichten. Der Mann tat ihm leid, und doch bewunderte er ihn wegen der so großartigen Beherrschung des Saxophons. Für einen kurzen Moment hatte er ein schlechtes Gewissen. Er hatte sich bereichert und so ein sorgenfreies Leben mit Susanne vor sich. Dieser Mann hatte alles verloren und war allein. Seinen Mut, seine Zuversicht musste er anerkennen.

»Kann ich Ihnen irgendwie helfen, wenn wir in Amerika ankommen? Was haben Sie vor, wartet jemand auf Sie?«

»Nein. Ich werde mir ein Orchester suchen, dort vorspielen und hoffen, dass ich den hohen Ansprüchen genüge. Viel Geld habe ich nicht mehr, das meiste ist für diese Schiffspassage draufgegangen. Aber obwohl ich verzweifelt bin, habe ich doch noch einen Funken Hoffnung, dass es weitergeht.«

Van Lichten war jetzt müde. Er bezahlte die Getränke, zögerte einen Moment und wandte sich wieder seinem Nachbarn zu.

»Ich würde Ihnen gern helfen. Darf ich Ihnen zu Ihrem Start etwas Geld schenken? Sie haben mir nicht nur eine große Freude mit Ihrer Musik gemacht, ich möchte Ihnen auch den Beginn in der Neuen Welt etwas leichter machen. Bitte nehmen Sie das Geschenk von mir an!«

Er griff in seine Jacke und gab dem Musiker einige tausend Dollar.

»Das muss nicht sein. Aber vielleicht hilft es mir wirklich. Ich danke Ihnen sehr. Wenn wir uns irgendwann einmal wieder begegnen sollten, dann zahle ich es Ihnen zurück.«

Salzmann stand auf, gab ihm die Hand, umarmte ihn leicht und ging dann aus dem Saal.

In den nächsten Tagen wurde es fast zu einem Ritual, dass sie sich nach Mitternacht, wenn die Musiker ihre Instrumente einpackten, an der Bar trafen, über ihre Jugend in Berlin unterhielten, sich aber auch gegenseitig ermutigten für die ungewisse Zukunft, die vor ihnen lag.

Südafrika 1971

Parish Destry blickte auf die alte Flugkarte, die vor ihm auf dem Schoß lag.

Mit einem Blick aus den Frontscheiben orientierte er sich über die Flugrichtung und beobachtete die Wolken. Das Wetter westlich über dem Atlantik war sonnig und ruhig. Ein stetiger Wind aus Westen veranlasste ihn, sein Flugzeug neu auszutrimmen. Er war stolz auf seine alte DC-3, die er vor Jahren in Nevada auf einem Flugzeugfriedhof erworben hatte. Mit seinem Freund und Copiloten John McPherson hatte er den Flieger wieder auf Vordermann gebracht. Zahlreiche Testflüge über der Wüste von Nevada hatten ihnen bestätigt, dass seine DC-3 zuverlässig war und keine Macken hatte.

Sein Blick nach Osten bestätigte ihm auch, dass er auf dem richtigen Kurs war. In seinem Kreuz spürte er die vielen Stunden von Zürich über Marseille und Gibraltar und schließlich über dem Atlantik. Das lange Sitzen hatte ihn ermüdet. Immerhin hatte er einige Stunden schlafen können, während McPherson den Steuerknüppel übernahm. Nach einer Zwischenlandung im Atlantik auf der Ile de Sal, wo sie das Flugzeug aufgetankt hatten, war ihr Ziel in greifbare Nähe gerückt.

Destry war Charterpilot. Wer immer einen Transport oder Privatflug wünschte, war bei ihm an der richtigen Adresse. Er hatte ungezählte Flüge auf dem Buckel. McPherson und er waren in der Welt herumgekommen, das konnte er mit Fug und Recht behaupten. Beide waren nicht verheiratet. Für eine Bindung blieb einfach keine Zeit. Doch sie waren lange glücklich in ihrer Rastlosigkeit. Mochte die Sesshaftigkeit warten. Nur manchmal, wenn sie abends nach einem erfolgreich erledigten Auftrag in einer Hotelbar zusammensaßen und einige Drinks in sich hineinschütteten, kamen Momente, in denen sie sich fragten, ob eine feste Station nicht doch auf lange Sicht mehr Vorteile brachte als das unstete Reisen und Leben aus dem Koffer.

Doch die Aufträge sorgten auch dafür, dass sie nicht schlecht verdienten. So konnten sie sich ein ansehnliches finanzielles Polster zur Seite legen. Aus steuerlichen Gründen hatten beide ihre Konten in der Schweiz, gemeldet waren sie dort aber schon lange nicht mehr. Sie fühlten sich staatenlos, obwohl beide amerikanische Pässe besaßen.

Die meisten Aufträge erhielt Destry durch Mundpropaganda. Das allerdings hatte erst wachsen müssen, und die ersten Monate waren kein Vergnügen gewesen. Manchmal war er kurz davor gewesen, den Job hinzuwerfen. Das Flugzeug kostete ihn nicht nur Standgebühren an den jeweiligen Flughäfen, zu denen die Aufträge ihn führten, sondern natürlich auch Steuern und Unterhalt.

Destry unterbrach seine Gedanken und sah kurz zu McPherson herüber, der neben ihm in seinem Sitz eingeschlafen war. Dann blickte er erneut aus dem Fenster nach Westen. In der Ferne konnte er die westafrikanische Küste erkennen.

Routinemäßig warf er einen Kontrollblick auf die Instrumente, die ihm zeigten, dass alle Funktionen im grünen Bereich waren. Bald müsste er an einer Landspitze Vredenburg erkennen, weit nördlich von Kapstadt. Langsam zog er das Flugzeug in eine ostwärts verlaufende Kurve und drehte erneut am Trimmrad, um die Maschine wieder auszurichten. Als er vor sich die Landzunge erkannte und kurze Zeit später über Vredenburg hinwegflog, stellte er sein Funkgerät ab, leitete einen leichten Sinkflug ein und brachte den Flieger auf den neuen Kurs Nordnordost. Sein Auftrag sollte ihn zu den Cederbergen führen, wo er hinter Piketberg, einer kleinen Stadt vor der Wilderness Area, erwartet wurde.

»Hey, John, wach auf! Wir sind in wenigen Minuten da. Hilf mir beim Landen!«

McPherson war sofort wach, setzte sich aufrecht, warf einen kurzen Blick auf die Instrumente und wartete auf weitere Anweisungen von Destry.

»So, fahr die Landeklappen aus, dann das Fahrwerk. Wir sind gleich am Boden.«

Destry steuerte die Maschine, die jetzt fast zu schweben schien, vorsichtig in Richtung einer Sandpiste, die er nun vor sich sah. Inzwischen war es abrupt dunkel geworden, die Sonne war im Westen verschwunden. Es dunkelte sehr schnell in Südafrika, eine Dämmerung wie in Europa gab es hier nicht. Deshalb hatten einige Schwarze entlang einer Sandpiste Ölfässer entzündet, die ihm genug Licht gaben, um seine DC-3 sicher aufzusetzen. Weit voraus am Ende der Landepiste erkannte er wieder die Lastwagen, die wie beim ersten Transport seine Ladung übernehmen sollten. An dieser Stelle war Destrys Arbeit getan. Ein Schwarzer namens Bleeker war nun verantwortlich für das Entladen und den Weitertransport.

Die Maschine rumpelte heftig auf dem Sand und kam nach fast 200 Metern zum Stehen. Destry und McPherson sahen sich an, grinsten und klatschten sich ab.

»Geschafft! Das war wohl unser schwierigster Auftrag. Denk bloß an all die Geheimniskrämerei, die sie uns auferlegt haben!«

Destry sah seinen Freund an. Der schaltete die Motoren aus und stellte die Landeklappen zurück. Dann stand er auf, reckte sich und ging, um die kleine Seitentür zu öffnen. Destry blieb noch einen Moment sitzen, machte Notizen in sein Logbuch und dachte über die letzten Tage nach, die ihn zu diesem Auftrag geführt hatten.

Die Schweizer Bank UBS hatte ihn vor einigen Tagen angerufen und wegen eines Sonderauftrags angefragt. Bedingung allerdings war höchste Geheimhaltung. Er dürfe keine weiteren Fragen stellen.

Am Flughafen Zürich-Kloten sollte er auf einige Lastwagen warten, die ihm etliche Kisten zum Transport nach Südafrika bringen würden. Über den Inhalt wurde ihm nichts mitgeteilt.

Als er sah, wie viele Kisten es waren, stellte er fest, dass er zweimal fliegen müsste. Das erhöhte selbstredend den Preis. Immerhin bot ihm die Bank 500 000 Dollar, alles top secret. Destry war das egal, er hatte schon so manche dubiose Flüge hinter sich. Allerdings ließ er sich stets versichern, dass keine Drogen im Spiel waren. Oft überließ er während des Fluges dann McPherson das Steuer, verließ die Kanzel und überprüfte die Ladung im hinteren Teil des Flugzeugs.

So auch diesmal.

Er hatte einige der fest vernagelten Kisten geöffnet, die Holzwolle zur Seite geschoben und dann erkannt, was er transportierte. Goldbarren in großen Mengen und in weiteren Kisten auch Silberbarren.

Die Barren wiesen mehrere Prägestempel auf: Hakenkreuz, Feinheit von 999,9 und laufende Nummer. Destry schloss die Kisten, kehrte auf seinen Pilotensitz zurück und übernahm wieder den Steuerknüppel.

McPherson war inzwischen draußen und kontrollierte mit einer Taschenlampe das Flugzeug. Dann begrüßte er Bleeker, der schon beim ersten Transport die Kisten übernommen hatte.

Nun verließ auch Destry seine Maschine und schüttelte dem Schwarzen die Hand, von dem in der Dunkelheit nicht viel mehr als die blendend weißen Zähne zu sehen waren. Bleeker grinste dauernd. Destry fragte sich, ob das eine Marotte von ihm war oder ob er besonders freundlich zu ihm sein wollte.

»Ich übernehme wieder alles Weitere, Mr. Destry. Sie können diesmal in der Nähe in einer Lodge übernachten. So brauche ich Sie nicht nach Piketberg zurückzufahren. Ich hoffe, das ist

Ihnen und Ihrem Kollegen recht. Dort drüben«, Bleeker zeigte auf ein Haus, das von einigen Bungalows umgeben war, »das ist eine Safari Lodge. Die beiden linken Bungalows sind für Sie reserviert.«

Destry und McPherson nahmen ihre Reisetaschen und schlenderten auf dem schmalen, gekennzeichneten Sandweg auf die Häuser zu. Hinter ihnen hörten sie, wie geschäftig der Flieger entladen wurde.

»Mr. Bleeker, schließen Sie dann die Eingangstür. Ich möchte morgen nicht irgendwelche Tiere im Flugzeug vorfinden.«

Bleeker winkte ihm zu. Er hatte verstanden.

»Eigentlich haben wir uns jetzt doch ein wenig Urlaub verdient, was meinst du?«, fragte McPherson und legte seine Hand auf Destrys Schulter.

»Genug verdient haben wir. Was hast du vor, wo willst du denn Urlaub machen?«

»Ich denke da an Südfrankreich. In einem schönen Hotel die Beine im Pool baumeln lassen, gutes Essen, guter Wein und vielleicht auch mal wieder ein nettes Mädchen kennen lernen. Ist das nicht auch etwas für dich?«

Sie waren jetzt am Haupthaus angelangt und folgten dem schmalen Weg nach links, wo im Dunkeln die zwei Bungalows lagen.

»Lass uns morgen darüber reden. Du kannst ja die Nacht davon träumen. Schlaf gut, also bis morgen. Ist dir acht Uhr recht? Vielleicht erhalten wir in dem Haupthaus ein ordentliches Frühstück.«

Sie trennten sich, Destry nahm den ersten Bungalow, sein Freund ging die wenigen Schritte weiter zum nächsten.

Destry wunderte sich über die Dunkelheit, aber vielleicht waren die Besitzer schon schlafen gegangen. Er nahm seine Reisetasche in die linke Hand und öffnete die Eingangstür, nachdem er erst eine Weile nach dem Griff gesucht hatte. Auch in dem Raum, den er betrat, war es stockdunkel. Als er weiter in das Zimmer trat, nahm er durch die heruntergelassenen Jalousien etwas Helligkeit wahr. Für einige Sekunden blieb er stehen, stellte die Tasche ab und gewöhnte seine Augen an die Dunkelheit. Die Umgebung war kaum zu erkennen. Auf der rechten Seite des Raumes erahnte er ein Bett mit einem hellen Bezug, links von ihm spürte er einen Tisch und zwei Sessel davor. Nachdem er sich einigermaßen orientiert hatte, schritt er zur Eingangstür zurück und suchte an der Wand nach einem Lichtschalter, den er in Hüfthöhe fand.

Er betätigte den Schalter, und ein warmes, sanftes Licht erhellte den Raum. Destry drehte sich um und konnte nun seine Umgebung erkennen. Allerdings lag auf dem Bett schon jemand. Ein Mädchen erhob sich, setzte sich auf die Bettkante und lächelte ihn an. Als ob sie ihn erwartet hatte.

»Ich wollte dich nicht erschrecken.« Ihre Stimme klang sehr jung. Destry betrachtete das Mädchen genauer. Er schätzte es auf Mitte zwanzig.

»Bin ich im falschen Bungalow gelandet? Dann bitte ich um Entschuldigung.« Er bückte sich nach seiner Reisetasche und wollte gehen.

»Nein, nein, ich habe auf dich gewartet. Bleeker hat mir von euch erzählt, als ihr das erste Mal hier gelandet seid. Ich habe ihm gesagt, dass ihr hier übernachten könnt und nicht in das entfernte Hotel fahren müsst. Ich bin Sehah, und wenn ich mich nicht sehr täusche, erwartet meine Schwester Sorah deinen Freund. Komm, setz dich zu mir, ich habe eine gute Flasche Rotwein hier.«

Sie rutschte etwas zur Seite, beugte sich seitlich über das Bett zu einem kleinen Beistelltisch und nahm die Flasche Wein und zwei Gläser. Eins davon hielt sie ihm mitsamt der Flasche hin.

»Gießt du bitte ein?« Ihr fragender Blick und die Bitte berührten Destry. Er schaute sie prüfend an, als er Flasche und Glas entgegennahm.

Sie hatte ein schlichtes weißes T-Shirt an, kurzärmlig und eng, so dass ihr kleiner Busen sich deutlich abzeichnete. Das T-Shirt reichte nicht bis zum Hosenbund, er konnte ihren Bauch mit dem dunklen runden Bauchnabel sehen. Sie trug hautenge, verwaschene Jeans. Der Anblick gefiel ihm. Der obere Knopf der Jeans war geöffnet.

Destry war mit wenigen Schritten bei ihr. Sie blieb sitzen, während er vor ihr stand, und sah zu ihm auf, während er die Gläser mit Wein füllte.

»Was macht ihr beiden Mädchen denn hier?«

»Unsere Eltern, die in Johannesburg leben, haben uns diese Safari Lodge geschenkt. Meine Schwester und ich haben in Amerika Land- und Forstwirtschaft studiert. Wir beide konnten uns so unseren Traum erfüllen. Dazu haben wir seit einem Jahr auch ein großes Gehege aufgebaut, in dem wir Wildtiere pflegen, die wir dann später wieder in die Freiheit zurückschicken. Wir haben Springböcke hier, Giraffen, Wildhunde, kleine Jungtiere wie Löwen und auch einen jungen Elefanten, dessen Mutter Wilddiebe wegen des Elfenbeins abgeschlachtet haben. Wenn du willst, zeige ich dir morgen alles.«

»Die Zeit werden wir nicht haben. Aber nicht nur deine Worte und diese Lodge faszinieren mich. Du bist es, wenn ich ehrlich bin. Ich habe selten so ein schönes Mädchen getroffen. Darf ich mich zu dir auf das Bett setzen?«

Sie zog ihn zu sich aufs Bett. Aneinandergelehnt tranken sie den Wein.

Destry wurde nachdenklich, Sehah hatte sich jetzt ganz auf das Bett gesetzt und lehnte halb mit ihrem Oberkörper an der Wand, während Destry von Schluck zu Schluck immer näher an sie heranrückte. Er spürte, dass sie das bewusst wahrnahm, wich aber nicht aus. Im Gegenteil, während sie sich unterhielten, berührte sie oft seinen Arm und seine Oberschenkel. Bis er zuletzt neben ihr auf dem Bett lag, seinen Kopf auf ihren Schoß gelegt hatte und zu ihr aufsah. Müdigkeit bemächtigte sich seines Körpers. Die lange Flugzeit machte sich bemerkbar.

»Du bist müde«, sagte sie zu ihm, halb fragend und halb feststellend.

»Komm, zieh dich aus, wenn du willst. Hinter der Tür dort ist eine Dusche, ich werde dir inzwischen dein Bett aufdecken.«

Sie nahm seinen Kopf in ihre Hände, zog ihn zu sich hoch und küsste ihn ganz sanft. Destry war überwältigt, stand auf, wollte sie an sich ziehen, aber sie stand schon dicht vor ihm. Er nahm sie in seine Arme und wollte sie richtig küssen.

»Warte. Geh ins Bad, und wenn du zurückkommst, kann mehr passieren. Ich weiß es aber noch nicht.« Fast verschämt lächelte sie ihn an und schob ihn im nächsten Moment energisch Richtung Bad.

Destry gehorchte. Er wusste, es hatte ihn erwischt. Er hatte sich auf der Stelle verliebt in dieses Mädchen, und er wollte, dass sie die ganze Nacht bei ihm blieb. Seine Müdigkeit war wie weggeblasen. In ihm erwachte der Jäger, der er immer gewesen war. Aber etwas in ihm hinderte ihn. Sie war zu verlegen und doch irgendwie fordernd. Das ließ ihn zurückhaltend werden. Aber er wollte sie die ganze Nacht in den Armen halten. Ob sich dann ein Liebesspiel ergab oder nicht, war ihm egal. Seine Gedanken an sie ließen ihn, während er duschte, nicht mehr los.

Als er zurückkam, nur ein Handtuch um die Hüften gewickelt, war es wieder dunkel. Nur einige Kerzen beleuchteten den Raum, das flackernde Licht warf gespenstische Schatten an die Wände. Doch Destry registrierte es nicht. Er sah zum Bett. Sehah lag nackt auf der Decke, die sie zur Hälfte über sich geschlagen hatte.

»Wir müssen sparen. Unser Stromgenerator braucht wieder Treibstoff, den haben wir vergessen zu besorgen. Aber ich finde Kerzenlicht viel romantischer, und ich möchte dich ganz dicht bei mir haben, dich spüren. Du gefällst mir. Komm her zu mir und erzähl von dir.«

Er gehorchte und ließ, bevor er sich zu ihr legte, das Handtuch fallen. Ihr Blick folgte ihm, sie sah ihn von oben bis unten an, kicherte und öffnete die Decke für ihn.

Er schob seinen Arm unter sie, und sie schmiegte sich an ihn, als seien sie schon lange vertraut. Dann erzählte er ihr von seinem unsteten Leben, seiner unbewussten Suche nach Zweisamkeit und Liebe. Er war versucht, ihr zu gestehen, dass er das wohl endlich hier und in ihr gefunden hatte. Alles, was er an diesem Abend erlebte, gefiel ihm. Zum ersten Mal dachte er wirklich daran, in dieser Lodge eine Weile zu bleiben. Und wenn es nur der Urlaub war, den auch McPherson sich wünschte.

»Ist deine Schwester so wie du, so spontan, direkt und fordernd und doch so zurückhaltend?«

»Ich weiß es nicht, das musst du morgen deinen Freund fragen. Ich spüre mit dir etwas, das ich bisher bei meinen Freunden immer vermisst habe. Deshalb bin ich eigentlich auch allein. Mit dir könnte das anders werden.«

Sie drehte sich zu ihm, er spürte ihren Bauch an seinem, ihr kleiner fester Busen drückte an seine Brust, und als sie ein Bein um ihn herum legte, war er bereit, mit ihr zu schlafen. Ihre Zurückhaltung hatte sie aufgegeben, sie liebte ihn genauso wild wie er sie, bis sie völlig erschöpft einschliefen.

Das Sonnenlicht war gleißend, doch die Jalousie ließ nur wenig Licht ins Zimmer. Destry war wach und träumte vor sich hin. Er wandte sich Sehah zu. Sie hatte die Augen geschlossen, ihr Mund war leicht geöffnet, und Destry vernahm ein gleichmäßiges, leises Röcheln. Er grinste vor sich hin. Sie schnarchte ganz einfach. Als er sich halb aufrichtete, deckte er auch ihren Körper auf, die Decke rutschte auf seiner Seite zu Boden. Sehah lag auf dem Rücken, die Arme hinter ihrem Kopf verschränkt. So konnte er ihren schlanken Körper betrachten, wozu er in der Nacht nicht gekommen war. Sie war schön, gebräunt, mit Ausnahme eines hellen Dreiecks um ihre Scham und eines hellen Streifens um ihren Busen. Der Anblick begeisterte ihn. Nicht nur, dass sie in der Nacht hemmungslos war, sich einfach fallen ließ und seinen Zärtlichkeiten hingegeben hatte. Sie besaß einen makellosen, muskulösen Körper mit erotischen Kurven. Ihre schwarzen Schamhaare waren seitlich rasiert, so dass sich ein schmaler Streifen bis zu ihrem flachen Bauch zog. Ihre Hüftknochen zeichneten sich ab, eng und schmal, und Destry erahnte mehr als er sah ihren kleinen runden Po.

»Hast du dir genug ansehen können?« Sie war wach, die ganze Zeit, und vielleicht wollte sie, dass er sie so eingehend betrachtete.

»Die Nacht war sehr schön mit dir. Wenn du heute wieder wegfliegst, solltest du wissen, was du alles verpasst. Kannst du nicht noch eine Weile bleiben?«

Sie richtete sich auf, rollte zärtlich ihren Körper über seinen hinweg, küsste ihn, stand auf, ging zum Fenster, wo sie die Jalousie vollends öffnete. Sie drehte sich wieder zu ihm, und er konnte so nur ihre Silhouette sehen. Die Sonne hinter ihr blendete ihn.

»Du bist schön, und ich werde wiederkommen, wenn du magst. Wir wollten ohnehin irgendwo einige Tage Erholung suchen. Warum nicht hier bei euch?« Destry stand jetzt ebenfalls auf und ging auf sie zu.

»Nein, komm mir nicht zu nahe! Das wird alles wieder zu gefährlich für mich. Oder für dich?« Sie wich ihm lachend aus, lief schnell ins Bad und schloss die Tür hinter sich.

»Okay, ich lasse dich in Ruhe. Ich muss auf jeden Fall noch einmal weg, aber ich komme wieder. Ganz bestimmt!« Er sprach laut vor der Badezimmertür.

Nach wenigen Minuten kam sie wieder heraus, diesmal eingehüllt in einen viel zu großen dicken weißen Bademantel, der auf der linken Brustseite ein blaues Emblem der Blue Lake Safari Lodge trug.

»Lass uns nach deinem Kollegen sehen. Die beiden müssten schon auf uns warten.«

Mehr zog sie nicht an. Er dagegen hatte sich inzwischen vollends angekleidet, seine Tasche gepackt und zog Sehah aus dem Bungalow auf den Weg zum Haupthaus.

»Guten Morgen.« McPherson mit Sorah an der Hand wartete schon auf ihn.

»Wie ich sehe, hat es dich wohl genauso erwischt wie mich«, scherzte Destry, als er Sehahs Schwester begrüßte.

Hinter dem Haupthaus, das sie nun durchquerten, war eine kleine Terrasse angelegt, von wo aus sie einen weiten Blick auf die Steppenlandschaft hatten.

»Hier ist unser Gehege. Wenn wir Glück haben, kommen einige Tiere zum Frühstück.«

In der Ferne konnten sie Springböcke und Giraffen sehen, die dort friedlich grasten. Näher aber kam keines der Tiere.

»Sie spüren, dass Fremde hier sind. Da sind die wilden Tiere vorsichtig.« Sehah reichte Destry eine Tasse Kaffee.

»Sonst kommen einige Tiere einfach an diesen Zaun. Manchmal lassen sie sich auch streicheln.«

Destry spürte eine gewisse Traurigkeit in ihren Worten. »Ich komme wieder, keine Angst. Verlass dich drauf!«, versprach er.

McPherson hatte wohl die gleichen Gedanken, denn er nickte Destry zu. »Wir müssen aufbrechen, so leid es uns tut, Sorah.« Er wandte sich ihr zu. »Ich komme auch wieder, ganz bestimmt. Ich freue mich auf dich.« Er küsste sie.

Dann nahmen beide ihre Reisetaschen. Sehah und Sorah blieben auf der Terrasse, saßen jetzt nebeneinander und blickten weit hinaus auf die Savanne, ihre Wildtiere beobachtend. Einen Moment blieb Destry stehen. So wollte er den Abschied eigentlich nicht. Andererseits mochte er keine langen Szenen an Flughäfen oder Bahnhöfen. Oder auf Sandpisten, fügte er in Gedanken hinzu.

Von weitem konnten sie ihre DC-3 im Sonnenlicht stehen sehen. Langsam gingen sie auf ihr Flugzeug zu. McPherson öffnete die Tür und klappte die kleine Leiter herunter, so dass sie ihre Maschine besteigen konnten.

Cederberg Wilderness Area

Tiefe Nacht und eine trockene Hitze lagen über der weiten Savanne, in der die alte DC-3 silbern leuchtete. Der Mond erhellte die Nacht, einige wenige Wolken zogen am Himmel von West nach Ost.

Nur gelegentlich verschwand der Mond hinter den Wolken. Dann jedoch war es stockfinster. Von weitem waren die Laute der Kojoten zu hören, der Dauerton der Grillen störte die Stille. Ab und an unterbrach das Knacken und Knistern eines Astes, ein Geräusch, das nicht zu der Nacht gehörte, für Sekunden das Singen der Grillen. Doch dann setzte der zirpende Lärm wieder ein, für ungeübte Zuhörer fast ohrenbetäubend. Ein leichter Wind, der bisweilen den heißen Staub aufwirbelte, sorgte zusätzlich für ein unangenehmes Klima in dieser Nacht.

Nicht weit entfernt lag ein Mann flach auf dem Boden, bewegungslos, das Flugzeug beobachtend. Er trug einen sandfarbenen Overall, der seitlich an den Hosenbeinen einige Taschen aufwies, die sich beulten. Der Mann hieß Sven Botha. Er war ein Auftragskiller.

Wie so oft hatte er diesen Auftrag aus New York bekommen. Er wusste nicht, wer sein Auftraggeber war. Nachdem aber sein Honorar pünktlich auf sein Konto eingegangen war, hatte er sich auf den Weg gemacht, um seine unheilvolle Arbeit zu tun. Botha war selbst nie irgendwo persönlich in Erscheinung getreten. Seine Auftraggeber kannten ihn nicht, hätten ihn auch nicht identifizieren können. Das war einer seiner Vorzüge, der sich über die letzten Jahre in gewissen Kreisen herumgesprochen hatte. Außerdem plante er seine Aufträge stets so, dass es immer aussah, als habe der Zufall mitgespielt. Nie konnte Vorsatz festgestellt werden, so dass polizeiliche Untersuchungen entweder im Sande verliefen oder eingestellt wurden, weil die Ergebnisse seiner Taten nicht als Mord erkannt, sondern als Unfall aufgefasst wurden.

Botha war ein Trinker. Jedes Mal, wenn er einen Auftrag erfolgreich beendet hatte, nahm er sich eine Auszeit und leerte einige Flaschen Whisky. Das war seine Art, Erfolge zu feiern. Und einsam fühlte er sich nicht. Da er mit festen Bindungen nichts im Sinn hatte, nahm er sich ab und zu ein Mädchen, mit dem er nach Abschluss eines Auftrages ausgiebig und hemmungslos feierte.

Jetzt lag er im Sand und wartete. Sein Auftrag war klar umrissen. Er sollte zwei Piloten eliminieren. Das Wie blieb ihm überlassen, wie immer. Er würde die Maschine manipulieren, so dass sie abstürzte.

Der stetige Wind wirbelte feinen Sand auf, so dass seine Augen brannten. Flach am Boden kroch Botha weiter Richtung Flugzeug. Die Hitze machte ihm zu schaffen. Sein Overall war für dieses Klima nicht gemacht. Er nahm sich vor, bei den nächsten Aufträgen unter erschwerten Bedingungen ein höheres Honorar zu fordern.

Niemand schien mehr in der Nähe des Fliegers zu sein. Seine Umgebung genau beobachtend, bewegte er sich voran. Von weitem hatte er schon vor Stunden das Entladen von Kisten auf Lastwagen beobachtet. Jetzt schien diese Arbeit beendet, die Schwarzen und die Lastwagen waren verschwunden. Die DC-3 stand verlassen im Dunkeln, lediglich der Mond ließ die Maschine silbern aufblitzen, wenn die Wolken sein Licht freigaben.

Obwohl er das sichere Gefühl hatte, allein zu sein, bewegte er sich äußerst vorsichtig vorwärts, jedes verräterische Geräusch vermeidend. Nun hatte er die Machine erreicht und lag unter dem Bug, vor sich die beiden Räder, die links und rechts aus den Tragflächen herausragten. Im Schatten des Flugzeugs und im Dunkel der Nacht so gut wie unsichtbar, tastete er sich den Rumpf entlang, bis er an die Einstiegsluke kam. Er hangelte sich hoch, merkte, dass die Tür nicht verschlossen war, öffnete sie und glitt ins Innere. Leise schloss er die Tür hinter sich. Eine Weile blieb er ruhig auf dem Boden liegen, horchend, abwartend, ob irgendein Geräusch die Anwesenheit von Lebewesen signalisierte.

Es blieb ruhig. Botha nahm aus einer seiner zahlreichen Taschen eine kleine Taschenlampe, die er so verändert hatte, dass sie nur ein Punktlicht von nicht mehr als fünf Zentimeter Durchmesser abgab. Es war eng und heiß, und er fluchte vor sich hin. Manchmal hasste er seinen Beruf. Er sehnte sich an die Küste, wo er sein Segelboot weit nördlich von Kapstadt in der Saldanha Bay liegen hatte. Das war sein Geheimnis. Nur wenn er sich versorgen musste oder ein Mädchen mit an Bord nahm, ging er kurz an Land. Er liebte die See, und oft blieben die Mädchen tagelang mit ihm an Bord. Schließlich zahlte er gut, und das war auch der einzige Grund, warum die Mädchen mitkamen.

Botha war gezeichnet von seinem Beruf. Oft hatte er Aufträge abgewickelt, die seinen ganzen körperlichen Einsatz forderten. Dabei hatte er Blessuren einstecken müssen, deren Narben sein Gesicht und seinen Körper entstellten. Doch viele Mädchen mochten die Brutalität, die er ausstrahlte, umso mehr, wenn sie nach einigen Tagen des Zusammenseins mit ihm erkannten, dass er ein zuverlässiger Mann war, der sie nie brutal oder gemein behandelte.

Er schüttelte den Kopf und konzentrierte sich wieder auf seine Aufgabe. Er wollte sich nicht ablenken lassen von den Genüssen, die ihn nach getaner Arbeit erwarteten.

Leise und gebückt ging er ins Cockpit. Seine Vorbereitungen hatten ihm einen genauen Einblick in die Baupläne und die Anordnung der Elektronik und der Armaturen verschafft. Das, was er vorhatte, war einfach, so einfach, dass man es später nicht würde nachvollziehen können.

Er kniete sich halb unter die Armaturen und suchte mit der Taschenlampe die Kabelverbindung zu den Benzinuhren. Nachdem er sie entdeckt hatte, schnitt er sie mit einer Zange durch und legte ein dünneres Kabel mit einem geringeren Querschnitt dazwischen. So musste während des Fluges das dünne Kabelstück erhitzen und schließlich durchglühen. Die Tankanzeige würde versagen, der Zeiger auf null zurückfallen. Für den Piloten ein Zeichen, dass die Tanks leer waren und das Flugzeug abstürzen würde. Und mit dem Flugzeug auch die beiden Piloten.

Als weitere Absicherungen brachte er eine Sprengladung mit Zeituhr an und sperrte die Ausstiegsluke so zu, dass sie, einmal von innen geschlossen, nicht mehr zu öffnen war.

Dann fiel er auf den Sandboden, warf sich sofort wieder flach hin und rollte unter das Flugzeug. Wieder blieb er eine Weile liegen und tastete nach seiner Pistole. Wenn ihn jemand entdeckte, würde er sich seinen Fluchtweg notfalls freischießen.

Nichts rührte sich in seiner näheren Umgebung. Diesmal peinigte ihn das laute Gezirpe der Grillen nicht, denn so wusste er, dass er nach wie vor allein war.

Kriechend entfernte er sich langsam von dem Flugzeug. Erst als er auf diese Weise ein ziemliches Stück hinter sich gebracht hatte, stand er auf und ging weiter zu der Landstraße, wo er hinter einigen Gebüschen seinen kleinen Wagen versteckt hatte. Da er diesen Wagen in Citrusdal aufgebrochen und gestohlen hatte, konnte man seine Anwesenheit in dieser Gegend auch nicht nachvollziehen. Er musste nur noch unbemerkt an die Küste kommen, wo sein Boot vor Anker lag.

Über Piketberg fuhr er nach Vredenburg. Dort stellte er das Auto in einer Nebenstraße ab und ging zu Fuß weiter. Sein kleines Beiboot hatte er auf den Strand gezogen und im angrenzenden Wald versteckt.

Alles war noch so, wie er es verlassen hatte. Bevor er das Beiboot durch den Sand und zum Wasser zerrte, entledigte er sich des Overalls. Er war nass geschwitzt, tauchte kurz in den Atlantik und ruderte dann die wenigen hundert Meter hinaus zu seinem Segelboot. Erschöpft kletterte er in das Boot, öffnete den Niedergang, schloss ihn hinter sich und legte sich in die Koje. Er war sofort eingeschlafen.

Erst am nächsten Nachmittag wachte er auf. Die Sonne hatte die Kajüte aufgeheizt. Botha öffnete die Bullaugen und den Niedergang. So kam wenigstens etwas frische Luft herein. Dann griff er in seinen Kühlschrank, goss sich ein großes Glas Whisky ein und trank es in einem Zug leer.

Da er nichts gegessen hatte, spürte er den Alkohol sofort. Wohlig grunzte er vor sich hin und überlegte, ob er sich zur Feier des Tages doch noch ein Mädchen aus der Stadt holen sollte. Als er den Wetterbericht im Radio hörte, ließ er von dem Gedanken ab. Ein Sturmtief kam über den westlichen Atlantik.

Hastig reffte er die Segel, kontrollierte ihren Zustand, nahm wieder einen tiefen Schluck diesmal direkt aus der Flasche und setzte sich ans Ruder. Dann steuerte er das Boot Richtung Norden, um hinter der Landzunge, die vor ihm lag, in der St. Helena Bay Schutz zu suchen. Wieder setzte er die Whiskyflasche an. Er spürte kaum, wie er immer betrunkener wurde, sich nicht mehr konzentrieren konnte.

Der Sturm war da. Botha, inzwischen sternhagelvoll, war durch den Alkohol hochmütig geworden. Mit den Naturgewalten würde er leicht fertig werden. Verkrampft saß er am Ruder. Seine Augen tränten. Seine Whiskyseligkeit hatte seinen Realitätssinn schwinden lassen.

Der Sturm trieb das Boot stark leelastig vor sich her. Die Leeseite stand schon unter Wasser. Botha reagierte nicht. Die Gischt, die ihn von Luv her immer wieder erwischte, durchnässte seine Kleidung. Er hing am Ruder und bemerkte nicht, dass der Wind schlagartig seine Richtung änderte. Das Boot drehte sich in den Wind und stand kurz ohne Fahrt, als der Mast mit Gewalt umschlug und die Rah Botha voll am Kopf traf.

Der Schmerz durchzuckte ihn. Er stand auf, doch da hatte sich sein Segelboot so weit auf die Seite gelegt, dass nicht nur Wasser einlief, sondern er lang auf die Planken schlug. Sein Kopf krachte auf den Aufbau am Niedergang. Bothas Körper rollte über Bord. Er spürte nicht, dass er ertrank.

Abflug aus Südafrika

Destry stand am Einstieg seiner alten DC-3 und blickte kurz zu McPherson. »Komm, du hattest die ganze Nacht Zeit, dich zu verabschieden«, belächelte er die Küsse, die sich sein Freund und Sorah gaben. »Wir haben noch eine Aufgabe vor uns. Ich habe ihrer Schwester auch versprochen, dass wir zurückkommen.«

Er stieg in das Flugzeug und sah, dass auch sein Freund sich endlich löste und ihm folgte.

»Das war ein wirklich süßes Erlebnis, diese Nacht. Ich muss auf jeden Fall zurück! Ich hatte dir ja vorgeschlagen, Urlaub zu machen. Hier ist der richtige Platz. Du kannst davon ausgehen, dass ich hierher zurückkehre.«

McPherson kletterte auf seinen Sitz, kontrollierte Technik und Elektrik und gab dann mit seiner Hand das Okay-Zeichen, dass man starten könne.

Destry warf die Motoren an, sah aus dem Fenster und registrierte, dass die Lastwagen, die er in der Nacht gesehen hatte, verschwunden waren. Auch von Bleeker war nichts zu sehen. Dann wendete er und manövrierte die Maschine gegen den Wind, um zu starten. Doch so schnell konnte er gedanklich nicht abschalten. Nachdem er zufällig entdeckt hatte, dass er Nazi-Goldbarren transportierte, fragte er sich, was diese Barren hier in Südafrika zu suchen hatten.

Südafrika, ohnehin das größte Goldförderland der Welt, importierte heimlich alte Barren aus der Schweiz. Ihm kam das mehr als merkwürdig vor. Destry nahm sich vor, in seinem Urlaub der Sache nachzugehen. Vielleicht ließ sich ja aus seinem Wissen Kapital schlagen.

Die Motoren waren inzwischen warm gelaufen. Destry schob die Gashebel nach vorn. Drehzahl und Schubkraft erhöhten sich. Jetzt lieferten die Motoren die erforderliche Kraft zum Start. Langsam setzte das Flugzeug sich in Bewegung, und als es die richtige Geschwindigkeit zum Abheben erreicht hatte, zog Destry den Steuerknüppel an. Trotz der sandigen Bahn, die das Fortkommen erschwerte, erhob sich die alte DC-3 zuverlässig in die Lüfte. Da die Maschine ohnehin ohne Last war, ging der Start ohne Probleme ab.

Destry sah zu McPherson hinüber, nickte ihm zu und steuerte den Flieger auf Kurs Nordnordwest, Richtung Ile de Sal. Dort wollte er erneut zwischenlanden und tanken, aber auch mit seinem Freund überlegen, wie und wo sie die nächste Zeit verbringen wollten. Ein weiterer Auftrag lag im Moment nicht vor, und die Kasse stimmte. Also die richtige Gelegenheit für eine Pause und ein wenig Urlaub.

McPherson spähte aus dem Fenster. Langsam entfernten sie sich von der Wilderness Area und der so erlebnisreichen Nacht. Er war gefangen von den Zärtlichkeiten, die er erfahren hatte. Er wollte zurück, unbedingt.

»Eigentlich hättest du mich hierlassen können. Was auch immer du vorhast, ich gehe zurück. Notfalls laufe ich.«

»Keine Sorge, ich will auch zurück. Wir haben uns nach den Aufträgen der letzten Monate etwas Ruhe verdient. Lass uns den Flieger auf der Insel durchchecken, dann richtig voll tanken. Am besten fliegen wir dann nach Kapstadt. Dort stellen wir das Flugzeug ab, nehmen uns ein Auto und fahren zurück zu der Lodge.«

Sie zogen eine Linkskurve und waren nun über dem Atlantik. Destry sah auf die Karte und stellte den neuen Kurs ein. Reine Routine, der Kontrolle des Luftraums folgend.

Seine Gedanken waren ebenfalls bei den Erlebnissen in der Nacht. Das Mädchen, ihre Art, ihre Zärtlichkeit hatten ihn überwältigt. Hinzu kam, dass Sehah fantastisch aussah. Auch war er fasziniert von der Arbeit, die sie mit ihrer Schwester in der Lodge tat: die Tiere, deren Pflege und Kontrolle. Seine Gedanken gingen aber noch einen Schritt weiter. Er stellte sich vor, hier Tourismus für Interessierte aufzubauen, die die Wildtiere aus nächster Nähe kennen lernen und erleben wollten.

Dieser Gedanke schien verlockend. Das Umfeld war ideal, um eine lange Zeit dort zu verbringen. Irgendwann sollte man mal zur Ruhe kommen, dachte er bei sich. Beide schwiegen und hingen ihren Gedanken nach.

Destry dachte aber auch an das, was er in den letzten Jahren mit McPherson erlebt hatte. Da gab es vieles, was sie verband und ihre Freundschaft vertieft hatte. Sie waren weit herumgekommen.

McPherson, den er in London kennen gelernt hatte, war wie er ein Kosmopolit, aber auch interessiert, dort zu arbeiten, wo man ihn nicht mit Steuern und Abgaben drangsalierte. Inzwischen war es ihm geglückt, aus den Registern der Meldebehörden zu verschwinden. Er war ein klassischer Weltenbummler, der in den Tag hinein lebte, wie er selbst. Destry und er waren auch wegen der gleichen Lebenseinstellung Partner und Freunde geworden.

Destry schaute hinaus. Auf der linken Seite weit hinter sich sah er die afrikanische Küste langsam im Morgendunst kleiner werden. Er stellte den neuen Kurs ein, kontrollierte wieder einmal die Instrumente und erschrak, als er auf die Benzinuhren sah.

»Hey, John! Wir haben keinen Sprit mehr! Bleeker hat die Tanks doch nicht gefüllt. Jetzt haben wir ein Problem. Bis zur Ile de Sal schaffen wir es nicht mehr. Auf dem Meer will ich keine Notlandung versuchen, und gemeldet ist dieser Flug auch nicht.«

Beide betätigten hektisch mehrere Schalter. Vielleicht war es ja nur ein Fehler in der Elektrik. Doch vergeblich. Die Spritanzeige blieb gnadenlos auf null.

»Wir müssen aussteigen!« Destry stand auf und griff sich den Fallschirm, der unter seinem Sitz lag. Auch McPherson schnallte sich den Schirm um. Dann verließen sie das Cockpit und hangelten sich zum Ausstieg in den hinteren Teil des Flugzeugs.

»Ich kriege die Tür nicht auf!«, brüllte McPherson. Verzweifelt rüttelte er an der Tür und versetzte ihr einen Tritt. Sie war blockiert, aber warum, konnte er nicht feststellen.

»Dann versuche ich es vorn, durch die Frontscheibe!«

McPherson lief zurück ins Cockpit, während Destry sich ebenfalls erfolglos am Ausstieg zu schaffen machte. Auf dem Weg nach vorn hörte er, wie sein Freund mit mehreren kräftigen Fußtritten die rechte Frontscheibe herausstieß. Glassplitter flogen durch das Cockpit, McPherson kletterte auf die Armaturen und ließ sich auf den Bug des Flugzeuges rutschen. Trotz des starken Gegenwindes hatte er den Ausstieg fast geschafft, als er mit einem Haltegurt des Fallschirms an einer Glasscherbe hängen blieb, die seinen Gurt zerschnitt.

Destry musste ohnmächtig zusehen, wie sein Freund nach vorn rutschte, bis er aus Destrys Blickfeld verschwand.

John McPherson war in den Tod gestürzt. Destry war erschüttert. Er hatte seinem Freund nicht helfen können. Nun musste er sich selbst helfen.

Inzwischen neigte sich das Flugzeug gefährlich nach unten. Destry warf einen letzten Blick auf die Benzinuhren, die immer noch auf null standen. Längst hätten die Motoren still stehen müssen. Er war verwundert, dachte aber in diesem Moment weniger an das technische Problem, das vielleicht vorlag. Auch er musste den Flieger schnellstens verlassen.

Der Weg über die Tür war versperrt, warum auch immer. Also blieb ihm auch nur der Absprung durch die Frontscheibe. Vorsichtig entfernte er die Reste der Glassplitter, kletterte durch die Öffnung und ließ sich fallen. Als er weit genug vom

Flugzeug entfernt war, zog er die Reißleine seines Fallschirms. Mit einem Ruck, der ihn kurz nach oben riss, öffnete sich der Schirm, und Destry schwebte langsam abwärts auf das Meer zu. Vor sich in einiger Entfernung sah er die Ile de Sal und versuchte seinen Schirm in diese Richtung zu steuern. So hoffte er, nicht allzu weit im Meer zu landen und den Rest der Distanz schwimmend zu bewältigen.

Er wandte seinen Kopf noch einmal zum Flugzeug, als ein Blitz und ein Knall seine DC-3 noch in der Luft zerlegten. Also doch! Mehr ahnend als wissend vermutete Destry, dass es sich um einen Anschlag auf ihn und seinen Freund handelte. Es musste mit dem geheimen Goldtransport zusammenhängen.

Das Wasser kam stetig auf ihn zu, und sanft landete Destry im Atlantik. Schnell entledigte er sich des Fallschirms und seiner dicken Fliegerjacke. Dann blieb er eine Weile ruhig im Wasser liegen, um sich etwas zu erholen, bevor er zielstrebig auf die Insel zuschwamm.

Mit gleichmäßigen kräftigen Zügen, so erkannte er bald, würde er es schaffen. Nach etwa zwei Stunden spürte er Boden unter seinen Füßen. Er war am Strand der Insel gelandet. Alle Muskeln schmerzten, und nach einigen taumelnden Schritten, teilweise kroch er auf allen vieren, brach er hinter einem Gebüsch zusammen. Nachdem er trotz seiner Schmerzen die nasse Kleidung ausgezogen hatte, rollte er sich auf dem sandigen Boden zusammen. Er war völlig erschöpft und schlief auf der Stelle ein.

Eine brennend heiße Sonne weckte ihn am nächsten Morgen. Er reckte sich vorsichtig und stand langsam auf. Er spürte seine Muskeln immer noch schmerzhaft, als er nackt und etwas steif im Sand stand. Er nahm seine getrockneten Kleidungsstücke und zog sich an. Seine Mundwinkel waren entzündet und aufgerissen, er musste dringend etwas zu trinken haben. Mit langsamen Schritten umrundete er die wenigen Büsche und ging auf ein kleines Hotel zu, das in der Nähe des Flughafens lag.

Destry nahm sich ein Zimmer, trug sich an der Rezeption unter falschem Namen ein und legte sich wieder schlafen. Doch seine Gedanken kreisten um den Auftrag. Zum Glück war es unwahrscheinlich, dass der Attentäter etwas von seiner Rettung mitbekommen würde, zumal er hier unter anderem Namen logierte. Wer auch immer diesen Anschlag verübt hatte, musste denken, dass es ihm gelungen war, die Mitwisser zu eliminieren.

Wieder war ein Tag vergangen, und als die Sonne ihn wieder weckte, wusste er sofort, wo er war. Aus dem kleinen Radio auf dem Nachttisch hörte er die Nachrichten, die von einem Blitz am Himmel berichteten, doch niemand konnte sich das erklären. Kein Wunder, dachte Destry. Er hatte ja den Funk abgestellt und seinen Start aus der Savanne nicht gemeldet.

So konnte er seine geliebte DC-3 abschreiben.

Nachdem er sich mit einem Frühstück gestärkt hatte, entschloss er sich, sofort die nächste Maschine nach Kapstadt zu nehmen. Er rief Sehah an, berichtete ihr, was geschehen war, und bat sie, für ihn die Flugkarte zu buchen. Seine persönlichen Utensilien waren mit dem Flugzeug verschwunden. Nur seine Brieftasche war ihm geblieben. Der Inhalt, seine Papiere und eine Kreditkarte, waren zwar immer noch feucht. Doch mit der Karte konnte er am Abfertigungsschalter seinen Flug bezahlen.

Er dachte an seinen Freund, an die letzten Stunden, an die schöne Zeit in der Lodge, die nun sein Refugium und sein Versteck sein würde. Jedenfalls vorläufig, bis er mehr über das Attentat erfuhr. Auf jeden Fall würde er mit Direktor Schmieder von der Schweizer Bank reden müssen. Der musste mehr darüber wissen.

New York

Die Hitze war mörderisch. Mehr als vierzig Grad Celsius und die hohe Luftfeuchtigkeit von über achtzig Prozent sorgten dafür, dass jede Bewegung, jedes Hasten durch die Straßen von Manhattan zur Qual wurden. Kinder drehten die an Straßenecken installierten Hydranten auf, um sich so ein wenig Erfrischung zu holen. Am Times Square fuhren Tankfahrzeuge und besprengten Straßen und Bürgersteige mit Wasser. Doch dampfend verdunstete es sofort.

Trotz allem, die Hektik der Passanten auf den Bürgersteigen war auffallend. Der echte New Yorker kannte sich aus und konnte, vielmehr musste mit diesen Wetterverhältnissen leben.

Gleich in der Nähe des Times Square, wo der Broadway sich in Richtung Süden gabelte und links nach Little Italy führte, stand ein altes Backsteinhaus im viktorianischen Baustil. Man hatte es aufwendig renoviert, und es galt als Juwel unter den denkmalgeschützten Gebäuden. Doch durch die riesigen Fenster konnte man selbst von außen erkennen, dass das Innere des Gebäudes modernsten Ansprüchen genügte. Hier hatten Werbeagenturen und Anwaltskanzleien ihre Büros eingerichtet.

Auf dem Dach waren Wasserbehälter installiert, die die Klimaanlagen in den Büroräumen mit kühler Luft versorgten. Besucher wurden mit eleganten Fahrstühlen in die oberen Etagen befördert, wo kostbares Mobiliar auf die wohlhabenden Mieter hinwies.

Hier im obersten Stock hatte auch Mr. Bradshaw sein Büro. »Precious Metal Corporation, C. Bradshaw« war auf seinem wie golden wirkenden hochglanzpolierten Messingschild zu lesen. Hier residierte jemand, der keine Probleme hatte, die horrende Büromiete zu zahlen.

Um in sein Büro zu gelangen, musste man eine sehr dunkle Mahagonitür passieren und etliche Schritte auf dem dicken, sanften Teppichboden zurücklegen. Außerdem musste man die Kontrolle durch Bradshaws Sekretärin Susanna über sich ergehen lassen, die ihn vor jedem unwillkommenen Besuch abschirmte.

Bradshaw saß weit zurückgelehnt in seinem Bürostuhl, schaukelte behutsam vor und zurück und telefonierte. Mit Südafrika.

»Mr. Davenport, ich habe das Arrangement für die Eliminierung angeschoben, allerdings noch keine Bestätigung bekommen.« Bradshaw wartete auf die Reaktion aus Südafrika.

»Das sollte hundertprozentig ablaufen«, kam es ärgerlich aus dem Hörer. »Wenn da etwas in die Hose gegangen ist, müssen Sie das korrigieren. Ich habe damit allerdings nichts zu tun, dass muss Ihnen klar sein. Es war Ihre Idee, und die Abwicklung des Transports war Ihr Plan. Halten Sie mich gefälligst da heraus!« Davenport war ziemlich angefressen. Bradshaw versuchte ihn zu beschwichtigen.

»Kein Problem. Die Sache lief über mich, ich werde das prüfen und weiterverfolgen. Wir sehen uns ja dann in Sun City, bis dahin werde ich das alles bereinigt haben. Ich werde auch Kontakt zu der Schweizer Bank aufnehmen, der Chefgoldhändler ist ebenfalls informiert. Ihn habe ich sogar an der Provision mitverdienen lassen. So habe ich ihn in der Hand.«

Bradshaw verabschiedete sich und legte auf. Seine gespielte Souveränität war dahin. Von Botha, den er beauftragt hatte, war keine Rückmeldung gekommen. Irgendwas war da schiefgelaufen. Er musste nachforschen. Aber wie?

Nachdenklich schaute er aus seinem Fenster auf das Empire State Building und das Chrysler Building. Er besaß einen phänomenalen Ausblick auf Manhattan. Deshalb hatte er sich seinerzeit im Handumdrehen entschieden, diese Räume als Büro zu nutzen.

Aber in diesem Moment waren seine Gedanken mit etwas anderem beschäftigt.

Mit Botha.

Bradshaw handelte mit Edelmetallen. Das lag immer noch am Rande der Legalität, denn privater Goldbesitz in Barren und Münzen war in den USA verboten. Doch Bradshaw hatte Mittel und Wege gefunden, auch den nordamerikanischen Markt zu versorgen. Und er spürte, dass die internationale Finanzpolitik, vor allem die der Amerikaner, in eine Schieflage geraten war und dass eine Änderung bevorstand. Andere Länder und Regierungen zählten schon länger zu seinen Kunden, die auch seine stille Abwicklung des Verkaufs von Gold und Silber schätzen gelernt hatten. Seine enormen Verdienstmöglichkeiten lagen eben nicht nur auf dem amerikanischen Markt. Auch dubiose Abnehmer gehörten zu seiner Klientel. Vor allem Hongkong, dort wurde bereits ein Vielfaches für die Feinunze Gold bezahlt, als die offizielle Preisbindung hergab.

Wenn, so spekulierte er, die USA tatsächlich die Goldpreisbindung an den Dollar aufgeben müssten, hätte er das Geschäft seines Lebens gemacht. Das war sein Risiko, und dieses Risiko wollte er eingehen.

Er griff zum Telefon und wählte eine geheime Nummer in Südafrika. Nach einigen Ruftönen meldete sich eine Kontaktperson in Windhoek. Eine Weile hörte er der Stimme zu, bis er verstand, dass der beauftragte Killer wohl mit seinem Boot im Sturm untergegangen war. Man berichtete ihm von Bootstrümmern und der Leiche, die allerdings noch nicht identifiziert werden konnte. Bradshaw legte ohne ein Wort auf. Für ihn stand fest, dass der Tote Botha sein musste. Er fluchte leise vor sich hin. Das, was er noch vorhatte, musste dann halt mit einem neuen Mann erledigt werden. Wieder rief er seinen Kontaktmann in Windhoek an und besprach mit ihm den nächsten Auftrag. Erneut sicherte man ihm Diskretion und professionelle Erledigung zu.

Jeden Morgen, wenn er sein Büro betrat, studierte Bradshaw als Erstes die wichtigen Tageszeitungen, immer auf der Suche nach einem lukrativen Geschäft. Besonders interessiert verfolgte er Nachrichten über die Goldpreisbindung. Er spürte, dass angesichts der maroden wirtschaftlichen Lage in Amerika und vor allem der Schwäche des Dollar gegenüber anderen Währungen Gold einer florierenden Zukunft entgegensah. Besonders die ökonomische Entwicklung in Europa ließ eine Neubewertung der einzelnen Währungen erwarten. In welche Richtung, das konnte niemand ahnen, doch Bradshaw hatte bisher immer eine glückliche Hand bei seinen Spekulationen gehabt. Auch die Federal Reserve Bank geriet wegen des schwachen Dollars unter Beschuss. Zu hoch waren weltweit die Inflationsraten.

Die Zeit schien vorbei, in der sich die freien Marktwirtschaften von den USA und dem Dollar gängeln ließen. Der Traum vom Dollar als weltweit dominierender Währung war ausgeträumt. Bradshaw rechnete damit, dass die Bindung des Goldes an den Dollar auf der Kippe stand. Man schrieb das Jahr 1971. Das Bretton-Woods-Abkommen aus dem Jahre 1944 hatte wohl jetzt ausgedient. Da war er sich sicher, und er war gespannt, wie die amerikanische Regierung auf die Märkte reagieren würde. Und da Bradshaw beste Kontakte zu den Goldproduzenten in aller Welt hatte, allen voran Südafrika, Australien, USA und Kanada, sah er rosige Zeiten auf sich zukommen.

Kaum einer wusste so viel über Produktion, Herkunft und Transfers wie er. Seine persönlichen Freundschaften pflegte er besonders mit der Welcome Goldmining Industry in Südafrika. Außerdem hatte er seit kurzer Zeit exzellente Kontakte zur Chamber of Mines, der wichtigen Dachorganisation der großen Goldminen Südafrikas.

Bradshaw beugte sich vor und drückte auf die Ruftaste seiner Telefonanlage. »Susanna, bring mir doch bitte die heutige Ausgabe des Wall Street Journal und den Figaro.«

Die französische Regierung hatte dem amerikanischen Präsidenten den Fehdehandschuh hingeworfen. Frankreich wollte nicht mehr dem Dollar dienen. Darüber wollte sich Bradshaw genauer informieren. Frankreich forderte die Vereinigten Staaten auf, wie es auf jeder Dollarnote geschrieben stand, die Dollardevisen ihrer Staatsbank in Gold einzutauschen. Das konnten die Amerikaner nicht einfach ignorieren. Und Bradshaw ahnte, wohin das führen würde. Die Bindung musste zwangsläufig aufgehoben werden. Dann wäre der Goldpreis frei, seine Preisbildung würde sich Angebot und Nachfrage beugen. Und da das Angebot gering und nicht beliebig vermehrbar war, würde der Preis steigen. Bradshaw rieb sich die Hände, hatte er doch soeben ein sehr rentables Geschäft mit einer Schweizer Bank und der South African Mint eingefädelt.

»Verbinde mich bitte mit Davenport von der Chamber in Johannesburg«, rief er zum Empfang hinüber. Susanna stellte sofort die Verbindung her.

»Guten Morgen, Mr. Davenport.« Bradshaw schaltete die Abhörsicherung ein. »Mir liegt die Bestätigung der Sondertransporte aus Zürich nach Kapstadt vor. Es ist alles abgewickelt. Viel wichtiger aber erscheint mir die Nachricht aus Frankreich über die Dollareinlösung. Haben Sie das schon gelesen?«

Mit geringer Zeitverzögerung vernahm er Davenports Stimme.

»Ja, das wird interessant, die Schweizer Nationalbank hat soeben auch reagiert. Wir haben das Geschäft mit der UBS gerade noch rechtzeitig in trockene Tücher gebracht. Jetzt wird der Goldpreis wohl erheblich steigen. Pech für die UBS, dass sie von uns noch den Festpreis erhalten hat. Plus einem Abschlag für die Diskretion. Danke, dass Sie das für uns eingefädelt haben. Wir werden uns ja demnächst in Sun City sehen. Ich bereite gerade die Einladungen vor. Außer Ihnen werden einige Händler europäischer Banken da sein. Schön, Sie endlich persönlich kennen zu lernen.«

»Danke, das freut mich, und ich werde sehr gern kommen. In der anderen Angelegenheit, Sie wissen schon, muss ich ein neues Arrangement treffen. Das erste scheint geglückt, doch auf der Auftragnehmerseite hat es einen tödlichen Unfall gegeben. Aber darüber mehr im persönlichen Gespräch in Sun City. Auf Wiedersehen, Mr. Davenport.«

Bradshaw stand auf, ging, während er noch das Telefon in der Hand hielt, zur Vorzimmertür und winkte Susanna in sein Büro.

Susanna ließ sich nicht lange bitten. Sie mochte ihren Chef, die Zusammenarbeit und die gelegentlichen intimen Treffs mit ihm im Hotel. Bradshaw war nicht groß, aber schlank gewachsen und hatte eine sehr männliche Ausstrahlung. Das war genau das, was sie an ihm reizte. Und er war großzügig, machte ihr ab und zu Geschenke. In der Liebe war er unersättlich, aber das war sie auch, und so ergänzten sie sich. Es gab keine Eifersucht, sie konnte ihre Freunde haben. Allerdings fühlte sie sich wohler damit, dass Bradshaw nicht verheiratet war. Er war ein Workaholic, und wenn er gelegentlich eine Frau kennen lernte, auf Veranstaltungen, Vernissagen oder Benefizabenden, so war das eben nur für eine Nacht oder wenige Tage.

Sie selbst fühlte sich mit ihren neunundzwanzig Jahren noch jung genug, mit Männern zu experimentieren, wie sie es nannte. Oft erzählte sie ihrem Chef die Erlebnisse, wenn sie wieder einmal gemeinsam einen Abend und eine Nacht bei ihm zu Hause oder in der Nähe des Büros in einem Hotel verbrachten. Wenn er scharf auf sie war, musste es schnell gehen. So wurde eine gemeinsame Mittagspause oft im benachbarten Hotel fortgeführt. Auf diese Weise hatten sie sich auch vor Jahren zum ersten Mal getroffen. Bradshaw suchte ein Büro und hatte gleichzeitig eine Anzeige geschaltet, um eine Sekretärin zu finden.

Sie hatten sich im Hotel Marriott, direkt am Times Square

getroffen und nach dem Essen bereits richtig angefreundet und einige Gläser Weißwein getrunken. So kam es, dass sie ihm vorschlug, ein Zimmer zu nehmen. Er war überrascht, mochte aber die Art, die wohl viele New Yorker Frauen an sich hatten. Direkt und zielbewusst, allerdings dennoch alles andere als gefühllos. Bradshaw, der aus dem konservativen London nach New York gezogen war, freute sich, dass so auch seine Gefühle erwidert und Wünsche erfüllt wurden.

Oben im Zimmer warf sie sich auf ihn, zog ihn aus, und als sie seinen muskulösen, schlanken Körper sah, wurde sie noch mehr erregt.

Ihre ungenierte, selbstbewusste und fordernde Art gefiel ihm, und so hatten sie sich in den letzten Jahren oft an Freitagen nach Büroschluss einen erotischen Abend im Hotel gegönnt.

Jetzt stand sie neben ihm. Sie war um seinen Schreibtisch herumgegangen und lehnte an seiner Schulter. Es war eine Vertrautheit zwischen ihnen, die beide genossen.

»Du sollst bitte die Bank of England anrufen, hier ist die Nummer. Falls du Notizen machen willst, ich bleibe gern hier.« Sie lächelte ihn an, blieb neben ihm stehen und nahm einen Notizblock zur Hand.

Während er wählte, nickte er ihr zu und sah bewundernd an ihr herunter. Mit ihrem Minirock, der ihre schönen Beine enthüllte, sah sie verführerisch aus. Einen Moment dachte er wieder an die Freitage, aber vielleicht konnte man auch mal eine Ausnahme machen?

»Hallo, Mr. Gordon. Sie wollten mich sprechen?«

»Ja.« Gordon von der Bank of England klang beunruhigt. »Was sind das für Nachrichten, den Goldpreis betreffend? Glauben Sie wirklich, dass der Preis freigegeben wird?«

»Ich denke, ja, aber nächste Woche in Sun City wissen wir mehr. Ich hörte, dass Sie auch eingeladen sind. Die Chamber of Mines und die Mint werden sicher mit einer Überraschung auf uns zukommen. Mehr darf ich Ihnen im Moment nicht sagen. Aber ich verspreche Ihnen, es wird sehr interessant werden!«

Bradshaw, der seine Augen und inzwischen auch eine Hand nicht mehr von Susannas Beinen lassen konnte, dankte Gordon und verabschiedete sich.

»Ich habe einen Vorschlag«, wandte er sich vollends seiner Sekretärin zu. »Du kommst nächste Woche mit nach Südafrika. Ich brauche aufregende weibliche Gesellschaft. Was sagst du dazu?«

Susanna küsste ihn.

»Das müssen wir feiern! Komm, lass uns über Mittag wieder in unser Hotel gehen.«

Bradshaw stand auf. »Eine gute Idee. Du machst uns dann später die Buchungen, und ein Glas eiskalter Wein tut uns bei der Hitze auch gut.« Gemeinsam gingen sie aus dem Haus, ein paar Blocks weiter ins Marriott.

Durch die Hitze auf dem Weg waren beide in kürzester Zeit klatschnass geschwitzt. Oben im Zimmer rissen sie sich die Kleider vom Leib, duschten und warfen sich dann nass, wie sie waren, auf das Bett. Er liebte die Art, wie sie ihn verführte, wie sie Liebe mit ihm machte. Der Tag war gelaufen, dachte er sich, als sie auf ihm hockte und ihm ihren schönen Körper vorführte.

Viel später, es war schon Abend geworden, schickte Bradshaw Susanna schon an diesem Tag ins Wochenende, obwohl der nächste Tag ihr Freitag war. Bradshaw dagegen ging noch einmal in sein Büro. Für den Samstag hatte er sich mit seinem alten Freund Brian Edwards in Boston zum Segeln verabredet. Edwards leitete eine Werbeagentur in der Madison Avenue, flog aber an den Wochenenden zu seiner alten viktorianischen Villa nach Boston. Er besaß eine Zwanzig-Meter-Yacht, mit der er gern in Begleitung segelte. Während Edwards oft seine Frau mitbrachte, hatte Bradshaw meistens eines der Mädchen aus dem Kreis seiner intimen

Bekanntschaften dabei. Wenn nicht gerade Susanna ihn begleitete, nahm er oft ein Mädchen mit, das in Edwards' Werbeagentur als Texterin arbeitete. Ellen entsprach seinen Vorstellungen einer intimen Freundschaft. Bradshaw mit vierzig Jahren noch gut in Form, sie mit zweiundzwanzig zu jung, um eine wirklich feste Bindung einzugehen, aber nicht zu jung, um das Leben und die Liebe in vollen Zügen zu genießen.

Und sie war sehr lustig, hatte eine kleine Stupsnase und Sommersprossen im Gesicht, für Bradshaw eine willkommene Abwechslung. Er mochte sie und besonders ihre Sommersprossen. Sie hatte pechschwarze Haare, und auch das gefiel ihm. Ellen war fordernd, nicht nur im Bett, sondern auch im täglichen Leben. Sie liebte den Luxus. Damit unterschied sie sich von seiner Sekretärin, die ziemlich bodenständig geblieben war.

Aber Ellen war auch verrückt auf ihre Art. Sie war extrem spontan. Wenn es ihr einfiel, ließ sie sich einfach vom Boot ins Meer fallen und wollte, dass Brian und er die Rettungsübung durchzogen. Vom Wind abfallen, nach einigen Metern eine Halse fahren und dann aufschießen zu ihr, die inzwischen in einem Rettungsring in aller Ruhe vor sich hin paddelte. Wenn dann die Yacht im Wind stand, konnte sie einfach an Bord zurückklettern. Meistens hatte sie dann auch ihren Bikini abgelegt und stand triefend nass nackt vor ihnen. Damit war oft auch der zärtliche Teil der Segeltour eingeleitet. Brians Frau zog sich dann auch aus, sprang kurz ins Wasser und ließ sich von Brian an einem Seil wieder an Bord ziehen.

Nachdem Brian dann die Anker geworfen hatte, herrschte für Stunden Ruhe an Bord. Zumindest was die Arbeit betraf. Erst viel später, wenn es dunkel wurde, segelte man zum Hafen zurück und ging in eines der am Hafen liegenden Fischrestaurants essen.

Das waren Wochenenden, wie sie Bradshaw mochte. Doch manchmal hatte er Angst, dass seine Geschäfte nicht immer so glatt und erfolgreich liefen, wie es bisher war. Aber diese Gedanken wischte er schnell weg, hatte er doch gerade einen fantastischen Abschluss gemacht, der ihm für die nächsten Jahre Millionen bringen musste. Und er hatte die entsprechenden Verträge mit Südafrika, Australien und den USA unter Dach und Fach.

Als er nach diesem Wochenende wieder in sein Büro kam, ließ er sich von Susanna mit der UBS in der Schweiz verbinden. Er wollte den Chef des Edelmetallhandels, Ed Schmieder, sprechen.

»Guten Morgen, Herr Schmieder. Ich wollte Ihnen nur bestätigen, dass der Transport in Ihrem und meinem Sinne geklappt hat. Zwar ist der Auftragnehmer in dem anderen diskreten Auftrag ums Leben gekommen, aber das kann uns eher ruhiger machen. Ein weiterer Zeuge weniger. Das Gold wird in der Nähe von Pretoria umgeschmolzen, so sind dann auch die Spuren zu Ihrer Bank getilgt. Ich wollte die Provision für Sie anweisen. Haben Sie dafür ein besonderes Konto?«

Schmieder zögerte. »Ja, nun nicht so hastig. Ich lasse Ihnen eine persönliche Nachricht zukommen. Ein Freund von mir wird Sie informieren. Was ist mit dem Flugzeug und den Piloten?«

Bradshaw musste zugeben, dass das Flugzeug zwar planmäßig abgestürzt war, er aber keine Information über die Insassen hatte. Man könne aber davon ausgehen, dass auch das wunschgemäß abgelaufen sei.

Beide legten auf, Bradshaw war leicht verunsichert und etwas beunruhigt. Doch schnell gewann sein Optimismus die Oberhand über ungemütliche Überlegungen.

Konzentriert machte er sich wieder an die Arbeit. An diesem Morgen telefonierte er mit vielen Länderbanken der westlichen Welt und erfragte die jeweiligen Goldreserven. Im Hinterkopf hatte er dabei immer den Gedanken, was wäre, wenn all diese Länder die USA auf ihre Verpflichtung festnagelten, Dollar in Gold einzulösen. Falls nach einer Freigabe der Goldpreisbindung an den Dollar tatsächlich weitere Länder ihre Reserven auf dem Weltmarkt anboten, musste der Wert des Goldes kurzfristig sinken. Da die Weltwirtschaftslage aber inflationär war, würde binnen kurzem der Preis über das derzeitige Niveau steigen. Und darin sah Bradshaw seine Gewinne.

Für den Wochenanfang hatte er einige Punkte zu seinem Vorteil entscheiden und beeinflussen können. Sein Blick fiel auf die Post, die sich seit Tagen auf seinem Schreibtisch ansammelte. Kein Wunder, bei der vielfältigen Korrespondenz, die er führte. Ein Umschlag erregte seine besondere Aufmerksamkeit. Ein Brief von der South African Mint.

Sehr geehrter Mr. Bradshaw,

wir haben hier eine Anfrage der Anglo American Corporation über einen Goldtransport aus der Schweiz erhalten. Zwar wurde nichts Genaues erwähnt, außer dass es sich um eine große Anzahl von 12-Kilogramm-Goldbarren handle, die seltsame alte Prägungen mit Lorbeerkranz und Hakenkreuz aufweisen sollen. Wir bitten Sie, Ihre Kontakte zu nutzen und Näheres in Erfahrung zu bringen. Vielleicht können Sie uns mit Ihren guten Beziehungen in die Schweiz helfen, hier Klarheit zu schaffen. Wie wir ebenfalls erfahren haben, werden Sie in der nächsten Woche auch an der Marketingkonferenz in Sun City teilnehmen. Aus der Schweiz werden Händler der UBS dabei sein.

Wir freuen uns, Sie dann einmal persönlich kennen zu lernen. Außerdem erführen wir gern mehr über diese mysteriöse Angelegenheit.

Mit freundlichen Grüßen
South African Mint
Bruce Bolden
Marketing Department

Bradshaw legte den Brief vor sich auf den Tisch und starrte darauf. Was hatte er da eben gelesen? Er hoffte, dass das nicht wahr war, sondern nur ein schlechter Traum oder ein Blackout seinerseits. Aber er musste erkennen, dass es nackte Realität war. Auf unerklärliche Weise waren offenbar Informationen doch weiter gelangt, als sie es hatten sollen.

Er nahm den Brief, faltete ihn zusammen und schloss ihn in seinem Schreibtisch ein. Es blieb ihm eine Woche Zeit, sich eine gute Geschichte dazu einfallen zu lassen. Oder einfach zu leugnen, dass er davon wusste. Aber sofort fiel ihm Schmieder ein, der ebenfalls über die Abwicklung des Goldtransports informiert war und somit durchaus bezeugen könnte, dass er, Bradshaw, der Initiator war.

Eine Woche Galgenfrist. Das schien ihm lange genug, eine plausible Erklärung zu finden. Schließlich gab es kein Verbot, aus der Schweiz Gold nach Südafrika zu transportieren. Die Kenntnis darüber, dass es Nazigold war, konnte er immer noch abstreiten. Dann allerdings würde die ganze Geschichte an Schmieder hängen. Doch da kam ihm eine Idee, wie er sich absichern konnte, falls Schmieder in Sun City weich werden und alles aufdecken würde.

Bradshaw rief seine Bank an und veranlasste eine Überweisung von 250 000 Dollar auf Schmieders Konto in der Schweiz. Den entsprechenden Beleg möge man ihm bitte gesondert zusenden.

Jetzt war ihm wohler. »Susanna, bitte bring mir doch ein Glas Weißwein, eisgekühlt, und wenn du willst, bring dir eins mit.«

Er stand auf, legte seine Jacke ab und öffnete den Hemdkragen. Dann ging er zu der ledernen Sitzgruppe hinüber, nahm Platz und erwartete Susanna mit den Getränken. Warum immer im Hotel, fragte er sich und ließ die Jalousien an den Fenstern seines Büros herunterfahren.

»Bring bitte die ganze Flasche mit«, rief er noch durch die Sprechanlage, bevor er sich zurücklehnte. Er war mit seinen Ergebnissen an diesem Tag zufrieden und hoffte, dass seine Sekretärin ihn auch sonst zufrieden stellen würde. Er mochte sie, nicht nur wegen ihrer zuverlässigen Arbeit, auch weil sie, genau wie er, sich nahm, was sie wollte. So sind die New Yorker Frauen, dachte er, und das mochte er an ihr.

Da sie sehr fordernd war und ihn nicht nach kurzer Zeit in Ruhe lassen würde, war ihm klar, dass ab jetzt der Tag gelaufen war. Selten genug, dass er seine Sekretärin im Büro verführte, oder besser sie ihn. Jedenfalls war er danach nicht mehr in der Lage, noch einen vernünftigen Gedanken zu fassen. Alles schwamm um ihn, seine Gedanken, sein Sofa, das nass war, und Susanna, die nackt aufstand und sich mit einem Tuch den Bauch und ihre Scham trocknete. Eine Intimität, die ihn in ihrer Selbstverständlichkeit immer wieder faszinierte, die er bewunderte und die ihn neu erregte.

»Lass uns spazieren gehen. Im Central Park. Lass uns reden und uns klar werden, wohin wir eigentlich wollen. Kannst du mir dazu etwas sagen?«

»Was soll ich dir dazu sagen? Es ist schön mit dir, ich genieße die Momente mit dir, den Sex, aber mehr will ich nicht. Ich bin nicht bereit für eine Bindung, ich genieße One-Night-Stands, ich mag dich, wie du bist, und so sollte es bleiben. Na klar komme ich gern mit nach Südafrika und werde die Zeit mit dir genießen. Aber ich leite keine feste Bindung daraus ab. Ich habe dich lieb, doch mehr geht nicht. Ich habe aber auch sonst keinen Mann, mit dem ich mich so intim verbunden fühle wie mit dir.«

Sie setzte sich auf seinen Schoß, nackt und immer noch nass zwischen ihren Schenkeln. Dieser Moment der zärtlichen, intimen Nähe war das, was er jetzt brauchte. Die Probleme, von denen er erfahren hatte, hingen doch irgendwo in seinem Hirn, beschäftigten ihn, bis sie es merkte. Er war nicht bei ihr und dem Sex, den sie ihm bot.

»Du bist heute anders. Was ist los?«

»Wir haben ein Problem. Das werde ich aber lösen können. Danke, dass du mich mit deiner süßen Art abgelenkt hast. Jetzt muss ich aber leider weitermachen, einige Telefonate erledigen.«

Sie stand auf. Wenn er sie nicht mehr für Zärtlichkeit haben wollte, dann wurde er ungenießbar. Sie verstand das und hatte es mehrmals erlebt. Deshalb zog sie sich zurück. Ohnehin hatte sie, was sie wollte, ihre Befriedigung mit einem Mann, den sie nicht liebte und dessen sexuelle Forderungen sie bediente.

Zu mehr war sie ohnehin nicht in der Lage. Sie war anspruchsvoll und belesen und beschäftigte sich gern mit einer ganz anderen Welt, der der Geisteswissenschaften.

Wieder schlossen sie ihr Büro und stürzten sich in die Nacht von Manhattan, in Jazzclubs und in fremde Wohnungen, wechselweise, wohin es sie in der Nacht auch trieb.

Blue Lake Lodge

Während des Fluges von der Insel nach Kapstadt hatte Destry Gelegenheit, über die bisherigen Ereignisse nachzudenken. Er hatte Glück gehabt.

Solche Gefahren hatte er in seinem Leben noch nicht erlebt. Nun war er alarmiert, nahm sich aber trotzdem vor, den Dingen nachzugehen. Vielleicht hatte er ja Gelegenheit, in Südafrika mehr zu erfahren, falls ihm der Schweizer Banker nicht weiterhelfen konnte.

Er streckte seine Beine aus, spürte noch immer die Schmerzen seiner Muskeln. Sehr vorsichtig bewegte er seinen Körper, fühlte aber langsam, dass die alten Kräfte wieder in ihn zurückkehrten.

Nach fünf Stunden landete das Flugzeug in Kapstadt. Er nahm sich ein Mietauto und verließ Kapstadt über den Highway Richtung Norden. Nach mehr als zwei Stunden Fahrt erkannte er die Abfahrt zu der Lodge. Der sandige Weg, den er nun fahren musste, führte ihn zu der Landepiste, wo er die geheime Ladung abgeliefert hatte. Sein Flugzeug kam ihm wieder in den Sinn. In nur wenigen Tagen hatte sich so viel ereignet, er konnte es kaum glauben. Bevor ihn Traurigkeit wegen seines toten Freundes und seiner DC-3 überfiel, fuhr er schnell weiter und war in wenigen Minuten vor der Lodge.

Sehah stand bereits vor dem Haupthaus. Ihre Trauer war ihr schon von weitem anzumerken.

»Ist schon gut.« Destry ging auf sie zu und nahm sie in seine Arme, um sie zu trösten.

»Wie geht es deiner Schwester?«

Sie zuckte mit den Schultern. »Du kannst dir vorstellen, dass sie ziemlich verzweifelt ist. Wie sie mir erzählt hat, gab es wohl sehr viel Übereinstimmung mit John, und kaum hatten die beiden sich für eine lange Zeit hier verabredet, ist schon wieder alles vorbei. Sie hatte so ein intensives Gefühl bisher noch nicht erlebt. Sie glaubt eben an die Liebe auf den ersten Blick. Ich habe versucht, sie zu stärken und ihr Mut zu machen. Irgendwann wird sie auch den Mann finden, der wie John zu ihr passt. Wir werden sie heute Abend sehen. Sie ist an die Küste gefahren, baden und in der Sonne liegen, nachdenken und sich wieder sammeln.«

Sehah legte ihren Arm um Destrys Hüfte und schob ihn in Richtung ihres Bungalows.

»Lass uns den Nachmittag auf meiner kleinen Terrasse genießen. Wir können unsere Tiere beobachten.«

»Wenn du eine Flasche kühlen Weißwein dazustellst, bin ich einverstanden.«

Der Weg führte sie in den Wohnraum. Destry nutzte diesen Moment, bugsierte Sehah zum Bett, legte sie sanft hin und küsste sie.

»Mehr heute Nacht«, flüsterte sie, etwas atemlos geworden, und schob ihn von sich. »Ich möchte mich mit dir unterhalten. Ich hatte viel Zeit, über dich und uns nachzudenken.«

Er sah sie etwas verunsichert und fragend an.

»Keine Sorge, meine Gefühle für dich sind eher noch größer geworden. Ich liebe dich, doch wir sollten uns Gedanken über dich machen und natürlich über das, was mit dir geschehen ist. Meinst du, dass die Gefahr vorüber ist? Wer trachtet dir nach dem Leben?«

Destry erzählte ihr von seinen Vermutungen und dass er demnächst sicher mehr wisse, weil er die richtigen Leute ansprechen werde.

Langsam erhoben sie sich vom Bett. Der zärtliche Moment zwischen ihnen war vorbei, aber auch darin befanden sie sich im Einklang.

Auf der Terrasse saßen sie lange bei untergehender Sonne und schmiedeten Pläne. Destry war so weit, er gestand ihr seine Liebe und dass er gern eine lange Zeit mit ihr hier in dieser Lodge verbringen wolle. Außerdem war das hier der richtige Ort, um abzutauchen und damit weiteren Anschlägen aus dem Weg zu gehen. Niemand wusste wirklich, wo er sich aufhielt, und das sollte auch so bleiben.

Immer wieder kamen wilde Tiere an den Zaun des weitläufigen Geheges: Antilopen, Giraffen, kleine Elefanten und ein Rudel junger Löwen. Eine friedliche Stimmung überkam Destry, er fühlte sich wohl, nahm Sehahs Hand in die seine und hielt sie fest. Sehah lehnte ihren Kopf an seine Schulter. Ohne Worte fühlten sie, wie verbunden sie miteinander waren.

Destry trank erneut einen Schluck Weißwein und erzählte ihr von seinem Plan, hier etwas Tourismus aufzubauen, mit einem kleinen Flugzeug. Dann berichtete er, er müsse nach Sun City fahren, denn dort könne er die Hintergründe des Anschlags aufklären, damit er seines Lebens wieder sicher sein könne.

Sorah packte ihre kleine Tasche und verließ langsam und nachdenklich vor sich hin blickend den Strand. Sie stieg in ihr Auto und fuhr zurück zur Lodge. Inzwischen war es Abend geworden. Auf dem Highway, den sie zum Glück nur ein kurzes Stück zu fahren brauchte, war dichter Verkehr. Bald erreichte sie den sandigen Weg, der sie zur Lodge führte.

Als sie Destry und Sehah begrüßte, fing sie wieder an zu weinen. Sie zog sich in ihren Bungalow zurück, weil sie allein sein wollte, und betrat dann die Terrasse an der Einzäunung des Wildgeheges. Sie strich mit der Hand über die Zaunlatten und lehnte sich, immer noch nachdenklich und traurig, an einen Holzpfeiler.

Kaum hatte sie sich verliebt und mit John Zukunftspläne

gemacht, schon war der Traum vorbei. Sie blickte über das Steppengras des Geheges bis hin zu ein paar Sträuchern, die in einiger Entfernung zu sehen waren. Gelegentlich kamen manche Tiere direkt bis zum Zaun und ließen sich füttern. Zwar hatten sie und Sehah auch gelegentlich Touristen als Gäste, aber sie achteten darauf, dass die Besucher nicht zu nahe an die Tiere herankamen. Für Sorah und ihre Schwester waren diese Tiere ihre Lebensaufgabe und ein Bestandteil ihres täglichen Lebens. Sie waren glücklich, diesen wilden Tieren helfen zu können, bis diese später wieder in ihre Freiheit entlassen wurden. Und sie fühlten oft auch ein Vertrauen zwischen ihnen und den Tieren, als ob diese die Hilfe spürten und dafür dankbar wären.

Sorah hob den Kopf. Von weitem sah sie einen Springbock auf sie zutraben. Entweder war es Hunger oder einfach Neugier, er kam ganz dicht zu ihr an den Zaun und blieb stehen. Er schaute zu Sorah herüber, die ganz still stehen blieb und das Tier ansah, allerdings nicht direkt in die Augen, sondern auf die Stirn und das kurze Geweih. Diese wilden Tiere konnten aggressiv werden, wenn man direkt ihre Augen fixierte. War es die Ruhe, die Sorah ausstrahlte, vielleicht auch die Traurigkeit? Der Springbock stand nach wie vor ganz still vor ihr. Langsam hob Sorah die Hand und führte sie in Richtung des Kopfes. Das Tier blieb seelenruhig stehen, abwartend, aber immer noch voller Vertrauen, es spürte wohl keine Angst. Sie legte vorsichtig und sanft ihren Handrücken an den seitlichen Backenknochen des Springbocks. Der rührte sich nicht von der Stelle. Und als Sorah einen leichten Gegendruck des Kopfes verspürte, war sie erstaunt. Der Springbock gab ihr offenbar etwas Zärtlichkeit zurück. Dabei zitterten die Vorderläufe des Tieres leicht. Sorah ließ die Hand, wo sie war, betrachtete jetzt aber das Tier genauer. Sie bewunderte den Verlauf der drei Farben auf dem Rücken und an der Seite des Springbocks von

Dunkelbraun bis Weiß an den Seiten, dann wieder dunkler werdend, bis hin zu dem weißen Bauch.

Was auch immer der Anlass war, plötzlich sprang der Bock mit einem Satz zurück, schnaubte kurz und flüchtete mit weiten Sprüngen aus ihrer Reichweite und dann außer Sicht. Sorah war dankbar für dieses Erlebnis und die Nähe. Sie fühlte sich getröstet und ging langsam zurück zum Haupthaus, wo sie ihre Schwester und Parish Destry vorfand.

Nach langen Gesprächen und einigen Flaschen Wein gingen Destry und Sehah in ihren Bungalow und ins Bett. Da sie beide zu viel getrunken hatten, schliefen sie eng umschlungen sofort ein. Erst am nächsten Morgen, bevor er die Lodge wieder verließ, liebten sie sich. Sie fühlten tiefe Verbundenheit zueinander. Destry brauchte nicht groß zu versprechen, dass er wiederkomme. Sie wusste es.

Zürich

Destry war sich sicher, dass die Probleme mit seiner DC-3 und die Explosion Folgen eines Anschlags waren. Auf dem Weg zurück nach Kapstadt entschied er, nicht nach Sun City, sondern erst einmal nach Zürich zu fliegen. Er wollte persönlich mit der Bank darüber sprechen. Womöglich war der Auftrag von dort gekommen. Dem wollte er sich stellen. Und seine Geschäftspartner sollten wissen, dass er am Leben war.

Nach einem Nachtflug mit der South African Airways, wieder mit einer Zwischenlandung auf der Ile de Sal, landete er am nächsten Morgen in Zürich. Nach Passabfertigung und Zollkontrolle ließ er sich mit einem Taxi in die Innenstadt kutschieren und nahm ein Zimmer im Hotel Central, in der Nähe des Stadtparks und mit einem Blick auf die Limmat.

Gegen Mittag duschte und rasierte er sich, zog einen Anzug an und begab sich direkt zur UBS in der Bahnhofstraße.

Die Auftraggeber zeigten sich überrascht über seine Geschichte und wiesen die Idee weit von sich, sie könnten mit den Anschlägen zu tun haben. Der Goldtransport habe auch nicht die Wichtigkeit und eine so hohe Stufe der Geheimhaltung besessen, wie er dachte. Schließlich könne Gold jederzeit umgeschmolzen werden, ohne seinen Wert zu verlieren oder eine Herkunft abzuleiten.

Destry begriff, dass hier in Zürich die Lösung nicht zu finden war. Direktor Schmieder, den er gern dazu gesprochen hätte, war auf dem Weg nach Sun City, also zu dieser Zeit nicht erreichbar.

Destrys Entschluss stand fest. Er musste auch nach Sun City. Dort würde er die Sache klären können. Es bestand natürlich die Gefahr, dass er Opfer eines neuen Attentats wurde. Das Risiko musste er eingehen.

Als er die UBS verlassen hatte und wieder auf der Bahnhofstraße stand, entschloss er sich, zu seiner Bank zu gehen, um sich mit Dollars von seinem Konto einzudecken. Außerdem wollte er das Konto seines Freundes prüfen. Das Geld sollte eigentlich Johns letzte Freundin erhalten, von der er auf ihrem letzten gemeinsamen Flug so verliebt geschwärmt hatte. Da beide sich gegenseitig die Vollmachten gegeben hatten, war es ein Leichtes, auch für Sorah einige tausend Dollar abzuheben und ihr mitzubringen. Sicherheitshalber konnte er das Geld auch in Kapstadt auf ihr Konto einzahlen.

Damit war sein nächstes Ziel klar. In einem Reisebüro gleich neben seiner Bank buchte er einen Flug für den nächsten Tag nach Johannesburg.

Dann ging er langsam zurück zu seinem Hotel und verlängerte dort seinen Aufenthalt um einen weiteren Tag. Danach fühlte er sich frei, mit genügend Bargeld in der Tasche die Stadt unsicher zu machen. Sein nächster Gang führte ihn in ein Juweliergeschäft, wo er für Sehah ein Geschenk kaufen wollte. Nachdem er sich einige Brillantringe hatte vorlegen lassen, entschied er sich für einen einfachen Einkaräter, der schlicht in Gold gefasst war. Einen Moment lang dachte er an den Sinn dieser Ringe. Verlobung oder Heirat? So weit war er noch nicht, aber zumindest war er sich im Klaren, dass er lange mit ihr zusammensein wollte. Deshalb wollte er bei ihr sein Quartier aufschlagen. Auch aus Sicherheitsgründen. Schließlich sollte niemand wissen, wo er abgeblieben war.

Johannesburg

Das Verwaltungsgebäude der Chamber of Mines, der Dachorganisation der südafrikanischen Bergwerksgesellschaften, lag in der Innenstadt von Johannesburg, genauer in der Fox Street 63, Ecke Holland Street. Die Chamber residierte in einem alten roten, durchaus ehrwürdigen Backsteinbau. Eine kleine Freitreppe führte zu einer massiven dunklen Eichentür, die mit ihren imposanten Flügeln den Blick auf sich zog.

Auf den Straßen rund um die Innenstadt lungerten überwiegend Schwarze und Farbige herum, die ohne Arbeit waren und hofften, von wandernden Auftraggebern für Tagesarbeiten aufgegabelt zu werden. Diese Tagelöhner hatten allerdings ab Sonnenuntergang keine Aufenthaltsgenehmigung für die Stadt. Mit Sonderbussen wurden sie in ihre Ghettos gefahren, allen voran das größte: Soweto.

Die Ausnahme bildeten die Schwarzen, die nach umfangreichen medizinischen Tests bei den Minengesellschaften arbeiteten, in eigenen Wohngebieten lebten und täglich ihrer Arbeit nachgingen. Allein in den Goldminen um Witwatersrand, dem Gebiet um Johannesburg, waren täglich bis zu vierhunderttausend Minenarbeiter im Einsatz, und das rund um die Uhr im Schichtdienst.

Die Erträge aus den Goldminen lieferten einen wesentlichen Bestandteil des südafrikanischen Exports. Hinzu kam die Förderung anderer Erze bis hin zu strategischen Metallen wie Uran. Da Südafrika wegen der Apartheidpolitik von vielen Ländern boykottiert wurde, darunter die erdölproduzierenden Staaten, wurde massiv Kohle gefördert, die von den Sasol-Werken in einem komplizierten Prozess in Benzin und andere chemische Stoffe verwandelt wurde. So war Südafrika autark, was Treibstoffe betraf, musste allerdings sparsam damit umgehen.

Deshalb mussten alle Flugzeuge der South African Airways auf ihren Interkontinentalflügen dort Zwischenlandungen einlegen, wo sie auftanken konnten. Die Ile de Sal war einer der am meisten frequentierten Flughäfen im westlichen Atlantik.

Die Chamber of Mines war auch der Hauptsitz der International Gold Corporation, die für die Entwicklung und das Marketing für den geplanten Krügerrand verantwortlich zeichnete. Die Goldminen in Südafrika waren laut Gesetz verpflichtet, jede Unze Feingold, die gefördert wurde, an den Staat abzuliefern. Doch die International Gold Corporation hatte erreicht, dass ein Teil des geförderten Goldes für die Prägung des Krügerrand eingesetzt werden konnte. Der Krügerrand war die erste Barrenmünze der Welt, mit dem Gewicht von exakt einer Unze Gold, zur Härtung angereichert mit einem kleinen Anteil Kupfer.

Die zu erwartende Freigabe des Goldpreises schreckte die Manager der International Gold Corporation, der Zentralbank und der Chamber of Mines. Würde die aktuelle Förderkapazität bei einem Goldpreis von derzeit 42 Dollar die Unze für den Marktbedarf des Krügerrand ausreichen?

Noch war die Förderung gedrosselt, denn bei dem niedrigen Goldpreis konnten viele Minen nicht profitabel arbeiten. So hatte ein Teil des Topmanagements entschieden, Gold auf den Märkten einzukaufen. Und hier bot sich die Schweiz besonders intensiv an.

Denn darüber war man sich in Regierungskreisen und in der Chamber of Mines einig: Der Run auf Gold würde die Staatskassen und die der Minen füllen, sofern der Goldpreis aus seiner Dollarbindung ausscherte. So würde auch Südafrika, durch seine Apartheidpolitik weithin boykottiert, davon profitieren und für viele Staaten der Welt zu einem interessanten Handelspartner werden.

Davenport hatte das Geschäft in enger Zusammenarbeit mit

Bradshaw eingeleitet. Beide waren sich im Klaren darüber, dass sie gegen die Gesetze Südafrikas verstießen. Der Krügerrand durfte nur mit in Südafrika gefördertem Gold produziert werden. Doch Bradshaw und Davenport konnten sich zusätzlich durch den Handel mit den Schweizern die Taschen füllen. Nicht nur Bradshaw und Davenport, auch Schmieder von der UBS hatte an diesem Transfer verdient.

Alle Etagen sahen gleich aus mit ihren zahlreichen schummrigen Gängen, die nur spärlich von je einer einzigen Neonröhre beleuchtet wurden. In einem dieser Gänge lehnte ein Schwarzer an der Wand und döste vor sich hin. Er hätte gern eine selbstgedrehte Zigarette geraucht, doch Rauchen war hier strikt verboten. Ohnehin wäre es für ihn gefährlich gewesen, denn wenn er nichts zu tun hatte, schlief er leicht ein. So wie heute, in diesem Moment. Seine Aufgabe war einfach und doch manchmal schwierig für ihn, denn Zeit an sich kannte er nicht. Der Satz »Kommst du nicht heute, kommst du eben morgen« war eine Aussage, die das Zeitgefühl vieler Schwarzer ausdrückte. Das machte es auch so schwer, sie in einen Job zu vermitteln.

Dieser hatte Glück gehabt. So hatte er schon vor Jahren diesen Job angenommen, auch wenn der nicht gerade den Geist forderte. Der Schwarze musste die Angestellten der Chamber of Mines mit Getränken und einem Imbiss versorgen.

Er mochte diese Arbeit, war es doch trocken und temperiert. Er musste nicht frieren und konnte auch die Nächte in der Stadt verbringen. Denn niemand konnte ihm am Morgen sagen, wann für ihn Feierabend sein würde. Und er erhielt jede Stunde bezahlt. Oft musste er bis in die Nacht hinein arbeiten.

Er lehnte an der Wand und wartete auf die volle Stunde. Denn das war sein Auftrag, immer zur vollen Stunde an die

Türen zu klopfen und zu fragen, ob Drinks oder ein Imbiss gewünscht seien. So hatte er jetzt noch einige Minuten Zeit. Er betrachtete seine saubere Uniform, weiße Jacke, schwarze Hose und vor allem auf Hochglanz polierte schwarze Schuhe. Und das liebte er, seine Schuhe, immer poliert und glänzend.

Dazu musste er weiße Stoffhandschuhe tragen. Die Manager mochten es nicht, wenn er mit seinen schwarzen Händen die Sandwiches und Gläser anfasste.

Es war elf Uhr, und er setzte sich wieder in Bewegung. Sein kurzer schläfriger Zustand, stehend an der Wand vor dem großen Sitzungsraum, war vorbei. Da er diesen Job bereits seit Jahren erledigte, hatte sich sein Körper an den Stundenrhythmus gewöhnt. Er brauchte keine Uhr.

Vor der Doppeltür des großen Sitzungssaals blieb er stehen, betrachtete das Lichtzeichen *Bitte nicht stören* und wartete. Als es erlosch, klopfte er an und öffnete die Tür, um seinen Wagen mit Drinks, Kaffee und Snacks in den Raum zu fahren. Einige der anwesenden Manager standen auf und bedienten sich an den Erfrischungen. Andere jedoch waren in lebhafte Diskussionen vertieft. Aufgeregtes Gemurmel füllte den Raum, der Schwarze verstand davon allerdings wenig. Der sanfte und auch wieder heftige Wortwechsel kümmerte ihn nicht. Nachdem er die Konferenzteilnehmer bedient hatte, schob er seinen Wagen weiter, schloss die Tür und war froh, wieder seinen Tagträumen nachhängen zu können.

Doch manchmal überkam ihn Unmut. Die Diskriminierung verletzte ihn, und er dachte daran, aktiv wie viele seiner Freunde etwas dagegen zu tun. Aber der Zeitpunkt war noch nicht gekommen. Es fehlte die Stärke, die Kraft für einen Kampf, der noch aussichtslos schien. Doch die Gedanken waren da, und es war nur noch eine Frage der Zeit, bis der Mut siegte und ein Umbruch möglich schien. Der Antrieb kam von Nelson Mandela, dem führenden Aktivisten der Apartheidgegner, der deshalb auf Robben Island im Gefängnis saß. Aber auch von dort kamen genug Impulse, um die Gegenbewegung lebendig zu halten.

Die Konferenz wurde ruhiger, nachdem ein kleiner Imbiss für eine willkommene Unterbrechung der gereizten Stimmung gesorgt hatte. Erneut nahmen alle ihre Plätze ein und konzentrierten sich auf die Papiere, die auf dem hochglanzpolierten Mahagonitisch auslagen. Doch viel interessanter waren die kleinen roten Lederetuis mit dem goldenen Aufdruck des Wappens von Südafrika.

An diesem Morgen war eine illustre Gesellschaft im Saal zugegen, wie man der Anwesenheitsliste entnehmen konnte:

Geoffrey Davenport, Chief Executive Officer (CEO), Chamber of Mines
Johan Grey, Marketing Director, Chamber of Mines
Jim Breddle, Sales Manager, International Gold Corporation
Bruce Bolden, Marketing Director, South African Mint
Kerr Zludevert, Chief Executive Officer (CEO), Welcome Gold Mining S.A.

Davenport unterbrach die lebhafte Diskussion, als der schwarze Bedienstete den Konferenzsaal wieder verlassen hatte. So hatten die Teilnehmer genug Zeit, die überraschenden Neuigkeiten zu verarbeiten. Zwar hatten sie alle in den letzten Monaten an dem Projekt Krügerrand mitgearbeitet, doch dass heute die Entscheidung für die Aufnahme der Produktion fallen würde, schien doch etwas übereilt. Das konnte auch ins Auge gehen.

Mit einem Knopf unterhalb seiner Tischplatte schaltete Davenport das Bitte-nicht-stören-Licht vor der Tür im Gang wieder ein. Dann erhob er sich.

»Meine Herren, so weit also das Konzept zum Krügerrand. Sie alle haben vor sich auf dem Tisch ein kleines Etui. Darin finden Sie die ersten geprägten Krügerrand-Münzen. Dies ist ein Geschenk für Sie, und ich hoffe, Sie finden das Design genauso gelungen wie ich. Bruce Bolden, unser Marketing Director, wird Ihnen mehr über das Marketing und den Vertrieb berichten. Unser Problem war bisher, dass wir nicht genug Gold gefördert hatten, um die Prägung in hoher Zahl vornehmen zu können. Bruce, können Sie bestätigen, dass wir Gold eingekauft haben und dieses auch rechtzeitig in Pretoria bei der Mint sein wird?«

Bolden erhob sich ebenfalls.

»Sie haben die ersten Münzen vor sich. Das zusätzliche Gold wird rechtzeitig zum Produktionsbeginn in Pretoria sein. Zur Münze selbst: Das Design ist mit der Regierung und Präsident Botha abgestimmt. Die Ihnen vorliegende Münze ist ein Geschenk als Dank für Ihre bisher geleistete Mitarbeit. Das Konzept des Marketing wird Ihnen in den nächsten Tagen vorliegen und mit den wichtigen Partnerbanken nächste Woche in Sun City abgestimmt.«

Bolden sah in die Runde und fand nur zustimmende Mienen. Nun stand Zludevert auf und räusperte sich.

»Mit dieser Münze werden wir weltweit die Ersten sein, die mit diesem Konzept auf den Markt kommen. Wir werden in den nächsten Jahren unsere Förderung erhöhen, um den Bedarf für die Prägung dieser Münze zu decken. Und ich bin überzeugt, dass auch die anderen Goldminen ihre Förderung hochfahren werden. Das Konzept überzeugt uns aus der Sicht der Goldminen.«

Zludevert setzte sich und wischte sich mit einem Tuch über die Stirn. Er war es nicht gewohnt, in diesem Kreis zu reden, und da er ein Trinker war, geriet er sehr schnell ins Schwitzen, wenn er gefordert wurde. Eigentlich war er aber ein unwichtiger Mann. Das wusste er auch, und so wirkte er in dieser Runde ziemlich eingeschüchtert. Seine Verantwortung lag in der reinen Förderung des Goldes, auf das Volumen hatte er keinen Einfluss. Und er war Beisitzer, stellvertretend für alle Goldminen. Er musste den Entschluss der Chamber weitertragen.

Davenport ergriff erneut das Wort.

»Wir wissen, dass auch andere Staaten, allen voran Australien, an diesem Konzept arbeiten. Auch Kanada und die USA sind dran, also lassen Sie uns so schnell wie möglich mit der Produktion und dem Vertrieb beginnen. Mit den Banken treffen wir uns nächste Woche, dann könnten die ersten Orders bereits im Herbst des Jahres kommen. Also, an die Arbeit. Ich danke für Ihr Erscheinen. Lassen Sie uns die Konferenz in diesem Kreis wiederholen. Ich schlage vor, dass wir uns jeweils am ersten Montag eines jeden Monats hier treffen.«

Davenport erhielt Zustimmung, die Teilnehmer packten ihre Akten zusammen, und nach einigen persönlichen Abschiedsworten verließen sie die Konferenz.

»Ach, Bruce, bleiben Sie doch bitte noch für einen Moment. Ich möchte etwas mit Ihnen besprechen.«

Bruce Bolden wartete, bis alle den Raum verlassen hatten. Er war gespannt, was Davenport von ihm wollte. Er blätterte in seinen Unterlagen und fand eine Notiz, dass für die Produktion des Krügerrand ausschließlich in Südafrika gefördertes Gold verwendet werden dürfe. Bolden stutzte. Hatte er nicht gerade einen Transport aus der Schweiz organisiert? Irgendetwas stimmte mit dem Gold nicht. Er musste das herausfinden.

Als die anderen Teilnehmer die Konferenz verlassen hatten, kam Davenport auf Bolden zu.

»Ich muss gleich zu meinem Flieger nach Sun City, hätte aber gern noch ein paar Worte mit Ihnen gesprochen. Mir ist zu Ohren gekommen, dass Sie an den Wochenenden immer nach Kapstadt fliegen, weil Sie dort eine Freundin haben, eine Farbige. Wenn das der Wahrheit entspricht, seien Sie vorsichtig. Ich möchte nicht, dass diese Verbindung Ihre Karriere verdirbt. Sie sind ein guter Mann, haben sicher noch Aufstiegsmöglichkeiten. Akzeptieren kann ich das nicht. Also denken Sie mal darüber nach. Ich wünsche Ihnen ein schönes Wochenende, und wir sehen uns in Sun City.«

Er reichte Bolden die Hand, nahm seinen Aktenkoffer und verließ ebenfalls den Raum.

»Sie fliegen wieder nach Sun City?«, fragte Bolden. »In Begleitung? Worauf Sie auch immer anspielen: In mein Privatleben lasse ich mir von niemandem dreinreden. Ich möchte Privates auch Privates sein lassen!«

Das hatte er jetzt loswerden müssen. Damit hatte er Davenport getroffen, wusste er doch, dass Davenport seit Jahren eine Geliebte hatte, obwohl er verheiratet war. Mehr noch, Bolden wusste auch, dass Davenports Geliebte nicht nur dem Spiel verfallen war, sondern auch dem Alkohol wie Davenport selbst.

Wortlos verließ Davenport den Raum. Bolden hatte seine Attacke gut pariert. So waren sie jetzt pari mit ihren Argumenten. Das beruhigte ihn.

Bolden sammelte nachdenklich seine Papiere ein, ließ sich aber durch Davenports warnende Worte nicht beeinflussen. Im Gegenteil, er war gegen die Apartheid, und Davenports Bemerkungen hatten ihn zudem in seinem Stolz verletzt. Er liebte diese Frau in Kapstadt. Ihm kam wieder in den Sinn, wie er sie kennen gelernt hatte.

In Kapstadt hatte er ohnehin keine Mühe, jemanden für eine Nacht oder auch für einige Tage zu finden. In den umliegenden Bars und Hotels gab es genug Mädchen und Frauen, die nur auf Sex für Stunden aus waren: keine Prostituierten, sondern frustierte Hausfrauen, deren Männer mehr als fünfzehn Stunden am Tag in den Minen arbeiteten, als Vorarbeiter oder sogar Manager in gehobener Position. Diese Frauen waren auf der Jagd nach kurzen, intensiven Erlebnissen, aus denen gelegentlich neue langfristige Verbindungen oder gar Ehen entstanden, die dann nach einigen Jahren wieder so endeten wie die anderen zuvor.

Davenport war jetzt 54 Jahre alt, unsportlich, etwas fettleibig, aber recht flink und beweglich. Wie überhaupt sein Geist genauso beweglich und flink war. Obwohl leicht übergewichtig, flößte Davenport schon allein durch seine Körpergröße von einem Meter fünfundneunzig Respekt ein. Er besaß Einfluss und Stärke, und seine Ausstrahlung ließ die Mitarbeiter an ihn glauben. Sie folgten fast bedingungslos seinen Anweisungen. Auch das hatte zum Erfolg der Chamber of Mines geführt.

Über seinen Schreibtisch gingen Informationen und Akten, die oft höchste Geheimhaltung erforderten. Besonders wichtig waren die Interna über die Rohstoffe, über die Südafrika verfügte, vor allem Gold. Doch die Politik der Apartheid brachte zunehmend Probleme mit sich. Davenport hatte auch Informationsquellen, die am Rande der Legalität lagen, oft im Ausland. Viele liberale Länder übten eine zwielichtige Toleranz gegenüber der Apartheid und drückten beide Augen zu.

Auf dem Weg zum Ausgang der Chamber trafen sie sich wieder. Davenport erkundigte sich bei Bolden über den Stand der für die folgende Woche anberaumten Konferenz in Sun City.

»Es gibt keine Probleme. Die eingeladenen Banker haben alle zugesagt. Das Interesse ist sehr groß. Ich erwarte nur Zustimmung für den Krügerrand. Neben der Konferenz ist auch ein reichhaltiges Rahmenprogramm vorgesehen. Grey hat die Details ausgearbeitet. Wir haben Montag früh noch eine interne Sitzung und prüfen alle Einzelheiten. Übrigens zu Ihrer Information: Die Unterlagen über den Schweizer Transport befinden sich im Tresor der Mint unter Verschluss und werden ohnehin nächste Woche nicht zur Sprache kommen. Ich bin zwar in Kapstadt, Sie können mich aber jederzeit erreichen. Ansonsten dann bis nächste Woche in Sun City.«

Bolden verabschiedete sich, zögerte, schwieg dann aber zu seiner Beziehung in Kapstadt.

Er war jetzt 42 Jahre alt und gehörte zu den Männern, die die Angebote in Kapstadt durchaus nutzten. Eine feste Beziehung hatte er bisher nicht gehabt. Das hätte wohl auch nicht zu seinen beruflichen Ambitionen gepasst. Sein Job war ihm wichtig, und er hatte eine glänzende Karriere vor sich. Doch in den letzten Monaten, seit er die Beziehung in Kapstadt hatte, waren ihm Zweifel gekommen. War eine Karriere im Umfeld der von ihm abgelehnten Apartheidpolitik sinnvoll? Sollte er deshalb sein Privatleben vernachlässigen, die Liebe zu einer Farbigen aufgeben?

Je mehr er darüber nachdachte, desto entschlossener wurde er, eine Wende auf seinem Berufsweg zu suchen. Seine Gedanken kehrten wieder zurück zu seiner Arbeit. Bolden gehörte inzwischen zum Führungsteam der International Gold Corporation und hatte den Goldtransport aus der Schweiz mitorganisiert. Doch ihm waren einige Ungereimtheiten aufgefallen. Und dahinter tauchten immer wieder die Namen Davenport und Bradshaw auf. Mehr durch einen Zufall als durch Planung wurde er am Telefon mit einem Piloten Destry verbunden, der merkwürdige Andeutungen machte. Destry hatte ihn gebeten, sich in Sun City mit ihm zu treffen.

Bolden dachte wieder an Greys Worte, der ihn in einer Konferenzpause davon unterrichtete, dass es neben der regulären Prägung des Krügerrand auch eine limitierte Prägung, eine Proof-Münze, geben würde. Ein Krügerrand mit Spiegelplatte, besonders geprägt und mit Hochglanz versehen. Da diese Prägung aber aufwendiger war, hatte man zusätzlich preiswert Gold in der Schweiz eingekauft. Die UBS hatte ihm eine Provision in Aussicht gestellt, aber noch war das Gold nicht in Pretoria.

Kapstadt

Bolden hatte seine farbige Freundin in Kapstadt kennen gelernt. Es war eines dieser heißen Wochenenden gewesen, an dem einem das Atmen schwerfiel und die Hitze dafür sorgte, dass der Strand im Westen von Kapstadt übervölkert war.

Er selbst folgte nicht dieser Sucht nach Wasser und Abkühlung. Vielmehr wanderte er ziellos durch die alte Hafengegend und suchte nach interessanten Motiven für sein Hobby, die Fotografie. Losgelöst von einer anstrengenden Woche in Johannesburg, wo er immer dunkle Anzüge und eine Krawatte tragen musste, fühlte er sich hier in seiner Freizeit in einfachen Jeans und T-Shirt wohl. Doch auch dies war bei dieser Hitze fast zu viel. Er nahm sich vor, später zum Abend hin an den Strand zu gehen, wenn die Massen sich verflüchtigten und er so die letzten milden Strahlen der Sonne genießen konnte.

Es war Samstagvormittag, und er wanderte die Beach Street entlang, seinen Fotoapparat über die Schulter gehängt in der Hoffnung, einige gute Motive zu finden. Sein privates Archiv war voll davon, allerdings waren es überwiegend Fotos von Frauen und Mädchen, die er auf seinen Spaziergängen getroffen und angesprochen hatte. Oft waren aus einer Verabredung für ein Shooting Freundschaften entstanden, die sein Intimleben bereicherten. Es gab Verliebtheiten, und die Mädchen waren stolz auf die Fotos, die er auch mit erotischem Touch von ihnen angefertigt hatte. Viele seiner Models hielten sich für nicht fotogen, bis er den Gegenbeweis führte.

Aus der Vielzahl der Fotos hatte Bolden bereits einige ausgesucht, mit denen er ein Fotobuch plante. An diesem schwülen und heißen Vormittag zog es ihn nach Norden, vorbei an der alten Hafengegend, der Granger Bay bis hin zum East Pier. Dort lagen alte, verrottete Boote, vor sich hinfaulende hölzerne

Schleppkähne, aufgebockte Bootsmotoren sowie ausrangierte Busse und Lastwagen.

Es war eine triste, dunkle Gegend. Nur gelegentlich sah man dort Menschen. In dieser unwirtlichen Umgebung traf man sich zu illegalen Geschäften und Gaunereien. Ein verlassenes und verlorenes Areal und doch die größte Lagerstätte ausgedienter Boote. Das Trockendock war zudem vom restlichen Teil des Hafens mit einem Drahtzaun abgetrennt. Bolden stolperte mehr als er ging den Zaun entlang und sah sich die dahinter liegenden alten Wracks an. Weiter hinten erkannte er auch das Hafenbecken und den auf der anderen Seite liegenden Fischmarkt, auf dem reges Leben herrschte. Er nahm die Kamera vors Auge und suchte durch das Teleobjektiv seine Umgebung nach einem lohnenden Motiv ab.

Auf der rechten Seite, hin zum West Quay, entdeckte er einen alten Bus, dessen knallrote Farbe ihm auffiel. Der Bus war zwar ziemlich betagt, wirkte aber, als sei er erst gestern frisch lackiert worden. Das weckte Boldens Neugier. Er drückte auf den Auslöser. Dieser Farbfleck in der ansonsten verkommenen und vor sich hin dämmernden Gegend lieferte ein interessantes Motiv.

Noch während Bolden den Bus durch sein Teleobjektiv fokussierte, beobachtete er ein farbiges Mädchen, das träge aus der offen stehenden Tür des Busses trat. Sicher litt auch sie unter der Hitze. Durch das Objektiv sah er ihr sehr feines Gesicht, das man angesichts seiner sanften Zeichnung durchaus schön nennen konnte. Sie hatte eine schlanke Figur, einen sehr schmalen Oberkörper, schmale Hüften und sehr lange Beine, die allerdings teilweise mit einem Paar dunkler Shorts bedeckt waren. Sie trug ein weißes Hemd, das sie vorn nicht geschlossen hatte. So konnte er immer dann, wenn sie sich bewegte, ihren kleinen Busen erkennen.

Bolden betätigte den Auslöser. Jede ihrer Bewegungen wollte

er verewigen. Ihr Gang war der einer Gazelle gleich, und als sie sich von ihm wegdrehte, um nach links Richtung Wasser einen hölzernen Steg anzusteuern, sah er ihren langen Rücken. Ihre Schulterknochen fielen ihm auf, so ausgeprägt waren sie. Das, was er sah, gefiel ihm, so dass er nicht mehr aufhörte, die Kamera zu spannen und immer wieder auszulösen. Schönheit pur, so etwas hatte er noch nicht gesehen. Er knipste weiter, und als sie sich plötzlich niederhockte, nach allen Seiten umsah und die Shorts herunterzog, sah er nicht nur ihren kleinen Po, sondern auch, dass sie ungeniert auf die Wiese pinkelte. Bolden schoss ein Foto nach dem anderen.

Als sie fertig war, aus der Hocke wieder hochkam, ihre Shorts hochzog und den Reißverschluss schloss, drehte sie sich in seine Richtung und erspähte ihn. Hastig ließ Bolden die Kamera sinken. Doch es war zu spät. Sie hatte ihn und seine Aktivitäten gesehen und erkannt, dass sie fotografiert worden war.

Ohne Eile kam sie auf ihn zu. Er überlegte, ob er einfach weitergehen sollte, entschied sich aber, auf das, was nun passieren würde, zu warten. Sie kam näher, und er konnte nun ihr Gesicht erkennen. Er hatte sich nicht getäuscht. Sie war eine Schönheit, und er war froh, dass er so ein Mädchen auf seinen Film bannen konnte. Sie hatte große dunkle Augen, eine schmale kleine Nase und volle Lippen. An der Seite unter ihren dichten pechschwarzen Haaren, die sich am Ende kräuselten, konnte er ihre kleinen Ohren erkennen, an deren Ohrläppchen jeweils in Platin gefasste Diamanten steckten. Was suchte dieses schöne Mädchen hier in dieser verlassenen Gegend?

Sie stand vor ihm, auf der anderen Seite des Drahtzauns.

»Was soll das?«

Ihre Aggressivität überraschte ihn. Andererseits verstand er, dass sie so reagieren musste, wenn man sie in dieser Intimität fotografierte.

»Es tut mir leid. Du hast so toll ausgesehen, wie du aus dem

Bus stiegst und dann über die Wiese gegangen bist. Was dann kam, konnte ich nicht ahnen, aber es ließ sich alles so hervorragend fotografieren, ich konnte einfach nicht aufhören.«

Bolden spürte, dass seine Antwort dünn war, aber sie sah ihn einige Minuten an, legte ihre Hände in das Gitter des Zauns, schaukelte leicht hin und her, den Draht des Zauns in Schwingung versetzend. Schweigen. Sie sagte eine ganze Weile nichts, während Bolden abwartete. Er hoffte, dass sie seine Worte ernst nahm und ihn vielleicht ein wenig verstand.

»Ich will die Fotos sehen. Noch heute, sonst bin ich dir richtig böse.«

Bolden war erleichtert. Mit ihren Fingern umfasste sie noch immer das Gitter des Zauns. Er legte seine Hände auf ihre und freute sich, dass sie sie nicht zurückzog. Sanft strich er über ihre Handflächen.

»Gern. Du entscheidest, wann, wo und wie, also lass dir etwas einfallen. Ich habe in meinem Appartement ein kleines Labor und hätte die Fotos heute Abend entwickelt. Sehen wir uns also heute zum Dinner? Ich lade dich ein. Ich finde dich wunderschön und würde gern noch mehr Fotos von dir machen.«

»Das sagen alle. Glaubst du vielleicht, du bist der Erste, der mit dieser Masche kommt? Aber da du mich in einer besonders heiklen Situation erwischt hast, würde ich die Fotos gern sehen, bevor ich sie vernichte. Und du musst mir den Film geben. Also gut, heute Abend. Hol mich an der Kreuzung Ashstead, Ecke Western Boulevard ab.«

Sie zögerte einen Moment und ließ dann den Zaun und damit auch Bolden los. Er hatte den Moment der Berührung genossen. Ein Gefühl des Verstehens, der leichten und leisen Intimität war zu Ende.

»Ich werde da sein. Was machst du bis dahin? Überhaupt, was macht so ein hübsches Mädchen hier draußen in dieser nicht ungefährlichen Schrottgegend?«

»Ich bin oft hier. Ich gehe gern hinter der Westseite des Hafens schwimmen. Da bin ich allein, und in dem Bus habe ich meine Sachen und ziehe mich um. Willst du mitkommen?«

Er war überrascht. So schnell hatte er nicht gedacht, ihr Vertrauen zu erlangen.

»Klar, wir können auch bis heute Abend zusammenbleiben. Du kommst mit zu mir, kannst duschen und dich frisch machen, während ich den Film entwickle. Willst du?«

Sie ging den Zaun entlang, und er folgte ihr auf der anderen Seite, bis es einen Durchbruch gab, der ihn auf ihre Seite brachte. Sofort war die Situation eine andere. Sie war eine Farbige und durfte nicht mit einem Weißen gesehen werden. Jetzt, da kein Zaun sie mehr trennte, war ein Zusammensein für die Öffentlichkeit erkennbar. Und das war verboten. Doch Bolden war das egal. Es war ihm schon immer egal gewesen. Er pfiff auf die Bestimmungen der Apartheidpolitik. Das Mädchen genoss offensichtlich seine Nähe, und da er keine Anstalten machte, sich etwas distanzierter neben ihr zu bewegen, nahm sie seine Hand und führte ihn in den Bus.

»Setz dich dort hin, ich ziehe mich eben an.«

Ungeniert zog sie sich ganz aus, stand, nur durch einige alte verschlissene Bänke von ihm getrennt, vor ihm. Und während sie in ihrer Tasche nach ihrer Wäsche suchte, konnte er ihren ganzen Körper aus der Nähe betrachten. Genießen. Und das war es, was er tat. Er hatte sich verliebt. Zum ersten Mal in seinem Leben wusste er, dass sie das Mädchen war, mit dem er sein Leben verbringen wollte. Noch kannte er sie nicht, wusste nicht, wie sie mit der Liebe umging, aber ihm war klar, dass sie einfach wundervoll sein musste. Die Selbstverständlichkeit, wie sie sich vor ihm, der eigentlich ein Fremder für sie war, auszog, sich ihm zeigte, bewies ihm, dass sie auch in sexuellen Dingen ohne Grenzen sein musste. Das wollte er auch herausfinden.

Schnell war sie angezogen und trug jetzt wie er alte ausgewaschene Jeans und ein weißes Männerhemd. Kaum hatte sie es zugeknöpft, drehte sich zu ihm um.

»Das Zusehen hast du gut überstanden. Das war ein Test. Hättest du mich angefasst, wäre deine Zeit zu Ende. Ich hätte dich nie wieder treffen wollen. Ich mag Sex und Liebe, aber das muss sich erst entwickeln und hat viel mit Respekt zu tun. Und du hast mich in dieser Situation nicht angebaggert, du hast mich respektiert. Also haben wir den nächsten Schritt vor uns. Ich komme mit dir, ich vertraue dir, und ich will die Fotos.«

Bolden lächelte sie an.

»Was glaubst du, was ich bin, ein Ganove? Ich gebe es zu, ich habe dich gesehen, ich bewundere dich, ich mag dich, aber ich möchte wohl etwas mehr von dir als nur eine Nacht. Damit du es weißt, ich bin nicht verheiratet, arbeite für die Regierung und bin gegen die Apartheid. Und deine Hautfarbe interessiert mich nur in einer Hinsicht: Sie gefällt mir.«

Jetzt, da diese wenigen klaren Worte zwischen ihnen gefallen und damit die Fronten geklärt waren, fasste Bolden Mut und ging in dem schmalen Gang zwischen den Sitzen auf sie zu. Sie wich nicht zurück und wollte, was nun kam. Bolden umarmte sie, sie legte vorsichtig und abwartend, fast schüchtern ihre Arme um ihn, dann küsste er sie sanft auf den Mund.

»Komm mit mir, ich werde brav sein. Wenn du mehr willst, musst du mir ein Zeichen geben, anfangen mit der Zärtlichkeit und so.«

»Damit du es weißt, mit wem du es zu tun hast«, karikierte sie augenzwinkernd sein etwas gestelztes Bekenntnis, »ich heiße Eliza Portman, wohne mit meinem Vater, der in Kimberley arbeitet, zusammen und bin noch nicht verheiratet. Ich gebe es zu, ich mag dich auch, wohin meine Gefühle mich auch trieben. Gut, fahren wir zu dir. Während du mich hoffentlich in deinem Bad allein lässt, kannst du den Film entwickeln.«

Wieder nahm sie seine Hand, als sie von dem Bus über die dreckige Wiese in Richtung Hauptstraße gingen.

Bolden war fasziniert von ihr. Mal war sie schüchtern, mal zeigte sie eine Wildheit, die auf mehr als nur heißes Temperament schließen ließ, und mal wirkte sie geradezu kindlich. Und all das in der kurzen Zeit, die sie brauchten, um auf der Haupstraße ein Taxi zu finden.

Die sengende Hitze hatte dafür gesorgt, dass sie ihre Hemden durchgeschwitzt hatten. Dampfend und dicht aneinandergedrängt saßen sie im Taxi zu seiner Wohnung. Als er seine Hand auf ihren Schenkel legte, einfach um ihr näher zu sein, sie spüren zu lassen, wie sehr er sie mochte, schob sie sie zurück.

»Nicht, dass ich das nicht mag. Aber erst will ich die Fotos sehen, dann werden wir sehen, wie der Abend ausgeht.«

Sie drängte sich an ihn, fast um ihn zu trösten. Er spürte ihre Zärtlichkeit, die sie ihm gab, und er verstand, dass für mehr Zärtlichkeit von seiner Seite noch einige Vertrauenspunkte gewonnen werden mussten. Dazu war er auch bereit. Der kurze Moment, in dem seine Hand auf ihrem Schenkel lag, ihre festen Muskeln ertastete, ließ ihn schon ahnen, welche erotischen Stellen er bei ihr mögen würde.

Schließlich waren sie vor dem Appartementhaus angekommen, in dem er auf der obersten Etage seine Wohnung hatte. Schon im Fahrstuhl nach oben versuchte er sie zu küssen und war glücklich, als sie ihn fest umklammerte und seine Küsse erwiderte, wilder als erwartet.

Die Wohnung besaß einen sehr großen Raum, dessen gesamte Breite aus Glastüren zur Terrasse bestand. Links fand sich eine kleine Küche, rechts das Schlafzimmer mit angrenzendem Bad. Dahinter war Boldens Labor, in dem er seine Filme und Bilder entwickeln konnte.

»Komm, fühl dich wohl. Setz dich oder geh ins Bad, tu, wonach dir ist. Ich gehe ins Labor. Wir sehen uns später.«

»Danke, du bist süß. Ich werde mich frisch machen. Aber obwohl ich dich jetzt etwas besser kenne und Vertrauen zu dir habe: Ich will diese Fotos.«

Sie lehnte sich kurz an ihn. Er spürte, dass sie von seiner Wohnung begeistert war. Aber er spürte auch, dass er bestimmte Barrieren nehmen musste, um sie zu bezwingen. Aber wollte er das eigentlich?

Eliza sah sich kurz um, ging wie selbstverständlich zur Glasfassade, zog die Türen auf, ließ die milde Sommernacht einziehen, warf ihre Sandalen von den Füßen und zog sich dort, wo sie stand, vollständig nackt aus. Bolden staunte. Sie stand vor ihm und lächelte ihn an.

»Bleib, wo du bist. Deine Augen dürfen genießen! Mehr vielleicht, wenn ich die Fotos gesehen habe. Ich gehe in dein Bad und du in dein Labor. Ich meine es ernst! Wenn die Fotos Mist sind, bin ich weg. Also gib dir Mühe!«

Sie stolzierte ungeniert an ihm vorbei. Wieder musste er ihre gazellengleichen Bewegungen bewundern. Als sie ganz dicht an ihm, der bewegungslos stehen blieb, vorbeikam, sah er auf ihrer dunklen Gesichtshaut über der Oberlippe winzige Schweißperlen, die in einer Anzahl kleiner Härchen hängen blieben. Für ihn waren diese Härchen ein Beweis für Wildheit, die in ihr stecken musste.

Als sie die Badezimmertür erreicht hatte, drehte sie sich noch einmal um, um ganz sicher zu gehen, dass er ihr nicht gefolgt war. Dann ging sie ins Bad, schloss aber nicht die Tür, sondern ließ sie angelehnt. Durch den schmalen Spalt konnte er ihren Schatten sehen, manchmal auch ihren nackten Körper, wenn sie von einer Seite des Bades zur anderen ging. Bolden hörte das Einlaufen des Badewassers und ging nun in sein kleines Fotolabor, das hinter einer Tapetentür lag. Im Dunkeln spulte er den Film in der Kamera zurück und entnahm ihn, um ihn dann in die Entwicklerdose einzudrehen. Mit den entsprechenden Flüssigkeiten hatte er nach wenigen Minuten den Schwarzweißfilm entwickelt. Er prüfte Gradierung und Qualität des Negativmaterials und legte den Film dann in das Belichtungsgerät.

Mit dem Fotopapier hatte er nach wenigen Minuten und kurzer Belichtung einen Kontaktbogen, der die Aufnahmen des Nachmittags und vor allem die Fotos von Eliza zeigte. Sie hatten eine erotische Ausstrahlung und waren eindrucksvolle Zeugnisse ihrer Schönheit. Bolden nahm eine Lupe und betrachtete die Bilder genauer. Er fand sie gelungen und hoffte, dass sie ebenso dachte und bei ihm blieb. Auf den Schwarzweißabbildungen bewunderte er die dunklen Grautöne, die den Nuancen ihrer farbigen Haut eine ganz eigene Anmutung verliehen.

Doch gleichzeitig musste er sich mit der Frage beschäftigen, ob er angesichts der derzeitigen Politik in Südafrika eine farbige Freundin haben wollte. Zwar befand er sich nicht unmittelbar in der Nähe seines Arbeitsplatzes in Pretoria und Johannesburg, und Kapstadt war durchaus freier in der Auslegung der strengen Gesetze. Aber er wollte eine Beziehung, wenn es denn eine werden würde, nicht unbedingt geheim halten.

Er hörte Eliza in seinem Badezimmer ein Lied summen, hörte das Rauschen der Dusche und die Toilettenspülung. Eliza schien sich wohl zu fühlen in seiner Umgebung. Noch während er die Kontaktbögen trocknete, ließ er seine Gedanken wieder schweifen. Was wäre, wenn? Würde er nicht nur in ihr Äußeres, ihr Erscheinungsbild, verliebt sein? Würde er sie wirklich lieben können? Und was waren ihre Gedanken? Würde sie ihn auch lieben können, trotz des politischen Irrsinns?

Er wollte das mit ihr besprechen, aber erst nachdem er mehr Zeit mit ihr verbracht, sie besser kennen gelernt hatte und sich seiner Gefühle sicher war. Bisher jedoch fühlte er sich wohl. Seine Gedanken kreisten ununterbrochen um sie, und das war ihm bisher noch nicht passiert, selbst wenn er sich wirklich verliebt glaubte in eines der Mädchen, die er getroffen hatte.

Der Kontaktbogen war trocken. Bolden nahm ihn aus dem Trockner und ging zurück in seinen Wohnraum.

Eliza saß, in seinen Bademantel gewickelt, auf dem Sofa. Ihre Füße hatte sie auf den Beistelltisch gestützt. Der Bademantel war leicht nach oben gerutscht und erlaubte einen Blick auf ihre Schenkel. Sie wirkten ermattet und waren lässig aneinandergelehnt. Bolden ließ das Bild auf sich wirken, griff erneut zu seiner Kamera und fotografierte diese laszive und doch so schüchtern erscheinende Frau.

»Was auch immer mit mir passiert, aber ich habe mich sehr in dich verliebt. Das ist ziemlich ungewöhnlich für mich. Nicht nur, dass du ein sehr schönes Mädchen bist. Hier, sieh dir die Fotos an! Auch deine Art fasziniert mich. Wir kennen uns kaum, nur wenige Stunden, aber ich habe ein Gefühl für dich, das mich wünschen lässt, dass es etwas Festes wird. Wie denkst du darüber?«

Sie war müde und legte ihren Kopf auf ihre Schulter. Dann sah sie ihn an und dachte nach. Als er den Film aus der Kamera nahm, um ihn gleich zu entwickeln, folgte sie ihm mit ihrem Blick, beobachtete seine Hände.

»Du hast sehr schöne Hände. Ich konnte nicht verhindern, mich danach zu sehnen, dass diese Hände mich berühren. Aber ich bin misstrauisch gegenüber allen, die mir etwas über meine so genannte Schönheit erzählen. Ich habe einige schlechte Erfahrungen mit weißen Männern gemacht, nicht viele, vielleicht zwei oder drei, du wärest der vierte. Ich habe mich spontan in deine Hände verliebt. Es sind die kleinen Dinge, auf die ich achte, deine blauen Augen, dein schmales Gesicht mit den hohen Wangenknochen, deine Stimme und dass du mich nicht gleich angemacht hast. Viele Weiße glauben, wir sind sofort zu haben, für ein paar Rand würden wir uns hinlegen und, du weißt schon. Ich bin nicht so. Aber ich bin ziemlich verwirrt über meine Gefühle zu dir. Ich kann das im Moment noch nicht verarbeiten. Lass uns diesen Abend genießen und, wie versprochen, wenn die Fotos Mist sind, bin ich weg. Ich kenne solche billigen Versuche, mich rumzukriegen. Aber ich muss zugeben, du scheinst mir nicht so ein schneller Jäger zu sein, der nur Trophäen sammelt.«

Eliza hatte sich richtig ereifert. Dabei war der Bademantel noch weiter an ihren Schenkeln hochgerutscht, und Bolden konnte sehen, dass sie nichts unter dem Mantel trug. Er konnte seinen Blick ihren langen braunen Schenkeln nach oben folgen lassen, wo er ihre Scham zwar im Dunkeln, aber doch erkennen konnte.

Sie schien ihm ungeniert und sehr natürlich.

»Entweder wir bleiben so wie wir sind, ausgezogen, mehr oder weniger. Ich würde auch gern duschen und so wie du halbnackt herumlaufen. Oder wir gehen irgendwo schön essen. Ich überlasse dir die Wahl.«

Bolden setzte sich zu ihr, nahm ihre Hand in seine, streichelte sie, und als Eliza ihren Kopf auf seinen Schoß legte und sich dicht an ihn schmiegte, eingerollt wie eine Katze, wusste er, dass sie hierbleiben würden.

»Ich hab keinen Hunger. Ich fühle mich wohl mit dir, will mehr von dir. Lass uns schmusen und Liebe machen.«

Ihre direkte Art überraschte ihn, und doch erfreute sie ihn auch. Sie war nicht der Typ für einen One-Night-Stand. Und ihr Zärtlichkeitsbedürfnis zeigte ihm ihre Zufriedenheit und ihr Vertrauen.

»Gut, dann bestell ich uns etwas zum Essen, später.«

Er hatte sich noch zu ihr gelegt und ließ ihre Hände spielen, die seinen Gürtel öffneten.

Sie hatten auf dem Sofa miteinander geschlafen, waren erschöpft, und jeder hing seinen Gedanken nach. Bolden ahnte, dass sie sein Leben sein würde. Das, was er mit ihr in der letzten Stunde erlebt hatte, war die Erfüllung seiner sexuellen Wünsche. Entweder war sie so raffiniert oder spürte seine Sehnsüchte. Er würde sie später danach fragen.

»Lass uns zusammen duschen und dann ausgehen. Ich möchte doch irgendwo mit dir toll essen gehen und Wein trinken.«

Sie stand nackt und noch immer verschwitzt vor ihm, kokettierte mit ihrer Figur, indem sie sich vor ihm drehte.

»Was ist nun mit den Fotos? Ach, lassen wir das. Es ist schon zu viel passiert, als dass ich noch weglaufen möchte. Die Fotos kann ich mir ja später immer noch ansehen. Und in deinen Augen sehe ich, dass ich dir gefalle. Du gefällst mir auch. Ich mag deine Augen und deinen muskulösen schlanken Körper. Wie alt bist eigentlich?«

»Ich werde bald zweiundvierzig Jahre alt sein. Und du? Überhaupt, wie wäre es, wenn du mir etwas mehr über dich erzählst? Bisher weiß ich nur, dass du toll bist, sehr erotisch und freizügig. Sicher einige gute Punkte für den Anfang. Aber vielleicht erzählst du mir mehr beim Dinner?«

»Okay, komm jetzt ins Bad.«

Sie machte einen Schritt auf ihn zu. Sein Kopf befand sich in Höhe ihrer Schamhaare. Fast war er versucht, sie dort zu küssen, damit das Spiel wieder von vorn losging. Aber sie hatte Recht, Gutes musste man langsam angehen lassen, und er wollte durchaus mehr von ihr wissen. Viel mehr.

Zusammen gingen sie ins Bad und stellten sich unter die Dusche, sie seifte ihn ein und er sie. Dabei kamen sie sich wieder sehr nahe, sie sah ihn ungeniert an und beobachtete seine beginnende Erektion. Sie küsste ihn, streichelte ihn mit der Hand und stöhnte wollüstig.

»Heb's dir auf«, flüsterte er erregt in ihr Ohr. Sie gehorchte, stieg aus der Dusche und holte ein Handtuch für ihn, erst dann nahm sie sich eins.

Bolden bemerkte es: wenig Egoismus ihrerseits. Er zog sich schnell an, nur blaue Jeans und ein dünnes hellblaues Hemd. Dann durchquerte er sein Wohnzimmer, öffnete die Terrassentür, betrat die Terrasse und sah in den nächtlichen Himmel über Kapstadt. Sein Blick schweifte Richtung Südwesten, wo er den vom Mond erleuchteten Atlantik sehen konnte.

Während sich Eliza im Bad anzog und schminkte, ging er an seine kleine Bar und goss sich einen Sherry ein. Dann griff er zum Telefon und reservierte einen Tisch in einem Restaurant.

Sie kam aus dem Bad. Ihre Haare waren noch immer feucht und ringelten sich, rahmten ihr schönes Gesicht ein. Er war versucht, wieder zur Kamera zu greifen.

»Du gefällst mir. Wenn du so bist, wie ich dich bisher kennen gelernt habe, muss ich zugeben, dass ich mich schrecklich in dich verliebt habe.«

Sie antwortete nicht, hob ihre Hand in seine Richtung und winkte ihm, ihr zu folgen.

Wortlos, beide nachdenklich, fuhren sie mit dem Fahrstuhl in die Tiefgarage, wo sein Auto stand. Es war ein alter Jaguar XK 120, den er liebte und den er vor vielen Jahren erstanden hatte.

Draußen auf dem Ocean View Drive in Richtung Westen, er hatte seine linke Hand in ihren Schoß gelegt, erreichten sie den Western Boulevard, der sie zum Seaside-Hafen führte, wo die Restaurants und die nächtliche Einkaufsmeile lagen.

»Warum so schweigsam? Hat dich meine Hand in deinem Schoß so irritiert?«

Sie drehte sich zu ihm, als er den Wagen in eine Parklücke manövriert hatte. »Nein, ich bin nur sehr nachdenklich geworden nach all dem, was mir in den letzten Stunden passiert ist. Es ist wunderschön mit dir, ich kann es immer noch nicht glauben. Ich kannte Weiße bisher nur flüchtig, aber auch Farbige hatte ich noch nicht so intensiv kennen gelernt. Jetzt frag mich nicht, mit wem ich sonst so meine Zeit verbracht habe. Es waren sehr wenige Männer, und ich habe mich eigentlich noch nie so wohl gefühlt wie mit dir.«

Bolden hörte einfach nur zu. Das war es, was er von ihr wollte. Sie sollte von sich erzählen. Auf dem Weg ins Restaurant nahm er sie wieder in den Arm. Die anderen Gäste drehten sich nach ihnen um, entweder weil hier eine Farbige Arm in Arm mit einem weißen Mann ging oder weil sie eine Schönheit war.

Aber keiner hielt sie auf. Selbst der Kellner führte sie ohne eine Miene zu verziehen wie selbstverständlich zu einem kleinen Tisch, direkt am Rand des Restaurants, von wo aus sie auf das Meer blicken konnten.

Bolden bestellte Hummer und Weißwein, aber das war inzwischen unwichtig geworden. Er wollte mehr von ihr wissen.

Sie war die Tochter eines Vorarbeiters in den Diamantenminen von Kimberley, einem Weißen, der mit ihrer Mutter, einer Farbigen, zusammengelebt hatte. Ihre Mutter war in einem Straßenkampf im Ghetto erschossen worden. Eliza absolvierte eine Ausbildung in einem Designstudio in Kapstadt. Sie arbeitete in einer Werbeagentur als Grafikerin, für eine Farbige ein ungewöhnlicher Job. Aber ihr Talent zum Zeichnen und Malen war so ausgeprägt, dass die Agentur ihr diese Arbeit angeboten hatte. Da es sich um die Dependance einer amerikanischen Agentur handelte, war die Apartheid in diesem Haus kein Thema.

Bolden, der wie sie seinen Hummer auf dem Tisch hatte, hielt sein Glas Wein in der Hand und hörte ihr zu.

Nach einer ganzen Weile sahen sie sich an und mussten lachen. Beide hatten ihre Teller nicht angerührt, nur den Wein getrunken.

»Und viele Leute in der Agentur oder Kunden wollten mich

als Fotomodell. Einige Shootings habe ich auch mitgemacht, aber dann sollte ich erotische Fotos machen, und da habe ich mich geweigert. Das ist ein Bereich, da lasse ich nur privat mit mir reden. So wie du mich heute erwischt hast, ist das eine Ausnahme. Wenn du mir nicht auf Anhieb so gut gefallen hättest, hätte ich dir eine runtergehauen. Also zeig mir jetzt die Fotos.«

Er schob die Kontaktbögen über den Tisch und lehnte sich zurück in der Gewissheit, dass diese Aufnahmen ihr gefallen würden, obwohl sie teilweise sehr intim waren.

Auch sie lehnte sich zurück und betrachtete die Bilder.

»Sie gefallen mir. Du hast Glück, ansonsten wäre ich jetzt nicht mit dir hier. Aber das ist gelogen, ich habe mich ziemlich schnell in dich verliebt, obwohl wir sicher hier in Südafrika Probleme wegen unserer Hautfarbe haben werden. Ich will es aber versuchen mit dir. Vielleicht gibt es auch mal andere Zeiten.«

Sie steckte die Fotos zurück in den Umschlag und verstaute ihn in ihrer Tasche.

»Danke für deine Offenheit«, sagte Bolden. »Hunger hatten wir wohl doch nicht. Ich habe Lust, mit dir am Strand spazieren zu gehen. Ist das okay für dich?«

Sie nickte nur und stand auf, während er die Rechnung bezahlte. Weit war der Weg mit seinem Auto nicht. Schon nach wenigen Minuten hielt er seinen Jaguar an und half ihr beim Aussteigen.

Wieder gingen sie eng umschlungen, diesmal barfuß, auf dem Sand. Es war dunkel, aber das Licht des Mondes und der vielen Sterne ließ den weißen Strand hell strahlen.

»Du verwirrst mich.« Sie ließ sich im Sand nieder, die Beine angezogen, und legte ihren Kopf auf die Knie.

»Das ist es, was ich wollte.« Er setzte sich dicht neben sie. »Glaub nicht, dass es nur dir so geht. Wir sollten uns überlegen, wie es weitergehen kann. Ich kann auch aus politischen Gründen hier in Südafrika nicht einfach so weitermachen. Aber ich habe so meine Pläne. Irgendwann werde ich dir davon erzählen. Erst einmal muss ich uns beide verarbeiten. Ich habe schon einige Beziehungen gehabt. So schnell allerdings, wie es mich mit dir erwischt hat, hatte ich noch nicht das Vergnügen. Und ich wollte auch aus beruflichen Gründen keine feste Beziehung oder Heirat. Ich bin einfach zu viel in der Welt unterwegs.«

Er erzählte ihr von seiner Arbeit im Management der Mint. Einen Moment lang dachte er an das Goldgeschäft mit der Schweiz, bei dem ihm immer noch einige Details nicht klar waren. Doch dann ließ er sich von der momentanen Situation mit Eliza verführen.

Er legte sie in den Sand, rollte sich auf sie und küsste sie. Sie wollte Fragen stellen, doch seine Küsse hinderten sie daran.

»Warum hier?«, fragte sie, als er begann, sie wieder auszuziehen, sie zu streicheln.

»Du hast Recht. Kommst du mit zu mir, oder musst du nach Hause?«

»Ich kann machen, was ich will.« Sie wirkte trotzig, doch sie standen auf und gingen zurück zu seinem Auto.

»Ich mag nicht, dass uns jemand sieht. Du weißt, die Strände sind nachts nicht sicher. Und ich wollte nicht, dass unsere Nacht hier endet.«

Als sie wieder in seinem Appartement waren, holte er zwei Gläser und schenkte eisgekühlten Weißwein ein. Doch sie lehnte ab, drängte sich dicht an ihn, nahm ihm sein Glas ab, und als sie begann, ihn auszuziehen, kannte auch er kein Halten mehr.

»Ich bleibe über Nacht bei dir, wenn du willst«, hauchte sie in sein Ohr. Er schob sie in sein Schlafzimmer. Sie zog ihn auf das Bett. Beiden blieb keine Zeit, sich vollständig auszuziehen, so überwältigt waren sie von ihren Gefühlen.

Sie liebten sich.

Irgendwann in der Nacht waren sie völlig nass geschwitzt. Sie zogen sich ganz aus, gingen in sein Bad und stiegen in die Badewanne. Bei Kerzenlicht betrachteten sie sich gegenseitig und genossen ihr Zusammensein.

Bolden war froh, dass der kommende Tag ein Sonntag war. Am Montag musste er wieder nach Johannesburg.

Eliza stieg aus der Wanne und ging, nur mit einem Slip bekleidet, auf die Terrasse. Er folgte ihr, bewunderte erneut ihren gazellengleichen Gang. Als er sich von hinten an sie drängte, spürte er, dass sie die Berührung genoss. Sie schmiegte sich mit ihrem Po und Rücken an ihn.

Langsam ging die Nacht zu Ende, ein fahles Licht kam auf.

»Komm, lass uns diese Nacht auskosten. Wer weiß, wann wir wieder Gelegenheit dazu haben? Vielleicht haben wir morgen schon eine Anzeige und die Polizei am Hals. Du weißt, was die Gesetze vorschreiben.«

»Das ist mir im Moment egal«, antwortete er und drückte sich noch fester an sie. Sie spürte, dass diese Nähe sie erregte, spürte auch seine erneute Erregung.

Sie gingen wieder zu Bett, liebten sich und schliefen dann bis zum Sonntagmittag.

Bolden wurde wach und sah zur Seite. Eliza schlief tief und fest. Er betrachtete sie, jetzt intensiver. Ihre Haut war nicht schwarz, sondern hellbraun und hatte einen seidigen Schimmer. Er war versucht, sich wieder auf sie zu legen, sie zu lieben, aber dann respektierte er ihren tiefen Schlaf.

Als er aufstand, rührte sie sich immer noch nicht. So entschloss sich Bolden, sein sonntägliches Jogging doch noch zu absolvieren.

Nur mit einer Shorts und einem T-Shirt bekleidet, verließ

er seine Wohnung und joggte den Abhang hinunter Richtung Küste. Aber seine Gedanken waren nicht beim Sport und der körperlichen Anstrengung, die damit verbunden war. Sie kreisten um seine Arbeit, um den Goldtransport und das Marketing, das in seiner Verantwortung lag. Dazu hatte er die verschiedensten Länder in Europa und die USA bereist, Briefings an die ausgewählten Werbeagenturen gegeben, deren Strategien ihm in seinem Büro vorlagen. Das waren die Konzepte, die er in Sun City präsentieren wollte. Wenn er vom Board die Zustimmung erhielt, also auch die Bankenvertreter aus aller Herren Länder seine mit den Agenturen erarbeiteten Kampagnen absegneten, dann musste der Weg ins Board für ihn offen sein. Seine Karriere hätte dann ihren Höhepunkt erreicht. Wenn sich aber seine Freundschaft und Liebe zu Eliza nicht geheim halten ließ, endete seine berufliche Zukunft in einer Sackgasse.

Sein Weg führte ihn über den Western Boulevard, den er nach Osten entlanglief, um den Strand zu erreichen. Er blieb stehen, verschnaufte, holte Luft, war etwas atemlos. Der Alkohol und die Liebe in der letzten Nacht machten ihm doch etwas zu schaffen. Er sah auf das Meer hinaus. Er liebte diese Weite, diese Unendlichkeit, die doch immer wieder durch hohe Wellen mit Schaumkronen gebrochen wurde.

Das Meer war an diesem Tag tiefblau. Es reflektierte den Farbton des klaren Himmels. Bolden stemmte seine Füße – die Schuhe hatte er abgelegt – in den Sand und genoss diese Natur, die er mit diesem Licht nur hier in Kapstadt finden zu können glaubte. Erst vor einigen Wochen war er mit seiner alten Leica oben auf dem Tafelberg gewesen und hatte die vielen Kolibris fotografiert, die dicht neben ihm vor den Blüten surrten. Für einige Minuten setzte er sich an den Strand, seine Füße wurden von den auslaufenden Wellen der steigenden Flut benetzt. Er genoss diese Momente und wünschte sich Eliza an seine Seite.

Was wird sein?, dachte er bei sich. Sie war in vielen Dingen auf seiner Wellenlänge wie bisher noch keine seiner vielen Bekanntschaften.

Es wurde Zeit zu gehen. So stand er auf und lief zurück in Richtung seiner Wohnung. Er hoffte, Eliza noch zu sehen, hoffte, dass sie das Appartement nicht schon verlassen hatte. Schließlich hatte er am gestrigen Abend erwähnt, dass er hier in Kapstadt an den Wochenenden, die er hier verbrachte, sein sportliches Programm absolvierte. Er wollte mit ihr frühstücken, einfach noch einmal ihren Anblick genießen und sich ihrer Nähe und Verbundenheit für die nächsten Male, die er hier sein würde, versichern.

Ihre erotische Ausstrahlung, ihr Charme, verbunden mit einer gesunden Portion Selbstbewusstsein, begeisterten ihn. Und dass all dies im Moment der Hingabe bei der Liebe völlig in den Hintergrund verschwand. All das, was sie in jedem Moment tat, tat sie hundertprozentig. Auch das hatte er in den wenigen Stunden, die sie sich kannten, an ihr lieben gelernt.

An der Hill Street entdeckte er einen kleinen Sportplatz, der mit dem typischen englischen Rasen ausgestattet war. Nur jahrelange Pflege konnte dieses Resultat erzielen. Als er ihn überquerte, fand er einen jungen Maulwurf, der neugierig seine Nase in die Luft streckte und wohl nicht so recht wusste, was er hier in der heißen Luft tun sollte. Doch Bolden wusste Rat. Er bohrte ein Loch in den gepflegten englischen Rasen, packte vorsichtig den Maulwurf an seinen Hinterbeinen, wohl wissend, wie bissig diese Viecher sein konnten, und setzte ihn an das eben gegrabene Loch. Sofort entsann sich der Maulwurf seiner Aufgabe und schaufelte sich in den tiefen Sand unter dem Rasen. Bolden wusste, wie dieser am nächsten Tag aussehen würde. Und das ließ ihn lächeln. War das der Anfang einer kleinen Rache an der Apartheidpolitik?

Als Bolden weitertrabte und am quer zu seiner Route liegenden Ocean View vorbeikam, waren immer noch wenige Leute auf der Straße, obwohl es bereits früher Nachmittag war. Die Südafrikaner neigten dazu, die Sonntagabende in ihren Sportingclubs zu verbringen, mit Dinner, Drinks und noch mal Drinks und Smalltalk, wer mit wem am nächsten Tag. So waren die Sonntage der reinen Erholung gewidmet, der Kontaktpflege und der Verabredung zum Sex vorbehalten, bevor der Montag, teilweise mit langen Fahrten zum Job verbunden, wieder die Wochenarbeit einleitete.

Boldens Route führte ihn nun direkt wieder zurück zu seiner Wohnung. Auf dem Weg dorthin übersah er einen Mann, der an einer Palme lehnte und in Gedanken versunken schien. Er wirkte unauffällig und gelangweilt, doch wer ihn genauer beobachtet hätte, ahnte, dass er Bolden, der an ihm vorbeilief, genau im Auge behielt und sich Notizen machte. Für seinen Auftrag war es wichtig, seinen Tagesablauf exakt durchzuplanen. Den Auftrag hatte er über Mittelsmänner aus New York erhalten, auf deren Liste er stand. Man nannte ihn Skiller, eine Bezeichnung, gebildet aus den Worten »skill«, was Geschicklichkeit bedeutet, und »Killer«. Nie hatte er einen Job ohne Erfolgsmeldung zu Ende gebracht. Und er war bisher nicht aufgeflogen. Nachdem er seinen Kontostand überprüft hatte – er arbeitete nur gegen Vorabhonorar –, nahm er gewöhnlich die Herausforderung an. Seine Spezialität war es, größere Zwischenfälle zu inszenieren, um von der eigentlichen Tat abzulenken. Einen verheerenden Unfall würde man kaum mit einem einzelnen Killer in Verbindung bringen.

Skiller trug nur ein dünnes T-Shirt und eine Cargohose mit ausgebeulten Taschen. Die Hitze machte ihm zu schaffen. Dennoch war es an der Zeit, sich über seinen Auftrag Gedanken zu machen, den er telefonisch aus Amerika erhalten hatte. Dieser lautete, einen Manager der Mint zum Schweigen zu bringen. Wie vorsichtig dieser Auftrag auch formuliert war, das Honorar, das ihm überwiesen wurde, ließ darüber keinen Zweifel. Tod und Ende. Skiller war präpariert für die Rundumüberwachung seines Zielobjekts. Das Wichtigste, ein Präzisionsgewehr, befand sich in einem Spezialkoffer, den er in seinem Auto versteckt hatte. Wie er den Anschlag auf Bolden ausführen wollte, war ihm noch nicht klar. Doch exakt geplant sollte er werden, und Zeit genug hatte Skiller.

Bolden näherte sich langsam seiner Wohnung. Dass er beobachtet wurde, bemerkte er nicht. Seine Gedanken waren angefüllt mit den Erlebnissen der letzten Stunden mit Eliza. Und je mehr er sich die Ereignisse durch den Kopf gehen ließ, desto mehr war er sich seiner Gefühle sicher. Er hatte den Wunsch, das Zusammentreffen mit Eliza festzuhalten und ihr etwas als bleibende Erinnerung zu schenken. Ihm fiel ein ganz bestimmtes Juweliergeschäft in der Adderley Street ein.

Kurz entschlossen telefonierte er mit seiner Firma, nachdem er in seiner Wohnung angekommen war, und kündigte seine Teilnahme an der Konferenz in Sun City für den kommenden Dienstag an, so dass er den Montag noch in Kapstadt bleiben konnte. Dann ging er in sein Schlafzimmer. Das Bett war leer, und er hörte das Rauschen des Wassers in der Badewanne. In der Küche kochte er sich einen Kaffee und entschloss sich, auch Eliza eine Tasse davon ins Bad zu bringen.

Als er sie in der Wanne liegen sah, nackt und verführerisch, zog er sich spontan aus und stieg zu ihr hinein.

Sie blieben noch den ganzen Sonntag zusammen, und als er sie inständig bat, doch auch noch die Zeit bis Montagabend mit ihm zu verbringen, umarmte sie ihn und nickte. Allerdings eröffnete er ihr, dass er am Morgen kurz in der Innenstadt etwas erledigen müsse.

Am nächsten Morgen machte er sich früh auf den Weg. Eliza schlief noch. Sie hatte ihm gestanden, in ihrem Leben noch nie eine so anstrengende Zeit durch Liebemachen erlebt zu haben. Zwar hatte sie ihre Erlebnisse, Freundschaften, die sie zumeist nach wenigen Tagen oder Wochen wieder abbrach. Sie gab zu, besonders anspruchsvoll zu sein, nicht nur im Bett, sondern gerade im Alltag. Ihre Vorstellung von einer Beziehung konnte sie nicht formulieren, aber wenn etwas stimmig war, spürte sie das bereits nach wenigen Stunden. Und diese Zuversicht hatte sie mit ihm.

Bolden hatte sie, nachdem sie sich wieder geliebt hatten, fest in seine Arme genommen und ausgefragt. Eliza war so aufgeregt, dass sie redete wie ein Wasserfall. So hatte er am nächsten Morgen den Eindruck, Eliza schon lange zu kennen und ihren Charakter, ihre Art beurteilen zu können. Er spürte, dass er sie liebte, und war dankbar, dass sie so offen über sich gesprochen hatte.

Sein Weg führte ihn direkt in die Innenstadt, wo ein Teil der Altstadt nach historischem Vorbild restauriert worden war. In den Häusern mit Holzarkaden und angesetzten Balkonen waren viele kleine Geschäfte untergebracht. Er steuerte ein Juweliergeschäft an. Seinen Verfolger nahm er nicht wahr.

Er betrat den Laden.

»Guten Tag, was kann ich für Sie tun?« Eine hübsche Verkäuferin hinter einer Vitrine wandte sich ihm zu.

»Ich habe hier ein Foto und möchte eine kleine goldene Figur wie hier abgebildet bestellen. Können Sie so etwas anfertigen?«

Zwar war es ihm etwas peinlich, ihr das Foto der auf dem Rasen hockenden Eliza zu zeigen, aber als die Verkäuferin nur lächelte und nickte, fühlte er sich besser.

»Ich werde dazu ein kleines Modell aus Gips herstellen und kann das dann in Gold gießen. Kommen Sie heute Abend gegen 19 Uhr wieder, dann habe ich es fertig. Allerdings werden Sie die Gesichtszüge der Dame kaum erkennen können. Die

Figur wird etwa drei Zentimeter groß sein. Mit einer goldenen Kette kann man sie dann um den Hals tragen.«

Bolden bestätigte den Auftrag, bedankte sich und verließ den Laden. Etwas ziellos wanderte er durch die Altstadt. Der Schatten folgte ihm unbemerkt.

Skiller machte sich Notizen, ließ Bolden nicht aus den Augen und achtete darauf, nicht entdeckt zu werden. Als Bolden sich noch einmal umdrehte und erneut den Juwelierladen betrat, hatte er Glück, dass er nicht mit ihm zusammenstieß. Doch so blieb er vor dmSchaufenster stehen und hörte, wie Bolden bei geöffneter Ladentür fragte, ob er die Figur auch nach 21 Uhr abholen könne. So erhielt Skiller einen weiteren Anhaltspunkt für die Planung seines Attentats.

Schräg gegenüber den Holzarkaden lag ein kleines Hotel, das ebenfalls eine historische Fassade besaß. Langsam formten sich Skillers Gedanken über den Ablauf, wie er Bolden beseitigen konnte.

Die Fassade des Hotels war ziemlich heruntergekommen. Überall blätterte die Farbe ab, so dass man den ursprünglichen dunklen Farbton erkennen konnte. Die Scheiben waren ebenfalls seit langer Zeit nicht mehr gereinigt worden. Skiller war aber gerade das Vernachlässigte und Ungepflegte recht, zeigte es ihm doch, dass sich wohl niemand richtig kümmerte. Er nahm an, dass er im Gedächtnis des Personals kaum haften bleiben würde.

Er betrat die enge Eingangshalle. Auch diese war ziemlich ungepflegt und verstaubt. Links an der Wand, wo eine schmale Wendeltreppe nach oben führte, standen zwei abgewetzte dunkelbraune Ledersessel. Darüber hing ein Poster mit einem Motiv aus Südfrankreich. Die Rezeption verdiente ihren Namen nicht, denn es handelte sich um eine morsche, wurmstichige Theke. Eine fette kleine alte Frau, eine Schwarze, stand dahinter und grinste ihn auffordernd an.

»Ein Zimmer? Für einige Stunden oder länger?«

Skiller war in einem Stundenhotel gelandet, und wie es aussah, stand die Alte am Empfang wohl auch für wenige Rand zur Verfügung.

»Ja«, nickte er und stellte seinen Rucksack ab. »Ich muss allerdings noch meinen Koffer vom Bahnhof holen. Was kostet die Nacht?«

»Sechzig Rand, und wenn Sie es zu zweit belegen sollten, achtzig Rand.« Sie beugte sich vor und flüsterte: »Und wenn Sie mich haben wollen, dann noch einmal zwanzig Rand.« Sie streichelte seine Hand, die er auf die Theke gelegt hatte. »Plus ein wenig Trinkgeld.«

Sie sah ihn fragend und gleichzeitig triumphierend an, als ob sie seine Gedanken lesen könnte und ihr persönlicher Servicevorschlag bei ihm auf fruchtbaren Boden gefallen wäre.

»Nun«, Skiller zog sanft seine Hand zurück, »eigentlich dachte ich nur an ein Zimmer ohne Extras, zur Straße, wenn möglich. Aber vielleicht komme ich später darauf zurück.«

Er wollte es sich mit ihr nicht verderben, zahlte und ging die Treppe hoch. Sein Zimmer lag im ersten Stock zur Einkaufsstraße hinaus. Genau gegenüber lag der Juwelierladen.

Nachdem er seine Tasche auf das Bett gelegt hatte, verließ er den Raum und schloss vorsichtig ab. Dann machte er sich auf den Weg zum Bahnhof.

Nicht viel später kehrte er zurück, schlich an der Rezeption vorbei – die Alte war im Hinterzimmer – und ging hinauf in sein Zimmer. Sein erster Gang führte ihn in die Dusche. Nass geschwitzt, wie er war, ließ er kaltes Wasser über seinen nackten Körper fließen. Ein dünnes Hemd, das er mit Bedacht gewählt hatte, dreckig und filzig, sowie eine alte Khakihose, an den Beinen zerrissen, verhalfen ihm anschließend zum Äußeren eines Obdachlosen. Mit Absicht, denn das, was er nun vorhatte, verlangte eine reife schauspielerische Leistung.

Sein schmaler, langer und flacher Koffer, den er auf das Bett gelegt hatte, erinnerte an einen Behälter mit Billardqueues. Das sollte er auch, denn er enthielt ein sorgfältig in Tücher eingewickeltes Präzisionsgewehr. Skiller nahm es heraus, schraubte erst den Lauf auf das Schulterstück und dann einen Schalldämpfer auf das vordere Ende des Laufes. Für die Ladekammer nahm er zwei Patronen, die in einer Spezi-allegierung hergestellt waren. Das Material zerbröselte beim Aufprall in mikroskopisch kleine Stücke, machte allerdings dann den Weg frei für einen Spontanzünder. Das Konzept war in seinem Kopf geboren. So war es besonders schwierig, einen Anschlag nachzuweisen.

Doch sein schwierigster Gang stand ihm noch bevor. Erst einmal griff er zu einer Flasche Weißwein, die auf dem schäbigen dreibeinigen Beistelltisch stand. Er setzte an und nahm einen tiefen Schluck. Und noch einen, denn er musste sich für die Fortsetzung seines Plans das Gehabe eines Betrunkenen zulegen. Aus dem Rucksack nahm er eine kleine Schachtel, die einen Spezialsprengstoff enthielt. Mit seiner Weinflasche, einem Taschenmesser und dem Sprengstoff schlich er sich aus dem Hotel. Wieder hatte er Glück, dass die alte Schwarze nicht am Empfang war. Er umrundete das Gebäude, überquerte die Straße und hockte sich an eine der Holzsäulen vor dem Juweliergeschäft. Dann begann er einen total Betrunkenen zu mimen, lallte und grölte die Passanten an. Doch immer wieder blieb er für Augenblicke ruhig, wandte sich der Säule zu und bohrte mit dem Taschenmesser ein Loch. Als es groß genug war, schob er verdeckt eine kleine Menge Sprengstoff hinein. Dann nahm er einen Kaugummi und einige Blätter und verbarg die Stelle. Kurz darauf stand er auf und hockte sich an die nächste Säule, wo er unbeachtet die Prozedur wiederholte.

Skiller blieb noch eine Weile halb an die Säule gelehnt liegen und trank in aller Ruhe den Wein. Er beobachtete die

Passanten, doch niemand nahm Notiz von ihm. Bettler und Obdachlose war man schließlich in allen Städten Südafrikas gewohnt. Sich mühsam erhebend und lallend ging er über die Straße zurück ins Hotel. Zwar war er gewohnt, Alkohol zu trinken, aber die Hitze hatte ihn zusätzlich belastet, so dass er jetzt wirklich betrunken war. Zurück in seinem Zimmer, zog er sich aus, duschte erneut und legte sich aufs Bett.

Inzwischen war es Abend geworden. Er hatte noch zwei Stunden Zeit, bis Bolden seinen Auftrag aus dem Laden abholte. Der Alkohol ließ ihn schläfrig werden, doch aus einem Nickerchen wurde nichts. Der Abend sorgte nun im Hotel für eine Betriebsamkeit, wie sie sich wohl jeden Tag und in der Nacht hier abspielte. Prostituierte gingen mit ihren Kunden in die Zimmer. Die Schritte im Treppenhaus, das Kichern und Lachen der Mädchen und ihrer Freier hielten Skiller wach. Zu wissen, was in den Zimmern ablief, erregte ihn. Noch hatte er Zeit, sich auch ein Mädchen nach oben zu holen. Doch er verzichtete und konzentrierte sich auf die vor ihm liegende Aufgabe.

Er stand auf, ging zum Fenster, schob den schäbigen Vorhang zur Seite und betrachtete die Holzsäulen auf der anderen Straßenseite, in die er den Sprengstoff praktiziert hatte.

Die Zeit verstrich, Skiller blieb am Fenster und beobachtete das Treiben auf der Straße. Jetzt, da es dunkel war, standen die Nutten aufgereiht auf dem Bürgersteig, junge Schwarze oder Farbige. Weiße Frauen waren nicht dabei. Aber die weißen Männer spazierten um die Mädchen herum, begutachteten sie und trafen dann ihre Auswahl. Im Schutz der Dunkelheit verschwanden die Männer dann mit den Mädchen in den umliegenden Innenhöfen. Nach wenigen Minuten kamen die Mädchen zurück. Die nächsten Kunden warteten.

Im Juwelierladen brannte noch Licht, obwohl viele der kleinen Geschäfte schon geschlossen hatten.

Die Uhr tickte. Bald musste Bolden auftauchen. Skiller nahm langsam und mit Bedacht sein Gewehr in die Hand. Inzwischen hatte er sich auch von seinem Rausch erholt. Er öffnete das Fenster, ließ den dreckigen Vorhang aber wieder zufallen. Nur durch einen schmalen Schlitz behielt er den Eingang des Ladens im Auge. Skiller war bereit, den Auftrag, der ihm gute Dollars brachte, perfekt zu erledigen. Ein Anruf in New York würde genügen, um die zweite Hälfte des Honorars einzufordern.

Bolden bog in die Adderley Street ein. Langsam und zielstrebig ging er auf den Juwelierladen zu. Noch heute Nacht, bevor er am nächsten Morgen wieder abfliegen musste, wollte er ihr das kleine Geschenk überreichen. Den Nachmittag hatte er mit Telefonaten verbracht, nachdem er noch ausführlich mit Eliza diskutiert hatte. Über die politische Situation, über die Apartheid, die ihnen beiden eigentlich keine große Chancen ließ, aber auch über die Gedanken, die in seinem Kopf rumorten: das Land zu verlassen und woanders mit Eliza ein anderes, unbeeinflusstes Leben zu beginnen. Das allerdings brauchte seine Zeit, eine Probezeit, ob es überhaupt funktionieren würde, sie beide zusammen.

Dann ging sie einkaufen. Sie wollte für ihn an diesem Abend kochen. Schließlich war es ihr Abschiedsabend, auch wenn sie sich in einer Woche wiedersehen würden. Und nach dem Essen, so hoffte sie, würden sie diesen Abend sehr privat und intim fortsetzen. Sie war sich sicher, sie liebte Bolden, und trotz ihrer schlechten Erfahrungen mit ihren bisherigen Bekanntschaften war sie überzeugt, dass es diesmal anders werden könnte. Dieser Mann hatte Stil, war höflich und rücksichtsvoll, und nicht zuletzt hatte sie mit ihm bisher ungekannte Zärtlichkeiten erlebt. Dass er auf sie einging, im Bett nicht nur an sich dachte, so wie sie es immer wieder von egoistischen, vor allem weißen Männern erlebt hatte, nährte in ihr die Hoffnung, dass sie den Richtigen für eine lange, glückliche Beziehung gefunden hatte. Zwar war sie immer noch vorsichtig, ließ ihn das aber nicht merken. Sie gab sich ihm vollends hin, nach seinen Wünschen, die er sie spüren ließ. Und die ihr gefielen. Wenn sie ihre intimen Vorstellungen vom Liebemachen einforderte, spielte er mit und schwenkte sofort auf ihre Wünsche ein. Ein Wechselspiel, das beiden die Erfüllung gab, die sie insgeheim gewünscht und gesucht hatten.

Vor dem Ladeneingang blickte Bolden kurz in die Auslagen. Dann öffnete er die Tür und trat ein.

»Es ist alles fertig. Ich hoffe, es entspricht Ihren Wünschen.« Der Juwelier bückte sich, kramte einen Moment in einer Schublade auf seiner Seite der Verkaufstheke und holte dann eine kleine Schachtel hervor.

»Hier, sehen Sie!« Er wickelte eine Folie auf, legte eine kleine goldene Skulptur auf den Tisch und schob sie zu ihm hinüber.

»Diese dünne Goldkette lässt die Figur besser zur Geltung kommen.«

Bolden verstand und nickte.

»Okay, packen Sie mir das bitte als Geschenk ein. Da sie mich an bestimmte Situationen erinnert, sollte ich diese Skulptur vielleicht selbst tragen, aber das muss nicht sein. Danke für Ihre schnelle Arbeit.«

Bolden bezahlte, nahm das kleine Päckchen in die Hand und drehte sich um. Er durchquerte den Vorraum und war schon an der Tür, als es einen lauten, fürchterlichen Knall gab, wie von einer Explosion. Der Luftdruck schleuderte ihn zurück in den Vorraum zum Laden. Draußen gab es eine zweite Explosion, die den gesamten Raum vor dem Laden zusammenbrechen ließ. Dann begann die Decke des Verkaufsraums sich zu senken und stürzte in Teilen ein. Bolden warf sich zu Boden, wie der Juwelier. Beide rollten nach hinten, rappelten sich auf und stürzten durch die Hintertür hinaus.

»Was war das?«, fragte der Juwelier erschrocken und lugte vorsichtig in seinen Verkaufsraum, nachdem der Staub sich etwas verzogen hatte. Flammen züngelten im Raum und breiteten sich aus.

»Keine Ahnung. Sicher ist die Fassade zusammengebrochen.«

Bolden war froh, dass er nicht verschüttet worden war. Durch die Vordertür konnte man den Laden jedenfalls nicht mehr verlassen, denn es gab keine mehr. Offenbar war die gesamte vordere Fassade mitsamt Balkon zusammengestürzt und hätte ihn womöglich begraben. Die zwei Explosionen machten ihn nachdenklich. Wurde das Gebäude angegriffen, oder was steckte dahinter? Es brannte. Schwarze Qualmwolken zogen durch das Geschäft und durch die Straßen.

Beide begriffen nicht, was geschehen war. Sie blieben eine ganze Weile still draußen liegen. Bolden prüfte seine Gelenke und befühlte seinen Körper. Keine Verletzungen, kein Blut, keine Brandwunden. Er hatte gewaltiges Glück gehabt. Bolden sah nach dem Juwelier. Der war ebenfalls glimpflich davongekommen, stand bereits wieder auf und klopfte sich Staub und Holzsplitter von seiner Jacke.

»Jetzt kann ich wohl für einige Zeit zumachen. Wer zahlt dafür, die Stadt?«

Bolden wusste keine Antwort, hatte aber auch keine große Lust, mit dem Juwelier zu diskutieren. Es trieb ihn fort.

»Danke für alles und bis zum nächsten Mal.«

Er hörte noch die Alarmsirenen der Feuerwehr, doch er wollte nur weg von hier.

Skiller war zufrieden mit der Wirkung seiner zwei präzisen Schüsse. Wie es aussah, konnte niemand im Moment auf seine Arbeit, auf einen Anschlag schließen. Ihm war das recht. Er schraubte sein Gewehr auseinander, wickelte die Teile ein, packte sie in seinen Koffer und verließ Zimmer und Hotel.

Den geilen Blick der Alten an der Rezeption nahm er nicht wahr. Skiller musste verschwinden, obwohl er sich einigermaßen sicher fühlte. Niemand würde ihn als Urheber dieser Attacke iddentifizieren. Ob er allerdings Bolden getroffen hatte? Schließlich hatte er mit dem Schuss gewartet, bis Bolden an der Tür stand. Aber in der Staubwolke nach den Explosionen konnte er nicht erkennen, ob sein Anschlag gelungen war. Er nahm es an. Allein das Inferno des sich ausbreitenden Feuers konnte niemand überstehen.

Auf dem Weg zu seinem Auto kaufte er einige Flaschen Bier. Er wollte feiern, und zwar möglichst mit einer der hübschen jungen Nutten, die er mit seinem Auto aufgabeln wollte. Sein Weg führte ihn durch die schlecht beleuchteten Straßen, die in der Nacht von Drogenhändlern, Huren und Ganoven bevölkert waren. Alle wollten ihre Ware loswerden. Doch Skiller wollte nur Sex und Drinks. Und verschwinden, weit außer Landes.

Er fuhr einige Kilometer an der Westküste entlang, bis er einen kleinen Gasthof fand, in dem er die Nacht verbrachte. Bevor er in seinem Zimmer einschlief, hörte er noch die Nachrichten. Eine Explosion und ein anschließendes Feuer hätten Teile der Adderley Street zerstört. Häuserfronten stünden immer noch in Flammen. Bisher gebe es vier Tote und sechzehn Verletzte, unter den Trümmern würden noch weitere Tote vermutet.

Skiller fühlte sich nun sicher, dass er seinen Auftrag vollendet hatte. Er würde die zweite Rate des Honorars einfordern können.

Sun City

Das Spielerparadies Sun City lag mitten in Südafrika, nordwestlich von Johannesburg im selbständigen Homeland Bophutatswana. Diese Region hatte einen schwarzen Regierungschef, der weitgehend unabhängig von Pretoria agieren konnte. Das Homeland war wesentlich freizügiger, als es die Apartheid erlaubte. Sun City mit ihren Einnahmen aus den Casinos war eine der wichtigsten Geldquellen des Landes, neben der Förderung von Platin. In »Sin City«, wie sie von Insidern genannt wurde, war buchstäblich alles erlaubt, was in Südafrika selbst verboten war. Deshalb waren vor allem an den Wochenenden alle Hotels ausgebucht. Die weißen Südafrikaner aus Johannesburg, Pretoria und Kapstadt verbrachten oft ihre Freizeit hier, überwiegend um zu spielen, erotische Vergnügungen eingeschlossen.

Auch deshalb hatte Davenport diesen Ort für die Konferenz ausgesucht. Schließlich sollte es seinen Gästen an nichts mangeln. Sie sollten alle Möglichkeiten der Zerstreuung finden, die man sich denken konnte.

Diesmal hatte Davenport dafür allerdings wenig Sinn. Von dem kleinen Flughafen aus fuhr er mit einem Taxi direkt zum Hotel, das für die Tagung reserviert worden war. Der Hotelmanager begrüßte ihn und führte ihn in seine Suite, in der bereits jemand auf ihn wartete.

Lizzy war eine schlanke, hoch gewachsene Blondine. Sie war schon seit Jahren seine Geliebte, und er finanzierte sie. Das sexuelle Vergnügen, das sie ihm bot, rechtfertigte er sich selbst und auch seiner Frau gegenüber damit, dass seine Frau ehemüde geworden war und seine sexuellen Fantasien nicht mittrug.

Lizzy hatte vor Jahren von einer Hochzeit mit Davenport geträumt. Doch mittlerweile hatte sie resigniert und suchte Trost im Alkohol und im Glücksspiel. Als sie sich begrüßt hatten, gab Davenport ihr Geld, damit sie in die Spielhallen des Hotels verschwinden konnte. Seine Gedanken waren jetzt auf die bevorstehende Konferenz ausgerichtet und nicht unbedingt auf die Vergnügungen, die Lizzy ihm immer wieder bereitete.

Neben den sexuellen Bedürfnissen waren auch für ihn der Alkohol und die Spielleidenschaft die Triebkräfte, die ihn immer wieder hierher führten. Lizzy hatte schon zur Begrüßung zwei Gläser »Cane 'n Coke« zu sich genommen. Er dagegen hielt sich zurück und nippte an seinem ersten Glas.

Als Lizzy verschwunden war, setzte er sich an den Schreibtisch, öffnete seinen Aktenkoffer und legte die Unterlagen für die Konferenz auf den Tisch. Wieder und wieder ging er die Papiere und vor allem seine Präsentation durch. Einen Fehler wollte er sich nicht leisten. Zu viel hing von dieser Tagung ab, zu der die wichtigsten Partner aus den Banken eingeladen waren. Dann stand er auf, ging zur Zimmertür, schloss ab, kehrte zum Schreibtisch zurück und griff zum Telefon. Er wählte eine Nummer in Kapstadt und wartete, bis er eine Stimme hörte: »Sagen Sie keinen Namen. Ihr Auftrag wurde erledigt. Überweisen Sie das restliche Honorar auf das Konto Code Nr. 32321 auf Barclay's Bermuda. Auftrag über Bradshaw, New York, in Kapstadt erledigt.«

Er legte den Hörer auf. Bradshaw würde er am nächsten Tag bei der Konferenz treffen, dann konnte er diesen persönlich veranlassen, das restliche Honorar anzuweisen. Einen Moment lang fühlte er sich unwohl in seiner Haut, aber über den Goldtransport durfte es keine weiteren Mitwisser geben. Zwar war sein Verhältnis zu Bolden ein rein kollegiales. Er mochte ihn irgendwie, beneidete ihn aber auch wegen seiner sportlichen und attraktiven Erscheinung und seines Erfolgs bei Frauen. Jedes Mal, wenn private Veranstaltungen sie beide aufeinander treffen ließen, hatte Bolden ein anderes Mädchen bei sich, das er stets als seine derzeitige Begleitung vorstellte. Das Gerücht aber, dass er nun eine Farbige in Kapstadt kennen gelernt hatte, beunruhigte ihn nicht. Wenn der Anschlag tatsächlich Bolden getroffen hatte, war dieses Thema ohnehin bedeutungslos geworden.

Über das erste Attentat auf die Piloten, das ebenfalls Bradshaw initiiert hatte, fehlte allerdings immer noch die Bestätigung. Zwar hatte Bradshaw Davenport von dem Absturz des Flugzeugs informiert, doch eine Nachricht über die Insassen fehlte. Noch wurden die Piloten gesucht. Da er sie nicht persönlich kennen gelernt hatte, berührte ihn ihr Tod auch nicht sonderlich.

Davenport sah sich lediglich als Vermittler. Der Auftrag war aus New York gekommen. Akribisch ging er noch einmal die Unterlagen durch, die er über den Goldtransport zusammengetragen hatte. Obwohl nichts auf seinen Namen hinwies, nahm er die Akte und vernichtete sie im Kamin der Suite. Auch deshalb hatte er im Augenblick keinen Sinn für seine Spielsucht. Er genehmigte sich doch ein Glas »Cane 'n Coke«, hielt es kurz unter die Nase und nahm dann einen Schluck. Trotz Klimaanlage und kühler Außentemperatur war ihm heiß geworden. Um seine Gedanken zu verscheuchen, öffnete er die Balkontür und trat hinaus. Sein Blick glitt über die künstlich geschaffene Oase, mit Bäumen, Flüssen und Blumenfeldern. Das Bild erinnerte ihn an Venedig, nur dass hier nicht Gondeln durch die Kanäle zogen, sondern Krokodile. Reiche Ausländer, Amerikaner und Europäer, hatten dieses Paradies mit ihren Investitionen geschaffen. Und die freizügige Moral bereitete den Südafrikanern keine Kopfschmerzen. Hier wurden Kontakte zwischen Weißen, Schwarzen und Farbigen geduldet und nicht bestraft. Jeder hier war für Geld empfänglich oder, profaner ausgedrückt, käuflich.

Ein nächster großer Schluck ließ Davenport seine trüben Gedanken endgültig vergessen. Er merkte, dass er langsam betrunken wurde. Dann war er so weit, zog seine Jacke über, strich sich über die nass geschwitzte Stirn und verließ sein Zimmer, um sich gemeinsam mit Lizzy an den Spielautomaten zu vergnügen.

Er traf sie an einem der zahlreichen »einarmigen Banditen«, in der linken Hand einen Drink, in der rechten einige Münzen, die sie immer wieder in den Schlitz des Automaten schob. Davenport sah ihr eine Weile zu, langweilte sich aber dann. Die Drinks, die er inzwischen konsumiert hatte, hatten ihn träge werden lassen. Außerdem bemerkte er, dass er schwankte. So entschloss er sich, wieder sein Zimmer aufzusuchen. Er legte sich aufs Bett und schlief sofort ein.

Später, nach einer Dusche einigermaßen erholt und sich erfrischt fühlend, setzte er sich erneut an den Schreibtisch, nahm die Mappe mit der Liste der geladenen Bankdirektoren und weiteren Teilnehmer. Er schlug sie auf und las:

Bank Rothschild, London	Mr. Kevin Williams
Swiss Bank Corporation, Zürich	Mr. Dieter Groß
UBS, Zürich	Mr. Ernst Schmieder
Deutsche Bank, Frankfurt am Main	Mr. Franz Platek
Bankhaus Tanaka, Tokio	Mr. Yoko Watanabe
Bank Yokuriki, Tokio	Mr. Nakubo Kimuzomi
Chamber of Mines:	
Marketing Executive Officer	Mr. Johan Grey
Sales Manager	Mr. Jim Breddle
Welcome Goldmining S.A.:	
Chief Executive Officer	Mr. Kerr Zludevert

South African Mint:	
Marketing Executive Officer	Mr. Bruce Bolden
Anglo American Corporation:	
Chief Executive Officer	Mr. Kevin Waters
Chamber of Mines:	
International Gold Corporation:	
Chief Executive Officer	Mr. Geoffrey Davenport

Davenport freute sich, dass diese Konferenz auf so großes Interesse stieß. Die Teilnehmer wussten, dass es bei dieser Konferenz um die Einführung einer Barrenmünze ging. Details allerdings würden erst hier präsentiert werden. Die Geldinstitute waren interessiert, diese neue Barrenmünze als Distributeure in ihren Heimatländern einzuführen.

Davenports Präsentation war überzeugend. Das Konzept war schlüssig dargestellt. Die Vorträge der Kollegen der Mint und der Chamber waren aufeinander abgestimmt und stimmig platziert.

Er selbst sah diese Tagung als seinen persönlichen Abschied. Er wollte sich aus dem Tagesgeschäft zurückziehen. Außerdem lag ihm ein interessantes Angebot aus Australien vor. Dessen Goldindustrie und Goldförderung wiesen ein erhebliches Steigerungspotential auf.

Noch einmal von vorn beginnen. Nicht nur Australien, auch Kanada und die USA arbeiteten am Konzept einer Barrenmünze wie dem Krügerrand. Diese Aktivitäten waren ihm bekannt, und Australien wollte ihn als Chief Executive Officer verpflichten. Da er der Apartheidpolitik kritisch gegenüberstand, kam ihm das Angebot gerade recht.

Das Potential der Goldressourcen in Australien war viel versprechend. Australien konnte zum zweitgrößten Förderland nach Südafrika aufsteigen. Ohnehin war Gold, derzeit mit 42 Dollar die Unze gehandelt, in die aktuellen Schlagzeilen geraten, nachdem Frankreich und die Schweiz ihre Dollarreserven an die Amerikaner zurückgegeben hatten und in Gold umtauschen ließen. Es war nur logisch, dass die Amerikaner das Bretton-Woods-Abkommen aufheben würden. Dadurch wurde die Bindung des Goldpreises an den US-Dollar nichtig, und der Wert des Goldes würde sich den Marktgegebenheiten anpassen. Angebot und Nachfrage würden den Goldpreis neu justieren. Und da Gold nur begrenzt auf der Welt vorhanden war, nicht beliebig vermehrbar wie Weizen oder Sojabohnen, musste in einer Zeit der wirtschaftlichen Probleme und Unsicherheiten wie hoher Inflationsraten in den Industrienationen, der Goldpreis zwangsläufig als ein sicheres Element steigen. Gold war schon immer ein Krisenmetall gewesen. Nicht umsonst hatten viele Nationen ihre Währung in Gold abgesichert. Das schaffte Vertrauen in das Papiergeld, was eben auch beliebig vermehrbar war.

Davenport hatte seinen Vortrag mit diesen Argumenten untermauert. Nicht nur das, einen weiteren Trumpf hatte er noch in der Hand: den Kalten Krieg. Die Angst vor einer Eskalation des Konflikts mit den Sowjets. Er war überzeugt, dass all diese Faktoren den Wert des Goldes steigen lassen mussten. Da der Goldpreis täglich zweimal in London unter dem Vorsitz der Bank Rothschild festgelegt wurde, war dies auch ein Gradmesser der Ängste in der Welt.

Angebot und Nachfrage, das waren die wichtigen Einflussfaktoren. Davenport hatte die südafrikanische Regierung davon überzeugt, einen Teil des neu geförderten Goldes für den Krügerrand zu verwenden und damit von der Ablieferungspflicht an die Reserve Bank zu entbinden. So wurde es der Chamber of Mines möglich, den Krügerrand direkt weltweit zu verkaufen. Davenport umging auch geschickt das Gesetz, dass der

Krügerrand nur aus in Südafrika gefördertem Gold geprägt werden durfte. Er hatte den geheimen Goldtransport aus der Schweiz eingefädelt. Allerdings hatte Bradshaw in New York, der den amerikanischen Markt mit dem Krügerrand beherrschen wollte, davon erfahren. Und so war man sich einig, dass es keine weiteren Zeugen und Mitwisser geben durfte.

Als sein Hals wieder trocken wurde, stand er von seinem Schreibtisch auf und holte sich Rum und Cola aus der Minibar. Genüsslich mischte er sich sein Lieblingsgetränk. Dann dachte er an Lizzy. Er wollte sie nicht mit nach Australien nehmen. Dazu zog sie ihn zu sehr runter, in Suff und Spiel. Von dem sexuellen Appetit, den sie hatte, ganz zu schweigen. Er würde älter werden und in dem Bereich dann auch sicher ruhiger. Seine Frau war für ihn immer ein Anker gewesen. Sie würde er mitnehmen und ihr von seinen jahrelangen Eskapaden erzählen, auf ihr Verständnis hoffend.

Dann ging er wieder zum Telefon und rief den Hotelmanager an.

»Guten Abend, Mr. Sheldon. Ich hoffe, Sie haben alle unsere Wünsche für die bevorstehende Tagung erfüllen können.«

»Selbstverständlich, Mr. Davenport«, bestätigte der Manager am anderen Ende der Leitung eilfertig. »Wir wollen natürlich, dass unsere Gäste vollauf zufrieden sind. Es sind auch alle schon eingetroffen, mit Ausnahme des Mr. Platek aus Deutschland. Er wird für morgen erwartet. Ich habe mir erlaubt, heute Abend einen kleinen Empfang für Sie und Ihre Gäste zu geben. Ich hätte Sie ohnehin noch dazu angerufen. Ich würde mich freuen, wenn auch Sie zu 19 Uhr in den kleinen Bankettsaal kämen.«

Davenport sagte zu, plante aber, allein dorthin zu gehen. »Ach, sagen Sie doch im Casino Bescheid, man möge meiner Begleitung fünftausend Rand geben. Und lassen Sie ihr ausrichten, dass ich zu Ihrem Empfang gehe. Sie möge sich im Casino beschäftigen.«

Hauptsache, sie fiel dort nicht aus der Rolle, dachte er, wenn sie betrunken war.

Dann nahm er einen dunklen Anzug aus dem Schrank, zog sich um, betrachtete sich noch einmal im Spiegel und verließ die Suite.

Frankfurt am Main

Der zentrale Goldhandel der Deutschen Bank wurde im Nebengebäude an der Junghofstraße abgewickelt. Im fünften Stock fand in einem Großraumbüro der gesamte Handel mit Edelmetallen und Devisen statt. Die Deutsche Bank gehörte zu den Finanzinstituten, die weltweit am Aktienmarkt und im Edelmetallgeschäft tätig waren. Das Interesse, als Distributeur des Krügerrand aktiv zu werden, ohne allerdings ein Recht auf Exklusivität abzuleiten, war groß. Deshalb war sein Chef, der Abteilungsdirektor des zentralen Devisen- und Edelmetallhandels, Franz Platek, auch eine der wenigen Persönlichkeiten, die nach Sun City eingeladen waren.

An diesem Morgen im Frühjahr 1971 steuerte er seinen Jaguar von Königstein Richtung Frankfurt-City. Er war nervös. In seinem Büro musste er noch Reisevorbereitungen treffen. Danach würde er sein Flugzeug der South African Airways nach Johannesburg besteigen.

Die schlechte Sicht durch Frühnebel und Regen erschwerte ihm das Fahren. Ohnehin musste er sich vorsehen. Die Abschiedsfeier von Kollegen und seiner Familie gestern hatte ihm ziemlich zugesetzt. Der Alkohol, mal wieder. Und gerade heute hatte Platek es besonders eilig. Schon beim Aufstehen hatte er zwei Aspirin nehmen müssen, so stark waren seine Kopfschmerzen. Doch das war nichts Neues für ihn. Seine Arbeit verpflichtete ihn oft zu Empfängen und Einladungen, bei denen Alkoholkonsum fast ein Muss war.

Am gleichen Abend ging sein Flug, und vorher musste er noch seine Vertretung einweisen und Akten zusammentragen, um für seine Vorstellung und die der Bank gerüstet zu sein.

Die Deutsche Bank hätte ihm einen Dienstwagen zur Verfügung gestellt, durfte aber offiziell leider keinen Jaguar genehmigen. Doch der war für ihn ein Statussymbol. So musste er sein Fahrzeug selbst finanzieren, allerdings erhielt er diskret ein entsprechendes Äquivalent als finanziellen Ausgleich. Platek war ein Individualist auch in seiner Arbeitsweise. Viele seiner Mitarbeiter schätzten ihn, doch wenige neideten ihm seinen Ruf als Kenner der Branche. Und da war er einzigartig. Sein Wissen und seine untrügliche Nase für den Markt um Gold und Silber brachten ihm nicht nur im Hause viel Lob ein. Er war der Mann, der mit seinen Entscheidungen den Goldmarkt weltweit mitbeeinflusste.

Über die Garageneinfahrt an der Rückseite der Bank gelangte er zum für ihn reservierten Parkplatz. Von dort fuhr er mit dem Fahrstuhl direkt in die fünfte Etage zu seinem Büro. Genau gegenüber lag der Handelsraum, in dem Plateks fast achtzig Mitarbeiter an ihren Computern und Telefonen saßen.

Platek schloss die Bürotür hinter sich, setzte sich an seinen Schreibtisch, schob den Sessel weit zurück und legte die Füße auf den Tisch. Das war seine bequeme Art zu arbeiten und nachzudenken. Für ihn war das bevorstehende Geschäft mit dem Krügerrand einer seiner beruflichen Höhepunkte und Erfolge. Auch er ahnte schon lange, dass die Tage der Goldpreisbindung gezählt waren. Nach seiner Meinung konnte Gold ein sehr interessantes Anlagemedium werden, als Absicherung gegen unvorhersehbare Ereignisse, gegen Wertverluste und Inflation.

Platek war nicht zum ersten Mal auf dem Weg nach Südafrika. Er hatte Freunde in der Chamber und bei vielen Minengesellschaften. Und er hatte seine Erfahrungen im Handel mit Edelmetall dort eingebracht. Das Konzept des Krügerrand hatte er mitgetragen. Ein weiterer Punkt, der Platek euphorisch über diese erste Barrenmünze denken ließ. Und im Vergleich zum Verkauf von Goldbarren waren diese Münzen steuerfrei. Barren dagegen unterlagen in Deutschland der Mehrwertsteuer. So sah er ein erhebliches Verkaufspotential für diese Münze.

Am späten Nachmittag ordnete er seinen Schreibtisch, rief seinen Vertreter zu sich und übergab ihm die Verantwortung. Er ließ seinen Jaguar in der Garage, nahm ein Taxi und fuhr zum Flughafen, um seinen Flug SAA 5476 nach Johannesburg anzutreten.

Johannesburg

Parish Destry streckte vorsichtig seine Beine aus. Er hatte immer noch Muskelschmerzen von der langen Schwimmstrecke vor der Insel. Doch er fühlte sich besser. Vor seinem Flug nach Johannesburg hatte er in Zürich zwei Koffer gekauft und sie mit Anzügen, Hemden und Krawatten gefüllt. Für Südafrika und seinen Besuch in Sun City war er gerüstet. Da ihn seine vielen Flüge bisher noch nicht nach Johannesburg geführt hatten, freute er sich darauf, diese Metropole kennen zu lernen. Viel gelesen und gehört hatte er schon, und deshalb war er gespannt, was in dieser Stadt auf ihn zukäme.

Destry flog erster Klasse. Als Pilot konnte er nicht umhin, auf die Geräusche des Jumbos zu horchen. Für ihn war es neu, so gut von hübschen Stewardessen umsorgt zu werden. Als Fluggast war er selten unterwegs. Allerdings folgte er einer Notwendigkeit, seit seine Maschine abgestürzt war.

Der Jumbo rumpelte heftig, als er am Jan Smuts Airport aufsetzte. Destry nahm seinen Aktenkoffer, verließ die Maschine und folgte den Hinweisen zur Passkontrolle und Gepäckabfertigung. Nach wenigen Minuten stand er vor dem Flughafen auf der Straße und suchte ein Taxi. Der lange Nachtflug hatte ihn ermüdet. Er strich sich durch das Gesicht, spürte seinen Bart, und als er endlich ein Taxi gefunden hatte, ließ er sich in die City zum Carlton Tower Hotel bringen. Noch während der Fahrt dachte er an die South African Mint, die ihm von der UBS als weiterer Ansprechpartner zu dem Goldtransport genannt worden war. Von ihr wollte er mehr über die Hintergründe des Goldtransports und den Absturz seiner DC-3 erfahren.

Zunächst jedoch ging er, nachdem er sein Gepäck im Hotelzimmer abgelegt hatte, ins oberste Stockwerk, wo sich das

Schwimmbad befand. Von der offenen Terrasse aus sah er auf die Stadt und das Umland von Johannesburg. In der Ferne konnte er die großen gelblichen Sandhügel erkennen, die wertlose Ausbeute der Goldminen, die so genannten Slimes. Sand, der nach der maschinellen Goldwäsche übrig blieb und vor der Stadt gelagert wurde.

Destry hatte sich über die Goldförderung informiert, und er hatte gelesen, dass diese Stadt im Gebiet Witwatersrand lag, der bedeutendsten goldhaltigen Region in Südafrika. Der Untergrund der Stadt war durch kilometerlange Stollen unterhöhlt.

Destry ging zurück in den Hallenbereich und schwamm ein paar Bahnen. Langsam fühlte er sich erfrischt und erholt. Dann, wieder in seinem Hotelzimmer, rasierte er sich, zog eine helle Khakihose und einen dünnen Pullover an und spazierte in die Innenstadt. In einigen Geschäften kaufte er kleine Geschenke für Sehah und ihre Schwester. Dann kehrte er zurück in sein Hotel und ließ sich eine Flasche Rotwein auf sein Zimmer bringen.

Er blätterte in seinem Notizbuch. Er hatte sich zwei Telefonnummern in Zürich geben lassen, mit denen er einen Bruce Bolden erreichen könne, der ebenfalls für den Transport verantwortlich war.

Er griff zum Telefon und wählte eine Nummer in Pretoria.

»South African Mint. Wen darf ich melden?«, sagte eine kühle weibliche Stimme.

Destry überlegte kurz, entschied sich dann aber, seinen Namen nicht zu nennen.

»Bitte verbinden Sie mich mit Mr. Bruce Bolden. Sagen Sie ihm, ein Freund aus Europa sei in Johannesburg und hätte ihn gern gesprochen.«

Nach einer kurzen Pause, in der er ein Knacken hörte, war die Stimme wieder in der Leitung.

»Es tut mir leid, Mr. Bolden ist nicht im Büro. Möchten Sie eine Nachricht hinterlassen?«

»Ja, er möge mich doch noch heute im Carlton Hotel anrufen, Zimmer 333.«

»Welchen Namen?«

Doch da hatte Destry den Hörer schon aufgelegt. Er war sich sicher, dass Bolden neugierig war, wer ihn erreichen wollte. Destry nahm einen Schluck von dem Wein, legte sich aufs Bett und schlief ein.

Nach zwei Stunden klingelte das Telefon. Destry wurde wach und nahm den Hörer.

»Sie wollten mich sprechen. Haben wir uns schon irgendwo mal kennen gelernt?«

Destry begrüßte Bolden und dachte einen Moment lang nach.

»Eigentlich nicht. Ich bin der Pilot, der Ihren Goldtransport von Zürich nach Südafrika durchgeführt hat. Einiges ist da passiert, darüber hätte ich gern mit Ihnen gesprochen. Aber nicht am Telefon.«

Destry bemerkte ein Zögern, dann sprach Bolden wieder.

»Ja, ich bin in Sun City, wir bereiten hier eine Konferenz vor. Warum kommen Sie nicht hierher? Ich reserviere Ihnen ein Zimmer im Hotel Nirwana, wenn Sie wollen.«

»Gut, ich werde morgen anreisen. Ich werde Sie allerdings aufgrund der Ereignisse nicht offen ansprechen, sondern Ihnen eine Nachricht zukommen lassen, wo wir uns in Sun City unterhalten können.«

Destry legte auf. Entschlossen erhob er sich. Seine Entscheidung war gefallen. Er verließ sein Zimmer und ging zur Hotelrezeption, die ihm eine Busfahrkarte nach Sun City organisierte. Am nächsten Morgen sollte er pünktlich um acht am Busterminal sein. Die Fahrt würde zwei Stunden dauern.

Wieder in seinem Zimmer, bestellte er sich etwas zu essen.

Dann ging er die Punkte durch, die er mit Bolden besprechen wollte. Sorgfältig schrieb er in chronologischer Folge die Ereignisse auf, die sich seit dem Auftrag aus Zürich zugetragen hatten. Bolden würde sicher in der Zwischenzeit, bis sie sich trafen, ebenfalls versuchen, mehr Informationen zu erhalten. Wenn er Bolden aber von dem Anschlag auf ihn, seinen Partner und nicht zuletzt dem Absturz seines Flugzeugs berichtete, sollte dieser Bolden wohl mehr darüber wissen.

Inzwischen war es Abend geworden. Destry sah aus dem Hotelfenster und bewunderte die hell erleuchtete Skyline von Johannesburg City. Einsamkeit überfiel ihn, hatte er doch die letzten Jahre alle seine Reisen mit dem Freund geteilt. Dieser Einsamkeit wollte er entfliehen und zog seine Jacke über, um die Hotelbar aufzusuchen. Vielleicht waren ja dort Gäste, mit denen er einige Drinks nehmen und sich unterhalten konnte. Die Ereignisse der letzten Jahre gingen ihm durch den Kopf, vor allem aber die letzten Tage in der Blue Lake Lodge, wo er und McPherson die zwei tollen Mädchen getroffen hatten.

Und sich verliebt hatten. Seine Gedanken blieben bei Sehah hängen. Er hatte Sehnsucht nach ihr. Er glaubte, sie wirklich zu lieben. Er nahm sich vor, sie später in der Nacht anzurufen.

Am nächsten Morgen nahm er sein Handgepäck, verlängerte die Buchung seines Zimmers und verließ das Hotel. Ein Taxi brachte ihn rechtzeitig zum Busterminal. Destry freute sich auf die Fahrt, konnte er doch auf diese Weise viel vom Landesinneren sehen.

Vor dem Einstieg zum Bus sah er fast nur Schwarze und Farbige. Wie es schien, war er der einzige Weiße. Er fühlte sich etwas unwohl, als er bemerkte, wie die Schwarzen ihn anstarrten. Ablehnung schlug ihm entgegen. Das war ihm egal, in Gewalt würde das sicher nicht ausarten. Zwar waren die Busse mit entsprechenden Hinweisen »Whites only« oder »Blacks and coloureds only« gekennzeichnet, aber das kümmerte ihn nicht. Der Busfahrer bestätigte, er könne in dem Fahrzeug für Schwarze mitfahren, denn ein Bus für Weiße würde erst am späten Abend fahren. Destry verstand die Apartheid nicht und ließ das durch ein freundliches Lächeln zu den Schwarzen hin spüren. Ein paar von ihnen nickten, hatten ihn akzeptiert. Die Aggressivität legte sich wieder.

Zufrieden stieg er in den Bus und setzte sich in die letzte Reihe, wo gerade noch zwei Sitze frei waren mit ein wenig Platz für Gepäck. Destry stellte seine Tasche ab. Die Schwarzen hatten nicht viel dabei, und die wenigen Taschen legten sie in die Netze oberhalb der Sitzplätze.

Als sich der Bus langsam mit den anderen Reisenden füllte, staunte Destry über die vielen jungen und hübschen Mädchen, die laut, lustig und kichernd ihre Plätze einnahmen. Plötzlich stand eins der hübschen Mädchen vor ihm im Gang und sah ihn fragend an. Destry nickte und deutete mit einer einladenden Geste auf den freien Sitz neben ihm. Das Mädchen nahm Platz, legte die Tasche auf Destrys, lehnte sich zurück und schloss die Augen. Destry schielte vorsichtig zu ihr hinüber. Sie hatte eine feine zarte Gesichtshaut, eine freche Stupsnase und sehr lange gebogene Wimpern, die fast ihre Wangenknochen berührten. Ihre Hände hatte sie in den Schoß gelegt, sehr schmale Hände mit langen Fingern und weiß lackierten Nägeln.

Langsam beruhigten sich die Mädchen, doch immer wieder sahen sie sich um zur letzten Reihe, kicherten und winkten ihm zu. Verstehen konnte er ihre Sprache nicht, so vermied er es, mit seiner Nachbarin ein Gespräch anzufangen. Ohnehin schien sie tatsächlich eingeschlafen zu sein.

Als der Bus die Stadtmitte verlassen hatte und sich eine karge Steppenlandschaft auftat, nur unterbrochen von einigen wenigen Baumgruppen, lehnte sich auch Destry zurück und sah nachdenklich aus dem Fenster. Nachdem sie den kleinen Ort Krugersdorp passiert hatten, war vollends Ruhe im Bus. Die Gruppe der Mädchen und die wenigen Erwachsenen versuchten zu schlafen. Obwohl der Bus über Unebenheiten und durch tiefe Schlaglöcher rumpelte, herrschte eine ruhige, verschlafene Stimmung.

Wieder betrachtete er seine Nachbarin. Jetzt konnte er das ungeniert. Sie gefiel ihm. Sie trug einen sehr kurzen engen Rock und ein zerschlissenes T-Shirt, durch dessen Löcher er ihre seidige Haut sehen und ihren kleinen Busen erahnen konnte. Trotz der dunklen Haut konnte er auf ihren nackten Schenkeln feine dünne Härchen erkennen, Schenkel, die sie fast schamlos und entspannt ein wenig gespreizt hatte. Dann bemerkte Destry, wie der leichte Lufthauch aus der Klimaanlage die Härchen auf den Armen bewegte. Sie faszinierte ihn. Er schätzte sie auf etwa Mitte zwanzig.

Als das Mädchen etwas zusammensackte und wohl noch tiefer eingeschlafen war, dann ihren Kopf an seine Schulter legte, empfand er das fast als Kompliment.

Bei der nächsten unruhigen Bewegung des Busses rutschte ihr Kopf zwischen seinen rechten Arm und seinen Brustkorb. Jetzt konnte er ihr pechschwarzes Haar riechen, frisch und nicht verschwitzt. Es war nur mäßig gekräuselt, vermutlich durch häufiges Bürsten lang und gelockt. Sie schien immer tiefer in Schlaf zu versinken, denn nun legte sie ihren rechten Arm um seine Taille und ließ ihren Kopf tiefer rutschen, bis er auf seinem Arm lag. Wenige Minuten später lag sie auf seinen Oberschenkeln. Jetzt elektrisierte ihn ihre Nähe. Er hatte das Gefühl, dass sie gar nicht schlief, sondern es nur vortäuschte und ihn bewusst umarmte. Und er genoss ihre Nähe und rutschte etwas zurecht, damit sie bequemer auf ihm liegen konnte. Sie schmiegte sich noch dichter an ihn, fast als wollte sie ihn festhalten. Er sah nach vorn zu den Mitreisenden, aber niemand hatte mitbekommen, wie eng aneinander sie dalagen. Zu sehr waren vor allem die Mädchen mit sich selbst beschäftigt. Destry wunderte sich, was sie alle in dem Spielerparadies wollten. Wahrscheinlich arbeiteten sie dort in den Hotels im Servicebereich.

Ihre Wärme stieg als ein feiner Duft in seine Nase. Auf ihrer Stirn und der Oberlippe waren kleine Schweißperlen zu sehen. Sie drückte ihn noch fester an sich und fing an, langsam ihren Schenkel an seinem zu reiben. Er genoss diese Situation, wartend und doch gespannt, wie sich diese Lage entwickeln würde.

Vorsichtig beugte er seinen Kopf hinunter zu ihr, betrachtete ihre Lippen, dann küsste er sie. Sie ließ ihn gewähren, ihre Lippen bewegten sich im Kuss. Jetzt wusste Destry, dass das Mädchen hellwach war und ihn einfach anmachte. Erneut küsste er sie. Selbst als sie ein wenig ihre Lippen öffnete, blieb er sanft und zärtlich.

Als er sich wieder zurücklehnte, öffnete sie ihre Augen, blinzelte und sah ihn schräg von unten an. Das war ein Einverständnis, eine Einladung zu mehr. Mit der rechten Hand strich er über ihr Shirt, streifte wie unbeabsichtigt ihren Busen, und als er die kleinen steifen Nippel spürte, war ihm klar, wohin das führen würde.

Sie sah ihn jetzt mit großen Augen an, drehte ihren Kopf näher zu ihm, bettelte um weitere Küsse. Er erfüllte ihr diesen Wunsch, war er doch selbst dabei, diese Zärtlichkeiten zu genießen.

Als der Bus zu einem Zwischenstopp hielt und Fahrgäste aus- und einstiegen, richtete sich seine Nachbarin wieder auf und setzte sich unauffällig hin, als ob nichts geschehen wäre. Die erotische und zärtliche Atmosphäre, in der sie sich befunden hatten, war vorbei. Er bedauerte das, spürte aber nun den stärker werdenden Druck ihres Schenkels an seinem.

»Ich arbeite als Tänzerin in einem Club in Sun City. Hast du Lust, mir mal zuzusehen?« Immerhin, sie sprach Englisch, so brauchte er nicht lange nachzudenken.

»Gern. Sag mir, in welchem Club, und ich komme dich besuchen. Tanzt du auch für mich allein?« Destry sah ihr jetzt direkt in die Augen. Fast schwarz, die Iris war nicht zu erkennen. Große Kulleraugen. Destry konnte nicht erahnen, was sie in diesem Moment dachte.

»Für dich ja, aber normalerweise dürfen wir keinen Kontakt mit den Gästen haben. Aber wenn du willst, besuche ich dich in deinem Hotelzimmer. Du hast mir gefallen, wie du mich zärtlich berührt hast. Du bist anders als die vielen Weißen, die meinen, uns einfach benutzen zu können, und danach ist man vergessen. Du respektierst mich, das habe ich schon gespürt, als ich dich in den Bus einsteigen sah. Woher kommst du?«

»Ich komme von überall. Eigentlich wohne ich in Europa, bin aber sehr viel unterwegs. Wenn ich einen Auftrag erledigt habe, werde ich mich vielleicht in Südafrika niederlassen. Für eine Weile. Ich habe nördlich von Kapstadt eine Farbige kennen gelernt. Ich glaube, wir haben uns ineinander verliebt. Aber trotzdem respektiere ich dich und würde dich gern wiedersehen.«

Fragend sah er sie an. Immer noch konnte er in ihren Augen nicht erkennen, was in ihr vorging. Außer einem kindlichen Lächeln, aus dem er Zustimmung abzulesen glaubte, kam nichts.

»Ja, dann hol mich einfach in dem Club ab, wenn ich mit Tanzen fertig bin. Meistens so gegen ein Uhr nachts. Ich bin übrigens Zalua. Frag am Eingang des Clubs nach mir.«

Der Bus war angekommen und hielt auf einem kleinen Platz vor dem Hotel Nirwana. Zalua sprang auf, die anderen Mädchen waren wieder munter, riefen nach ihr in einer ihm fremden Sprache. Sie drückte ihm die Hand, strich einmal mit ihrer Hand über seine Lippen und rannte den anderen Mädchen hinterher.

Destry war erstaunt. Vielleicht spürten die Schwarzen tatsächlich, dass er nicht einer der Weißen war, die die Apartheid propagierten, sondern dass er ein Kritiker und Gegner war. Nach wenigen Metern drehte sie sich noch einmal zu ihm um, winkte und warf ihm eine Kusshand zu. Ihre Kolleginnen lachten wieder, als sie das bemerkten, und taten es ihr gleich.

Er war überwältigt von so viel Jugendlichkeit und Erotik. Dann nahm er seine Tasche und ging direkt in das Hotel, in dem Bolden ihm ein Zimmer hatte reservieren lassen.

Er dachte an Zalua. Wahrscheinlich waren sie alle, diese jungen Mädchen, Tänzerinnen und gaben sich zahlungskräftigen Männern hin. Vielleicht der einzige Weg, um auch ihre Familien in den Homelands zu unterstützen.

In seinem Hotelzimmer zog er sich aus, legte sich auf das Bett und überlegte seine nächsten Schritte. Sein Gespräch mit Bolden wollte er schonungslos führen. Er war nicht bereit, weitere Anschläge auf sich hinzunehmen. Das musste ein Ende haben. Notfalls würde er mit Veröffentlichung drohen. Obwohl er sich der UBS gegenüber zum Stillschweigen verpflichtet hatte, sah er hier eine Möglichkeit, sich abzusichern und der Ungewissheit ein Ende zu setzen. Wenn er allerdings tatsächlich einige Zeit in der Blue Lake Lodge untertauchte, konnte er sich sicher fühlen. Niemand würde wissen, wo er sich aufhielt.

Wieder dachte er an Zalua. Würde sie tatsächlich mit ihm kommen, wenn er sie in dem Club abholte? Sie hatte ihm so gut gefallen, dass er sich durchaus eine Nacht oder mehrere mit ihr vorstellen konnte.

Sun City

Spät in der Nacht kehrte Davenport nach dem Empfang in sein Hotelzimmer zurück. Sein Blick fiel auf das Bett, in dem Lizzy friedlich schlief. Er roch den Dunst von Alkohol, der über dem Bett aufstieg. Die Decke, wie üblich in Südafrika nur ein dünnes Laken, war verrutscht und zeigte ihre Beine und den Po. Sie hatte immer noch eine gute Figur. Dass sie zur Trinkerin geworden war, konnte man ihrem Körper nicht ansehen. Neben dem Bett stehend, streichelte er sanft ihre Beine bis hoch zum Hintern. Sie rührte sich nicht, schlief fest. Nachdenklich ging Davenport ins Bad, zog sich aus und kehrte nackt zum Bett zurück. Nachdem er sich hingelegt hatte, dachte er über seine Situation nach. Er wollte Südafrika verlassen und das Angebot von Australien annehmen, allerdings ohne Lizzy. Bevor er einschlief, waren seine Gedanken auf zwei Dinge fixiert: wie er Lizzy die Trennung klarmachen konnte und was mit den beiden Piloten passiert war. Er hatte von Bradshaw immer noch keine Erfolgsmeldung erhalten. Vielleicht konnte er ihm während der Konferenz einen Hinweis entlocken. Zwar war er nicht unmittelbar an dem Attentat beteiligt, er hatte lediglich das entsprechende Honorar für den Killer gebilligt.

Es durfte keine Zeugen geben. Auch die indirekte Beteiligung an dem Transport und Boldens Wissen waren ihm nicht recht. Ihm wurde übel bei dem Gedanken, dass er durch Bolden erpressbar war. Und dass Bolden durchaus die Möglichkeit hatte, diese Aktion in die Öffentlichkeit zu tragen. Das würde seinen Namen mit hineinziehen. Seine Karriere und weitere berufliche Laufbahn wäre dann beendet.

Doch irgendwann weit nach Mitternacht schlief er traumlos, eine Hand zärtlich auf Lizzys Hintern, ein.

Am nächsten Morgen stand Davenport auf, während Lizzy,

immer noch im tiefen Schlaf, sich nicht rührte. Er ging ins Bad, duschte und rasierte sich, zog einen dunkelblauen Anzug an, bestellte sich einen Kaffee und setzte sich an seinen Schreibtisch. Bevor er die Konferenz eröffnete, wollte er einen Blick in die Tageszeitung werfen, um auf dem aktuellen Stand über den Goldpreis zu sein. Dann erhob er sich, nahm seine Akten, ging kurz ans Bett und legte Lizzy fünftausend Rand auf den Nachttisch. Sollte sie doch den Tag wieder mit den Spielautomaten verbringen. Und dem Rum.

Heute war sein Tag, ein Höhepunkt seiner beruflichen Laufbahn. Der Launch des Krügerrand, der ersten Barrenmünze der Welt! Jahre hatten er und die Mint darauf hingearbeitet. Dass andere Länder diesem Konzept folgen würden, freute ihn. Stolz ging er in die untere Etage des Hotels, wo der Konferenzraum vorbereitet war. Dies sollte seine letzte Herausforderung in Südafrika sein. Sein Entschluss stand fest, er würde das Angebot der Australian Mint annehmen.

Im Konferenzraum legte er die vorbereiteten Vertragsformulare auf den Tisch, als Bolden ebenfalls eintrat.

»Guten Morgen, Mr. Davenport. Ich bringe die Bestätigung der Regierung und die damit verbundenen Klauseln. Darin wird betont, dass der Krügerrand nur mit in Südafrika gefördertem Gold geprägt werden soll. Ich habe gerüchteweise von einem Goldtransport aus der Schweiz gehört. Hat das etwas mit der Münze zu tun?«

»Guten Morgen.« Davenport gab Bolden die Hand. »Nur am Rande. Wir mussten Gold auf dem Markt kaufen. Die Schweizer haben mir zugesichert, dass es südafrikanische Goldbarren sind«, log Davenport. Vielleicht konnte er so Boldens Interesse ablenken und ihn beruhigen.

»Gut, dann dürfte der Transfer wohl ordnungsgemäß abgelaufen sein. Ich werde in den nächsten Tagen noch einmal nachforschen. Vielleicht prüfen Sie das ebenfalls. Wir können uns hier keinen Fehler erlauben. Gestern Abend bei dem Empfang wollte ich Sie nicht darauf ansprechen, da waren ja die Bankdirektoren dabei.«

Bolden ging an seinen Platz und las zum wiederholten Mal sein Redemanuskript. Die Anwälte hatten die notwendigen Klauseln und Paragraphen eingearbeitet. So war sichergestellt, dass der Krügerrand weltweit exklusive Distributeure hatte. Mit den eingeladenen Bankdirektoren war auf diese Weise eine Marktpräsenz gegeben, die Erfolg für die Barrenmünze garantierte.

Davenport und Bolden gingen zusammen in das kleine Café im Erdgeschoss und bestellten sich Kaffee. Da die Konferenz für zehn Uhr anberaumt war, hatten sie noch etwas Zeit.

Pünktlich erschienen sie im Konferenzraum im ersten Stock, wo die Teilnehmer bereits vollständig versammelt waren. Als Davenport und Bolden eintraten, standen alle auf und applaudierten zur Begrüßung.

Davenport nutzte diese positive Situation und steuerte seinen Platz am oberen Ende des Tisches an, wo für ihn ein Mikrofon aufgestellt war.

»Guten Morgen, meine Herren. Zunächst möchte ich Ihnen danken, dass Sie unserer Einladung gefolgt sind. Ich darf Ihnen hier eine Karte übergeben, die Sie bitte überall dort, wo Sie einen Wunsch haben, vorzeigen. So ist sichergestellt, dass dieser Aufenthalt hier keine Kosten für Sie bedeutet. Wie und wo Sie hier in Sun City eine Dienstleistung in Anspruch nehmen, alles ist für Sie kostenlos. Und tragen Sie bitte zusätzlich den Krügerrand-Button. So kann man Sie sofort erkennen und wird Sie bevorzugt bedienen.«

Die Bankdirektoren nickten beifällig, doch dann wurden sie ernst, als Davenport seine Präsentation begann.

Nach fast zwei Stunden beendete er seinen Vortrag.

»Ich hoffe, Sie können unserem Konzept zustimmen. Vor Ihnen liegen die Verträge, die wir gern mit Ihnen gegenzeichnen würden. Ich schlage vor, dass wir jetzt eine kleine Kaffeepause einlegen. Sie können derweil die Verträge lesen, und wenn Sie wollen«, er zeigte auf einen Tisch an der Seite, »können Sie auch einen Drink nehmen.« Davenport wusste, dass die Händler in den Banken ihren Stress oft mit Alkohol dämpften.

»Anschließend wird Ihnen Mr. Bruce Bolden, der verantwortliche Manager der Mint, die erste Barrenmünze, den Krügerrand, vorstellen.«

Nach einigen Minuten Pause ging Bolden zum Mikrofon und begann mit seinen Ausführungen, die im Wesentlichen die verschiedenen Marketingstrategien für die einzelnen Länder enthielten. Anschließend stellte er die Proof-Münzen vor, die in limitierter Auflage geprägt wurden und daher besonders für Sammler interessant waren.

Bolden beobachtete die Teilnehmer genau, konnte er doch so die Reaktionen testen. Besonders Bradshaw zeigte starkes Interesse an den Proof-Münzen. Er hatte sich nach vorn gebeugt, um kein Detail von Boldens Ausführungen zu verpassen.

Als Bolden seine Präsentation beendet hatte, ergriff Davenport noch einmal das Wort.

»Die wichtigsten Details unseres Konzepts haben Sie nun kennen gelernt. Unser Marketing wird ihnen Mr. Grey gesondert erläutern, da diese Strategien auf die individuellen Gegebenheiten Ihrer Länder abgestimmt sein müssen. Sie sollten auch wissen, dass die Mint und die International Gold Corporation je fünfundzwanzig Prozent Ihrer Werbung mitfinanzieren.

In den vor Ihnen liegenden Broschüren sind alle Maßnahmen noch einmal aufgeführt. Für heute Nachmittag möchte ich Ihnen Gelegenheit geben, Sun City kennen zu lernen. Heute Abend werden wir ein gemeinsames abschließendes Dinner hier im Hotel haben. Hiermit möchte ich unsere Konferenz beenden. Falls Sie noch Fragen haben, stehen wir Ihnen heute Nachmittag und heute Abend gern zu Einzelgesprächen zur Verfügung.«

Die Gäste erhoben sich, applaudierten und schüttelten sich gegenseitig die Hände. Bevor alle den Raum verließen, beobachtete Bolden genau die Mienen der Banker. Das Konzept war stimmig und wurde wohl von allen akzeptiert. Er fühlte Genugtuung, hatte sich doch die jahrelange Vorarbeit gelohnt. Und doch war er etwas unruhig. Ihm lag die Geschichte mit dem Einsturz des Hauses noch im Magen. Er konnte das nicht richtig einordnen. Da er ohnehin ein Treffen mit dem Piloten vor sich hatte, erwartete er davon mehr Aufklärung. Ein kurzes Telefonat mit Parish Destry, dem er bisher noch nicht begegnet war, würde ihm mehr Informationen geben können, jedenfalls nach seinen Andeutungen am Telefon.

Als Bolden vor dem Konferenzraum im Flur auf den Fahrstuhl wartete, kam ein Hotelbote und übergab ihm einen Umschlag. Er öffnete ihn und fand die Nachricht, dass Destry im Hotel eingetroffen sei und ihn gegen 18 Uhr in der Hotelbar treffen wolle. Schnell steckte Bolden den Zettel in seine Tasche, als Davenport auf ihn zukam.

»Gelungene Präsentation! Ich meine, dass Sie sehr gute Arbeit geleistet haben. Ihre Beförderung in das Board werde ich befürworten. Herzlichen Glückwunsch.« Davenport reichte ihm die Hand.

»Danke, aber Ihr Anteil war auch nicht schlecht. Ich denke, hier haben wir alle gute Teamarbeit geleistet. Wir sehen uns heute Abend, dann können wir auf den Erfolg anstoßen.«

»Haben Sie eine schlechte Nachricht erhalten?« Davenport sah Bolden scharf an.

»Nein, nein, ein Bekannter ist im Hotel abgestiegen, den werde ich nachher noch treffen.«

Bolden hatte nicht einmal gelogen, nur den Hintergrund

des Treffens musste er Davenport nicht unbedingt verraten. Er drehte sich um und suchte Bradshaw. Da er ihn nirgendwo entdecken konnte, vermutete Bolden, dass er schnell verschwunden war. Vielleicht fürchtete er Fragen, die ihm Bolden zu dem Goldtransport stellen wollte.

Davenport nickte, lächelte und entfernte sich dann zum Treppenaufgang. Doch dann lief Bolden Bradshaw doch noch über den Weg.

»Mr. Bradshaw, ich hoffe, Sie sind mit dem Ergebnis der Konferenz zufrieden?«

Bolden konnte ihn nicht leiden, war aber bemüht, ein freundliches Gesicht zu zeigen. Irgendwie fühlte er Missbehagen, und das Telefonat mit Destry ließ ihn vermuten, dass dieser Amerikaner etwas mit dem Anschlag auf das Flugzeug und vielleicht auch auf ihn zu tun haben konnte.

Bradshaw grinste. »Sicher, ich bin sehr zufrieden. Allerdings frage ich mich, wie hoch die Gewinnmargen für mich sein werden. Das wird sicher noch in einem gesonderten Vertrag festgelegt werden. Aber ich freue mich natürlich, dass man mir die Betreuung des nordamerikanischen Marktes überlässt. Es ist ein riesiger Markt, und ich danke Ihnen für die Exklusivität, die ich erhalte.«

»Die Margen hängen ganz allein von Ihnen ab, aber ich denke, zwei bis drei Prozent über dem Goldpreis sind drin. Allerdings sollten wir dann über das Marketing reden. Ich schlage vor, dass ich in den nächsten Wochen zu Ihnen nach New York komme. Dann können wir alle Details festlegen. Wir erwarten als Gegenleistung für unsere Unterstützung aber auch gute Umsatzzahlen für den Krügerrand. Das muss ich auch noch mit der International Gold Corporation besprechen. Aber leider muss ich Sie jetzt allein lassen.« Bolden zeigte sich ungeduldig, klopfte dem Amerikaner auf die Schulter. »Wir sehen uns ja noch heute Abend beim Dinner.«

Der Fahrstuhl kam, und als die Tür sich öffnete, beeilte sich Bolden, aus Bradshaws Blickfeld zu verschwinden.

Bradshaw stand einen Moment etwas unschlüssig da, entschied sich dann aber, nicht auf den nächsten Fahrstuhl zu warten, sondern zu Fuß die Treppe hinunter ins Erdgeschoss zu gehen. Es war Mittag, Zeit für seinen ersten Whisky. Warum sollte er hier in Südafrika von seinen New Yorker Gewohnheiten Abstand nehmen? Und er erwartete seine Sekretärin, mit der er wenigstens ein paar vergnügliche Stunden in den Nächten erleben wollte.

Bolden, in seinem Hotelzimmer angekommen, trat auf den Nachttisch zu und griff zum Telefon. Er ließ sich von der Hotelrezeption mit Destrys Zimmer verbinden. Bolden bestätigte den von Destry vorgeschlagenen Termin.

Dann zog er sich um. Er hängte den dunkelblauen Anzug an die frische Luft auf den Balkon und zog eine helle Gabardinehose sowie ein weißes Hemd an, dessen Kragen er offen ließ. Bevor er das Zimmer verließ, nahm er den Krügerrand-Button und seine Servicekarte. An dem Button würde Destry ihn erkennen.

Nach einem längeren Spaziergang in den Parkanlagen vor dem Hotel – inzwischen war die Sonne hinter dem Horizont verschwunden – ging Bolden in die Hotelbar. Als er die Hotelhalle durchquerte, ließ er seinen Blick über die zahlreichen Spielautomaten schweifen, die um diese Zeit schon gut besucht waren. Er selbst hielt nichts vom Glücksspiel. Auf dem Weg zur Bar, die in der hinteren rechten Ecke der Halle lag, steckte er sich den Button ans Hemd und ging direkt durch eine Reihe von schweren Ledersesseln, die fast alle schon besetzt waren. Er setzte sich an die Theke.

Nur einige Minuten später kam ein hoch gewachsener dunkelblonder Mann mit schlaksigen und etwas ungelenken Bewegungen ebenfalls zur Bar, schaute sich um, sah Bolden mit dem Button, grinste und ging mit ausgestreckter Hand auf ihn zu.

»Sie müssen Bolden sein«, sagte Destry und gab ihm die Hand.

»Ja, Bruce Bolden. Schön, dass wir uns kennen lernen. Das waren ja richtige Horrorgeschichten, die Sie am Telefon erwähnten.«

Nachdem der Barkeeper ihre Bestellungen aufgenommen und kurz darauf eilfertig die Drinks vor ihnen auf die polierte Theke gestellt hatte, erzählte ihm Destry den merkwürdigen Hergang, der zum Tod seines Freundes und zum Absturz des Flugzeugs geführt hatte. Bolden hörte sich das alles an und dachte an seinen Fall, den er Destry sodann ausführlich schilderte. Beide waren sich einig, dass es sich um Anschläge gehandelt haben musste. Der Grund wurde ihnen schnell klar: Der Transport des Nazigoldes sollte vertuscht werden. Sie versuchten die Hintergründe näher zu beleuchten und kamen zu dem Schluss, dass wohl der Amerikaner und jemand von der Schweizer Bank dahintersteckten.

Nach einer Stunde und mehreren Drinks waren sie zum Du übergegangen. Sie prosteten sich zu, und nachdem sie festgestellt hatten, dass sie beide Jazzfans waren, war eine Freundschaft entstanden.

»Du musst mich in Kapstadt besuchen. Ich bin nächste Woche da, habe dort eine Wohnung und eine neue Freundin. Ich lasse dir ein Flugticket an der Rezeption hinterlegen.«

»Okay, ich komme gern. Auch ich habe im Zusammenhang mit dem Transport in der Nähe von Kapstadt ein Mädchen kennen gelernt. Ich würde sie gern mitbringen.«

Bolden freute sich. So konnten sie vielleicht ein paar schöne Tage zu viert verbringen. Er verabschiedete sich, um nicht zu spät zum von der Mint anberaumten Dinner zu erscheinen.

Destry blieb noch eine ganze Weile an der Bar hängen. Mit

seiner Größe, seinen hellen Haaren und blauen Augen zog er die Blicke mancher Frauen auf sich, die ihn aufmunternd anlächelten. Doch da fiel ihm wieder das kleine schwarze Mädchen aus dem Bus, die Tänzerin, ein. Da er Zeit hatte, entschloss er sich, nach ihr zu suchen. Zalua war ihr Name, er erinnerte sich, und so lieb, wie sie sich im Bus an ihn geschmiegt, sich mit einem Kuss und einer Einladung in den Nachtklub verabschiedet hatte, würde sie sich sicher freuen, ihn wiederzusehen. Und vielleicht würde sie ja die Nacht mit ihm in seinem Hotelzimmer verbringen.

So schlenderte er durch alle Hotels, Bars und Klubs, um nach ihr zu suchen. Erst nach Stunden fand er sie. Sie zeigte gerade einen Table Dance, umgeben von zumeist älteren Männern. Destry musste mit seiner Größe auffallen, da er sich auch nicht hinsetzte, sondern das Mädchen aus einiger Distanz beobachtete, während sie von sitzenden Gästen umlagert wurde.

Und sie tanzte gut. Dass sie so jung schon so erotische Bewegungen beherrschte, erstaunte ihn. Sie sah ihn sofort, winkte mit einer Hand, machte daraus eine Tanzbewegung und lachte ihn an. Abrupt verließ sie die Bühne, ohne auf das Ende der Begleitmusik zu warten. Die meisten Gäste reagierten mit einem Pfeifkonzert.

Zalua kam wenige Minuten später durch einen seitlich von der runden Bühne angebrachten Vorhang. Sie war angezogen, allerdings recht spärlich mit einem Minirock und einem dünnen dunklen Hemd, durch das man im Gegenlicht ihre kleinen aufgerichteten Brüste sehen konnte. Es war unübersehbar, sie kokettierte mit ihrer Figur und ihrer Kindlichkeit. Zielstrebig tänzelte sie durch die Reihen der Männer. Einige versuchten sie zu greifen, doch sie ging geradewegs auf Destry zu.

»Du bist gekommen!« Sie strahlte ihn an. »Wollen wir etwas zusammen unternehmen, oder willst du, dass ich mit dir komme?«

Destry freute sich, dass sie ihn sofort wiedererkannt hatte. Er legte seinen Arm um ihre Schultern, als ob er sie schützen oder den anderen Gästen zeigen wollte, dass sie zu ihm gehörte. Und er fand das nicht anrüchig. Hier in Sun City gab es so gut wie keinen Rassismus. Weder er noch sie mussten sich der Zuneigung schämen oder sich verstecken.

»Komm, lass uns ein bisschen spazieren gehen, Hand in Hand oder Arm in Arm. Ich möchte dich erleben und die Nacht mit dir verbringen.«

Destry war überrascht über diese Direktheit und zugleich zärtlich berührt. War sie nicht zu jung für das, was er in der Nacht mit ihr erleben wollte?

Sie standen dicht beieinander an der Bar. Die anderen Gäste schauten sie immer noch bewundernd an, war ihr Tanz doch so erregend gewesen, dass jetzt einige der älteren Männer mit den anderen Mädchen in Séparées verschwanden. Destry drückte Zalua an sich und spürte, wie dünn sie war. Ihre Schenkel drückten sich an ihn. Sie wollte mehr, strich mit ihrer Hand durch sein Gesicht, streichelte seine Wange, glitt mit ihrer Hand hinunter zum Bauch und legte sie kurz auf seinen Schoß.

»Willst du mich prüfen?«

Destry war perplex, allerdings war es so dunkel in dieser Bar, dass niemand diese Intimität hätte sehen können. Sie drückte sich immer wieder an ihn, wurde zärtlicher und auch intimer. Ihm wurde heiß.

»Komm, lass uns gehen. Wir gehen zu mir ins Hotel. Willst du die Nacht bei mir verbringen?«

Sie umarmte ihn intensiv und signalisierte so ihre Einwilligung. Sie brauchten fast eine halbe Stunde bis zu seinem Hotel.

In seinem Zimmer zog er sie aus, kaum dass die Tür hinter ihnen verschlossen war, so groß war seine Sehnsucht nach der körperlichen Nähe einer Frau, einer Haut, die er gern streicheln wollte. Und ihr Geruch, kein Parfum, leicht verschwitzt, kam ihm so angenehm vor, erotisierte ihn, dass er nicht mal vorher mit ihr in die Badewanne oder unter die Dusche wollte.

Dann, als sie nackt vor ihm stand, schob er sie etwas von sich. Er wollte sie ansehen, diesmal nackt ohne Höschen, wie sie auf der Bühne stand. Dass sie sich für ihn entschieden hatte, die Nacht mit ihm verbringen wollte, machte ihn ein wenig stolz. Nackte schwarze seidige Haut, lange schlanke Beine, die deutlich den Verlauf der Muskeln zeigten, ein flacher Bauch, der in ein kleines schwarzes Feld von Schamhaaren endete und nicht zuletzt ihr sehr kleiner, aber vorgereckter Busen, der, als er sanft seine Hand darauf legte, vollends unter seiner Handfläche verschwand.

Er drehte sie um, bewunderte ihren Rücken und ihren Po, während er sie ungestüm zum Bett schob. Sie ließ sich willig fallen, öffnete ihre Beine, nahm ihn auf, und schon nach wenigen Minuten ließ er sich erschöpft auf sie fallen.

Sie kicherte. »Das war dann doch alles viel zu schnell für dich?«

»Ich war viel zu aufgeregt, so ein hübsches junges Mädchen in meinen Armen zu haben. Außerdem muss ich heute wohl zu viel Alkohol getrunken haben. Bleib einfach bei mir, und morgen sehen wir weiter.«

Destry drehte sich zu ihr. Dicht lagen sie beieinander, doch Zalua hatte noch nicht genug. Sie küsste ihn, rutschte langsam an seinem Körper nach unten, ihre Zunge legte eine feuchte Spur auf seine Brust, seinen Bauch, bis sie ihr Ziel erreicht hatte. Dabei streichelten ihre Hände seinen Körper, und er war wieder erregt.

Danach kam sie mit ihrem Kopf wieder nach oben, den schlanken Körper an ihn gepresst. »Siehst du, so macht man Liebe, und nicht so hastig. Ich empfinde sehr viel Zärtlichkeit für dich, und dann wird aus dem Liebemachen auch was.«

Sie blieb dicht gedrängt an ihn liegen. Sie flüsterte ihm Momente ihres so kurzen Lebens ins Ohr, sie hatte wohl schlimme Erlebnisse hinter sich, angefangen vom Missbrauch durch ihre Verwandten bis hin zu Vergewaltigungen, auch in dem Klub, wo sie immer noch arbeitete. Ihn aber wollte sie, und deshalb konnte sie sich auch so frei in der Liebe mit ihm bewegen.

»Ich weiß, dass wir uns sicher nicht wiedersehen werden, aber schon während der Busfahrt hast du mich erregt. Ich mag Männer, so groß und schlaksig, blond und blauäugig wie du.«

Erneut sank sie mit ihrem Kopf an seinem Körper entlang. Destry ließ sie gewähren. Sie hatte ein Zärtlichkeitsbedürfnis oder wollte einfach jemandem, den sie mochte, etwas Gutes tun. Sie war selbstlos, und als er sich langsam umdrehte, damit er mit seinem Kopf in die Nähe ihres Bauches und ihrer Scham kam, ließ sie es zu, genoss seinen Mund, seine Zärtlichkeiten an und in ihrer Scham.

Destry spürte, wie ernst dieses Mädchen eigentlich war. Sekundenlang dachte er an Sehah, das aber war eine andere Geschichte. Dieses junge Mädchen wollte ernst genommen werden, wollte Sex mit Gefühlen und Zärtlichkeit, das Gefühl, mit jemandem zusammen zu sein. Weg vom Striplokal, wo jeden Abend, jede Nacht nur geile Männer auf Minutentreffs mit ihr aus waren. Doch sie würde wohl lange auf der Suche sein, um das zu finden, wonach sie sich wirklich sehnte. In beiden entstand eine Traurigkeit.

Am nächsten Morgen weckte ihn nicht etwa die Sonne, die ins Zimmer strahlte, sondern ein ganz leises Schnarchen. Fast hätte man es auch als Schnurren bezeichnen können. Destry stützte sich auf seinen Ellenbogen und beobachtete Zalua, die auf dem Rücken lag, den Mund leicht geöffnet. Ihr Atmen erinnerte ihn an junge Tiere, die manchmal ähnliche Atemgeräusche im Schlaf von sich gaben. Vorsichtig zog er die dünne

Decke zur Seite. Er wollte sie noch einmal ganz nackt sehen. Sie lag da, ihre Beine leicht gespreizt, entwaffnend, dachte er. Er legte seine Hand auf ihre Scham und schob sie dann ganz zärtlich zwischen ihre Schenkel. Sie stöhnte leicht und öffnete ihre Schenkel, ein leichtes Frösteln ging durch ihren Körper, aber sie schien sein Streicheln zu genießen. Doch dann drehte sie sich zur Seite. Er bewunderte ihren schmalen Rücken, der so dünn war, dass er ihre Schulterblätter deutlich sehen konnte. Er liebte diese Formen. Spontan rückte er ganz dicht an sie heran, so dass er ihren Po an seinem Bauch spüren konnte. Die Wärme, die von ihr ausging, erregte ihn wieder.

Doch dann ließ er von ihr ab. Er verfluchte seine Zeitplanung, die ihn zwang, diese zärtliche Morgenszenerie zu verlassen. Als Zalua kurz wach wurde, weil ihr seine Hand fehlte und ein kühler Windzug an ihren Schenkeln entlangzog, sah sie ihn mit ihrem Schmollmund fragend an.

»Ich muss arbeiten. Bleib, solange du willst. Bestell dir ein Frühstück. Ich bin noch bis morgen im Hotel, dann bin ich weg. Wenn du willst, genieß die Zeit. Kannst du heute Nacht auch hier sein, mit mir?« Fragend sah er sie an, während er seine Krawatte band.

Sie nickte. »Ich komme heute Nacht wieder. Schade, dass ich dich dann nicht mehr wiedersehen werde.« Sie sah wirklich traurig aus.

»Wer weiß das schon? Ich weiß jedenfalls, wo ich dich finde. Auf dem Tisch hast du meine Adresse. Wenn du mal Hilfe brauchst oder mehr, schreib einfach. Ich bin viel unterwegs, aber du erreichst mich immer irgendwie über mein Postfach. Ich würde dich gern irgendwann wiedersehen.« Er beugte sich zu ihr hinab und gab ihr einen Kuss auf den Bauchnabel.

»Du bist ein sehr schönes, fantastisches Mädchen. Lass dich nicht in solchen Klubs verheizen und geh nicht als Callgirl. Das macht dich kaputt, dafür bist du noch zu jung und zu hübsch.

Und wenn du jemanden magst, so wie vielleicht mich«, er zögerte und wartete auf Zustimmung, die sie mit einem Nicken signalisierte, »dann lass dich nie bezahlen! Lass dich einladen oder lass dir Geschenke machen, aber lass dir nie Geld auf den Tisch legen!«

Das war sein Wunsch. Er war sich sicher, dass er nicht der Einzige war, der ihr in der Vergangenheit oder der Zukunft gefiel, aber sie sollte sich nicht fallen lassen. Oder hatte er sich vollends in ihr getäuscht? War sie ein ganz raffiniertes Ding? Er glaubte es nicht, so viel Zärtlichkeit konnte man eigentlich nicht spielen.

»Also finde ich dich heute Nacht in diesem Bett wieder?«

Er blieb an der Bettkante stehen. Sie drehte sich um, lag jetzt auf dem Bauch und streckte ihm ihren kleinen runden Po entgegen.

»Wenn du das alles noch einmal willst, komme ich wieder. Es hat mir gefallen mit dir. Sehr!«

Sie zeigte ungeniert ihre Narben auf dem Rücken, die ihr ihre Eltern früher mit einer Peitsche bei Ungehorsam beigebracht hatten.

Er verließ sie, ging in den Park und setzte sich dort auf eine Bank. Er war mit Leidenschaft Pilot, musste aber nun seine Zukunft neu planen. Er liebte Tiere und Sehahs Safaripark, und er liebte sie. Anders als das Erlebnis mit der Tänzerin, das war eben keine Liebe, das war Sympathie und die Suche nach Nähe. Sowohl von seiner als auch von Zaluas Seite.

Aber wollte er sich jetzt schon zur Ruhe setzen? Allerdings würde das Zusammensein mit Sehah und das Leben auf der Lodge auch Herausforderungen an ihn stellen. In seinem Kopf nahm ein Konzept Konturen an, wie er den Tourismus ankurbeln sollte. Er könnte wieder ein Flugzeug kaufen, und wenn es auch ein kleineres wäre, nicht wieder eine DC-3. Das Leben aus dem Koffer hatte seine Vorteile, aber die Aufgaben in der Lodge und vor allem Sehah reizten ihn. Ohnehin wäre er ja allein, sein langjähriger Freund und Partner war tot. Und allein würde der bisherige Job nicht mehr so viel Freude machen.

Mehr und mehr verdichteten sich seine Gedanken zu einem Entschluss, festigten seine Vorstellung, mit Sehah eine lange Zeit zu verbringen.

Er stand auf, wollte kurz mit Sehah telefonieren und ging zurück in sein Hotelzimmer. Die kleine Tänzerin war verschwunden. Allerdings fand er eine Nachricht auf dem Bett. Sie werde in der Nacht wiederkommen und bedanke sich für alles.

Destry setzte sich aufs Bett, griff zum Telefon und wählte Sehahs Nummer.

»Parish«, rief sie freudig, »wo bist du, und wann sehen wir uns wieder?«

»Ich bin noch in Sun City, fliege aber morgen nach Kapstadt. Vielleicht kannst du mich am Flughafen abholen?«

»Klar! Wann landest du, und wie geht es dir? Du klingst so weit weg und fremd.«

Destry zögerte einige Sekunden. Er musste sich die Erlebnisse mit Zalua aus dem Kopf schlagen.

»Ich habe hier heute noch zu tun. Keine Angst, ich vermisse dich und komme so schnell es geht zu dir. Also, bis morgen.«

»Ich liebe dich!«

»Das kannst du mir ja dann zeigen.« Er lächelte. »Ich lande gegen 22.30 Uhr aus Sun City. Vielleicht können wir ein paar Tage in Kapstadt bleiben und treffen uns mit einem Freund, den ich hier kennen gelernt habe.«

»Ich bleibe mit dir, wo immer du willst, und ich freue mich wirklich auf dich. Meine Schwester hat den Verlust deines Freundes noch immer nicht verwunden. Vielleicht bringe ich sie mit, damit sie etwas Abwechslung hat. Keine Angst, die Nacht verbringe ich natürlich allein mit dir. Ich freue mich wahnsinnig, dich in meine Arme schließen zu können. Du glaubst nicht, wie groß meine Sehnsucht nach dir ist.«

»Dann freue ich mich besonders auf dich. Bis morgen Abend.«

Destry legte auf, zog sich nackt aus und legte sich aufs Bett. Für einen Moment dachte er an den Besuch der kleinen Tänzerin. Als es ihn fröstelte, deckte er sich mit der dünnen Decke zu.

Bolden ging nach dem Treffen mit Destry aus der Bar direkt ins Restaurant, wo das Dinner mit den Bankern stattfand. Nachdenklich, wie er war, konnte er kaum an den Gesprächen teilnehmen. Destrys Nachrichten waren mehr als alarmierend. So war Bolden sich jetzt sicher, dass der Einsturz des Hauses in Kapstadt in Wirklichkeit ein Anschlag auf ihn gewesen war. Geduldig ließ er das Dinner über sich ergehen.

Er dachte an Eliza. Sie oder der Job in der Mint – langfristig gesehen musste er sich entscheiden. Seine Liebe würde die Mint sicher auf Dauer nicht akzeptieren. Doch in seinem Alter und mit seiner Erfahrung sollte es möglich sein, eine Alternative im Job zu finden – und in einem anderen Land.

Er nahm sich vor, seine Kontakte nach USA und Kanada zu nutzen, wusste er doch, dass beide Länder ebenfalls an dem Konzept einer Barrenmünze arbeiteten. Sowohl die U.S. Treasury als auch die Canadian Mint hatten sich bereits bei ihm nach Details zum Krügerrand erkundigt. Hier sollte doch eine neue Herausforderung gegeben sein. Er lächelte vor sich hin. Seine Entscheidung war gefallen. Zugunsten Elizas.

Der Abend verlief sehr erfreulich, von allen Seiten gab es euphorische Zustimmung. Die Bankdirektoren sprachen schon von eigenen Marketingideen und Strategien, wie sie den Krügerrand in ihren Ländern vermarkten würden.

Bolden hörte mehr oder weniger teilnahmslos zu. Zu sehr war er mit den Ereignissen um die Attentate und Eliza beschäftigt. Die Frage war, wer steckte dahinter? Wer war der

Auftraggeber? War möglicherweise jemand in Südafrika daran beteiligt? Oder in Amerika? Er blickte über den Tisch zu Bradshaw und suchte irgendeinen Hinweis in seinem Gesicht. Dass er ihn nicht mochte, ließ ihn umso mehr vermuten, dass er etwas mit den Anschlägen zu tun hatte. Er nahm sich vor, das mit Destry noch einmal zu durchleuchten. Und solange die Hintergründe nicht vollends aufgeklärt waren, war Sicherheit für Destry und ihn nicht gegeben.

Kapstadt

Sehah verbreitete Hektik. Destry's Anruf hatte sie elektrisiert, und sie wühlte in ihrem Kleiderschrank nach einer passenden Garderobe für Kapstadt. Ihre Schwester Sorah lehnte am Türrahmen und sah ihr zu.

»Du hast es gut. Ich muss sehen, wie ich mit Johns Tod fertig werde. Aber ich gönne es dir. Ich werde nicht mitfahren, ich werde die Farm verwalten für die Zeit, in der du weg bist. Und mach dir um mich keine Sorgen, es gibt genug zu tun.«

Beide gingen vor die Tür des Haupthauses und verluden Sehahs Gepäck in den Landrover.

»Ich bin sicher in ein paar Tagen zurück. Vielleicht kommt Parish mit. Und sei bitte nicht traurig.«

Dann startete Sehah den Wagen und manövrierte ihn über den Sandweg langsam zur Hauptstraße, die zur Autobahn nach Süden Richtung Kapstadt führte.

Als sie die M6 erreicht hatte, lehnte sie sich zurück. Sie war froh, dass ihr Wagen eine Klimaanlage besaß. Die Hitze draußen war so groß, dass sie das Flimmern des Asphalts vor sich sehen konnte. Immer wieder hatte sie das Gefühl, in eine Wasserpfütze fahren zu müssen, die typische Sinnestäuschung. Noch während der Fahrt zog sie ihre Jacke aus. Nur noch mit einer dünnen Bluse bekleidet, spürte sie den leisen Wind, der durch den Spalt der leicht heruntergedrehten Seitenscheibe hineinwehte. Sie erschauerte leicht und bemerkte die Gänsehaut auf ihrem Oberarm. Erneut überlief sie ein Schauer, als sie an die intensiven Stunden der Liebe dachte, die sie mit Destry erlebt hatte. Sie hatte sich in ihrem bisherigen Leben noch niemals so zu einem Mann hingezogen gefühlt.

War es Liebe? Fast glaubte sie es, doch das, was sie sich beide nach der Nacht gestanden hatten, musste sich erst festigen, musste sich beweisen. Sie war bereit dazu. Destry war ein Abenteurer, das war ihr nach den vielen Gesprächen mit ihm klar geworden. Doch seine Zusage, eine Weile bei ihr zu bleiben, war ehrlich und klang in ihren Ohren glaubhaft. Irgendwann wurde ein Mann wahrscheinlich sesshaft und ruhiger. Und dass sie ihn gerade in diesem Moment getroffen hatte, war ihr und Destrys Glücksfall.

Als sie sich der Skyline von Kapstadt näherte, hielt sie Ausschau nach den Hinweisschildern Richtung Airport, die sie bald nach einigen kurvigen Abfahrten fand. Sie war froh, dass sie nicht durch die Innenstadt auf die südöstliche Seite der City fahren musste, sondern die Umgehungsstraße nehmen konnte, die sonst um die Mittagszeit oft von langen Staus verstopft war.

Am Flughafen angekommen, parkte sie in der Nähe der Ankunftshalle und eilte durch die Mittagshitze in die klimatisierte Halle, die die Fluggäste von Inlandsflügen nach Empfang des Gepäcks passieren mussten. Sie hatte noch eine Viertelstunde Zeit, ging zur gegenüber der Ankunft gelegenen Bar und bestellte sich ein Eiswasser. Dabei behielt sie den Eingangsbereich des Flugfelds im Auge. Die Enge der Halle – ein Areal, umgrenzt von vier Wänden, gefüllt mit Menschen – versetzte sie für einen Moment in Panik. Sie war dieses Gedränge nicht gewohnt. Da, wo sie lebte, genoss sie unendliche Freiheit, die Weite und die Einsamkeit, das, was sie liebte und worauf es ihr ankam. Die Ruhe nachts, nur die Geräusche der wilden Tiere, kein Verkehrslärm, keine Autos. Für sie war es ein wesentlicher Bestandteil des Lebens, die Vollkommenheit der Natur zu erleben.

Der Flughafenansage nach war die Maschine aus Sun City gelandet. Sehah spähte durch die Glasscheiben, die sie vom Flugfeld trennten, auf die in einiger Entfernung gelandete Maschine und beobachtete die aussteigenden Gäste, die nun auf die Halle zukamen. Und dann sah sie Destry, groß, schlaksig und lässig mit einem kleinen Koffer in der Hand und in Begleitung eines Mannes, der lebhaft auf ihn einredete.

Sehah bezahlte ihr Wasser und schritt langsam auf die Absperrung zu, durch die die Fluggäste kommen mussten. Plötzlich hatte sie, da sie ihn in Begleitung eines Weißen sah, Bedenken, ob ihm eine direkte Begrüßung recht war. Oder sollte sie sich lieber im Hintergrund halten, bis er ihr signalisierte, dass eine Begrüßung willkommen war? Sie versteckte sich hinter einer Säule und betrachtete den anderen Man genauer. Ebenfalls groß, blond und kräftig. Sympathisch, fand sie.

Destry entdeckte sie, obwohl sie hinter der Säule stand. Sie sah noch, wie er sich mit einigen Worten an seinen Begleiter wandte. Dann kamen beide direkt auf sie zu.

»Hey, das finde ich aber toll, dass du es geschafft hast, mich abzuholen. Darf ich dir Bruce Bolden von der Mint vorstellen? Ich konnte mit ihm einige Ungereimtheiten klären. Er wird uns mit seiner neuen Freundin, die er hier in Kapstadt kennen gelernt hat, besuchen.«

Sehah sah Bolden an, gab ihm die Hand und spürte seinen Respekt statt der verbreiteten Ablehnung, die die Weißen sonst Farbigen oder Schwarzen entgegenbrachten. Sie mochte ihn spontan.

»Ich freue mich. Wenn Parish mit Ihnen befreundet ist, möchte ich dazugehören.«

Ihre Ängste waren verflogen. Sie wandte sich Destry zu, drängte sich an ihn und küsste ihn, unbekümmert, was Umstehende zu dieser Situation sagen würden. Fluggäste und Wartende sahen verwundert zu ihnen hin. Aber das kümmerte sie nicht mehr. Das kümmerte auch ihn nicht, der zärtlich ihren Kuss erwiderte. Er war bereit, in seinem Leben einen Einschnitt zu machen: hinaus aus dem rastlosen Leben des Auftragspiloten in ein ruhiges Gewässer. Die merkwürdigen

Gesetze der Apartheid in Südafrika hatten ihn noch nie interessiert. Dass Verstöße dagegen mit strengen Strafen geahndet wurden, nahm er in Kauf. Er war ein Liebender, und deshalb waren ihm Hautfarbe und Herkunft gleichgültig. Umso inniger umarmte er Sehah und küsste sie erneut. Bolden stand geduldig daneben und lächelte, betraf ihn doch die politische Situation noch wesentlich stärker als seinen neuen Freund. Durch seine Liebe zu Eliza hing auch seine berufliche Laufbahn am seidenen Faden. Doch seine Gedanken gingen weiter, hatte er doch eine Karriere in Amerika in Aussicht. So gut wie zumindest.

Zu dritt gingen sie zu ihrem Wagen, stiegen ein und verließen das Flughafengelände.

»Wo können wir dich absetzen? Hast du noch etwas vor, irgendwo?« Destry wandte sich zu Bolden, der mit seinem Handgepäck auf dem Rücksitz saß.

»Bringt mich einfach in die Innenstadt. Von dort kann ich meine Wohnung erreichen. Ich muss sowieso noch einkaufen. Parish«, Bolden legte seine Hand auf Destrys Arm, »lass uns morgen am Strand treffen. Ich bringe meine Freundin mit, und wir machen uns einen schönen Tag am Meer. Wir könnten am Nachmittag da sein. Passt euch das?«

»Ja, gut. Ich freue mich. Schon seltsam, dass wir beide uns in so schöne dunkelhäutige Frauen verliebt haben, aber vielleicht können wir so ein wenig gegen die Apartheid protestieren.«

Sie nickten sich zu und verabschiedeten sich.

»Dann sehen wir uns morgen wieder an der Table Bay. Bis dahin sind wir hoffentlich allein?«, fragte Sehah.

Destry nahm ihre Hand. »Natürlich sind wir allein, aber es gibt einige Dinge, die ich mit ihm besprechen muss. Ich erzähle dir später davon. Lass uns jetzt ins Hotel fahren, ich muss dich genießen und liebhaben.«

Er legte seine Hand auf ihren Schenkel, schob den Rock

immer höher und streichelte sanft ihre Haut. Sie presste ihre Beine fest zusammen. War es Einwilligung oder stille Abwehr? Er ließ seine Hand dort, und sie schien es zu genießen.

»Wir sind doch gleich im Hotel«, hauchte sie, und da wusste er, dass auch sie erregt war.

Im Hotelzimmer war es kühl, die Klimaanlage summte leise. Destry, verschwitzt von der Reise, zog sich vollständig aus. Sehah sah ihm dabei zu, doch dann begann sie selbst ihre wenigen Kleidungsstücke abzulegen. Sie betrachteten sich gegenseitig, und dann fielen sie übereinander her. Kaum hatte er sie aufs Bett geworfen, waren sie schon ineinander verschlungen. So verbrachten sie die verbleibenden Abendstunden und die ganze Nacht miteinander.

Viel später, am nächsten Morgen, erzählte er ihr von den Anschlägen, von den merkwürdigen Ereignissen um Bolden und ihn, während er sie fest in seinen Armen hielt.

»Und nicht nur deshalb würde ich gern mein zukünftiges Leben hier mit dir verbringen, wenn du magst. Ich habe mich in dich und in dein Leben in der Lodge verliebt, und ich würde gern die Zukunft mit dir teilen. Was meinst du dazu?«

Sehah schmiegte sich an ihn. Noch war sie erschöpft von der so heftigen liebevollen Nacht mit ihm, doch ihre Gedanken waren durchaus realistisch.

»Wie du es willst. Mein Leben ist hier, und wenn du es mit mir hier ertragen kannst, dann tu es. Meine Liebe gehört auch dir, und wenn du mich genauso liebst, dann passt es. Also bleib, ich bin damit sehr glücklich.«

So blieben sie im Hotelzimmer, redeten und liebten sich, diskutierten und tranken Wein, den sie sich mit einem Imbiss bestellten. Das Zimmer verließen sie nicht mehr, der Balkon genügte ihnen. Für das Restwochenende waren sie mit Bolden am Table-Bay-Strand verabredet.

Es war ein wunderbarer Anfang. Sehah beugte sich über ihn.

Er lag auf dem Rücken, ihre Nähe und Wärme, die er von ihrem Körper aufnahm, erregten ihn. Sie fasste ihn an, streichelte ihn, und der Abend war wieder mit ihrer Einsamkeit, die sie zu zweit genossen, erfüllt.

Dann setzte sie sich auf ihn, streckte sich und griff nach dem Glas Wein, das neben ihnen auf dem Nachttisch stand.

»Es ist so schön mit dir. Lass uns darauf anstoßen!«

Sie reichte Destry das Glas, und er nahm einen Schluck. »Es wird wohl so werden, wie du es dir wünschst und wie ich es auch möchte. Wir werden zusammen sein, bei dir in der Lodge.«

Er berichtete einige Einzelheiten über die Anschläge, vor allem die, die Bolden betrafen. Und seine Traurigkeit über den Tod seines Freundes.

Sehahs Nähe, seine Hände, die sie streichelten, ihre Brüste und ihr Schoß, das war die Selbstverständlichkeit, die er suchte, die er in ihr fand. Zärtlichkeit ohne Scheu, ohne Verklemmtheit. Eine Übereinstimmung der Gefühle, die er bisher in seinen Bekanntschaften nicht erlebt hatte. Eine Intimität wie nie zuvor. Er spürte, dass er sie wirklich liebte.

Er fühlte, dass es an der Zeit war, eine feste Beziehung einzugehen, sich zu etablieren, ein neues Leben in einer Zweisamkeit aufzubauen. Abenteuer hin, Abenteuer her: Er glaubte nicht, dass er jemals wieder so einen Freund und Partner finden würde wie McPherson. Also war sein Entschluss gefasst. In den Gesprächen mit Sehah hatte er den Gleichklang gefunden, den er bisher immer vermisst hatte. Gefühle, die auf Gegenseitigkeit beruhten: dass jeder sich in dem Partner selbst wiederfand.

Bruce Bolden musste nicht lange warten, bis ein Taxi direkt vor ihm hielt. Der Fahrer stieg aus, verstaute sein Gepäck im Kofferraum und fuhr ihn dann in die Innenstadt, wo Bolden sich an seiner Wohnung absetzen ließ.

Er wollte so schnell wie möglich in sein Appartement, unter

die Dusche und Eliza anrufen. War die verliebte Stimmung noch vorhanden? Er hatte Sehnsucht nach ihr, ihrer unkonventionellen Art, ihrer Spontaneität, ihrer Dominanz, wenn es um erotische Dinge ging, ihrer Selbstverständlichkeit, ihn zu verführen, wo immer es auch war.

Oben in seiner Wohnung angekommen, öffnete er alle Fenster und Türen zur Terrasse. Frische Luft sollte seine Wohnung erfüllen. Er griff zum Telefon und wählte Elizas Nummer.

»Ich bin wieder da«, sagte er, als sie am anderen Ende den Hörer abnahm. »Können wir uns sehen? Kannst du zu mir kommen?« Bolden wunderte sich, dass es einige Sekunden dauerte, bis sie antwortete.

»Ich freue mich, dich wiederzusehen. Lass uns nicht lange telefonieren, okay? Bin schon unterwegs.«

Zu schnell hatte sie aufgelegt. Er wollte ihr auch seine Freude und Sehnsucht mitteilen, aber dafür hatte er, wenn sie dann endlich bei ihm war, sicher noch genug Gelegenheit. Und er wollte ihr sagen, dass er sie liebte und dass sie die Nächte bei ihm bleiben sollte. Zum Neuentdecken.

Schnell ging er unter die Dusche und zog danach ein einfaches dünnes Hemd und seine geliebten Jeans an. Als sie an seiner Tür klingelte und er öffnete, überfiel ihn das Begehren. Sie schmiegte sich an ihn, legte ihr rechtes Bein um seins und presste sich fest an ihn.

Dann schob er sie etwas weg und betrachtete sie. Sie trug ebenfalls Jeans und eine mit Rüschen verzierte, kurze weiße Bluse, die ihren Bauch freiließ, zumindest, wenn sie sich ihm entgegenstreckte. Sie küssten sich, gingen dann Hand in Hand auf seine Terrasse. Sie lehnte sich an die Brüstung, er stand dicht bei ihr und umarmte sie. Eine ganze Weile sagte keiner ein Wort. Sie genossen einfach ihre Nähe.

Dann ging sie zurück ins Wohnzimmer und griff in ihre Tasche, die sie bei der Begrüßung auf den Boden gestellt hatte.

»Lass uns hierbleiben. Ich habe uns eine Flasche Rotwein mitgebracht, und du könntest etwas zum Essen bestellen. Ich möchte mit dir hier allein sein. Um dich neu zu entdecken.«

Sie drehte sich zu ihm um, hielt ihm die Flasche entgegen und bat ihn, zwei Gläser zu holen. Sie ging in die Küche, öffnete die Flasche Wein und kam zu ihm zurück.

»Ist dir das recht, oder wolltest du ausgehen?« Sie lächelte ihn an.

»Wenn du so verführerisch aussiehst, ist es mir egal, wo wir sind. Komm wieder raus auf die Terrasse, dort können wir etwas trinken und reden. Ich habe dir viel zu erzählen.«

Sie setzten sich auf eine kleine Bank, stellten Flasche und Gläser auf den Boden und umarmten sich wieder.

»Du warst schon mal wilder«, bemerkte er grinsend und umfasste erneut ihren nackten Bauch.

»Warte doch, lass uns erst einmal etwas trinken. Dann muss ich kurz ins Bad, und dann …« Sie streichelte ihm die Wange, stand auf und verschwand im Inneren der Wohnung.

Als sie wiederkam, hatte sie nur ein kleines Höschen an. Sie nahm ihr Glas, trank einen Schluck und setzte sich auf seinen Schoß.

»Ist es so besser?«, flüsterte sie ihm ins Ohr. Und die Liebe begann von vorn, wie in den ersten Tagen, als sie sich kennen gelernt hatten. Jetzt war ihre Wildheit wieder da, so wie er es in Erinnerung hatte.

Später, als sie in der Küche das bestellte Essen auf Teller verteilten und er eine weitere Flasche öffnete, überlegte er, ob er ihr die ganze Geschichte mit dem Anschlag in der Altstadt erzählen sollte. Schließlich wollte er nicht, dass sie sich Sorgen um ihn machte. Er entschied sich für eine Kurzfassung und äußerte seine Vermutung, dass dieser Anschlag wohl ihm gegolten hatte.

»Weißt du …« Zögernd erzählte er ihr auch von dem Geschenk, das er bei dem Juwelier in den Arkaden bestellt hatte.

»Ich hatte dir ja schon von meiner Arbeit bei der Mint erzählt und von der bevorstehenden Produktion des Krügerrand. Es hat ohnehin schon genug Probleme dabei gegeben. Ich arbeite seit mehr als drei Jahren daran. Das größte Problem war die Beschaffung ausreichender Goldmengen. So kam es, dass die Mint Gold in der Schweiz eingekauft hat, ohne den offiziellen Weg einzuhalten. Also praktisch unter der Hand. Und vermutlich soll es darüber keine Mitwisser geben, denen man ein Stillschweigen nicht zutraut.« Bolden unterbrach seine Rede und wandte sich ihr zu. Sie stand von ihm abgewandt, so dass er ihren nackten Rücken bewundern konnte.

»Ich muss einfach unterbrechen, um dich anzufassen und zu streicheln. Du hast einen sehr schönen Rücken, weißt du das?«

Er hauchte sanft zwischen ihre Schulterblätter, während sie das Essen anrichtete.

»Erzähl weiter, ehe du alles vergisst!« Sie schubste ihn zur Seite, drehte sich zu ihm um und sah ihn abwartend und neugierig an.

»Der Erwerb dieses Goldes war wohl auch mit dubioser Geschäftemacherei verbunden. Es sind offenbar Gelder geflossen, ungerechtfertigte Provisionen, damit Verkauf und Transport diskret vorgenommen werden konnten. Für den Flug von Zürich nach Südafrika wurde ein privater Charterpilot verpflichtet. Der hatte den Transport bis nördlich von Kapstadt durchgeführt. Er und sein Partner sollten anschließend als Mitwisser eliminiert werden. Das ist auch fast gelungen. An seinem Flugzeug wurde manipuliert, so dass beide aussteigen mussten, wobei sein Freund und Copilot abstürzte. Parish Destry, der Charterpilot, konnte sich mit dem Fallschirm retten, das Flugzeug aber war verloren. Es gab eine Explosion an Bord, und die Maschine stürzte ins Meer.

Destry hat Kontakt mit mir aufgenommen. Wir haben uns

in Sun City getroffen und unsere Erlebnisse ausgetauscht. Er ist auch in Kapstadt, mit seiner Freundin. Wir haben uns zum Wochenende am Strand verabredet. Ein unverfänglicher Platz, und so wirst du ihn auch kennen lernen. Er hat übrigens ebenfalls eine farbige Freundin. Er ist sehr nett, ein Abenteurertyp, er wird dir gefallen.« Bolden sah sie an.

Sie war nachdenklich geworden. »Ich will nicht, dass dir auch etwas passiert. Aber wenn du meinst, es ist ungefährlich, dann treffen wir uns mit ihm und seiner Freundin.«

Sie drehte sich wieder zum Herd. »Ich möchte dich nicht verlieren. Ich liebe dich und will, dass wir für immer zusammenbleiben.«

Er ging auf sie zu und nahm sie in die Arme. »Mir wird schon nichts passieren. Vielleicht irre ich mich auch. Lass uns jetzt den Abend und die Nacht ohne solche trüben Gedanken verbringen.«

Er ergriff ihren Arm und zog sie aus der Küche ins Wohnzimmer. Auf dem Sofa, halb sitzend, halb liegend, aßen sie zu Abend.

»Lass mich eben noch meine Gedanken zu Ende bringen. Ich habe das Konzept des Krügerrand praktisch mitentwickelt und möchte das auch zum Erfolg führen. Danach habe ich andere Pläne. Davon erzähle ich dir später, wenn sich bestimmte Informationen verdichtet haben. Eines kann ich dir schon jetzt sagen, es hat auch etwas mit dir und uns zu tun. Zufrieden?«

Sie kuschelte sich fest an ihn, und allein durch die körperliche Nähe und Wärme, die auf beide ausstrahlte, wurden sie wieder erregt. Sie legten sich zärtlich zueinander, liebten sich, bis es richtig dunkel war. Licht brauchten sie lange nicht. Erst sehr viel später gingen sie nach nebenan in sein Schlafzimmer.

»Hier.« Er schob ein kleines Päckchen über das Laken zu ihr hin. »Ein kleines Geschenk für dich. Deshalb war ich bei dem Juwelier.«

Sie öffnete die kleine Schachtel und fand die winzige hockende Figur in Gold mit der ebenfalls goldenen Kette.

»Das ist aber schön! So hast du mich also in Erinnerung?«

»Nein, so habe ich dich kennen gelernt, und das war ein sehr intimer Moment, den ich für uns in dieser Figur eingefangen habe.«

Bevor sie noch mehr Dankbarkeit zeigen konnte, lagen beide ermattet auf dem Bett. Der Schlaf übermannte sie.

Das Treffen von Bolden und Destry am Sonntag, an dem auch die beiden Freundinnen teilnahmen, verlief freundschaftlich und harmonisch. Alle vier verstanden sich so gut, dass sie versprachen, sich künftig so oft wie möglich zu sehen. Da Bolden nach wie vor jedes Wochenende nach Kapstadt flog und Destry sich ohnehin nördlich davon in der Safari Lodge aufhalten würde, konnten sie sich regelmäßig treffen. Eine Verbindung, die zu Freundschaft wurde und lange Jahre hielt.

Bolden und Destry entfernten sich von ihrem Lagerplatz am Strand und ließen die beiden Frauen für einige Minuten allein. Dann besprachen sie noch einmal die Hintergründe des Goldtransports. Destry erzählte Bolden von den offenen Goldbarren mit den Hakenkreuzen. Bolden wusste zwar von dem Goldkauf, aber dass mehr dahintersteckte, war ihm bisher verborgen geblieben. Wenn schon die South African Mint und Bolden nur teilweise informiert waren, so musste zumindest die Chamber of Mines Genaueres wissen. Steckte vielleicht da der Drahtzieher der Anschläge?

Zurück am Lagerplatz – inzwischen waren Sehah und Eliza in der Sonne eingeschlafen – öffnete Bolden eine Flasche Wein. Leise prosteten sie sich zu, auf die beginnende Freundschaft.

Bolden hatte Destry von seinen Plänen mit der U.S. Treasury informiert, doch das allein wäre kein Grund gewesen, ihre Freundschaft mit regelmäßigen Kontakten aufrechtzuerhalten.

Destry plante, sich wieder ein Flugzeug zu kaufen, so dass man sich doch immer wieder treffen konnte.

Am Montagmorgen flog Bolden wieder nach Pretoria. Destry fuhr mit Sehah in die Innenstadt, zum Marktplatz gleich neben dem Riebeck Square. Dort kaufte sie einige Stoffe und neue Jeans. Destry wollte ihr einige Kleider schenken, doch Sehah winkte ab. Sie sei nicht der Typ für Kleider und Partys oder Veranstaltungen, bei denen man elegant auftreten müsse.

So liebte er sie, und so wollte er mit ihr und ihrer Schwester seine nahe Zukunft in der Abgeschiedenheit und Ruhe der Blue Lake Safari Lodge verbringen.

New York City

Ein Sommer in New York konnte mörderisch sein. Die Hitze machte aggressiv und sorgte für im wahrsten Sinne des Wortes hitzige Reaktionen. So stieg gerade im Sommer kontinuierlich die Kriminalitätsrate.

Und so zeigte sich auch in diesem Sommer der Big Apple von seiner negativen Seite. Heiße, feuchte Luft lag über der Stadt, kein Wind, der die schwüle Hitze hätte vertreiben können. Sie vermengte sich mit den Abgasen laufender Motoren. Autoinsassen ließen ihre Klimaanlagen laufen. Wer eine Möglichkeit fand, der Hitze und dem Gestank zu entkommen, nutzte sie. So waren die Kaufhäuser voll von scheinbar potentiellen Kunden, die sich aber eigentlich nur abkühlen wollten.

Doch Menschen, die sich in dieser Hitze durch die engen Straßenschluchten bewegten, um ihren Geschäften nachzugehen, hatten dafür keinen Sinn. Dort, wo notdürftig Bürgersteige und Straßen mit Asphalt repariert worden waren, blieb man mit den Absätzen kleben. Die Klimaanlagen der Geschäfte summten laut und tropften ihr Kühlwasser auf die Bürgersteige. Manchmal wurden Passanten davon getroffen, die unangenehm berührt zusammenzuckten.

Die Gegend um den Times Square war um diese Mittagszeit bevölkert wie ein Popkonzert. In der Nähe des Bryant Park saß ein junger Mann auf einer Bank und sah sich das Treiben auf der Straße und dem Hudson River an. Nachdenklich und so gut wie pleite.

Er war schlank, Ende dreißig, hatte sehr gepflegte Hände, war aber an diesem Tag unrasiert und sehr verschwitzt. Seine dunklen Haare hingen wirr um seinen Kopf. Trotz seiner schmalen Schultern besaß er einen muskulösen Körper.

Sein Name war Michael Goldsteen. Er war Jazzsaxophonist

und hatte sich in New York bereits einen Namen gemacht. Doch die Saison für Auftritte in den Clubs lag im Herbst und im Winter. So hatte Goldsteen über den Sommer kein Engagement und stand wie seine Mitmusiker auf der Straße. Die Platten, die er eingespielt hatte, brachten nur wenig Tantiemen, von denen er gerade mal seine Miete bezahlen konnte. Er hatte zwischenzeitlich sogar sein Saxophon versetzen müssen. Immerhin befand er sich damit in guter Gesellschaft. Zahlreichen berühmten Musikern war es nicht besser ergangen.

Doch an diesem Morgen sollte sich das Blatt wenden. Der Club, in dem Goldsteen schon im letzten Jahr sehr erfolgreich mit seinem Quintett aufgetreten war, wollte ihn wieder engagieren. Er hatte selbstverständlich zugesagt, und seine Musiker aus der letzten Saison würden wieder mit dabei sein. Allerdings hatte er noch kein Instrument. Das letzte hatte er an einen Händler in der Nähe des Times Square zu einem ordentlichen Preis versetzt. Der würde ihm sicher wieder ein gutes Instrument verkaufen, für den Vorschuss auf die bevorstehenden Gagen.

Goldsteen kannte die Händler rund um die 46. Straße, sie kannten ihn und würden ihm vertrauen. Sein letztes Instrument war nicht gerade das Gelbe vom Ei gewesen. Ein Saxophon von Selmer, das wäre es. Neu zwar nicht zu bezahlen, aber vielleicht konnte Goldsteen bei Roberto ein gebrauchtes auftreiben.

An der Ecke Lexington Avenue zur 46. Straße stieg er eine schmale Treppe hoch ins obere Stockwerk. Roberto hatte seinen Verkaufsraum mit gebrauchten Holzblasinstrumenten voll gehängt. Goldsteen begrüßte ihn. Der Händler erkannte ihn und erwiderte den Gruß. Er war Goldsteen wohlgesinnt, kannte er doch seine Platten, derentwegen Goldsteen in der Zeitschrift Jazz Poll bereits zweimal zum besten Saxophonisten gewählt worden war.

»Hier, ich hab was für dich, was du immer gesucht hast.« Roberto griff an die Decke, nahm aus der Vielzahl der dort hängenden Instrumente ein kupfern schimmerndes Tenorsaxophon heraus und legte es auf den Verkaufstresen.

»Es ist ein altes Selmer Mark 6. Nicht billig, aber das Beste, was du überhaupt kaufen kannst. Ich lass es dir, wenn du es bis zum nächsten Frühjahr bezahlen kannst.«

Goldsteen nahm das Instrument in die Hand, probierte die Läufe der Klappentechnik, spürte die Leichtigkeit. Keine Nebengeräusche, wenn die Klappen wieder schlossen.

»Wunderbar! Überlass es mir, ich zahle bis zum Frühjahr. Ehrenwort!«

Roberto zögerte nicht. »Ich weiß, du musst es haben. Du wirst gute Musik darauf machen. Komm, wir suchen noch ein Originaletui dafür. Mundstück und Blätter wirst du ja wohl noch haben.«

»Das würde ich nie verkaufen, das macht ja gerade meinen Ton aus, für den man mich kennt. Glaub mir, ich bin dir sehr dankbar, dass du mir das Instrument überlässt.«

Goldsteen war überglücklich. Dieses Instrument war ein Traum. Sein Traum. Schon nächste Woche konnten sie mit den Proben beginnen. Er dachte an seine Mitmusiker, so unterschiedlich sie in ihren Charakteren waren. Der eine oder andere war so oft betrunken, dass sie zwar ihre Instrumente noch beherrschten, aber in den Pausen oft ausrasteten. In der Garderobe hingen sie an der Flasche oder an der Nadel. Aber so war das bei vielen Musikern. Erst die Dröhnung brachte sie zu kreativen Höchstleistungen an ihrem Instrument.

Goldsteen selbst allerdings gehörte nicht dazu. Zwar trank er gern nach Auftritten das eine oder andere Glas Bier, aber dann zog er sich zurück. Er war mit einer Journalistin verheiratet gewesen, die ihn aber nach Jahren des Erfolgs verließ, als Jazz nicht sehr gefragt war und er um Jobs kämpfen musste.

Das hatte ihn geprägt. Für eine erneute feste Bindung war er nicht mehr bereit. Er genoss den Erfolg auf der Bühne und die Mädchen, die anschließend zu ihm in die Garderobe kamen oder ihn bereits in den Pausen an der Bar des Clubs bewundernd ansprachen. Und er war gelegentlich in die eine oder andere verliebt. Man verbrachte einige Wochen miteinander, doch dann war es vorbei. Im Grunde war er ein Einzelgänger, der sich voll seiner Musik hingab. Aber mehr und mehr, so nun in dieser Pleitephase, hatte er Sehnsucht nach jemandem, der ihm zur Seite stand und ihn seelisch aufrichtete.

Doch im Augenblick folgte er Roberto auf der Suche nach einem Etui für sein so wertvolles Saxophon.

Roberto stöberte in seinem Werkraum. »Weißt du, ich habe das Instrument komplett überholt, neue Polster und neu justiert, dafür brauchst du auch einen guten Koffer.«

Er griff in ein Regal und holte einen Selmer-Originalkoffer hervor, der allerdings äußerlich recht beschädigt aussah.

»Den schenk ich dir. Ich weiß nicht, wie lange er hier herumliegt. Müssen wohl Jahrzehnte sein.«

Goldsteen packte das Instrument hinein und versprach, bis zum nächsten Frühjahr die Rechnung zu bezahlen.

Glücklich, mit seinen letzten Dollars in der Tasche, stieg er in ein Taxi und ließ sich nach Brooklyn fahren, wo er einen alten Loft zur Wohnung umfunktioniert hatte. Hier in einem kleinen Industriegebiet konnte er üben, ohne Bewohner in der Nähe zu stören. Die Wohngegend war zwar etwas heruntergekommen und gehörte gewiss nicht zu den ruhigen und vornehmen Stadtteilen, wo Goldsteen irgendwann einmal hinziehen wollte. Aber das Wohnen hier war preiswert, und es gab viele Lofts, die von Musikern und Künstlern als Atelier und Wohnung genutzt wurden.

Mit einem geräumigen alten Lastenfahrstuhl fuhr er in den dritten Stock, wo sein Loft lag. Er konnte ihn sich gerade so leisten, und auch das nur, weil sein Vermieter gelegentlich bereit war, einige seiner Schallplatten als Miete zu akzeptieren.

Hier hatte er fast ein Jahr lang mit seiner Freundin zusammengewohnt, die ihn allerdings mangels finanzieller Masse verlassen hatte, nicht ohne schnell noch all seine durchaus geschmackvollen Möbel, die er sich auf Flohmärkten zusammengekauft hatte, mitgehen zu lassen. So stand er eines Tages überraschend in seiner leeren Wohnung. Alles, was ihm geblieben war, waren sein alter Schreibtisch und ein paar Geschirrteile. Und eine Matratze, auf der er meist unruhig schlief.

Doch er war nicht besonders traurig darüber, hatte er doch so seine Freiheit wieder. Nur an trüben regnerischen und stürmischen Tagen war er depressiv und wünschte sich jemanden, mit dem er Zeit und Nächte verbringen konnte, mit dem er das Gefühl hatte, verstanden oder, noch besser, geliebt zu werden. Doch das berührte ihn nur am Rande, er war nicht auf der Suche. Es musste eben alles zusammenpassen, Liebe, Partnerschaft, Verstehen und Sex. Irgendwann würde sie da sein, und er hatte genug Gelegenheit bei seinen Auftritten, die Richtige zu finden.

Jetzt war er erst einmal glücklich, sein Saxophon gefunden zu haben, von dem er immer geträumt hatte. In seiner Wohnung angekommen, stellte er den Koffer mit seinem Instrument auf den Tisch, der mitten im Raum stand und auch als Esstisch fungierte. Der großzügige Raum war angefüllt mit seltenen Möbeln. Da Goldsteen oft auf Flohmärkte ging, standen und lagen viele Raritäten auf dem Boden, in den Regalen und auf dem Tisch. Er hatte sein Mobiliar wieder aufgestockt, nachdem ihn seine Freundin mitsamt seinen Möbeln verlassen hatte. Weit hinten, links neben einer breiten Fensterfront, lag das Bad, durch das man auch das kleine Nebengelass erreichen konnte, das er als Schlafraum benutzte. Wer den Loft zum ersten Mal betrat, richtete seinen Blick fast zwangsläufig auf einen auffälligen alten schwarzen Stutzflügel. Klavierspielen konnte Goldsteen eigentlich nicht, aber für die vielen eigenen Kompositionen, die er mit seiner Band einspielte, brauchte er diesen Flügel. Gegenüber der Fensterfront standen ein schwarzes ledernes Sofa und passend dazu zwei Sessel. Die Küche auf der rechten Seite des großen Raumes war mobil, eine kleine bewegliche Einheit. Der gesamte Loft war mit Teakholzboden ausgestattet, der in Schiffsplankenmanier verlegt war.

Doch bevor er sich um sein neues Instrument kümmern wollte, ging er unter die Dusche, um die Hitze der Stadt abzuspülen und sich wieder frisch zu fühlen, obwohl dieses Gefühl vermutlich nicht lange anhalten würde. Dann, wie einer Zeremonie folgend, packte er sein Saxophon aus, legte es vorsichtig auf den Tisch und sah es sich genau an. Beulen konnte er nirgendwo entdecken, auch waren die Polster neu, wie es Roberto gesagt hatte, und es hatte die alte Patina, abgenutzt bis zum Originalmetall, das für den Ton so entscheidend war. Mit Bedacht setzte er den S-Bogen auf das Instrument, legte sich den Gurt um den Hals, nässte das Blättchen an, schraubte es auf sein Mundstück, schob es auf den S-Bogen, hängte das Saxophon in den Gurt und begann die Finger auf den Klappen zu bewegen. Leicht und ohne Nebengeräusche liefen seine Finger über die Griffe. Dann setzte er das Mundstück an und blies die ersten Töne. Er war begeistert von der Tiefe der Töne, dem Volumen und der Leichtigkeit der Klappen. Das war es, was einen Musiker antörnen musste, dachte er bei sich.

Da er selbst die Klappen an seinem Saxophon eingestellt hatte, stellte er fest, dass an diesem Instrument nicht mehr viel zu korrigieren war. So wandte er sich dem Koffer zu, der sich in einem erbarmungswürdigen Zustand befand.

Goldsteen stand vor dem Esstisch und drehte den Koffer nach allen Seiten, um zu prüfen, wie und wo er selbst Verbesserungen und kleine Reparaturen vornehmen konnte. Die Außenhaut aus Kunststoff war noch leidlich in Ordnung. Innen allerdings war die Polsterung aus schwarzem Samt abgenutzt und aufgerissen. Er versuchte die Blessuren mit einem Kleber wieder zu richten. Fast zärtlich strich er über das dünne Material, bis er im Deckel eine Erhöhung verspürte, schmal und länglich. Irgendetwas musste unter diesem Stoff verborgen sein. Vorsichtig schnitt er mit einem scharfen Messer die Seite am Kofferdeckel auf. Zum Vorschein kam ein vergilbter Umschlag, der wiederum etwas in Wachstuch Eingewickeltes enthielt, als ob der eigentliche Inhalt vor Feuchtigkeit geschützt werden sollte.

Er schlug das Wachstuch auseinander und entdeckte einen gefalteten handgeschriebenen Brief. Mit Hilfe einer Lupe entschlüsselte er mühsam den in Sütterlinschrift geschriebenen Inhalt:

Testament

An meine Söhne Martin und Edwin Salzmann oder jeden, der diese Zeilen liest und in den Händen hält. Dies ist mein Testament, geschrieben im Jahre 1942, versteckt in meinem Saxophonkoffer, bestimmt für den, der es findet für den Fall, dass meine Söhne im Krieg in Europa bzw. Deutschland während der Verfolgung umgekommen sein sollten.

Goldsteen war elektrisiert. Er las weiter und erfuhr eine Geschichte um eine Eisenbahnfahrt auf der Flucht von Berlin nach Westen und den Fliegerangriff, der den Zug zerstörte. Salzmann war einer der wenigen Überlebenden, seine beiden Kinder konnte er nicht mehr finden. Man musste wohl annehmen, dass sie bei dem Angriff im Zug ums Leben gekommen waren.

Was war weiter passiert? Wer war dieser Salzmann? War er

auch Musiker? Und wurden die Kinder vielleicht doch gerettet? Goldsteen nahm sich vor, all dies aufzuklären, soweit er das konnte.

Er erinnerte sich an seinen eigenen Vater. Der hatte nie über seine Zeit als Soldat in Europa gesprochen, wo er im Zweiten Weltkrieg für die Amerikaner gekämpft hatte. Später wurde er Regieassistent an der Metropolitan Opera in New York und arbeitete mehr als zwölf Stunden am Tag. Goldsteen hatte nicht viel von seinem Vater und wuchs mehr oder weniger auf sich allein gestellt auf. Seine Mutter hatte die Familie bald verlassen. Da war er sieben Jahre alt.

Sein musikalisches Talent aber hatte er gewiss von seinem Vater geerbt. Schon mit zwölf Jahren kaufte er sich eine Klarinette, die er nicht viel später gegen ein Saxophon eintauschte. Dann übte er täglich viele Stunden. Sein Vater, obwohl er ihn nicht oft sah, hatte ihn doch recht ordentlich erzogen. Ehrgeiz und Ehrlichkeit hatte er aufgenommen, doch ansonsten war er ein Sonnyboy, der das Leben nahm, wie es kam, der seine Kreativität nicht nur in der Musik einsetzte, sondern auch im täglichen Leben. Und mit viel Fantasie hatte er bis heute manchmal gut und manchmal schlecht überleben können. Er war ein Autodidakt auf dem Instrument. Mit fünfzehn schon gründete er seine eigene kleine Dixieland-Band. Mit den Auftritten, die bald folgten, konnte er seinen Lebensunterhalt verdienen, so dass er bald sein Elternhaus verließ und sich auf eigene Füße stellen konnte.

Nicht viel später starb sein Vater bei einem Schiffsunglück auf dem Hudson River. So begann Goldsteen eine Musikerkarriere als Profi. Oft wurde er zu Plattenaufnahmen anderer Orchester geholt und spielte mit seinem Quintett zahlreiche Eigenkompositionen ein.

Goldsteen holte sich eine Flasche Bier, setzte sich wieder an den Tisch und las weiter in dem Testament:

Ich hinterlasse meinen Söhnen Martin und Edwin Salzmann mein ganzes Vermögen, bestehend aus zehn Kilogramm Gold in Form von Barren, deponiert in der Union Bank of Switzerland, Zürich, Schweiz, Depot und Zertifikatsnummer: 199-11 Sn. Die Belege, ausgestellt auf meinen Namen, befinden sich ebenfalls in der Bank.

Ich bin mit einem Schiff von Marseille nach New York gekommen und habe als Jazzmusiker gearbeitet. Wenn sich meine Söhne, die zur Zeit des Angriffs 9 und 11 Jahre alt waren, nicht auffinden lassen, gehört mein Erbe dem Finder dieses Briefes.

Gez.: Josef Salzmann, im Vollbesitz meiner geistigen Kräfte.

New York, 12. Dezember 1942

Darunter standen noch zwei unleserliche, verwischte Namen, möglicherweise Zeugen des Testaments.

Goldsteen legte den Brief auf den Tisch und dachte nach. War er jetzt ein reicher Mann?

Doch zunächst wollte er nachprüfen, was mit Salzmann und seinen Kindern geschehen war. Über die Ereignisse in Deutschland würde er wohl kaum noch irgendwelche Information erhalten können. Aber über den Verbleib von Salzmann, der ja in New York lebte oder gelebt hatte, wollte er sich informieren.

Wenn er seine Situation recht bedachte, war die Herausforderung des Testaments genau im richtigen Moment zu ihm gekommen. So wie er finanziell momentan ausgestattet war, nämlich gar nicht, käme ihm Salzmanns Gold gerade recht. Dass er dafür nach Zürich fliegen musste, erschwerte die ganze Angelegenheit. Aber er würde mit seinem Bankberater sprechen, und zwar nicht nur über die Aussicht, in den nächsten Wochen wieder gutes Geld zu verdienen, sondern auch über die Chancen durch das Testament. Das sollte den Mann wohl überzeugen. Je mehr Goldsteen grübelte, desto wahrscheinlicher erschien es ihm, dass Salzmann eher tot als verschollen war. Die Meldestellen in New York würden ihm darüber Auskunft geben können. Und wenn er erst einmal die Bestätigung in den Händen hielt, war der Inhalt des Schweizer Depots sein Eigentum. Dass er über den Verbleib der Kinder nach fast dreißig Jahren noch irgendwo in Deutschland eine Auskunft erhalten würde, war wenig realistisch. Erneut ging er durch seinen Loft zum Kühlschrank und nahm sich ein neues eisgekühltes Bier.

Dann ergriff er sein neues Instrument und übte seinen Ansatz und die Beweglichkeit seiner Finger. Schließlich hatte er über die letzten Monate nicht mehr gespielt. Für das übernächste Wochenende war der Start seiner fast täglichen Auftritte im Club geplant. Dafür wollte er fit sein, und bis dahin wollte er auch seine alte Mannschaft an Musikern zusammentrommeln. Er schmunzelte vor sich hin, wie schnell es doch gehen konnte, dass sich das Blatt von seiner dunklen Seite wendete und ihm wieder positive Aussichten versprach. Fast empfand er so etwas wie Glück, wenn nicht die Einsamkeit seit dem Weggang seiner Freundin gewesen wäre. Den Tag heute und die finanziell so viel versprechenden Zeiten, die jetzt wohl vor ihm lagen, wollte er gern mit einem Mädchen teilen. Jemanden, den er lieben würde, von dem er sich wiedergeliebt fühlen könnte. Jemanden, den er verwöhnen könnte. Denn, das bestätigten seine Musikerkollegen und die Freundinnen, die er in der Vergangenheit gehabt hatte, großzügig war er immer. Wenn er Geld hatte, half er gern aus und machte den Mädchen, mit denen er zusammen war, immer wieder Geschenke.

Die Durststrecke war vorbei. Er hatte wieder ein gutes Saxophon und einen lukrativen Job. Die Wintersaison konnte beginnen. Er fing wieder an zu üben, ging die Arpeggien der gängigen Bluesharmonien durch, spürte die exakte und leichte Beweglichkeit seiner Finger nach der langen Pause zurückkehren.

Seine Vorbilder waren Stan Getz und Charlie Parker, doch inzwischen hatte er seinen eigenen Stil gefunden, hatte er doch einige Male mit Stan Getz nächtelang in einigen Clubs gejammt. Goldsteen war bekannt dafür, dass er mit dem Saxophon seine Stimmungen ausdrücken konnte. Mal klang eine tiefe Traurigkeit durch, mal spielte er aggressiv. Doch immer liebte das Publikum seinen Ton, an dem er so lange gearbeitet hatte. Seine Technik und sein Sound brachten ihm nur gute Kritiken, und für die angelaufene Wintersaison war er wieder für den Jazz Poll nominiert, einen Preis, der sich nicht nur an den aktuellen Musikentwicklungen ausrichtete, sondern vor allem nach dem Absatz seiner Schallplatten und der Hörerwünsche in den Rundfunksendungen.

Nach zwei Stunden ununterbrochenem Training brannten seine Lippen. Sie waren eben noch genauso ungeübt wie seine Hände. Das, so wusste er, würde sich aber in wenigen Tagen, wenn er konzentriert Ansatzübungen machte, schnell ändern.

Goldsteen reinigte das Instrument und legte es in den Koffer. Dann ging er quer durch den Raum, wo sein Sofa stand, und nahm das Telefon zur Hand. Er rief seinen Freund bei der Radio City Hall an und berichtete von seinem neuen Engagement.

Dann duschte er erneut, zog ein frisches Hemd an und seine verblichenen Jeans. Heute wollte er ausgehen, am Broadway irgendwo etwas essen und dann in den Club, in dem er mit seinem Quintett demnächst wieder auftreten würde. Das Publikum liebte ihn und seine Band. Jeden Abend zu ihren Auftritten war es brechend voll. Gute Aussichten also auf ein anständiges Honorar.

Am nächsten Tag, einem Mittwoch, ging er zur Redaktion der Herald Tribune, um eine Suchanzeige nach Josef Salzmann aufzugeben. Anschließend besuchte er das Meldeamt, wo er sowohl die Listen der Einwanderer über Ellis Island als auch die Meldedaten von Manhattan durchging. Dort fand er die Bestätigung, dass Salzmann im Dezember 1943 verstorben war. Von seinen Kindern waren in diesen Behörden keinerlei Eintragungen verzeichnet.

Innerlich machte Goldsteen einen Freudensprung. Nun gehörte das Gold ihm. Er verlor keine Zeit, eilte zu seiner Bank und sprach mit dem Bankberater, der ihm nach Vorlage des Testaments und des Totenscheins, den er von der Meldestelle erhalten hatte, einen Kredit einräumte. So konnte er sich die Reise nach Zürich leisten.

Von der City Hall im Süden Manhattans schlenderte er zu Fuß zurück nach Brooklyn, wo seine Wohnung lag. Es war Zeit, wieder auf seinem Saxophon zu üben, damit der Start seiner Konzerte am kommenden Wochenende so erfolgreich verlief wie alle anderen Auftritte in der Vergangenheit.

Nach einiger Zeit konzentrierten Übens legte er eine Pause ein, setzte sich aufs Sofa, nahm einen Taschenrechner und errechnete den Wert des Goldes in Dollar. Beim derzeitigen Kurs von 42 Dollar die Unze kam er auf etwa 13 500 Dollar für die zehn Kilo Gold, die für ihn griffbereit in Zürich lagerten. Er konnte sich nicht entsinnen, jemals so viel Geld besessen zu haben.

Die nächsten Tage verbrachte er mit langen Spaziergängen im Central Park, um seine Lungen durchzupusten. Für die langen Stunden der Auftritte brauchte er viel Kraft. Außerdem benötigte er Zeit, um mit seinen Mitmusikern die Musikstücke durchzusprechen. Sein Herz war erfüllt mit Glück. Er sah seine Zukunft endlich einmal etwas länger gesichert und nicht immer nur für die saisonalen Phasen, in denen er mit seiner Musik Geld verdienen konnte. Die Einnahmen durch die Schallplatten waren nicht sehr lukrativ. Manchmal hatte er das Gefühl, von den Produzenten und der Plattenindustrie übervorteilt zu werden.

Am Samstag, dem ersten Abend, an dem sie wieder auftreten sollten, machte er sich zu Fuß auf den Weg in den Club. Seinen Saxophonkoffer hatte er mit dem Trageriemen über der Schulter befestigt. An der einen und anderen Ecke sah er Plakate an den Hauswänden kleben, die seinen Auftritt für diesen Abend in Minton's Playhouse bekanntgaben.

Als er in die 49. Straße einbog, sah er vor dem Eingang zum Club eine große Menschenmenge. Kurz entschlossen kehrte er um, ging über die nächste Querstraße zur Rückseite des Clubs und betrat ihn durch den Hintereingang.

Zigarettenqualm schlug ihm entgegen. Der Club war bereits gerammelt voll, und trotzdem stand eine Schlange vor der Tür. Goldsteen lief über die Bühne in die Musikergarderobe, wo er seine Musikerkollegen begrüßte. Dann gingen sie auf die Bühne, um ihre Instrumente einzustimmen. Goldsteen nahm sein Saxophon aus dem Koffer und setzte es zusammen. Dann folgte er seinen Bandmitgliedern, die schon begeistert mit Applaus empfangen wurden.

Inzwischen war es 20 Uhr. Goldsteen hatte sein Saxophon eingestimmt, der Schlagzeuger aber war immer noch mit dem Aufbau der Drums beschäftigt. Also stieg Goldsteen von der Bühne und ging an die Bar.

»Lange her«, grinste der Barkeeper und reichte ihm die Hand. »Ein Bier, wie immer? Auf Kosten des Hauses natürlich, auch wie immer.« Goldsteen nickte, und wenige Sekunden später stand ein eisgekühltes Bier vor ihm auf der Theke. Er trank einen Schluck, drehte sich um und beobachtete das Publikum. Das Haus war mehr als voll, viele der Gäste mussten stehen, waren aber wohl ganz gut gelaunt. Viele hatten auch schon ihre Drinks in der Hand.

Goldsteen trank sein Bier aus und rief seine Mannschaft zusammen. Alle fünf gingen auf die Bühne. Scheinwerfer beleuchteten die einzelnen Positionen des Quintetts. Der Dunstkreis um die Bühne, erzeugt vom Zigarettenqualm der Raucher, irritierte Goldsteen, auch das grelle Licht der Lampen störte ihn. Daran musste er sich für die nächsten Wochen wieder gewöhnen. Und er hoffte, dass die Klimaanlage die stickige Luft in den Griff bekommen würde.

»Bei dem Publikum kann das wieder ein Superabend werden«, bemerkte der Pianist, der noch einmal zum Einstimmen den Ton A anschlug.

Goldsteen verteilte die Liste der Stücke, die sie an diesem Abend spielen wollten.

Der Pianist begann eine Einleitung, begleitet von Bass und Drums, und leitete dann über zum Thema für das Saxophon. Schon bei Goldsteens ersten Tönen, unterstützt durch die Harmonien des Gitarristen, applaudierten die Gäste. Sie erkannten den Song, den er auf seiner vor einem Jahr veröffentlichten Schallplatte eingespielt hatte.

Goldsteen überließ bei Liveauftritten normalerweise nichts dem Zufall. Seine Arrangements verliehen auch bereits bekannten Jazzstücken eine besondere Note. Er war bekannt für seine kreativen Interpretationen, und seine Mitspieler improvisierten gekonnt in ihren Soli. So wurde ein Stück nie zweimal gleich gespielt, je nach Empfinden und Stimmung der Musiker. Der Funke zum Publikum sprang mühelos über. Es würde ein erfolgreicher Abend werden.

Nach dem ersten Set von fünf Stücken machten die Musiker eine Pause. Goldsteen ging an die Bar, wo für ihn immer ein Platz an der Theke reserviert wurde. Doch dieses Mal war sein Platz besetzt. Ein Mädchen saß dort, und Goldsteen sah beim Näherkommen, wie sie ihre langen dunkelbraunen Haare mit einem Ruck des Kopfes aus der Stirn fliegen ließ. Was ihn faszinierte, war ihr langer schmaler Rücken. Sie trug einen dünnen Pullover mit tiefem Rückenausschnitt. Einen Moment blieb Goldsteen mitten im Publikum stehen und beobachtete das Mädchen, das sich intensiv mit dem Barkeeper unterhielt. Dabei lehnte sie sich halb vom Barhocker aufgerichtet über die Theke, um den Barkeeper besser verstehen zu können. Goldsteen kam näher und setzte sich neben das Mädchen. Das Gespräch brach ab, und sie ließ sich auf den Hocker zurücksinken. Der Barmann stellte ein frisches Bier vor ihn hin. Goldsteen nahm einen Schluck und bemerkte mit einem Seitenblick, dass das Mädchen sich zu ihm gedreht hatte. Sie war bildschön, etwas zerzaust und wild. Er mochte das. Sein Blick wanderte langsam und möglichst unauffällig an ihr herunter. Sie trug einen Minirock und hatte lange, schlanke braun gebrannte Beine. Zweifellos besaß sie eine erotische Ausstrahlung.

»Ich habe mich bei dem Barkeeper nach dir erkundigt. Du musst wissen, dass ich alle Schallplatten von dir habe. Mein Vater ist auch begeisterter Hörer deiner Musik. Ich freue mich, dich kennen zu lernen.« Sie reichte ihm die Hand, und er erkannte ihre Schönheit. Eine kleine gerade Stupsnase, gerahmt von glatten, leicht gewölbten Wangen, ein kleiner Schmollmund. Sie war nicht geschminkt. Doch besonders überraschten ihn ihre tiefblauen Augen. Sie schienen ihn geradezu zu durchleuchten. Ansonsten konnte man bei dem schummrigen Licht gegenwärtig keine Gefühle und Reaktionen von ihr erkennen.

»Ja, ich freue mich, so ein hübsches Mädchen hier zu treffen. Möchtest du etwas trinken?« Er winkte den Barmann heran. »Bitte gib doch :..«, Goldsteen zögerte, »wie heißt du?«

»Ich bin Minky Warrington.« Sie drehte sich jetzt vollends zu ihm, stand auf und streifte mit ihrer Hüfte seine Beine. »Ich hätte gern eine Whisky-Cola.«

Der Barkeeper verschwand, und wenige Sekunden später stand das Glas vor ihr.

»Danke. Du musst mir unbedingt mehr von dir erzählen. Ich arbeite beim Jazz Poll, schreibe über Musiker und bin auch

Fotografin. Über dich könnte ich ein Feature schreiben. Du bist ja ohnehin für den Preis nominiert.«

»Gern, aber nicht jetzt. Lass uns doch nach dem Konzert noch irgendwo etwas trinken, dann beantworte ich dir gern alle Fragen. Passt dir das?«

Minky überlegte kurz.

»Klar, ich freue mich.« Sie beugte sich zu ihm und kam ihm mit ihrem Kopf sehr nahe. Er war versucht, das auszunutzen, hielt sich aber zurück.

»Okay, also dann bis zur nächsten Pause. Wartest du auf mich?«

»Na klar. Du interessierst mich, und«, sie zögerte einen Augenblick, »bist du eigentlich in festen Händen?«

Auch er war versucht, sie nach ihrem Privatleben zu fragen, zögerte aber noch.

»Nein, nicht mehr. Ich erzähl dir vielleicht später davon, aber nur, wenn du das nicht veröffentlichst.« Goldsteen strich ihr über den Arm. Er musste einen kurzen körperlichen Kontakt zu ihr haben. Dann ging er wieder zur Bühne, wo seine Musiker schon auf ihn warteten.

»Ist mal wieder was am Laufen?« Der Pianist grinste ihn an, schaute aber sofort auf seine Tasten, als er Goldsteens ernsten Blick sah.

»Lass uns anfangen.« Er griff zu seinem Saxophon.

»Später mehr, je nachdem, was sich da entwickelt. Zumindest kann sie uns beim Jazz-Poll-Preis helfen. Also los, gib den Rhythmus vor.«

Für das zweite Set ernteten sie ähnlich begeisterten Applaus. Zu Beginn der nächsten Pause entdeckte Goldsteen allerdings zu seinem Ärger, dass der Gitarrist sich heimlich auf der Toilette spritzte.

»Wenn du das Problem nicht bald in den Griff kriegst, fliegst du raus«, fuhr Goldsteen ihn an. Im Stillen wusste er aber, dass der Gitarrist für seine Combo fast unersetzlich war. Was der Mann an Groove und Swing draufhatte, machte ihm so leicht keiner nach.

Goldsteen beruhigte sich und ging wieder an die Bar, wo er hoffte, Minky wiederzusehen. Sie hatte offensichtlich auf ihn gewartet, sah ihn an, als er sich näherte, setzte sich zurecht, zupfte an ihrem Minirock und überprüfte den Sitz ihrer Bluse. Aber Goldsteen hatte den Eindruck, dass dies alles auch ein wenig aus Berechnung geschah. Oder täuschte er sich?

»Wie komme ich zu der Ehre, von so einem tollen Musiker eingeladen zu werden?« Sie nahm seine Hand und drückte sie, als ob sie sich so bei ihm bedanken wollte.

Goldsteen betrachtete sie nun genauer. Er wollte ihre Nähe entdecken, Gefühle, die ihm galten. Er schluckte. Wieder war er von ihrer Schönheit und Präsenz überrascht. Wie oft hatte er erlebt, dass ihn Mädchen abschleppten. Zunächst war er auch angetan gewesen, doch meist endete die Nacht so, dass er schon vor Sonnenaufgang die Wohnungen dieser Mädchen verließ. In seine eigene Wohnung hatte er, auch wegen der geplatzten Verbindung, schon lange niemanden mehr eingeladen.

Doch diesmal schien es ihm anders. Er hatte sich allein in ihr Erscheinungsbild verliebt, es gab nichts, was er an ihr auszusetzen hatte. Auch ihre Art, leicht fordernd, selbstbewusst, klar und direkt, stimmte überein mit seinen Vorstellungen von einer Frau, mit der er eine Partnerschaft eingehen würde.

»Willst du noch einen Drink, oder wartest du, bis ich hier fertig bin, damit wir noch zusammen irgendwo etwas trinken?« Goldsteen hoffte auf Letzteres.

»Weißt du, ich überlege gerade, ob wir nicht zu dir fahren können, auf Kaffee und Gespräche. Ich wohne weit draußen in Connecticut und würde gern in Manhattan übernachten. Ich will dir natürlich nicht zu nahe treten. Wenn es dir nicht recht ist, dass ich bei dir bleibe, kannst du mich ja nach dem Kaffee in ein Hotel bringen.«

Goldsteen stellte sich vor, wie er den Abend und die Nacht mit ihr verbringen würde. In einem Anfall von Mut, ausgelöst durch den Bierkonsum und die Euphorie wegen der Musik, erwiderte er: »Wir fahren zu mir. Dort kannst du mich in meiner Umgebung am besten kennen lernen, und ich dich auch. Schlafen kannst du auch bei mir, ich habe genug Platz, und es passiert nichts, was du nicht willst.«

Sie zögerte, doch spürte er, dass sie längst eingewilligt hatte. Dass sie sich kurz zierte, fand er romantisch. Jetzt, da er ihr in die Augen sehen konnte, erkannte er, dass eine gewisse Spannung zwischen ihnen lag. Es würde wohl kaum bei einem Kaffee und einer harmlosen Übernachtung auf seinem Sofa bleiben.

»Dann lass uns fahren. Aber wenn es zu mehr kommen sollte, sei lieb und zärtlich!«

Diese Bitte überraschte ihn. »Hast du so schlechte Erfahrungen gemacht?«

Sie nahm ihn bei der Hand. In seiner Rechten trug er sein Saxophon. Beide verließen den Club, und er folgte ihr um zwei Blocks, wo sie ihren Wagen stehen hatte, einen Porsche 356. Das war ja ein richtiges Traumauto! Goldsteen machte große Augen.

»Ist der Verdienst beim Jazz Poll so gut?«

»Nein, das ist ein Geschenk von meinem Vater. Ihm gehört das Kaufhaus in der Fifth Avenue neben Goodman's, und wir wohnen außerhalb Manhattans. Ich wohne übrigens immer noch bei meinen Eltern. Beantwortet das deine Frage nach einer Beziehung? Ich habe keine. Ich bin sehr anspruchsvoll, doch bei dir bin ich mir nach den wenigen Stunden, die wir uns kennen, nicht mehr so sicher. Ich bin ehrlich, ich habe mich in dich verliebt und hoffe, dass die Gefühle, die über deine Musik rüberkommen, auch deinem Charakter entsprechen.«

»Ich glaube schon. Ich bin auch begeistert von dir. Lass uns morgen wieder davon sprechen. Du kannst gern bei mir bleiben.«

Sie stiegen ein, sie schloss das Verdeck und fuhr los. Noch während der Fahrt drehte er sich zu ihr und betrachtet sie. Als sie es bemerkte, erwiderte sie: »Gut, ich gebe dir die Details. Ich bin 1,75 Meter groß, wiege 50 Kilo, meine Körbchengröße ist sehr klein, ich bin nicht rasiert und habe schlanke lange Beine.«

Er griff ihr an den Arm,

»Das wollte ich doch gar nicht wissen. Ich habe dich einfach nur bewundert und mich natürlich gefragt, wieso du gerade mich magst.« Er berührte mit der Hand ihren nackten Schenkel. Sie wehrte ihn nicht ab, auch dann nicht, als er seine Hand langsam nach oben gleiten ließ.

»Du kannst mich ruhig anfassen. Ich will die Nacht mit dir verbringen. Vielleicht bin ich morgen enttäuscht, aber immerhin habe ich die Nacht mit einem tollen Saxophonisten verbracht. Das würde vielleicht auch mein Vater verstehen.«

»So weit wird es nicht kommen. Ich will zwar heute Nacht auch gern mit dir zusammen sein, aber ich glaube nicht, dass das morgen dann alles war. Wie wär's, wollen wir nicht versuchen, etwas Gemeinsames daraus werden zu lassen?«

Sie steuerte ihren Porsche jetzt in südlicher Richtung, seinen Anweisungen folgend, bis sie das Haus, in dem er sein Loft bewohnte, erreicht hatten. Eng umschlungen fuhren sie mit dem großen Fahrstuhl nach oben, direkt in seinen großen Loft. Sie stand neben ihm, zurückhaltend, nahm die Eindrücke seiner Wohnung auf, genoss.

»Habe ich neben dem Interview auch privat eine Chance?«

Goldsteen ließ diese Frage im Raum stehen und ging zu seiner Bar. Wie er heute Nacht erfahren hatte, trank sie gern Whisky-Cola. Er mischte eine und reichte ihr das Glas.

»Nein, heute nicht mehr. Ich trinke nicht viel, vor allem, wenn ich nicht weiß, was noch auf mich zukommt.«

Trotzdem nahm sie das Glas und sah sich um, während Goldsteen sein Saxophon auspackte, erneut reinigte und dann in den kleinen Ständer stellte.

»Du hast es toll hier.« Minky setzte sich auf das alte, schwarzlederne Sofa, zog ihre Schuhe aus, legte ihre Füße auf die Armlehne und genoss nun doch einen Schluck aus ihrem Glas.

»Und was machen wir jetzt?«

Ihre Frage war spontan und frech. Er wusste genau, was sie meinte, und doch konnte er sie nicht mit all den anderen Mädchen vergleichen, die mit ihm die Nacht nach einem Konzert verbracht hatten.

»Komm her zu mir«, sagte sie ganz sanft und zärtlich. Er konnte nicht anders, er folgte dieser Aufforderung, und als er vor ihr stand, ergriff sie seinen Gürtel und öffnete ihn langsam. Dabei sah sie ihm in die Augen. Sie war verliebt, kein Zweifel. Ihre Augen strahlten und gaben ihm trotz der unergründlichen Tiefe eine Intimität, die er lange nicht gekannt hatte. Die abendliche Zuneigung verwandelte sich in körperliche Liebe, die beide bis zur Erschöpfung auskosteten.

Die Nacht wurde kurz, zumindest was den Schlaf betraf. Sie folgte einem großen Nachholbedürfnis, er hatte sich schon im ersten Moment zu ihr hingezogen gefühlt, wollte sie haben. Und beide wussten, dass dies kein One-Night-Stand sein würde.

Am nächsten Morgen wanderte sie in seinem Loft herum, betrachtete und bestaunte seine Einrichtung, die sie zwar zum Teil recht seltsam fand, aber doch lobte. Goldsteen lag noch im Bett und bewunderte ihre Nacktheit. Besonders ihr kleiner Busen begeisterte ihn und ihr kleiner runder Po. Die Reize ihres Rückens hatten sich ihm ja schon am Abend in der Bar offenbart. Ihre sanfte weiche, leicht gebräunte Haut fand er besonders erotisch.

Sie ließ sich durch Worte nicht wieder einfangen, in sein Bett zu kommen, sondern begutachtete weiter sein Mobiliar. Das geplante Interview hatte bisher immer noch nicht stattgefunden. Doch beim Frühstück fing sie an, professionell ihre Fragen zu stellen.

Er versicherte ihr, dass er diesmal keine Fluchtgedanken haben würde, wie so oft. Vielmehr glaube er, mit ihr für eine lange Zeit glücklich zu sein. Doch seine Musik würde immer Priorität haben, das müsse sie verstehen.

Sie ging ins Bad und schloss die Tür. Als sie nach wenigen Minuten wieder herauskam, immer noch nackt, fragte er: »Wie machst du das, bei deinem Job, so toll auszusehen?«

»Ich wohne ja immer noch zu Hause bei meinen Eltern, die verwöhnen mich. Darf ich sie mal kurz anrufen, bevor sie sich Gedanken machen? Ich bin eigentlich selten über Nacht weg.«

Goldsteen zeigte ihr das Telefon und ging dann selbst ins Bad. Er wusste nicht, wie ihm geschah. Sie war so zärtlich und doch nicht fordernd, sie wusste, was sie wollte, und das gefiel ihm.

Sie telefonierte mit ihrer Mutter und erzählte von Goldsteen.

»Meine Mutter hat dich eingeladen. Meine Eltern freuen sich auf dich. Kommst du mit mir?« Sie hatte die Badezimmertür geöffnet und stand im Türrahmen.

Goldsteen dachte einen Moment nach, ob dies wieder so ein Fangeisen werden würde, wie so oft. Doch diesmal wollte er selbst mehr.

»Gut, lass uns hinfahren. Aber ich muss morgen Abend wieder in den Club. Wir können ja das Wochenende bei deinen Eltern verbringen. Und dann wollte ich ohnehin etwas mit dir besprechen.«

Seine Gedanken waren wieder bei den Goldbarren und in Zürich. Vielleicht könnte er Minky mitnehmen.

»Die Zeit mit dir bisher hat mir sehr gut gefallen. Du bist sexy, du siehst nicht nur fantastisch aus, du bist auch liebevoll, zärtlich und überhaupt ein tolles Mädchen.« Goldsteen ging zu ihr und strich mit seiner Hand an ihrem Schenkel hoch. Sie blieb stehen und genoss diese neue Intimität. In der Nacht hatte sie eigentlich reichlich Zärtlichkeit erfahren, aber mit seiner Nähe und seiner Hand entfachte er erneut ihre Begierde.

Doch diesmal, obwohl es ihr schwerfiel, machte sie einige Schritte zurück, weg von ihm und seinen Händen.

»Wir wohnen in New Rochelle. Mit dem Auto brauchen wir etwa eine Stunde. Wenn du willst, können wir gleich losfahren. Mein Vater freut sich sicher, dich kennen zu lernen. Er ist ein Jazzfan und hört gern deine Platten.«

Goldsteen zog sich an, entschloss sich aber nur zu Jeans und einem dünnen Pullover. Schließlich wollte er sich nicht präsentieren, sondern nur vorstellen.

Sie kletterten in den Porsche. Goldsteen hatte nur einen kleinen Wochenendkoffer bei sich. Er fühlte sich wohl in Minkys Nähe, hatte aber doch das Programm seines Auftritts am nächsten Abend im Kopf.

»Bringst du mich morgen Abend wieder in den Club? Du kannst gern mit mir kommen, wir haben nur an den Wochenenden frei.«

Goldsteen legte seine Hand zwischen ihre Schenkel. Und sie ließ es zu. Sie trug immer noch ihren Minirock.

»Ich bleibe bei dir, und jetzt fahren wir zu meinen Eltern.«

Goldsteen nickte. Es gab im Moment nichts, was ihn von Minky trennen konnte.

Kurz bevor sie Manhattan verließen, hielten sie an einem Coffeeshop und frühstückten. Dann fuhren sie weiter, über den Broadway nach Norden. Während der Fahrt dachte er wieder an das Testament. Er nahm sich vor, ihr davon zu erzählen, und vielleicht würde sie ja mit ihm nach Zürich fliegen.

Er drehte sich zu ihr, ihr Gesicht war durch die fliegenden Haare kaum zu sehen. Plötzlich entschloss er sich, ihr auf der Stelle von dem Gold in Zürich zu erzählen.

»Das klingt ja toll, richtig abenteuerlich! Würdest du mich nach Zürich mitnehmen?«

Goldsteen lächelte vor sich hin. So brauchte er sie nicht zu fragen.

»Ich habe auch schon daran gedacht. Wenn du die Zeit hast, dann komm einfach mit. Ich würde mich freuen.«

Er beugte sich zu ihr, schob mit einer Hand die wehenden Haare aus ihrem Gesicht und küsste sie auf die Wange. Dann legte er seine Hand wieder auf ihren Schenkel.

Nachdem sie den Sherman Square überquert hatten, erreichten sie den Highway und fuhren dann weiter nach Nordosten, über den Manhattan River auf die Washington Bridge. Langsam verschwand der städtische Charakter, sie kamen zur Country Side, einer Gegend, in der einzelne alte Villen und Häuser mit Holzschindeln, weiß gestrichen, zu sehen waren. Links und rechts der Straße säumten großzügige Grünflächen ihren Fahrtweg.

Nach einer weiteren halben Stunde – sie hatten die Bronx schon eine ganze Weile hinter sich gelassen – gerieten sie in eine einsame ländliche Gegend. Minky bog nach links ab, Richtung New Rochelle.

»Da wohnen wir.« Minky lenkte ihren Porsche in einen schmalen Weg, fuhr bis zum Ende und hielt in einer mit kleinen grauen Kieselsteinen bedeckten Einfahrt vor einer alten viktorianischen Villa. Rundherum gab es einen alten Baumbestand, die Bürgersteige an der Zufahrt waren nicht gefegt. Gegenüber, auf der anderen Seite des Grundstücks, konnte man einen Blick auf den Atlantik werfen. Goldsteen roch die Seeluft.

Das Haus wirkte geradezu herrschaftlich. Es hatte eine Grundfeste aus geweißtem Backstein und Wände aus weiß lackiertem Holz. Der Bau war großzügig und symmetrisch angelegt. Goldsteen bewunderte die Einfachheit, aber auch das Robuste und die Gediegenheit. Er war gespannt auf Minkys Eltern. Schlichtheit und Eleganz der Behausung ließen ihn vermuten, dass auch die Besitzer eine gewisse stille, zurückhaltende Vornehmheit an den Tag legen würden.

Minky öffnete den winzigen Kofferraum ihres Porsche, der sich vorn befand, und entnahm ihm eine Reisetasche und einen Fotokoffer.

»Komm schon«, winkte sie Goldsteen auffordernd, »meine Eltern beißen nicht. Du wirst sehen, sie sind sehr nett, sonst würde ich nicht immer noch hier wohnen.«

»Hast du oft deine Freunde mitgebracht, die dann alle so nett empfangen worden sind?« Goldsteen war eifersüchtig. Hatte er Grund dafür?

»Spinnst du? Vielleicht waren es zwei, aber schon seit einer Ewigkeit niemand mehr.« Sie reichte ihm ihre Hand, zog ihn zu sich. Er folgte ihr langsam zur Eingangstür, die sich auch gleich öffnete.

»Kommt rein.« Die Mutter reichte ihm ihre Hand, umarmte dann Minky.

»Ich dachte schon, du kommst gar nicht mehr her. Aber jetzt kann ich das verstehen. Ich freue mich, so einen bekannten und, wie ich dich einschätze, netten Musiker kennen zu lernen. Ich habe von Musik wenig Ahnung. Ich höre sie gern, aber mein Mann ist geradezu begeistert davon. Wenn er abends nach Hause kommt, braucht er oft deine Musik, um Abstand von seinem Job zu bekommen.«

Sie freute sich wirklich. Goldsteen empfand eine vertrauliche und freundschaftliche Atmosphäre.

»Das Du ist dir doch recht?«

Die Mutter legte einen Arm auf seine Schulter und führte ihn in den großen Vorraum, von dem es geradeaus in einen Wohnraum ging, der die gesamte Breite des Hauses einnahm.

»Ja, sicher. Ich danke für die Einladung und die herzliche Aufnahme.«

Auf der linken Seite vermutete Goldsteen den Küchentrakt, auf der rechten den Bereich für Gästezimmer, Bad und Sanitärräume. Vor sich sah er eine hölzerne Treppe, die in die obere Etage führte. Die Mutter, ihn immer noch am Arm führend, geleitete ihn in den Wohnraum.

Durch die großzügigen Fensterscheiben hatte man einen ausgezeichneten Ausblick auf das Grundstück, leicht hügelig, direkt bis zu den Gestaden des Atlantiks. Er erkannte ein kleines Bootshaus, daneben den Mast eines Segelboots, das leicht in der Dünung des Meeres vor sich hin dümpelte. Einige Sekunden fühlte er sich unbehaglich. Wo war er hier hineingeraten? War das seine Welt? Aber er hatte so ein starkes Gefühl für dieses Mädchen, dass er mit ihr sein wollte, solange es eben ging. Er war verwirrt. Misstrauisch und doch verliebt, ging das überhaupt gleichzeitig? Verrückt. Aber das war er schon immer. Wenn ihn etwas berührte, dann hundertprozentig, und so hatte er viele Pleiten erlebt, aber auch phantastische Momente, gerade durch seine Musik. Privat war er eher chaotisch und eigenwillig. Nicht beziehungsfähig, hatte seine letzte Freundin ihn abqualifiziert. Ob Minky das ähnlich sah? Er wollte sein Leben selbst steuern, ohne von irgendjemandem Vorschriften anzunehmen. Wer ihn nicht in seinem Lebensstil akzeptierte, konnte gleich das Weite suchen.

Goldsteen, der inzwischen für einige Minuten allein im großen Wohnraum gesessen hatte, konnte in Ruhe ein wenig nachdenken. Er blickte auf das von der Sonne beschienene Meer. Dann fiel ihm ein, dass er am nächsten Abend wieder zurück in den Club musste.

Er stand auf, näherte sich der Fensterfront und erfreute sich am Anblick der Brandung. Plötzlich wurde er unruhig. Den Auftritt durfte er nicht verpassen. Er verscheuchte den Anflug von Nervosität.

»Meine Mutter hat für uns einen kleinen Imbiss vorbereitet. Kommst du mit in die Küche?« Minky stand plötzlich im Raum, immer noch in Minirock und dünner Bluse.

»Iss was mit meiner Mutter, ich ziehe mich inzwischen um und hole dich dann ab.« Sie verschwand durch den Flur in die obere Etage.

Goldsteen wartete, bis ihn die Mutter aufforderte, mit zu ihr in die Küche zu kommen. Sie unterhielten sich, während er ein Sandwich aß. Sie war nett und offen, doch eine Bemerkung ließ ihn aufhorchen.

»Ich hoffe, dass Minky jetzt endlich ein bisschen Ruhe findet und nicht nächtelang für ihre Karriere unterwegs ist. Sie ist so unruhig, rastlos, vielleicht fehlt ihr irgendwie eine Säule, ein Pfosten, an den sie sich anlehnen kann. So wie ich dich einschätze, könntest du der Jemand sein.«

Goldsteen freute sich über ihre offenen Worte. Dass Minky sehr unruhig und rastlos war, konnte er bestätigen.

»Ich gebe mir Mühe. Wir kennen uns mal gerade 24 Stunden, aber ich denke, dass aus meiner Sicht und aus meinen Gefühlen heraus viel mehr dahintersteht als nur eine kurze Liebe.«

Dann erzählte er ihr von der Reise nach Zürich.

Die Mutter lachte nur, freute sich aber für ihn und stimmte zu, dass ihre Tochter mit ihm reisen könne.

Dann erschien Minky in der Küche. Sie trug einen dunkelblauen Pullover und, wie er, Jeans.

»Setzt euch doch ins Wohnzimmer. Ich bringe Tee.«

Minky zog ihn an der Hand hinter sich her in den Wohnraum. Goldsteen registrierte die imposante Bücherwand, den

Flügel davor und auf der anderen Seite die Essecke. Minky zerrte ihn zur ledernen Sitzgruppe.

Als sie nebeneinander saßen, schmiegte sie sich an ihn.

»Ich freue mich auf die Reise mit dir. Dann können wir uns wirklich richtig kennen lernen.« Dann nahm sie wieder seine Hand, und beide sahen aus dem Fenster auf das Meer. Die Mutter kam herein.

»Dein Vater kommt auch heute Mittag. Er möchte den Musiker Michael kennen lernen. Er schwärmt doch so von deiner Musik!«

»Das freut mich. Im Herbst produziere ich wieder eine Schallplatte. Ich werde euch eine schenken.«

Nicht viel später hörten sie ein Auto in die Einfahrt fahren. Kurz darauf betrat Minkys Vater den Raum.

»Das gefällt mir, dass ich dich treffe! Ich habe oft deine Musik gehört. Minky hat mir deine Platten gebracht.« Er ging auf Goldsteen zu und begrüßte ihn mit Handschlag.

»Meine Tochter hatte bisher nicht viel Glück mit ihren Freunden. Ich hoffe, dass das mit dir anders wird. Komm, ich zeige dir meine Schallplattensammlung. Minky, du kannst deiner Mutter in der Küche helfen.«

Goldsteen folgte dem Vater an die Regalwand, die gut zwei Meter Schallplatten enthielt, in zwei Fächern nach Titeln sortiert.

»Ich würde gern mit Michael in den Garten und ans Meer gehen.« Minky war zurück und ergriff erneut Goldsteens Hand. Gemeinsam gingen sie durch den Garten zum Strand.

»Ich mag deine Eltern. Selten wurde ich so offen und herzlich empfangen. Allerdings hatte ich nur einmal bisher Gelegenheit, die Eltern meiner Freundin zu treffen.«

Minky sah ihn befremdet an.

»Entschuldige, meine Exfreundin. Sie hat mich vor einiger Zeit verlassen. Sie mochte mein unstetes Leben nicht. Mal hatte ich Geld und dann wieder monatelang keines. Das war ihr zu unsicher. Aber sie war nicht so lebendig und sexy wie du.«

»Legst du denn darauf so großen Wert?« Sie setzten sich in den Sand, sie lehnte sich an ihn, sah fragend an ihm hoch.

»Schon«, nickte er, »allerdings ist das nicht das Wichtigste. Es sollte Übereinstimmung sein, und du hast ja durch dein Temperament im Bett vorgegeben, wie erotisch unser Zusammensein ist.« Er drückte sie an sich, sie legte einen Arm um ihn, er spürte eine tiefe Vertrautheit und auch etwas Sehnsucht in ihr, nach Nähe und Geborgenheit.

»Wie machst du das mit deinem Job während der Reise?«, fragte er.

»Ich muss noch einige Überstunden abbauen. Wie lange willst du denn in Zürich bleiben?«

»Ungefähr eine Woche. Ich nehme mein Saxophon mit, vielleicht kann ich dort in irgendeinem Club mit einer Band auftreten. Aber erzähl mir mehr von dir und deiner Arbeit. Was hast du vor in deinem Leben?«

Minky wurde nachdenklich. Sie schwiegen eine ganze Weile.

»Ich werde bei dem Verlag bleiben. Mit den Leuten komme ich gut klar, und ich kann sicher irgendwann den Bereich Musikkommentar leitend übernehmen. Und dann möchte ich schon eine feste Beziehung eingehen. Ehrlich wie ich bin, auch auf die Gefahr hin, dass dir das nicht gefällt: Ich bin schrecklich verliebt in dich. In der kurzen Zeit, die wir zusammen sind, habe ich noch nichts entdeckt, was mir nicht gefiele. Und meine Eltern haben dich wohl auch gleich ins Herz geschlossen. Auf ihr Urteil gebe ich viel. Die haben sich selten geirrt!«

Sie stand auf. »Lass uns zurück ins Haus gehen. Ich möchte noch ein wenig mit meinen Eltern zusammen sein und über unsere Reise sprechen.«

Der Nachmittag war für Goldsteen eine neue Erfahrung. Die

friedvolle Stimmung, die Harmonie überraschten ihn. Sein Wunsch verdichtete sich immer mehr, mit Minky fest zusammen zu sein. Falls die gemeinsame Reise so verlief, wie er sich das vorstellte, wollte er sie fragen, ob sie nicht bei ihm in den Loft einziehen wolle.

Am Sonntag, spät nachmittags, fuhren sie wieder nach Manhattan. Goldsteen bereitete sich gedanklich auf seinen Auftritt im Club vor.

»Es ist dir doch recht, wenn ich mit dir nach Zürich fliege?«, wollte Minky wissen.

»Ich hätte dich ohnehin gebeten. Es gefällt mir, dass du von selbst auf die Idee gekommen bist. Ich werde morgen die Flüge und ein Hotel buchen.«

»Mein Vater hat mir zweitausend Dollar in die Hand gedrückt. Er meinte, du seiest ein armer Musiker, und er wolle uns zu dieser Reise einladen. Wenn du dann wirklich an das Gold herankommst, kannst du dich ja irgendwie erkenntlich zeigen. Wir könnten meine Eltern dann vielleicht zu einem Dinner einladen. Falls wir nach der Reise noch zusammen sind.« Sie lächelte ihn kurz an.

»Das nehme ich doch an. Du hast ja am Strand von deinen Gefühlen gesprochen, und ich empfinde das Gleiche. Ich bin überzeugt, dass wir eine lange schöne Zeit vor uns haben. Ich wollte dir vorschlagen, zu mir zu ziehen. Die eine Woche Zürich ist dann sicher ein guter Test. Wenn wir uns gut verstehen. Praktisch vierundzwanzig Stunden am Tag zusammen zu sein wird uns zeigen, was aus uns wird.«

Als sie über die Bronx wieder in die Innenstadt fuhr, bat er sie, an einem Restaurant zu halten und mit ihr etwas zu essen.

»Erzähl mir von dir«, bat Minky. »Du hast sicher jede Menge Erfahrung mit Frauen. Und wie ist dein Leben bisher verlaufen?«

Goldsteen erzählte ihr von seiner Jugend, wie er zur Musik gekommen war und wie er sich schon früh entschlossen hatte, Berufsmusiker zu werden.

»Was die Mädchen und Frauen betrifft, die ich vor allem durch die Musik kennen gelernt habe, so ist das jetzt, seit ich dich getroffen habe, ziemlich verblasst. Du kannst sicher sein, dass du alle übertriffst, mit deiner Art, deinem Aussehen. Außerdem hat mich deine Mutter gefragt, als du oben warst, was das mit uns beiden werden soll, du eine Nachteule und ich ein vielleicht etwas unsteter Musiker. Ich habe ihr beschrieben, wie es um meine Gefühle für dich steht, dass es mir ernst ist. Sie war dankbar für meine ehrlichen Worte.«

Kurz darauf verließen sie das Lokal und fuhren zu seiner Wohnung.

»Willst du dir die Nacht mit mir um die Ohren schlagen?«, fragte Goldsteen.

»Du weißt doch, ich muss noch Fotos von dir machen für den Jazz Poll. Schließlich werde ich dafür bezahlt. Den Artikel über dich schreibe ich morgen fertig. Falls ich das in deiner Wohnung machen kann und sofern du mir die Zeit dazu lässt.«

Goldsteen ergriff seinen Saxophonkoffer. Dann verließen sie sein Loft, nahmen ein Taxi und fuhren zum Club.

Seine Musiker hatten schon mit dem Spielen begonnen. Als Goldsteen dann auf die Bühne kam, gab es Applaus. Diesmal hatte er ein neues Blättchen aufgelegt, sein Ton war besonders weich und voll. Eigentlich war er nie zufrieden mit seiner Performance. Am Ton probte er oft stundenlang, bis ihm der Klang gefiel.

In der nächsten Pause ging er wieder an die Bar in der Ecke, wo Minky auf ihn wartete.

»Wenn ich dich so auf der Bühne erlebe, weiß ich schon, was ich über dich schreiben werde.« Er hatte nicht gesehen, dass sie Fotos von ihm und seiner Band gemacht hatte. Die Scheinwerfer, die die Musiker auf der Bühne anstrahlten, waren zu grell. Aber das kümmerte ihn nicht weiter. Sie würde schon das Richtige daraus machen, davon war er überzeugt.

Sie klammerte sich regelrecht an ihn und blickte bewundernd zu ihm auf. Sie bemerkte, wie andere Frauen und Mädchen offenbar eifersüchtig zu ihnen hinsahen. Das machte sie stolz.

Goldsteen entgingen die bewundernden Blicke ebenfalls nicht, die auf ihm ruhten.

»Keine Angst, ich verfalle nicht in meine alten Gewohnheiten und reagiere auf diese Blicke. Solange wir beide zusammen sind, kannst du mir vertrauen.«

Und um auch nach außen zu demonstrieren, wie ernst es ihm mit ihr war, küsste er sie hingebungsvoll.

Sie saßen auf zwei Barhockern, sich gegenseitig zugewandt. Ihre Beine waren zwischen seinen eingeklemmt, seine Hände lagen auf ihren Knien. Doch bald war diese Pause zu Ende. Er stand auf, strich ihr über den Kopf und ging wieder zur Bühne.

Weit nach Mitternacht spielten sie ihr letztes Stück. Das Publikum wollte noch mehr Zugaben, doch Goldsteen war müde und verabschiedete sich über das Mikrofon. Die Musiker verschwanden hinter der Bühne, packten ihre Instrumente ein und verabredeten sich für die nächste Woche. Das nächste Wochenende mit zwei freien Abenden lag vor ihnen.

Goldsteen informierte seine Musiker, dass sie nächste Woche als Quartett auftreten müssten, er müsse für eine Woche verreisen. Mehr sagte er nicht.

Die Kollegen grinsten. Sie schienen zu verstehen, sie kannten ihn. Immer wenn ein Mädchen im Spiel war, flippte er aus und ward tagelang nicht mehr gesehen. Dann nahm Goldsteen seinen Instrumentenkoffer und seine Windjacke, grinste zurück, verließ die Garderobe, schritt über die Bühne hinunter zu der Bar und holte Minky ab, die dort auf ihn gewartet hatte.

»Komm, jetzt haben wir über eine Woche Zeit für uns. Übermorgen fliegen wir nach Zürich.« Er legte einen Arm um sie, sie verließen den Club, nahmen ein Taxi zu seiner Wohnung.

Er sagte nichts mehr, während das Taxi sie durch die Nacht schleuste. Und doch waren seine Gedanken mit den letzten Stunden und Tagen verbunden. Einige Mädchen und Frauen hatte er geglaubt zu lieben, doch hier war etwas anders. Sie war ein selbstbewusstes Mädchen, unabhängig, vielleicht auch durch ihre schlechten Erfahrungen bindungsgeschädigt. Dass sie sich aber so intensiv auf ihn einließ, ihn so hingebungsvoll lieben konnte, beschäftigte seine Gedanken. Sie kuschelte sich eng an ihn, war müde, legte ihre Hände in seinen Schoß, als ob sie einmal gewonnenes Terrain nicht wieder aufgeben wollte. Einen Finger schob sie durch die Knöpfe seiner Jeans, sie wollte noch näher an ihm sein, sein Intimstes spüren.

Später in seinem Bett konnten beide nicht einschlafen. Erschöpft, verschwitzt, waren sie nicht bereit, für eine Dusche aufzustehen. Die Intimität hielt sie zusammen.

»Ich habe mich total in dich verliebt«, murmelte sie in sein Ohr. Er spürte ihren Atem, der nach Liebe roch. Ihr Arm lag quer über seiner Brust, ihr rechtes Bein auf seinem Schenkel. Eine körperliche Nähe, die er früher so nach dem Sex nicht erlebt hatte. Meistens musste er hinterher sofort aufstehen, duschen, sich säubern. Diesmal störte es ihn nicht, ihre warme Nähe, die Hitze in ihrem Schoß zwischen den Beinen. Diesmal wollte er es so. Und das wohl für eine lange Zeit.

Als sie endlich schlief, rumorten seine Gedanken weiter, hüpften wirr von hier nach dort, vom Auftritt, von Musik zu Frauen, Mädchen, zu Erlebnissen in der Vergangenheit, zu Zeiten der Armut, in denen er sein Instrument versetzen musste, um zu überleben, von stundenlangen Spaziergängen durch Manhattan, durch den Central Park.

Er bewunderte sie erneut, war er doch von ihrer so schlanken, knabenhaften Figur erotisiert. Er war nicht schwul, aber Schlankheit und kleine Brüste, anders als die Amerikaner, das mochte er und das bot sie ihm. Und ihre langen Beine, die er sofort bei ihrem ersten Treffen in der Bar wahrgenommen hatte. Es brauchte nicht viel an optischem Erscheinungsbild, es brauchte keine Schminke oder teure Kleidung an einer Frau, um ihn zu begeistern. Die Einfachheit und die daraus erkennbare Struktur des Weiblichen, das wollte er erkennen können, bevor er sich den Gefühlen hingab. Und all das stimmte bei ihr.

Am nächsten Morgen gingen sie in ein Reisebüro und buchten ihre Flüge nach Zürich.

Zürich

Den Flug durch die Nacht nach Zürich verschliefen sie eng aneinandergekuschelt. Erst am nächsten Morgen, als das Frühstück gereicht wurde, waren sie wieder wach und munter.

Minky erzählte Goldsteen einige Erlebnisse mit Männern, die sie angesprochen und unverhohlen angemacht hatten. Sie hatte sie, nachdem sie deren Erregung bemerkt hatte, einfach stehen gelassen und ausgelacht. Goldsteen musste grinsen, konnte er sich doch die Situation gut vorstellen. Er ergriff ihre Hand und drückte sie.

»Ich bin froh, dass du mich nicht so behandelt hast. Es ist schon erstaunlich, wie schnell wir uns gefunden und ineinander verliebt haben.« Er beugte sich zu ihr und gab ihr einen Kuss.

Sie sagte nichts, sah ihn nur lange an und spürte ihre intensiven Gefühle für ihn. Wie Recht er doch hatte. Es gab sie also doch, die Liebe auf den ersten Blick.

Goldsteen stand auf, kletterte über Minky hinweg und ging nach vorn zu den Toiletten. Als er zurück war, saßen beide wieder dicht beieinander und genossen den frühen Imbiss.

Das Flugzeug ging in den Sinkflug und setzte nach einigen Minuten zur Landung in Zürich an.

Nachdem die Maschine ausgerollt war, nahmen Minky und Goldsteen ihr Handgepäck und gingen zum Gepäckband. Ohne Wartezeiten konnten sie Pass- und Zollkontrolle passieren, bestiegen ein Taxi und ließen sich zum Hotel Central in der Innenstadt bringen.

Ihr Hotelzimmer lag in einer der oberen Etagen. Von dort aus hatten sie einen schönen Blick über die Altstadt von Zürich. Doch beide waren noch so überdreht und müde – der Jetlag tat sicher auch seine Wirkung –, dass die Aussicht sie nicht interessierte.

Minky schloss die dunklen Vorhänge, zog sich aus und legte sich nackt ins Bett. Goldsteen saß auf einem Sessel und überprüfte sein Saxophon. Vielleicht ergab sich in der Altstadt die Möglichkeit, in einem Jazzclub in einer Band einzusteigen.

Er blickte kurz zu Minky, die auf dem Bett lag und schon zu schlafen schien. »Lass uns zusammen schlafen«, murmelte sie, »ich meine einschlafen. Ich bin richtig erledigt, komm leg dich zu mir.«

Dann war sie still. Goldsteen zog sich ebenfalls aus und legte sich neben sie. Auch er spürte jetzt die Müdigkeit, die ihn schließlich eindämmern ließ.

Es war schon früher Abend, als sie aufwachten. Sie gingen zusammen in die Badewanne, zogen sich an und verließen das Hotel. Hand in Hand bummelten sie durch die schmalen Gassen der Zürcher Altstadt. In einem mexikanischen Restaurant in der Niederndorfer Straße bestellten sie sich etwas zu essen.

»Was machst du, wenn die Bank sich weigert, dir das Gold zu geben?«, fragte Minky und sah Goldsteen an.

»Ganz einfach, ich gehe zur nächsten Zeitung und mache die Geschichte publik. Glaub mir, die Schweizer sind da ganz merkwürdig. In einer Geschichte, die mit Nazigold zu tun hat, möchte hier niemand stecken. Zwar haben sie alle ihren Profit aus der Zeit gezogen, aber zugeben wird das keiner. Und so eine Story darf schon gar nicht ans Licht der Öffentlichkeit gelangen. Das ist ein ganz heikler Punkt in der Geschichte der Schweizer Banken. Wenn ich der Bank ein paar passende Andeutungen mache, wird sich das Ganze ziemlich schnell zu unseren Gunsten wenden. In null Komma nichts werden wir nicht nur bevorzugt behandelt, sondern auch das Gold bekommen.« Goldsteen schien sichtlich zufrieden mit sich und seinem Plan. Minky pflichtete ihm bei, dass dies sicher ein gutes Argument sein würde.

»Wir werden den morgigen Tag erleben. Jetzt lass uns heute Abend die Altstadt unsicher machen.« Goldsteen bezahlte die

Rechnung. Sie verließen das Lokal und schlenderten durch die Kneipengegend am östlichen Ufer der Limmat. Er hatte sein Saxophon dabei. Irgendwo würde sich wohl eine Möglichkeit ergeben, dass er bei einer Band mit einstieg.

Doch Minky zog ihn auf die andere Seite des Flusses, Richtung Bahnhofstraße. Dort blieb sie vor einem Dessousgeschäft stehen. Sie lächelte Goldsteen an und wusste, dass er am nächsten Tag für sie etwas kaufen würde. Wenige Schritte weiter standen sie vor der UBS.

»Hier müssen wir morgen rein, da drin liegt unser Gold!« Goldsteen war sich seiner Sache ganz sicher, der morgige Tag würde sein Leben verändern. Endlich hatte er Geld, viel Geld, und damit würde er auch Minky eine Freude bereiten.

Über eine kleine schmale Brücke gelangten sie zurück in den Bereich der Altstadt, wo die Lokale und Kneipen lagen. Wieder auf der Niederndorfer Straße, entdeckten sie schließlich einen Jazzclub, aus dem man schon auf der Straße eine Jazzband spielen hörte. »Club Casa« blinkte die Leuchtreklame über dem Eingang. Daneben kündigte ein Plakat für den heutigen Abend eine britische Band an.

Goldsteen zog Minky mit in den Club. Ein lang gezogener Raum, an dem sich auf der rechten Seite bis nach hinten eine Bartheke befand. Gleich links vom Eingang befand sich die Bühne.

Die Musik schien recht nach dem Geschmack der zahlreichen Gäste. Minky und Goldsteen setzten sich und hörten eine Weile zu. In der nächsten Pause sprach Goldsteen einen der Musiker an und fragte, ob er mit einsteigen könne.

Goldsteen wurde willkommen geheißen und spielte in der nächsten Runde einige Stücke mit. Obwohl er mit seinen Kollegen in New York eher Mainstream-Jazz spielte, fand er sich schnell im traditionellen Jazz zurecht, der hier gespielt wurde. Die Nacht wurde aber nicht lang. Beide verließen bald den Club und gingen zurück in ihr Hotel.

Germiston, Johannesburg

Gleich hinter den Vororten von Johannesburg, wo bisher noch die Straßenbeleuchtung für Helligkeit und Sicht in der Nacht sorgte, lag die Dunkelheit wie ein schwarzes Tuch über den Straßen. Also sah man überall dort, wo sich Menschen bewegten, Lichtkegel von Taschenlampen, deren Strahlen in diesem Dunkel tanzten. Gelegentlich, meist an Wegkreuzungen, hatte man in Ölfässern Feuer gemacht, die ebenfalls flackernd ein wenig Licht abgaben. Die Schlaglöcher auf den Sandwegen, in denen nach jedem Regen lange das Wasser stand, erschwerten jede Fahrt mit dem Auto. Wenn man schon tagsüber mit dem Auto auf viele Hindernisse stieß, so war eine Fahrt in der Nacht abenteuerlich.

Dieses Gebiet war weithin als Witwatersrand bekannt. Für Geologen allerdings war dies die Region mit dem höchsten Goldanteil in der Erde. Überall sah man gelbliche Sandhügel, die so genannten Slimes, Abraum aus der Goldförderung.

Wer von Johannesburg in Richtung Südwest fuhr, musste an einem der Wohngebiete für Schwarze vorbei: Soweto, Alptraum der Politiker, eine Stadt für sich, in der Chaos und Gewalt vorherrschten, Heimat vieler Tausender Minenarbeiter.

Ob Gold, Silber, Uran, Diamanten, der Boden um Johannesburg war gesegnet. Die Schwarzen, die tagsüber in den Städten oder bei den Minengesellschaften arbeiteten, mussten nachts wieder zurück in ihre Ghettos. Transportiert wurden sie in Bussen, die den Schwarzen vorbehalten waren. Andere öffentliche Verkehrsmittel waren entsprechend als für Farbige oder Weiße vorgesehen gekennzeichnet.

In Soweto hatten die weißen Herrscher die verschiedensten ethnischen Gruppen zusammengeführt, die oft in ihren Homelands erbitterte Feinde waren und hier ein friedliches Miteinander lernen mussten.

Südlich von Johannesburg lag Germiston, ein Vorort, in dem ausschließlich Weiße wohnen durften. Grüne Rasenflächen, Villen und Bungalows. Hier wohnten die Manager der Minengesellschaften und die Weißen, die es in der Stadt zu etwas gebracht hatten. Wer als Schwarzer hier eine Arbeit gefunden hatte, ob als Hausboy, Gärtner oder Chauffeur, musste den Auflagen folgen und nachts diese Gegend wieder verlassen. Ein Aufenthalt über Nacht wurde von den Behörden selten genehmigt.

Außerhalb dieses Vorortes lag die Rand Refinery, in der das Rohgold aus den Goldminen zu Feingold verarbeitet wird. Ein hermetisch abgeschlossenes Gelände mit unscheinbaren flachen Bauten. Sie sollten auch nicht auffallen, denn dort wurden die Schätze Südafrikas in international gehandelte 12,5-Kilogramm-Goldbarren mit einer Feinheit von 999,9 umgeschmolzen. Es war die Schaltstelle zwischen der South African Reserve Bank und den Goldminen, die verpflichtet waren, jede Unze Feingold, die aus den Ressourcen gefördert wurde, an die Reserve Bank abzugeben.

Mit einer Sondergenehmigung war es den Minen aber gestattet, einen Teil des geförderten Goldes für die Prägung der Goldmünze Krügerrand zu verwenden. Diese Ausnahmeregelung galt für Barrenmünzen, die als gesetzliches Zahlungsmittel deklariert wurden.

Von der Rand Refinery aus wurde das Feingold in Bändern nach Pretoria geliefert, wo es in der South African Mint zu Krügerrand-Goldmünzen geprägt wurde. Die südafrikanischen Goldminen förderten nach mehr als siebzig Jahren aus bis zu dreitausend Meter Tiefe das Gestein, aus dem das Gold extrahiert wurde. Um eine Unze Feingold zu gewinnen, benötigte man etwa drei Tonnen Gestein.

Einige der reichhaltigen Goldminen mussten bei einem Goldpreis von 42 Dollar pro Unze subventioniert werden, oder es wurde Gold von den freien Handelsplätzen wie Zürich gekauft. Nur so konnten Markteinführung und Produktion des Krügerrand über die Bühne gehen. Aktionäre und Goldproduzenten erwarteten die Freigabe des Goldpreises durch die Auflösung des Bretton-Woods-Abkommens. So war beim Goldverkauf auch für die Minen wieder ein Profit zu erwarten.

Die klare Nacht bei Temperaturen von fast null Grad Celsius sorgte für eine gute Sicht. Keine Staubwolken, die sonst oft mit leichten Winden über die Steppe fegten, behinderten einen weiten Blick.

Johan Gush, einer der wenigen Schwarzen, die in der Refinery als Vorarbeiter tätig waren, stand an dem eisernen Tor, das die Einfahrt auf das gesicherte Gelände versperrte. Er wartete. Der gesamte Gebäudekomplex hinter ihm lag im Dunkeln, mit Ausnahme einer einzigen Lampe, die über dem Eingangstor zu einer Halle ein trübes Licht verbreitete.

Gush erwartete eine besondere Lieferung von Goldbarren. Diese waren ihm von Mr. Davenport, Chamber of Mines, avisiert worden.

Auch von ihm wurde höchste Geheimhaltung verlangt. Und schweigsam konnte er sein, das gehörte dazu, wenn man den Posten eines Vorarbeiters innehatte. Gelangweilt verfolgte er mit den Augen die Rundgänge der bewaffneten Wachleute, die scharfe Hunde mit sich führten.

Gush zündete sich eine Zigarette an, sog den Rauch tief ein und dachte an seine Freundin, die im Ghetto auf ihn wartete. Für diese Nachtarbeit musste er sie allein lassen. Sie war schwarz wie er, und sie mochte ihn. Beide wohnten in einem kleinen Haus im Ghetto.

Ein tiefes, erst sehr leise vernehmbares, dann immer lauter werdendes Brummen erregte seine Aufmerksamkeit. Das musste der Transport sein, auf den er zu warten hatte. Die halbgerauchte Zigarette warf er in den Sand, trat die Glut ordentlich aus und rief über sein kleines Funkgerät die Wachleute zu sich. Dann öffnete er das schwere Eisentor. Zwölf mit grünen Tüchern verhangene Lastwagen fuhren heran, die er auf den Hof dirigierte. Dann schloss er sofort wieder das Tor. Inzwischen hatten die Wachleute Strahler eingeschaltet, die nun den Hof beleuchteten. Aus der angrenzenden Halle kamen einige schwarze Arbeiter, die damit begannen, die Wagen zu entladen. Gush ging zu dem ersten Wagen. Ein Fahrer mit den Papieren kam ihm entgegen. Gemeinsam kontrollierten sie die Lieferscheine und die Kisten mit Goldbarren.

Es dauerte Stunden, bis alle Kisten ordentlich in der Halle gestapelt waren. Dann gingen die Arbeiter nach Hause, die Wachleute sicherten das Gebäude und ließen auch Gush durch das Tor das Gelände verlassen. Der Fahrer Bleeker blieb allerdings noch in der Halle und notierte sich die Kennziffern auf den Kisten, von denen er auch einige öffnete, um den Inhalt zu überprüfen. Bleeker sah sich um. Er war in diesem Moment allein. Schnell nahm er eine Polaroid-Kamera und fotografierte die mit Hakenkreuzen geprägten, offen vor ihm liegenden Goldbarren. Man konnte ja nicht wissen, ob das irgendwann für ihn von Nutzen sein könnte. Dann verließ er ebenfalls die Halle und stiefelte quer über das Gelände bis zu dem Zugangstor, wo ihn die Wachleute hinausließen.

Dann stand Bleeker einen Moment völlig im Dunkeln. Der Inhalt der Ölfässer war inzwischen heruntergebrannt. Als sich seine Augen an die Dunkelheit gewöhnt hatten, ging er weiter zu der nahe gelegenen Bushaltestelle und wartete auf den Bus, der ihn in die City von Johannesburg bringen sollte. Für ihn war nach der tagelangen Fahrt von Kapstadt bis hierher der Auftrag erledigt. Sein Honorar hatte er erhalten.

Im Johannesburger Bahnhofsviertel wollte er sich erst einmal richtig vergnügen. Ein seltsamer Auftrag war das schon, dachte er bei sich, und mit den Lastwagen, die jetzt auf dem Gelände der Refinery standen, hatte er auch nichts mehr zu tun. Soweit er gehört hatte, würden die vom Militär abgeholt werden. Er hatte genug Geld in der Tasche, um sich ein paar Tage richtig auszutoben. Bei den Gedanken, welche Vergnügen auf ihn warteten, bekam er einen trockenen Hals. Bier und Frauen, das, so hatte er in Kapstadt gehört, sei in der Bahnhofsgegend richtig billig.

In der Refinery begann nun eine andere Schicht von Arbeitern die Kisten zu öffnen. Sorgfältig wurden Goldbarren um Goldbarren auf langen Tischen ausgelegt. Der neue Vorarbeiter wunderte sich über die ihm fremden Stempel. Seine historischen Kenntnisse reichten offenbar nicht aus, die seltsamen Prägungen der NS-Zeit zuzuordnen.

Die Goldbarren wurden nach und nach bis über 1000 Grad erhitzt und dann in steinerne Schmelztiegel umgegossen. Nach dem Abkühlungsprozess lagerte man sie wieder auf den Tischen, diesmal ohne Hinweis auf die Herkunft. Ein Schwarzer machte sich daran, sie erneut zu stempeln, diesmal mit der offiziellen Prägung: South African Mint, Rand Refinery, 999,9 für die höchste Reinheit des Feingoldes. Die Herkunft des Goldes, an dem so viel Leid und Schmerz hing, war unwiderruflich ausgelöscht.

Dann wurden die Barren in großen Walzmaschinen zu dünnen Blechen ausgewalzt, so genannten Blanks, die die Grundform für die Krügerrand-Goldmünzen bildeten.

Für Bleeker kam endlich ein Bus, der ihn über holprige Sandpisten und dann auf Straßen in die Innenstadt brachte. Er hatte von der Chamber of Mines das Sonderrecht, auch in der Nacht in Johannesburg bleiben zu dürfen. Da er genug Geld dabeihatte und es auch ausgeben wollte, suchte er in der Gegend um den Hauptbahnhof zunächst nach einem preiswerten Hotel. Auf der Suche bekam er wieder einen trockenen Hals. Er brauchte jetzt ein Bier oder auch zwei.

In einer hell erleuchteten Spelunke, aus der lautstarkes Gegröle klang, bestellte er sich an der Theke ein Bier. Die Luft war voller Qualm durch die vielen Raucher, so dass er Mühe hatte, seine nähere Umgebung zu erkennen. Nachdem er das Glas in einem Zug leer getrunken hatte, orderte er mit einem Fingerzeig das nächste. Nach dem dritten hatte er den Pegel erreicht, den er für weitere Vergnügen brauchte. Er wurde langsam hemmungslos. Allerdings hatte er sich so weit im Griff, dass er, wenn er als Fahrer tätig war, keinen Tropfen Alkohol trank. Da war er konsequent.

Als er gesättigt war, stand er auf, bezahlte und verließ das Lokal. Eine Badewanne, ein Bett und ausschlafen nach der langen Tour von West nach Ost, das waren seine Gedanken, als er auf die dunklen Rückseite des Bahnhofs zusteuerte. Von der Jobert Street bog er zunächst in die Rissik Street ein, und dort, wo diese auf die Smith Street traf, fand er ein kleines Hotel. Da es von außen einen heruntergekommenen Eindruck machte, würde es wohl auch preiswert sein.

Er nahm ein Zimmer mit eigenem Bad, stiefelte die enge und steile Treppe hoch in den zweiten Stock, betrat das Zimmer, schloss die Tür und warf seine kleine Reisetasche auf das Bett. Dann zog er sich aus, duschte ausgiebig, zog frische Wäsche, ein dünnes Hemd und eine Gabardinehose an. Ein Blick aus dem Fenster auf die Smith Street bestätigte ihm, dass es hier genug junge Mädchen gab, die teils im Dunkeln auf den Hinterhöfen, aber auch für einen Gang in ein Hotelzimmer für wenig Geld zur Verfügung standen. Er beobachtete einige Minuten das Treiben. Meist waren es weiße Männer, die sich hier ein junges Mädchen aussuchten und mit ihm verschwanden.

Er bekam Lust, sich in dieses Nachtleben zu stürzen, doch zunächst klaubte er die Bilder hervor, die er von den Goldbarren gemacht hatte, und versteckte sie in einem Seitenfach seiner Reisetasche. Es war eine kleine Kollektion entstanden, angefangen von der Landung des Flugzeuges bis hin zur Transportfahrt und der Auslieferung. So hatte er alles dokumentiert.

Er zog den Vorhang am Fenster zu, drehte sich, den Raum betrachtend, noch einmal um und verließ dann das Zimmer. Als er unten an der Rezeption vorbeikam, saß jetzt eine Schwarze, die den Raum hinter der Theke mit ihrem voluminösen Körper ausfüllte. Ihre krausen Haare hatte sie vergeblich mit Gel zu glätten versucht. Sie betrachtete ihn neugierig.

»Für heute Nacht bist du der einzige Gast. Irgendwelche Sonderwünsche gefällig? Mädchen, Jungs?«, fragte sie anzüglich und legte ihre dicken Brüste auf den Tresen.

»Nein, danke. Wenn es so weit ist, versorge ich mich schon selber. Es stehen ja genug junge und schlanke Mädchen auf der Straße herum.«

Als er schon an der Ausgangstür war, hörte er sie noch rufen: »Falls du eine mitbringst, kostet das Zimmer mehr!«

Das war ihm egal. Er wollte jetzt in ein Pub, einige Biere trinken.

Der nächtliche Trubel überraschte ihn. In seiner Heimat in Kapstadt gab es zwar auch eine Straße wie diese, hier aber herrschte eine Hektik, die er zu Hause nicht so empfand.

Sein Weg in eine Kneipe erinnerte ihn an einen Spießrutenlauf. Alle nasenlang wurde er von den Mädchen angesprochen, die ihm den erotischen Himmel und sehr viel Spaß versprachen. Doch er reagierte nicht darauf.

An der nächsten Ecke betrat er eine Kneipe, die ihm nicht so verkommen vorkam. Auch diesmal schlugen ihm Qualm und Lärm entgegen. Er boxte sich durch bis an die Theke und deutete dem Barkeeper seinen Wunsch an. Sofort hatte er ein Bier vor sich stehen. Hastig schüttete er es in sich hinein. Beim zweiten Glas ließ er sich, wie es so seine Art war, etwas Zeit und sah sich um.

Die Kneipe war überwiegend mit Schwarzen gefüllt, Arbeiter, die hier ihren Tageslohn vertranken. Und viele junge Mädchen, die hofften, etwas von dem Geld abzubekommen, entweder durch Einladungen zum Trinken oder durch Sex. Unverhohlen beobachtete er, wie einige der jungen Dinger den Männern zwischen die Beine griffen.

Links neben ihm an der Theke saß auf einem der wenigen Barhocker ein schmales, schwarzes Mädchen, das teilnahmslos vor seinem Glas Bier hockte. Er drehte sich zu ihr und betrachtete sie genauer. Sie war hübsch, hatte durch ständiges Bürsten und Gelen fast glattes langes Haar. Und sie hatte einen frechen Blick, mit dem sie ihn jetzt ansah.

»Willst du mit mir um die Ecke?«, fragte sie und griff ihm an den Oberschenkel. »Ich mach es dir für vierzig Rand«, versprach sie und drückte ihre Hand noch fester auf sein Bein.

Er zögerte nicht lange, zahlte die Biere und ging mit ihr auf die Straße in Richtung eines dunklen Parks. Sie bediente ihn schnell und professionell, nachdem sie das Geld erhalten hatte. Genauso schnell war sie dann auch verschwunden. Für diese Nacht hatte Bleeker genug erlebt. Er verließ den Park und ging zurück zu seinem Hotel. Er wollte nur noch in sein Bett und schlafen.

Da niemand an der Rezeption war, griff er seinen Schlüssel von der Wand und ging in sein Zimmer. Nachdem er geduscht hatte, fühlte er sich sauber von dem erlebten Sex. Da klopfte es. Er legte ein Ohr an die Tür.

»Wer ist da?«, fragte er leise.

»Die Rezeption. Ich dachte, ich bringe dir noch ein kaltes Bier.«

Bleeker hatte nach der Nummer im Park wieder Durst und öffnete die Tür. Die Dicke von der Rezeption, die ihm besondere Vergnügungen angeboten hatte, stand vor ihm. Sie betrat sein Zimmer und stellte zwei Flaschen Bier auf den kleinen Tisch, der neben dem Bett stand. Sie trug einen sauberen weißen Kittel, der ihre schwarze Haut noch drastischer zur Geltung brachte. Als sie sich zu ihm hindrehte, sah er, dass sie jetzt einige Knöpfe oben und unten geöffnet hatte. So konnte er ihren dicken Busen und die schwarzen Haare ihrer Scham sehen, die drahtig wie eine Stahlbürste weit aus dem Kittel hervorlugten. Als ob sie das, was darunter lag, verteidigen müsste.

Bleeker stand frisch geduscht und splitternackt vor ihr, und was sie sah, schien sie zu erfreuen. Er hatte eine muskulöse Figur, fast athletisch, und das, worauf die Dicke es augenscheinlich abgesehen hatte, war ebenfalls stattlich.

Ohne ein Wort, ihn mit einem starren Blick fixierend, der sich abwechselnd in seine Augen und auf seine Körpermitte richtete, fast als wollte sie ihn wie eine Schlange hypnotisieren, ging sie auf ihn zu. Bis ihr Bauch und die Schamhaare seinen Bauch berührten. Dann griff sie zu und streichelte sein Glied. Sie grunzte vor Zufriedenheit.

Bleeker, der die Augen geschlossen hatte, genoss für einen Moment die Situation, doch als er dann die Augen öffnete, packte ihn der Ekel. Aber es war zu spät, er ergoss sich in ihrer Hand und auf ihrem Bauch.

Er drehte sich weg, öffnete die Tür. »Jetzt lass mich in Ruhe, ich will schlafen.«

Sie verstand. Für sie war das wie ein Rausschmiss. Enttäuscht ging sie, ihre feuchte Hand an dem Kittel abwischend.

Bleeker ging erneut unter die Dusche und legte sich ins Bett. Bevor er einschlief, dachte er an die vielen jungen Mädchen auf der Straße. Er nahm sich vor, am nächsten Tag ein Mädchen mit auf sein Zimmer zu nehmen, ein Mädchen, das vielleicht länger bei ihm bleiben würde.

Als er am nächsten Morgen aufwachte, fielen ihm wieder der Goldtransport und die Fotos ein. Er musste ein besseres Versteck suchen und sich Gedanken darüber machen, wie er

Kapital daraus schlagen konnte. Er zog sich an und schlich leise die Treppe herunter. Hoffentlich saß nicht die Dicke an der Rezeption und maulte ihn an. Er hatte Glück, diesmal war ein junger Bursche da und las die Zeitung.

Draußen blinzelte Bleeker leicht wegen der grellen Sonne. Dann spazierte er die Smith Street hinunter bis zu dem Park, wo das Mädchen ihn gestern Nacht verführt hatte. Er hoffte, sie wiederzusehen, doch diesmal am Tage war der Park bevölkert mit Arbeitslosen, die dort tatenlos herumlungerten, aus Bierflaschen tranken oder Ball spielten. Von dem Mädchen und den vielen anderen keine Spur. Also musste er auf den Abend und die Nacht warten.

So ging Bleeker in ein Restaurant und frühstückte ordentlich, wobei er sich auch einige Biere gönnte. Dann ging er durch die Straßen, nach weiteren Möglichkeiten suchend, um sich zu amüsieren. Doch am Tage breitete sich Ödnis über dieses Vergnügungsviertel, weit und breit gab es nichts, was ihn reizte. Gelangweilt ging er zurück in den Park und legte sich unter einem Baum in den Schatten. Die Biere zum Frühstück machten ihn schläfrig.

So dämmerte er vor sich hin, bis die Sonne untergegangen war und der Abend anbrach. Bleeker stand auf, klopfte sich den Staub von der Hose und ging nun einigermaßen erfrischt in Richtung der Kneipe, wo er schon gestern erfolgreich gewesen war.

Da es noch früh am Abend war, war das Lokal nur halb voll und nicht so verqualmt. Diesmal konnte er auch in einen weiteren Raum blicken, in dem zwei Billardtische standen. Fast ausschließlich Mädchen und Frauen spielten dort Pool. Bleeker betrachtete jedes Mädchen genau. Vielleicht war eine dabei, die ihm gefiel und die er mitnehmen konnte.

Eine Schwarze hatte es ihm besonders angetan. Auch sie hatte wie die von gestern schwarze ungekräuselte lange Haare und war sehr dünn. Fast mager, aber das gefiel ihm. Sie spielte konzentriert Billard, aber sie musste seinen Blick bemerkt haben, denn ihre Bewegungen waren jetzt anders, aufreizender, sie ließ ihre Figur tänzeln, drückte ihren kleinen runden Po heraus und betonte mit ihrem durchgedrückten Kreuz ihren Busen. Bekleidet war sie mit einem zu großen T-Shirt, das an einer Seite aufgerissen war, und einem engen Minirock aus Baumwolle, der ihre Figur und die langen Beine betonte.

Bleeker ließ seine Augen nicht mehr von ihr. Sie sah ihn an, lächelte, wandte sich dann aber wieder dem Spiel zu. Doch er spürte, dass sie sich freute. Immer öfter sah sie nun zu ihm hin. Er bemerkte, dass sie genauso ein freches Gesicht hatte wie das Mädchen von gestern, nur dieses war noch hübscher.

Dann, als sie wieder zu ihm hinsah, winkte er ihr zu und bedeutete ihr mit einer fordernden Handbewegung, zu ihm zu kommen. Sie kicherte, wechselte ein paar Worte mit ihren Freundinnen und näherte sich dann langsam.

Als sie dicht vor ihm stand, mit einem fragenden Gesichtsausdruck, gefiel sie ihm noch besser. Sie hatte große schwarze Augen, sehr lange Wimpern, und ihre Haut war nicht ganz so schwarz.

»Gibst du mir ein Bier aus?«, fragte sie direkt.

»So viel du willst, wenn du mir dann auch noch mehr versprichst, als nur mit mir Bier zu trinken.« Bleeker wollte es jetzt gleich und hier wissen, ob sie auch für Sex zu haben war.

»Ich gehöre nicht zu den käuflichen Mädchen hier, aber für Bier bin ich immer zu haben. Ich trinke gern in Gesellschaft von netten Männern.«

Sie ging ein paar Schritte zurück und betrachtete ihn genauer.

»Ja, du gefällst mir, machst einen sauberen und gesunden Eindruck. Wenn ich Lust auf einen Mann habe, dann suche ich mir den schon selber aus. Und du könntest Glück haben.

Aber lass uns noch einige Biere trinken, bevor wir vielleicht mehr unternehmen. Hast du ein Zimmer hier in der Nähe?«

»Ja, ich wohne drüben im Hotel Metropol und würde dich gern mitnehmen. Vielleicht für die ganze Nacht?« Er hoffte, dass sie zustimmte.

»Nicht so hastig. Erstens: Ich nehme kein Geld, aber du könntest mir vielleicht ein hübsches Kleid kaufen, ein Paar Schuhe und so. Und vielleicht auch etwas Unterwäsche, sieh, ich habe nichts unter meinem Rock.« Sie hob kurz ihren Minirock, so dass er ihre Scham sehen konnte.

»Ja, alles was du willst. Morgen gehen wir einkaufen. Hier, trink noch ein Bier, bevor wir ins Hotel gehen. Dort haben sie übrigens auch eisgekühltes Bier. Und dünn und abgemagert, wie du bist, bestelle ich dir auch etwas zu essen. Ist dir das recht?«

Sie nickte nur und rückte jetzt so nah an ihn heran, dass er ihren Körper riechen konnte. Obwohl ihr T-Shirt zerrissen war, machte sie einen sauberen Eindruck. Nach einigen Bieren war er so begeistert von ihr, dass er ihr alles versprach, was sie wollte. Er hatte sie sich schön gesoffen, obwohl sie eh einfach schön war, auch ohne Alkohol.

Da auch sie schon einiges getrunken hatte, wurde sie richtig lustig und redete ununterbrochen von ihren Träumen. Sie war Näherin in einer Stofffirma, hoffte aber, eines Tages eine eigene kleine Modeboutique aufmachen zu können. Bleeker hörte sich das an, seine Gedanken waren aber ganz woanders. Er stellte sich vor, wie er mit ihr zärtlich sein würde.

Sorge bereitete ihm lediglich die Dicke an der Rezeption, die sicher sauer reagieren würde, wenn er mit diesem hübschen Ding an ihr vorbeiging. Er konnte es nicht ändern. Er nahm einen letzten Schluck und bezahlte alle Biere, die sie gemeinsam getrunken hatten. Als sie das Lokal verließen, hängte sie sich bei ihm ein.

»Wie heißt du eigentlich?«, fragte sie. »Ich bin Nina.«

»Joe Bleeker. Ich komme aus Kapstadt, dort wohne ich auch, ich habe einige Tage Urlaub. Und die Zeit würde ich gern mit dir verbringen.«

Eng umschlungen gingen sie die wenigen Schritte zu seinem Hotel. Und sie hatten Pech, die Dicke stand hinter der Rezeption. Bleeker schien es, als würde sie tatsächlich blass.

»Da hast du dir aber einen tollen Mann geangelt. Glaub mir, ich weiß, wovon ich rede«, sagte sie anzüglich. Bleeker unterbrach sie schnell, bevor sie noch mehr verriet.

»Bring uns bitte ein paar kalte Biere und Sandwiches auf das Zimmer. Hier, ich zahle das gleich!« Er legte einige Geldscheine auf den Tresen, die sie sofort ergriff und in ihrer Schürze verschwinden ließ, wobei sie wieder wie unabsichtlich ihren ausladenden Busen auf den Tresen legte und hin und her bewegte.

»Kommt sofort. Macht es euch nur gemütlich.« Ihre Ironie war nicht zu überhören.

Er wusste nicht viel über Nina, bisher, aber dafür war ja immer noch Zeit. Er hatte das Gefühl, dass seine Sympathie für sie nicht allzu viel mit seinem Alkoholpegel zu tun hatte. Er empfand etwas Bleibendes. Schließlich war er es gewohnt, ab und zu, vor allem in seiner freien Zeit, zu viel zu trinken und dann für wenige Stunden oder Tage ein Mädchen abzuschleppen. Doch sie machte mehr aus seinen Empfindungen für Frauen. Sie war ein einsames Mädchen, so wie er einsam war, und ihre große Klappe war Ausdruck einer Abwehrhaltung, die sie einnehmen musste, um in diesem Sumpf rund um den Bahnhof, in dieser hoffnungslosen Gegend überhaupt überleben zu können. Und untergehen wollte sie nicht. Diese Kraft in ihr, diese stille, heftiger werdende Abwehr, diese ruhige Hoffnung, die sie immer noch hatte, die er spürte. Er wollte ihr beweisen, dass diese Hoffnung lohnte.

Oben in dem Zimmer bat er sie, sich auszuziehen und verführerisch aufs Bett zu legen. So konnte er die Dicke ärgern, denn Ninas Figur konnte sich sehen lassen, und die Dicke würde grün vor Neid werden.

Sie zog das T-Shirt über den Kopf, schwankte ein wenig, als sie den Rock auszog und auf den Boden fallen ließ. Kichernd hielt sie ihre Hände vor ihre Scham, ging unsicher zu ihm und lehnte sich an ihn. Der Alkohol tat seine Wirkung, sie musste sich an ihm festhalten. Zu dünn, dachte er, aber es störte ihn nicht, im Gegenteil, er fand den kleinen festen Busen und den flachen Bauch jungfräulich schön. Er führte sie zum Bett und sie ließ sich darauf fallen, immer noch kichernd. Doch nun betrachtete sie ihn mit immer ernster werdender Mimik, wusste sie doch, was er von ihr wollte. Und sie wollte es auch.

Als die Dicke an die Tür klopfte und ohne abzuwarten eintrat, sah sie mit böser Miene zum Bett hin und betrachtete Ninas Körper. Der Neid war spürbar, hing im Raum, und Bleeker freute sich, grinste vor sich hin.

Die Dicke stellte die Biere auf den kleinen Tisch und ging rückwärts wieder zur Tür. Sie konnte ihren Blick nicht von Nina lassen. Bleeker folgte ihr und schob sie mit seinem athletischen Körper energisch hinaus.

»Viel Erfolg wünsch ich dir. Wenn sie dir wegschläft und du noch nicht genug hast, ruf mich, ich mach's dir gern noch mal.« Sie sah ihn auffordernd an.

»Danke, sie wird mich sicher glücklicher machen als du.«

Nina winkte ihr vom Bett aus zu und lockte gleichzeitig Bleeker zu sich, indem sie leicht die Beine anwinkelte und öffnete. Er schloss die Tür.

Jetzt sah Nina ihn fragend an, so dass er ihr die Geschichte von der gestrigen Nacht erzählte. Trotz ihres Lachens machte sie die Vorstellung des Geschehens gierig, gierig auf ihn, sie wollte seinen Körper ganz nah spüren. Bleeker zog sich schnell aus und legte sich zu ihr, nicht ohne zwei Flaschen Bier vom Tisch mitzunehmen. Nina erhob sich, schob ihren Bauch an ihn, so dass er auch ihre Scham an seinem Bauch spürte.

»Siehst du«, er drückte sie fest an sich, »das ist der Unterschied. Bei der Dicken habe ich nur den fetten Bauch gespürt.«

Er küsste sie zwischen zwei Schlucken. Beide tranken und streichelten sich.

»Nun hör auf zu reden, tu endlich was. Wozu bin ich denn mitgekommen?«

Ihre unverblümte Art und ihre Berührungen machten ihn an. Sie stöhnte, als er anfing, sie zu lieben.

Viel später, es war früher Morgen, stand er langsam auf, sich aus der Umarmung herauswindend. Er spürte nicht nur den Nachklang der körperlichen Übereinstimmung, sondern auch einen gedanklichen. Sie schlief weiter, während er zum Fenster ging, es öffnete und die frische kühle Morgenluft einatmete. Von draußen blinkte ein rotes Licht von gegenüber ins Zimmer und beleuchtete Ninas nackten Körper, an, aus, an, aus, wie ein Stroboskop.

Leise nahm er vom Tisch eine neue Flasche Bier, öffnete sie mit den Zähnen und trank einen tiefen Schluck. Mit der Flasche in der Hand ging er ins angrenzende Bad und duschte.

Das Rauschen des Wassers musste sie wohl geweckt haben, denn plötzlich stand sie hinter ihm in der Duschkabine. Dicht aneinandergedrängt genossen sie das kühle Wasser.

Dann zogen sie sich an. Bleeker verspürte Hunger, und gemeinsam gingen sie hinunter auf die Straße und frühstückten in einem kleinen Coffeeshop, der in einer der Nebenstraßen lag.

»Erzähl mir von dir. Was machst du hier in den Kneipen? Du bist einfach zu hübsch, um hier in dieser Gegend unterzugehen. Verdienst du dein Geld mit Sex?«

Er wollte es wissen, da er sie immer mehr mochte, wollte wissen, ob sie eine kleine billige Nutte war oder einfach verträumt ihr karges Leben genoss, ohne Zukunft.

»Meinen Vater kenne ich nicht, meine Mutter auch nicht, hat mich rausgeschmissen, weil ich zu einer höheren Schule wollte. Ich hab das dann allein gemacht, hab ein bisschen Geld mit Botengängen und Zeitungenaustragen verdient. Ich habe eine kleine Einzimmerwohnung hier in der Nähe, deshalb bin ich oft in dieser Gegend. Mit Männern gehe ich nur mit, wenn sie mir gefallen, so wie du. Für Geld lege ich mich nicht hin. Obwohl mir oft viel Geld geboten wird. Aber dann lache ich die Männer einfach aus und verschwinde. Doch die ganze Nacht habe ich noch nie mit einem Mann verbracht. So wie mit dir. Darauf kannst du dir was einbilden!«

»Und warum gerade mit mir?« Er sah sie fragend an.

»Weil du mir gefällst, weil ich deine Art mag. Ich habe gespürt, dass du etwas für Frauen übrig hast, sie respektierst. Und ich spürte, dass du mich nicht nur wegen Sex abgeschleppt hast. Wir hatten gleich einen guten Kontakt, Verstehen und Sympathie.«

Bleeker lachte und freute sich über diese Einstellung, ließ sie ihn doch wissen, dass sie eben keins von den leichten Mädchen war, sondern schon eigene Vorstellungen hatte, ihr Leben in den Griff zu bekommen.

Sie hatten beide wieder zum Bier gegriffen, sie nahm einen Schluck aus ihrer Flasche.

»Jetzt bist du dran. So früh am Morgen schon Bier, das wird einen lustigen Abend geben. Also zurück zu dir: Was machst du, wovon lebst du? Keine Frauen, keine Bindungen?«

»Ich bin Fahrer für eine Firma in Johannesburg und Pretoria und lebe normalerweise in Kapstadt. Ich hatte kürzlich einen Sondertransport von dort nach Johannesburg, geheime Sache. Dafür habe ich extra eine Sondererlaubnis bekommen, auch nachts in der City zu sein. Nur deshalb, weil ich ein paar Tage hier bin, haben wir uns kennen gelernt. Aber davon später. Vielleicht brauche ich dich dazu, mir kommen da gerade ein paar interessante Gedanken. Jetzt kaufen wir dir erst mal ein hübsches Kleid. Komm.«

Bleeker stand auf, legte einige Geldscheine unter seine Kaffeetasse, griff Nina am Arm und zog sie aus dem Lokal. Er spürte ihre Nacktheit unter dem dünnen T-Shirt. Sie trug keinen Büstenhalter und, soweit er das am Morgen wahrgenommen hatte, auch kein Höschen. Beim Verlassen des Lokals strich er mit seiner Hand über ihren Po und wusste, dass er richtig gesehen hatte.

Als sie eine der etwas besseren Boutiquen aufsuchten, ließ er ihr die freie Entscheidung, sich etwas Hübsches, auch Unterwäsche, auszusuchen. Er hatte nicht die geringste Lust, bei den Anproben immer wieder um seine Meinung gefragt zu werden. Stattdessen setzte er sich gegenüber in eine Kneipe, bestellte sich wieder ein Bier und dachte über die Fotos nach und wie er sie zu Geld machen konnte.

Langsam wuchs in ihm ein Plan. Allerdings brauchte er dazu Nina und ihre Verführungskünste. Im Visier hatte er Davenport, die Fotos von dem Goldtransport und dem nächtlichen Verladen. Nina brauchte er, um Davenport zu verführen. Das müsste reichen für eine ordentliche Summe an Dollars, dachte er. Und Nina würde mitspielen, er war sich ihrer Gefühle für ihn sicher. Geld würde ein weiterer Anreiz für sie sein. So konnten sie sich absetzen und in Kapstadt vielleicht ein kleines Lokal eröffnen.

Nachdem er seine Bierflasche geleert hatte, ging er zurück zu der Boutique. Nina kam ihm schon entgegen. Jetzt trug sie ein dünnes geblümtes Kleid, kurz, sie wusste ihre langen Beine zur Schau zu stellen.

»Komm, wir gehen in einen Coffeeshop. Ich muss mit dir etwas bereden. Es geht um viel Geld, und du kannst mir helfen, da heranzukommen.«

Bei einem Kaffee erzählte er ihr die ganze Geschichte mit dem merkwürdigen Goldtransport und den Fotos, die er als Beweis bei sich hatte. Als er sie bat, Davenport zu verführen, wurde sie zunächst misstrauisch, willigte aber schließlich ein. Schließlich musste sie ja nicht mit ihm schlafen. Er, Bleeker würde rechtzeitig zur Stelle sein, Fotos machen und dann Davenport vor vollendete Tatsachen stellen und erpressen.

»Morgen kommt Davenport und bringt mir Geld für die Fotos, doch ich möchte ganz sicher gehen, dass er mich nicht reinlegt. Deshalb der Plan mit dir. Ich stelle mir das so vor: Du triffst ihn auf der Straße, stolperst vor ihm, so dass er dir aufhilft. Du wirst ihm gefallen, und so machst du ihm ein Angebot, in einem Hotel, in dem ich dir vorher ein Zimmer buche. Dort ziehst du dich aus, legst dich auf das Bett, und wenn er sich ausgezogen hat und zu dir ins Bett kommt, stürme ich das Zimmer und mache ein paar Fotos. Du weißt ja, ein Weißer mit einer Schwarzen im Bett, das ist für Davenport nicht nur peinlich, sondern auch strafbar. So wird er sicher noch mehr Geld springen lassen.«

Nina nickte etwas skeptisch, war aber einverstanden.

»Du kannst dann sofort verschwinden und gehst zurück in unser Hotel, wo du auf mich wartest.«

»Gut, ich mache mit, aber du musst mir eines dafür versprechen: Du nimmst mich mit nach Kapstadt. Ich habe es satt hier, und ich möchte mit dir zusammen sein, zumindest für eine Weile.«

Bleeker brauchte darüber nicht nachzudenken. Er ergriff ihre Hände, drückte sie.

»Natürlich, ich will dich gern mitnehmen, wenn das alles ist, was du von mir als Gegenleistung erwartest. Du weißt, dass ich mich in dich verliebt habe.«

Sie verließen das Lokal und gingen Hand in Hand in den nahe gelegenen Park, wo sie sich in den Schatten eines großen

Baumes setzten. Wie üblich war der Park auch um diese Zeit wieder bevölkert mit Arbeitslosen und Obdachlosen. Doch Bleeker und Nina kümmerte das nicht, sie träumten vom großen Geld.

Johannesburg

Davenport legte den Telefonhörer wieder auf die Gabel. Der Anruf von Bleeker beunruhigte ihn. Dass Fotos von dem Transport existierten, beunruhigte ihn noch mehr. Und Bleekers Forderung, diese Fotos gegen 10 000 Dollar zu tauschen, war durchaus erfüllbar, aber wie konnte er sicher sein, dass er dann die Originale erhielt? Bleeker war also nicht nach Kapstadt zurückgekehrt, sondern noch in der Stadt. Für einen Moment spürte er Angst in sich aufsteigen. Weder von der Schweizer Bank noch von dem Goldhändler in New York kamen beruhigende Nachrichten. Im Gegenteil, er spürte, dass einiges schiefgelaufen sein musste. Ob beide Piloten tot waren, wurde ihm nicht bestätigt, dass das Flugzeug abgestürzt war, wusste er aus den Nachrichten. Diese Ungewissheit machte ihn fertig. Er griff in die untere Schublade seines Schreibtisches und goss sich ein Glas Whisky ein. Nicht dass ihm das wirklich half, aber es lähmte seine Ängste. Wieder griff er zum Telefon.

Es war Zeit, über sein Leben nachzudenken. Er war bereit, etwas zu verändern. Er wollte eine neue Herausforderung. Hier in der Chamber hatte er seine Aufgaben erfüllt. Ihm fiel wieder die Anfrage der Australier ein, die ihn gern als CEO für die Entwicklung einer australischen Goldmünze engagieren wollten. Und Australien verfügte ebenfalls über enorme Goldschätze im Boden. Von seiner Geliebten Liza würde er sich dann trennen müssen. Die Eskapaden in Sun City aber würden ihm fehlen.

»Guten Tag, Mr. Evans. Wir hatten ja vor einiger Zeit über Ihr Angebot gesprochen. Ich bin geneigt, ernsthaft darüber nachzudenken. Was halten Sie davon, wenn Sie mir einen Vorvertrag zukommen lassen? Ich würde dann in den nächsten Tagen zu Ihnen nach Perth kommen, um Details zu besprechen.«

Evans zeigte sich hocherfreut. »Ich werde Ihnen noch heute ein Fax schicken. Wir können ja noch einmal telefonieren, wenn Sie Änderungswünsche haben. Ich freue mich, Sie dann hier zu sehen. Ich lasse für Sie ein Flugticket für kommende Woche reservieren. Selbstverständlich sind Sie eingeladen. Danke für Ihren Anruf, und bis bald.«

Davenport legte auf. Das war mehr, als er erwartet hatte, das war so gut wie perfekt. Nun musste er nur noch seine Frau überzeugen. Dass die Australian Mint ihn mit Kusshand nehmen würde, erfreute ihn. Er war jetzt fünfzig Jahre alt, nicht zu alt, um noch eine große Herausforderung anzunehmen. Die Angst war leichter Euphorie gewichen.

Doch zunächst gab es hier noch genug Probleme zu lösen. Eines davon war Bradshaw in New York, ein anderes Schmieder in Zürich.

Davenport verschloss seinen Schreibtisch, verließ das Büro und betrat auf der gegenüberliegenden Straßenseite eine Telefonzelle. Er wählte die Nummer von Bradshaw. Es war später Nachmittag, also Vormittag in New York.

»Precious Metal Corporation, Bradshaw am Apparat«, ertönte eine energische Stimme.

»Hier ist Davenport. Irgendetwas stimmt im Ablauf des Plans nicht. Ich kann Botha nirgends erreichen, und einen abschließenden mündlichen Bericht habe ich von Ihnen auch nicht erhalten. Was ist da los? Bolden erfreut sich bester Gesundheit. Ich habe ihn in Sun City gesehen und gesprochen. Was ist mit den Piloten?«

Davenport hörte Bradshaw nervös atmen.

»Ich weiß nur, dass man einen Piloten tot aus dem Meer gefischt hat und dass das Wrack der Maschine gefunden wurde. Als Absturzursache wurde Spritmangel festgestellt. Mehr weiß ich auch nicht. Ich versuche auch schon seit Tagen, Botha zu erreichen. Für Bolden hatte ich einen anderen Mann beauftragt.

Anscheinend ist da einiges schiefgelaufen. Aber ich bin nächste Woche auch in Zürich, bis dahin versuche ich noch mehr zu erfahren. Wir sehen uns dann dort. Ist Ihnen das recht?«

»Ich kann erst zum Ende der nächsten Woche nach Europa kommen. Wir treffen uns in Zürich.« Davenport legte auf. Er war immer noch beunruhigt. Bradshaws Worte hatten ihn nicht zufrieden stellen können. Wieder bekam er Angst. Jetzt musste er aktiv werden, ehe vielleicht das ganze Komplott ans Tageslicht kam.

Es war zwecklos, in sein Büro zurückzukehren. Er würde sich kaum mehr auf seine Arbeit konzentrieren können.

Es war früh am Abend, er brauchte einen Drink, vielleicht auch einige mehr, um sich zu besänftigen, sich von diesem Problem abzulenken. Einen Moment dachte er daran, seinen Fahrer zu rufen, der ihn zu Lizzy hätte kutschieren können. Doch schnell verwarf er diesen Gedanken. Schließlich hatte er beschlossen, sich von ihr zu trennen, obwohl er Lust hatte, noch einmal mit ihr zu schlafen. Aber dafür gab es eigentlich in der Innenstadt genug andere Frauen und Mädchen.

So entschied er sich anders. Sein Weg führte ihn zu Fuß in die Nähe des Bahnhofs, wo es an willigen Mädchen, auch schwarzen, nicht mangelte. Und es gab genug Kneipen, in denen er unerkannt einige Drinks nehmen konnte. Schon von weitem sah er die aufleuchtenden Lichter und Reklameschilder der einschlägigen Bars und Kneipen. Und die Menschenmassen, die hier ihr Vergnügen suchten. Jeder Einzelne für sich, doch alle wollten nur das eine. So auch er.

Er mischte sich unter das Gedränge, kehrte in die eine und andere Bar ein. So war er in kurzer Zeit einigermaßen betrunken, seinen Gefühlen und seiner Gier nach Sex willenlos unterworfen.

Er tauchte in den Strom der durch die nächtlichen Straßen Wandernden, wie so viele andere Weiße, die die billigen Sexangebote der Schwarzen genießen wollten. So fühlte er sich unentdeckt. Niemand kannte ihn in dieser Gegend, niemand würde ihn in diesem dunklen Loch der Gier vermuten. Alles war leicht, niemand wollte reden oder Gedanken austauschen, hier ging es um das pure Vergnügen, kurz, unverbindlich und ohne Verantwortung. Aber schnell und kostengünstig.

Wieder verspürte er den Drang nach einem Drink. Eine Kneipe, die nicht ganz so dreckig und düster aussah, ließ ihn innehalten und einkehren. Zwar war es drinnen genauso verraucht wie in all den anderen Kneipen, aber er fühlte sich doch angezogen, zumal dieser Laden gefüllt war mit jungen Mädchen, die ihm käuflich schienen. Er schwitzte, wischte sich den Schweiß von der Stirn. Das Gespräch mit Bradshaw lag ihm schwer im Magen. Andererseits hatte ihm Bradshaw die Verantwortung für die Ereignisse um den Transport abgenommen. Zumindest den Teil, der sich auf südafrikanischem Boden abspielte. Ihm war klar, Bradshaw war der Drahtzieher, und er könnte sich noch aus der Affäre ziehen. Dazu musste er den Amerikaner unter Druck setzen.

Jetzt ging es ihm besser, jetzt wollte er den Abend genießen, rundum, mit allem, was dazugehörte. Bei seinem Besuch in Zürich nächste Woche konnte er mit Bradshaw und der UBS die Geschichte endlich zu einem Ende bringen. Jedenfalls für sich, dachte er, das war ihm wichtig, nichts sollte seinen Weg nach Australien versperren. Aber ihm war auch klar, dass er im Interesse der Australier schnell handeln musste, denn die Kanadier und die Amerikaner waren ebenfalls nahe dran an diesem Konzept.

Obwohl er inzwischen ziemlich angetrunken war, überlegte er sich ein Konzept. Die australische Münze könnte aus reinem Gold sein, 4 × 9er Gold, anders als der Krügerrand, aber ebenfalls genau eine Unze Gold. Das wäre ein sicheres Kaufargument, obwohl der Krügerrand ebenso eine Unze Feingold beinhaltete, plus den Anteil von Kupfer zur Härtung der Münze.

Davenport war in Stimmung. Die diversen Drinks in den Kneipen hatten ihn zwar benebelt, aber nicht so hoffnungslos verloren gemacht, dass er nicht wusste, was er nun wollte. Der Wunsch nach einem Mädchen war dringend in ihm aufgetaucht. Und diesem Wunsch wollte er nun folgen.

Als er das Lokal verließ, schwankte er leicht, der Alkohol war nun spürbar. Vorsichtig betrat er die Straße, es war dunkel, und so bemerkte er das schwarze Mädchen nicht, mit dem er zusammenprallte. Davenport fiel der Länge nach auf das Pflaster. Das Mädchen entschuldigte sich devot und half ihm wieder auf die Beine. Jetzt konnte er sie betrachten, und überrascht stellte er fest, dass sie eine kleine Schönheit war. Sie klopfte den Staub von seiner Jacke und der Hose. Er bückte sich, um seine Hose ebenfalls zu reinigen, und als er wieder hochkam, konnte er ihre schlanken Beine bewundern. Als sich ihr Minirock noch an einem Jackenknopf verhakte und Davenport den Rock damit ungewollt nach oben zog, sah er ihren weißen Slip und darüber den Bauchnabel. Schnell machte sie einen Schritt rückwärts, doch das, was Davenport gesehen hatte, erregte ihn. Sie betrachtete ihn genauer. Er gefiel ihr, anders als Bleeker ihr erzählt hatte.

»Hey, hast du ein bisschen Zeit für mich?«, sprach er sie an. Sofort lächelte sie.

»Für ein paar Dollar können wir in mein Hotelzimmer gehen«, flüsterte sie ihm ins Ohr. Es ging leichter, als sie dachte, allerdings war sie sich ihrer Wirkung auf Männer bewusst. Und sie war stolz darauf. Sie blickte auf die andere Straßenseite, sah Bleeker hinter einem Baum, sie beobachtend.

Davenport hakte sich bei ihr ein, und sie zog ihn die Straße entlang. Sie bogen um die nächste Ecke in eine Nebenstraße, in der das Hotel lag. Auf dem Weg dahin, sie fest am Oberarm haltend, spürte er den kleinen festen Busen unter der Bluse. In dieser Gegend war es nicht ungewöhnlich, dass Weiße mit einem schwarzen Mädchen in ein Hotel gingen. Nur erwischen lassen sollte man sich nicht. Denn nach dem Gesetz war Fraternisierung nicht erlaubt. Doch in der dunklen Bahnhofsgegend gab es eine Menge kleiner Hotels mit Nebeneingängen. Die Mädchen kannten sich aus und nutzten diese Hotels, um etwas Geld zu verdienen. Für Davenport war die Situation nichts Neues, schließlich hatte er sich schon einige Male ein schwarzes Mädchen gesucht und war mit ihm in einem Hotel verschwunden. Er schätzte von Zeit zu Zeit Sex mit einer Schwarzen.

Durch einen nur spärlich beleuchteten Gang und eine schmale Treppe, die nach oben führte, betraten sie schließlich ein Zimmer, das erstaunlich sauber und ordentlich war. Nina schloss die Tür mit einer Schlüsseldrehung ab und mit der zweiten Drehung wieder auf. So konnte Bleeker jederzeit hereinkommen und Davenport und sie überraschen, wie verabredet. Und sie hoffte, dass ihr Plan aufging, bevor er richtig zudringlich werden konnte.

Nina zog sich aus, legte sich auf das Bett, die Beine leicht gespreizt, und wartete. Davenport entledigte sich ebenfalls seiner Kleider, und als er nackt war, ging er auf das Bett zu. Trotz seines Alkoholpegels sah man ihm seine Vorfreude an. Er kniete sich zwischen ihre Beine, fing an, sie zu streicheln. Erst als er mit seinen Händen die Innenseiten ihrer Oberschenkel entlang strich, fing sie laut an zu stöhnen. Das war das Zeichen für Bleeker. Die Tür ging auf, und Bleeker fotografierte mit mehreren Blitzen die Szene auf dem Bett. Davenport sprang erschrocken auf, zunächst kurz ungläubig blinzelnd. Doch dann erkannte er die Situation und den Trick, auf den er hereingefallen war.

Er ließ sich auf das Bett fallen, immer noch nackt. Als er sich von dem Schrecken erholt hatte, stand er auf und ging auf Bleeker zu.

»Was soll das, wollen Sie mich erpressen?« Davenport nahm eine drohende Haltung an, ein – allerdings vergeblicher – Versuch, Bleeker einzuschüchtern.

»So ist es, Sie haben das richtig erkannt. Wenn ich diese brisanten Fotos der Polizei übergebe, gibt's Ärger für Sie. Und das«, er griff in seine Jacke und warf einige Fotos auf das Bett, »sind Fotos vom Goldtransport. Sicher wollen Sie nicht, dass diese an die Öffentlichkeit gelangen.«

Nina hatte sich inzwischen mit dem Laken bedeckt und wartete ab, wie sich die Situation entwickeln würde. Davenport sah kurz auf die Aufnahmen, ging dann seelenruhig zu seinen Kleidungsstücken und zog sich an. Nina nutzte die Chance, sprang auf, griff nach ihrer Kleidung und verschwand aus dem Zimmer.

»Okay, was wollen Sie? Und wie sicher kann ich sein, dass dies die einzigen Bilder sind? Den Film aus dem Apparat können Sie auch gleich mit abgeben.«

»Ich möchte mir ein kleines Stück Land kaufen. 20 000 Dollar würden reichen.«

Bleeker sah Davenport fragend an. Er versuchte abzuschätzen, ob diese Forderung wohl realistisch war.

»Gut.« Davenport stimmte sofort zu. Diesen Betrag konnte er über die Firma abbuchen. Im Grunde konnte er Bleeker verstehen. Er war ein ehrlicher Mensch, und warum sollte er nicht den Wunsch haben, aus einer Abhängigkeit auszubrechen? Mit einem Handschlag besiegelten sie das Geschäft.

»Sollte mir allerdings etwas passieren, das wie Mord aussieht, dann erhalten Sie die Bilder nicht. Die gehen dann an die Presse. Nach der Übergabe des Geldes werde ich verschwinden. Sie werden mich nicht finden, und die Angelegenheit ist vergessen. Bis zu einem bestimmten Zeitpunkt bleiben die Fotos von den Goldbarren unter Verschluss. Dann werden sie vernichtet. Das muss ich verlangen zu meiner Sicherheit.«

Davenport zückte seine Brieftasche und holte einen Scheck heraus.

»Nein, so geht das nicht. Bitte in bar, übermorgen am Abend. Ich rufe Sie an und nenne Ihnen den Ort der Übergabe.«

Trotzdem nahm er den Scheck, als Sicherheit.

Als Davenport endlich das Zimmer verließ, atmete Bleeker auf. Es war einfacher gegangen, als er gedacht hatte. Er nahm die Fotos wieder an sich, blickte einmal in die Runde, sich vergewissernd, dass nichts auf seine und Ninas Anwesenheit hindeutete, und verließ dann ebenfalls das Hotelzimmer. Wo Nina abgeblieben war, wusste er nicht. Vielleicht war sie nach diesem Geschehen einfach abgehauen. Er hoffte, dass sie wie besprochen wieder in das Café geflüchtet war, wo sie die Aktion geplant hatten.

Davenport verließ das kleine Hotel über einen schmalen dunklen Hinterausgang und blieb einen Moment in der Nebenstraße stehen. Inzwischen war es Nacht geworden. Die Straßenlaternen leuchteten so schwach, dass er Mühe hatte, sich zurechtzufinden. Es schien ihm, als habe er die Orientierung verloren. Kurz kam ihm seine Frau in den Sinn, sicher wäre jetzt der richtige Zeitpunkt, direkt nach Hause zu fahren. Doch trotz der Erfahrung, die er soeben gemacht hatte, gab es Tage, an denen er sich wohl fühlte in dieser heruntergekommenen Gegend, dieser Nähe zur Kriminalität, zu Mädchen, die für wenige Rand oder Dollar zur Verfügung standen. Auf der anderen Seite aber war er ein hoch dotierter Manager, der auch Vorbild seiner Mitarbeiter sein sollte. Doch wer hatte keine Leichen im Keller?

Die soeben erlebte Szene hatte er schon fast beiseitegeschoben, jetzt, da er wusste, wie er es finanzieren konnte. Das wollte er am nächsten Tag erledigen. Und doch nagten die Gedanken an ihm, ob er wirklich sicher war. Er kam zu dem Schluss, dass Bleeker sterben musste. Einen Zeugen, mit welchen Zusicherungen der auch Verschwiegenheit beteuerte, konnte er sich nicht leisten. Schon gar nicht, da er nun seine neue Aufgabe in Australien anstrebte.

Auf dem Heimweg geisterte auch Lizzy in seinem Kopf herum. Er grübelte, wie er sie auf leichte, unkomplizierte Art und Weise verabschieden konnte. Schäbig eigentlich, da sie ihm doch in so vielen Stunden zur Seite gestanden und auch seine sexuellen Bedürfnisse befriedigt hatte. Aber die anderen Probleme belasteten ihn so sehr, dass er keinen anderen Weg sah. Er würde es ihr schriftlich geben. So würde er Lizzy wohl am bequemsten aus seiner Welt schaffen.

Aus seinem Schreibtisch nahm er schließlich einige Seiten Briefpapier, schrieb ihr einen langen Brief, in dem er am Ende um Verständnis warb und bat, auf weitere Kontaktaufnahmen zu verzichten.

Davenport atmete auf. Wenigstens dieses Problems hatte er sich entledigt.

Was blieb, war die Ungewissheit mit Bleeker.

Ein Unfall, es musste wie ein Unfall aussehen. Völlig unverdächtig, ohne Spuren zu hinterlassen, die auf einen Anschlag oder gar auf ihn hinweisen würden. Er ging einige Möglichkeiten durch und entschied, dass er das Attentat nicht allein würde ausführen können. Er brauchte einen Helfer aus der kriminellen Szene. Jemanden, der ihn nicht kannte, der für eine ordentliche Summe den Mordauftrag erfüllen würde. Für Geld bekam man hinter dem Bahnhof einfach alles.

Er nahm sich am nächsten Tag ein Taxi und ließ sich wieder in die Innenstadt chauffieren. Noch auf der Fahrt legte er sich die Worte zurecht, mit denen er seine Frau zunächst von dem Jobangebot aus Australien überzeugen wollte, um sie dann zu überreden, mit ihm zu gehen. Ganz unvorbereitet war sie sicher nicht, denn schließlich hatte sie die diversen Telefonate mit Australien mitbekommen. Und da die Faxe mit den Vorverträgen in seinem Haus ankommen würden, konnte sie einiges gelesen haben und sich den Rest zusammenreimen. Nur dass und wie er sich entschieden hatte, wusste sie noch nicht. Sicher, das Zusammensein mit ihr hatte durch die vielen Jahre an Spannung verloren. Aber hatte sie nicht all seine Eskapaden mitgetragen, sie stillschweigend mit einem Lächeln hingenommen? Dafür liebte er sie. Und es war jetzt Zeit, mit ihr ein neues Leben zu beginnen, auch ein wenig aus Dankbarkeit für ihre Geduld.

Nachdem er das Taxi verlassen hatte, betrat er eine Telefonzelle und rief seine Frau an. Er werde spät nach Hause kommen, aber sie solle auf ihn warten. Dann wählte er Bothas Nummer, der merkwürdigerweise auch diesmal nicht zu erreichen war. Aber das war im Grunde genommen nicht seine Sache. Sollte sich doch Bradshaw darum kümmern oder die Schweizer Bank.

Dann ging er zu Fuß zum Jobert Park, der völlig im Dunkeln lag. Davenport wusste, dass dort nicht nur der schnelle Sex hinter den Büschen zu haben war, sondern auch andere Aufträge abgewickelt wurden. Die Weißen wurden in diesem Park nur geduldet, weil sie oft Jobs, auch illegale, brachten, die gut bezahlt wurden. Geld für die Schwarzen, für Drogen und Waffen. Viele Schwarze hatten sich hier im Untergrund organisiert und träumten von der Freiheit, die irgendwann für sie kommen würde, und wenn man sie mit Waffengewalt erkämpfen musste.

Davenport nahm seine goldene Armbanduhr ab und steckte sie in die Innentasche seiner Jacke. Der weit entfernte Lichtschein der nächtlichen City wurde durch die Wolkenschicht reflektiert und gab dem Park etwas Bedrohliches. Davenport setzte sich auf eine Bank, hinter sich die matt beleuchtete schmale Nebenstraße, über die er den Park betreten hatte, vor sich das dunkle Nichts. Gebüsch und Sträucher konnte man nur erahnen. Es schien ruhig, doch als Davenport lauschte, vernahm er merkwürdige Geräusche. Die Mädchen hinter den Büschen befriedigten ihre Kunden.

Er wartete. Nach fast einer Stunde wollte er schon aufgeben. Doch dann hörte er leise Schritte hinter sich, bis er die körperliche Nähe eines Menschen spürte.

»Hi«, krächzte eine Stimme. Als Davenport sich halb umdrehte, ahnte er mehr als er sah, dass es sich um einen Schwarzen handelte, der ihm wohl einen Dienst erweisen könnte.

»Willst du 'n Geschäft machen?«

Das war es, was Davenport hören wollte.

»Kommt darauf an«, erwiderte er vorsichtig.

»Lass hören. Ich erledige alles, und das zuverlässig. Kannst dich drauf verlassen. Meine Arbeitsweise heißt, erst der Job, dann das Geld. Das schafft Vertrauen. Keine Fragen, wir haben uns nie gesehen. Was hast du anzubieten?«

»Ein Mann muss beseitigt werden, ohne große Fragen, und es muss hundertprozentig wie ein Unfall aussehen. Nichts darf nachvollziehbar sein, alles ohne Verdachtsmomente.« Davenport zögerte. Hatte er die richtigen Worte gewählt? War er am Ende an den Falschen geraten? Normalerweise wurden einem hier eindeutige Sexangebote gemacht. Aber wie er gerüchteweise vernommen hatte, konnte man gegen viel Geld auch härtere, kriminelle Aktionen bekommen.

»Mit Unfall meinst du, aus Versehen und zufällig aus dem Weg räumen?«

»Richtig. Welcher Preis?«

Einige Zeit herrschte Schweigen. Sein Gesprächspartner musste wohl erst einmal überlegen, auf was er sich da einließ und ob der Job wunschgemäß auszuführen war.

»Ich denke, für 5 000 Dollar wirst du gut bedient sein.« Der Schwarze sprach nach wie vor leise und krächzend, ohne ein Zeichen von Spannung oder Erregung. »Gib mir die Einzelheiten, dann kannst du morgen Nacht hier an der gleichen Stelle das Geld übergeben. Es wird dich ein Mann ansprechen, und auf das Stichwort ›Motorradunfall‹ gibst du ihm das Geld. Falls nicht, wirst du diese Bank im Sarg verlassen. War ich deutlich genug?«

Davenport, der nun vor Spannung aufrecht saß und dessen Rückenmuskeln schmerzten, zuckte zusammen. Der meinte das ernst. Aber so ernst war es ihm auch mit seinem Auftrag.

»Nicht ganz, mein Lieber. Ich möchte über den Unfall in der Zeitung lesen. Ich werde das Geld in einem Schließfach deponieren und morgen Abend lediglich den Schlüssel aushändigen. Übermorgen gebe ich dir dann die entsprechende Nummer dazu. Telefonisch! Übrigens, mir kannst du auch vertrauen.«

Wieder entstand eine längere Pause. Einen Moment lang hatte Davenport den Eindruck, dass sein Gesprächspartner verschwunden war.

»Okay, so machen wir's«, ließ sich dieser dann doch vernehmen.

Als Davenport erneut minutenlang nichts hörte, verließ er sich auf sein Gespür. Der Schwarze war gegangen, da war er sich jetzt sicher. Zufrieden stand er auf und verließ den Park.

Die Nacht war für ihn noch lange nicht zu Ende. Seine Frau erwartete ihn, wunschgemäß, wie sie schon immer seine Wünsche erfüllt hatte. Jedenfalls die des Alltags. Nachts im Bett musste er auf so einiges verzichten.

Nach seiner Beichte weinte sie. Doch nur kurz. Voller Zuversicht war sie dann, als er ihr eröffnete, sie würden so schnell wie möglich Südafrika verlassen und nach Australien gehen.

Am nächsten Morgen stand sein Fahrer mit dem Dienstwagen schon vor der Tür. Seine Nacht war kurz gewesen, aber da er am Abend zuvor nicht viel Alkohol getrunken hatte, war er einigermaßen fit. Die Fahrt zur Chamber of Mines dauerte auch an diesem Tag über eine Stunde.

Davenport ging direkt in sein Büro, vorbei an seinen Sekretärinnen, die verwundert hinter ihm hersahen. Normalerweise grüßte er, hielt kurz bei der einen oder anderen an und sprach ein paar freundliche Worte. Doch diesmal schloss er sogar die Tür hinter sich, was er gewöhnlich nie tat.

Dann ließ er sich telefonisch mit seiner Bank verbinden und bat darum, zwei Umschläge mit Geld vorzubereiten, einen mit 5 000, den zweiten mit 20 000 Dollar. Sein Fahrer würde sie in den nächsten Stunden abholen.

Sein zweites Telefonat führte er mit dem kleinen Hotel in der Innenstadt, in dem Bleeker auf seinen Anruf wartete.

»Morgen gegen 18 Uhr komme ich und bringe Ihnen das Geld. Sie haben dann bitte alle Bilder da. Auch die vom Goldtransport.«

Bleeker bestätigte, bedauerte noch den intimen Zwischenfall, wie er es bezeichnete. Und dass es keine weiteren Forderungen von seiner Seite geben würde.

Davenport legte auf, durchdachte seine Planungen, die er in den letzten Tagen ausgeführt hatte, und konnte keinen Fehler entdecken.

Er überlegte. Wann der Unfall mit Bleeker stattfinden würde, wusste er nicht. Sicher würde der nicht lange auf sich warten lassen. Aber um die Geldübergabe würde Davenport nicht herumkommen, das Geld war er los.

Nach der täglichen Schreibtischarbeit, die er weitgehend delegieren konnte, erledigte er die wichtigsten Dinge, um seinen Abschied und seine Reise nach Australien vorzubereiten. Ihm wurde klar, dass er darüber ausführlich mit Bolden sprechen musste.

Als sein Fahrer sein Büro betrat und ihm zwei Umschläge aushändigte, wurde er unruhig. Nichts hielt ihn jetzt noch im Büro. Zu wichtig waren die beiden Aufgaben, die noch vor ihm lagen.

Er ließ sich in die Nähe des Bahnhofs bringen, schickte seinen Fahrer in den Feierabend und ging zu Fuß weiter. Im Bahnhof schloss er einen Umschlag in ein Schließfach und zog dann mit dem anderen in seiner Jacke weiter in die Gegend, wo die Kneipen lagen und die Nutten standen, eine Gegend, die er inzwischen zu gut kannte. Er hatte noch Zeit bis zum frühen Abend, ehe er in dem Hotel mit Bleeker verabredet war. Also zog es ihn wieder in eines der Lokale, in dem er schon öfter seinen Durst mit kräftigen Schlucken gelöscht hatte. Sich umschauend, sah er wieder die vielen jungen Mädchen, überwiegend Schwarze und Farbige, die auch ihn in den letzten Jahren so oft gereizt und dabei doch wenig Geld gekostet hatten. Nach mehreren Drinks fühlte er sich wesentlich leichter und mutiger. Er machte sich auf den Weg in das Hotel zur Übergabe der kompromittierenden Fotos.

Vorsichtig und wachsam ging er die schmale Treppe nach oben, wartete einen Moment an der Zimmertür, lauschend, sein Ohr an das Holz legend. Es war ruhig, nur ein leises Gemurmel zeigte ihm, dass Bleeker wohl da war. Er öffnete die Tür, betrat schnell den Raum und schloss ebenso schnell die Tür hinter sich.

Beide waren da. Sie saß ebenso aufreizend auf dem Bett wie am Tag zuvor. Einen Moment bedauerte Davenport, dass er sie nicht vollends hatte haben können, doch dann wandte er sich Bleeker zu. Schweigend und ohne sich in die Augen zu sehen erledigten sie den Austausch des Geldes und der Fotos. Davenport war klar, dass die Situation nicht nur ihm, sondern wohl auch Bleeker peinlich war: ein Hinweis darauf, dass Bleeker keine weiteren Forderungen stellen würde.

Das Mädchen lächelte ihn an, als er die Negative und Abzüge zur Prüfung aus dem Umschlag nahm. Sie strahlte Stolz und Siegesgewissheit aus. So still und unauffällig das Geschäft nun gelaufen war, so beruhigt und zielstrebig verließ Davenport

Zimmer und Hotel. Er hoffte, nie wieder etwas von Bleeker zu hören. Bei dem Mädchen war das etwas anderes. Sie ging ihm auch für die nächsten Stunden nicht aus dem Kopf.

Der erste Schritt war getan. Nun musste er am nächsten Abend den zweiten wichtigen Übergabetermin über sich ergehen lassen. Dass dabei ein Mann ermordet werden würde, berührte ihn kaum. Sein Leben und vor allem der Neuanfang in Australien waren ihm wichtiger.

Angeregt von dem Anblick des Mädchens auf dem Bett und angetrunken, nachdem er sich in einigen Bars erneut seine Lieblingsdrinks genehmigt hatte, konnte er der eindringlichen Annäherung eines jungen schwarzen Mädchens nicht widerstehen. Mit ihr landete er in einem Stundenhotel, das er nach kurzer Zeit befriedigt wieder verließ. Danach fuhr er mit einem Taxi nach Hause.

Seine Frau schlief schon. Er war froh, nicht erneut mit ihr diskutieren zu müssen, wo er um diese Zeit wohl herkam. Ohnehin musste sie seine Alkoholfahne riechen, wenn sie jetzt wach wurde. Aber das würde sie am nächsten Morgen auch noch. Vorwürfe deshalb machte sie ihm nicht. Oft genug kam er von Konferenzen und abendlichen Diners angetrunken heim. Sie kannte seinen Job und auch seine Eskapaden und schloss einfach ihre Augen davor.

Am nächsten Abend fuhr Davenport erneut in den Park. Die Schlüsselübergabe sollte an der betreffenden Parkbank stattfinden. Er hatte die Kennziffer vom Schlüssel entfernt. Erst nach Erhalt der Nachricht des Todes von Bleeker würde er die Schließfachnummer herausrücken. Sorgfältig hatte er den Schlüssel in das Futter seiner Jacke geschoben. Falls man ihn auf dem Weg zur Bank ausraubte, würde man dieses Versteck nicht so schnell finden.

Inzwischen war es dunkel geworden, was ihm sehr zupasskam. Man musste sich gegenseitig nicht allzu genau erkennen. Als er die Bank erreicht hatte, setzte er sich und wartete, wie zwei Tage zuvor. Erst ein leises Rascheln und Knacken von Zweigen verriet ihm, dass sich sein Auftragnehmer näherte. Die gleiche Stimme knarrte ihn von hinten an.

»Alles klar. Hast du den Schlüssel?«

»Hier ist er. Die Nummer erfährst du, wenn du mich nach Erledigung des Auftrags anrufst oder ich in der Zeitung davon gelesen habe. Das Geld ist dort deponiert.«

Davenport streckte seine Hand aus, in das Dunkel hinein, und wartete. Es war still hinter ihm, eine ganze Weile. Er argwöhnte schon, der Mann habe sich entfernt. Doch dann spürte er die Hand unter seiner, und der Schlüssel wurde ihm abgenommen.

»Gib mir Zeit bis zum Wochenende. Spätestens dann wirst du von dem Unfall hören.«

Das Treffen schien beendet. Davenport hörte wie schon tags zuvor ein Rascheln und Ästeknacken, dann war es still um ihn. Er war wieder allein, wartete noch einige Minuten und machte sich auf den Weg zurück zum Bahnhof, umging diesen und landete wieder auf dem Vorplatz, der von Schwarzen und Farbigen belagert war. Einen Moment lang blieb er stehen und beobachtete das geschäftige Treiben, wobei es wohl überwiegend um Rauschgift, Alkohol und Frauen ging.

Eine traurige Ecke in Johannesburg. In einiger Entfernung sah er die Busse nur für Schwarze und Farbige, die für die Fahrt in die Gettos vorgesehen waren. In wenigen Stunden würde hier eine gespenstische Ruhe einkehren, denn um diese nächtliche Zeit war es Schwarzen untersagt, sich in der Innenstadt aufzuhalten.

Mit einem Taxi fuhr zurück zur Hollard Street, wo vor der Chamber of Mines sein Dienstwagen stand. Als er in seinem Auto saß, überdachte er noch einmal alle Schritte, die er in den letzten Tagen unternommen hatte. Einen Fehler konnte er immer noch nicht entdecken. Das beruhigte ihn. So war sein Weg zur Australian Mint geebnet.

Dass Frauen ihn oft in prekäre Situationen gebracht hatten, war nicht neu für ihn. Doch so brisant wie mit Bleekers Freundin war es nie geworden. Immer wieder hatte er sich von seinen spontanen Gefühlen leiten lassen, von seiner Sucht nach Sex. Oft genug war er mit einem blauen Auge davongekommen, weil er das Problem mit Geld bereinigte. Oft aber genügten sein Charme und seine Kreativität, um heiklen Situationen unbeschadet zu entkommen. Das waren ohnehin seine Vorzüge, die ihn Frauen interessant erscheinen ließen, die seine Macht spürten und sein Geld genießen wollten. Dass er das ausnutzte, war bekannt, es störte aber niemanden in seiner unmittelbaren Umgebung. Und nicht immer war er es, der die Kontakte zu Frauen und Mädchen herstellte, sondern sie waren es, die seine Nähe suchten, um davon zu profitieren. Doch diesmal hatte ihn die Sucht nach Sex und der kleinen Schwarzen viel Geld gekostet. Er fragte sich, wie das wohl in Australien laufen würde, ob sein Liebesleben außerhalb der Ehe sich dort auch in so einfacher Form, ohne jede Schwierigkeiten gestalten ließe.

Er startete sein Auto. Nach intensiven Überlegungen war er sich nun sicher, wirklich nichts dem Zufall überlassen zu haben. Zu sehr hatte er mit Bedacht auf Distanz, Dunkelheit und Anonymität geachtet. Die letzte Aktion lag nun nicht mehr in seinen Händen, sondern in denen des Mannes, von dem er nur die Stimme kannte. Und die Polizei würde ohnehin keine großen Anstrengungen zur Aufklärung des Todes eines Schwarzen unternehmen.

Einen Moment lang dachte er an das Schicksal der beiden Piloten. Aber was auch immer da passiert war, lag nicht in seiner Verantwortung, und sein Name war mit der Aktion nicht in Verbindung zu bringen. Er war nur etwas verwundert, dass keinerlei Nachrichten darüber bis zu ihm durchgedrungen waren.

Als er die Hollard Street verließ, reihte er sich in den nächtlichen, die City verlassenden Verkehr ein und fuhr in Richtung Crown Mines. Dort ganz in der Nähe lag seine Villa. Sie wegen Australien zu verlassen schmerzte ihn, aber auch in Australien gab es wohl schöne Häuser, tröstete er sich. Mit seiner Frau war er im Reinen. Sie war bereit, mit ihm zu gehen, mit ihm gemeinsam seine letzten Berufsjahre zu teilen.

Zu Hause angekommen, setzte er sich in sein Arbeitszimmer, allein und in Ruhe. Dies waren Stunden, die er sehr genoss: keine Mitarbeiter in der Nähe, keine Konferenzen. Seine Frau war längst schlafen gegangen. Sie wusste, dass ihr Mann diese Zeit brauchte. Sie ließ ihn gewähren, wie sie auch all seine Eskapaden duldete. Davenport griff in die mittlere Schublade seines Schreibtisches und holte das Vertragsangebot der Australian Mint hervor. Seine berufliche Zukunft lag vor ihm auf dem Tisch, lukrativ und eine neue Herausforderung. Sein Verantwortungsbereich würde sich bis in Regierungskreise erstrecken.

Er stand auf und holte sich von der kleinen Bar, die seitlich an seinem Schreibtisch stand, seinen Lieblingsdrink »Cane ’n Coke«. Er drehte das Glas, schwenkte es ein paar Mal nachdenklich, nahm einen Schluck. Dann setzte er sich wieder und unterschrieb den Vertrag, der sein Leben verändern sollte und in neue Bahnen lenken würde.

Als er endlich aufstand und die Lichter ausschaltete, läutete das Telefon.

Er nahm ab.

»Bruce Bolden hier«, meldete sich der Manager der South African Mint. Fast wäre Davenport der Hörer aus der Hand gefallen. Ein Anruf um diese Zeit, das konnte nichts Gutes bedeuten. Sollte Bolden nicht aus dem Weg geräumt werden? Doch er war bemüht, sich seine Überraschung nicht anmerken zu lassen.

»Was kann ich für Sie tun?«

»Ich möchte etwas ganz Persönliches mit Ihnen besprechen. Wann können wir uns morgen sehen?«

Davenport spürte in Boldens Worten eine Dringlichkeit, die seine dunkle Vermutung bestätigte.

»Ich fliege am Montag nach Australien und dann weiter nach Zürich. Dort sehen wir uns ja ohnehin. Worum geht's? Kann ich Ihnen irgendwie helfen?« Er versuchte freundlich und beruhigend zu klingen.

»Es geht um einen Unfall in Kapstadt, in der Altstadt, aber das würde ich gern unter vier Augen erläutern. Also gut, dann sehen wir uns in einigen Tagen in Zürich. Und entschuldigen Sie die späte Störung. Gute Nacht.«

Als Davenport den Hörer aufgelegt hatte, spürte er, dass er wohl doch einen Fehler gemacht haben musste. Aber auch hier war er nur Mitwisser und nicht Verursacher, beruhigte er sich. Er wischte sich den Schweiß von der Stirn. Bis zu einem Treffen in Zürich hatte er genug Zeit, sich eine Antwort und eine Strategie zu überlegen. Seine Unschuld zu bezeugen und mit Bolden Frieden zu schließen.

Auf dem Weg nach oben zum gemeinsamen Schlafzimmer nahm er sich noch einen Drink mit. Dann zog er sich aus, legte sich auf sein Bett und schaltete das Radio ein. Den Nachrichten folgte ein Interview mit dem amerikanischen Präsidenten Richard Nixon. Davenport war mit einem Schlag hellwach. Nixon sprach über das wachsende Misstrauen der westlichen Welt gegenüber dem Dollar als Leitwährung und kündigte Konsequenzen an. Das war sicher das Signal, dass der Goldpreis in seiner Bindung an den Dollar auf der Kippe stand. Davenports Spekulationen und die der Goldminen schienen wahr zu werden. Mit diesen letzten Gedanken, die für ihn doch noch etwas Positives brachten, sank er in einen tiefen, traumlosen Schlaf.

Bleeker räkelte sich wohlig in dem kleinen Hotelbett. Seine Gedanken waren bei dem Batzen Dollarnoten, deren Besitzer er nun war. Jetzt war ein gemachter Mann, seinem Traum, einer eigenen kleinen Farm, ein ganzes Stück näher. Dass er die kleine Schwarze kennen gelernt hatte, betrachtete er als weiteren Glücksfall. Nina gefiel ihm. Noch hatte er keine Nachteile bei ihr entdecken können. Sie war aufmerksam zu ihm, liebevoll und schien ihn tatsächlich zu mögen. Er glaubte ihr, dass sie mit ihm zusammen sein, mit ihm raus aus der dreckigen Ecke von Johannesburg wollte. Sie kannten sich nun gerade mal zwei Tage und Nächte, doch das, was er mit ihr in dieser kurzen Zeit erlebt hatte, schien ihm viel länger gedauert zu haben. Ihre Hingabe, ihre sexuellen Forderungen begeisterten ihn, aber auch von ihrem Wesen her schien sie seinen Vorstellungen zu entsprechen. Sie war ehrlich und vertrauenswürdig, Attribute, die er bei einer Frau bisher vergeblich gesucht hatte.

Dass sie sich für Geld an Männer verkaufte, sah er als Notwendigkeit. Wie sonst konnte ein schwarzes Mädchen wie sie und viele andere in dieser Stadt überleben? Dazu kam, dass sie sehr gut aussah, jung und mädchenhaft, schüchtern, hilfsbedürftig und unschuldig. Schon allein deshalb wurde sie von Männern angesprochen. Und doch wusste sie, was sie wollte. Damit, so sagten ihm seine Gefühle für sie, sollte jetzt Schluss sein. Sie war seine Freundin, und er wollte sie mitnehmen nach Kapstadt. Mit dem Geld konnte er sich und ihr ein sorgenfreies Leben bieten.

Nina lag bewegungslos dicht an ihn geschmiegt und schlief fest. Bleeker drehte sich ein wenig zu ihr hin. So konnte er sie betrachten. Im Schlaf hatte sie ihren Mund ganz leicht geöffnet, ihr Atem ging schwer. Es war heiß. Auf der Stirn glänzten kleine Schweißperlen, wie auch auf ihrer Brust. Sein Blick wanderte über ihren flachen Bauch. Im Bauchnabel hatte sich ein winziger Teich gebildet. Dann drehte er sie vorsichtig um und bewunderte ihren schmalen Rücken. Ganz sanft legte er eine Hand auf ihren Hintern. Sofort war Nina wach, drehte sich zu Bleeker, blinzelte verschlafen und lächelte ihn dann an.

Es lag eine friedliche, ruhige Stimmung in dem Zimmer, obwohl die Luft heiß und stickig war. Beide genossen diese stille Vertrautheit, die sie wie eine leichte Decke umhüllte.

»Woran denkst du?«, fragte sie leise, Bleeker musste lächeln. Warum kam immer wieder diese Frage auf, hinterher? Er wollte die Stimmung nicht verderben und antwortete: »An uns beide, und dass wir vielleicht schon morgen von hier verschwinden, direkt nach Kapstadt. Wie versprochen, nehme ich dich mit. Du gefällst mir. Und solange es uns beiden gut geht, möchte ich dich an meinem Leben teilhaben lassen. Wie wär's, wir bleiben noch eine Weile im Zimmer, du besorgst uns schnell etwas zum Essen, mit ein paar Flaschen Bier. Heute Abend gehen wir dann feiern.«

Nina nickte, erhob sich räkelnd und streckte sich, wohl wissend, dass Bleeker sie mit seinen Blicken sehnsüchtig verfolgte.

»Eigentlich möchte ich dich nicht gehen lassen. Aber während du einkaufen gehst, werde ich das Geld gut verpacken. Hier, nimm ein paar Dollar und tausche sie in Rand um.«

Sie zog einfach nur das dünne Kleid über, keinen Büstenhalter, den sie ohnehin nicht besaß, und kein Höschen. Barfuß verließ sie das Zimmer.

Bleeker warf das Laken, mit dem er sich zugedeckt hatte, von sich, und ging unter die Dusche. Dann setzte er sich nackt und nass wieder aufs Bett. Jetzt am hellen Tag sah die Gegend friedlich aus, doch er wusste, abends, wenn es dunkel war, standen Mädchen vor den Bars und Kneipen, um sich wie jede Nacht hinter Hauswänden und im Park ein wenig Geld zu verdienen. Die Nacht war auch die Zeit, in der Weiße sich hier ihr billiges Vergnügen gönnten. Tagsüber gab es nur Schwarze und Farbige zu sehen, arbeitslos, alkoholisiert, streitsüchtig, pöbelnd. Bei Tageslicht sah man auch den Müll, der überall herumlag: Papier- und Plastiktüten, leere Bierflaschen und Dosen, leere Schnapsflaschen, und doch zeigte die Atmosphäre eine gewisse Ruhe.

Angewidert drehte sich Bleeker wieder in den Raum. Er war dankbar, dass es ihn nicht so weit nach unten getrieben hatte. Als Fahrer für die Mint und mit seiner kleinen Wohnung in Kapstadt hatte er es gut getroffen. Doch er wollte mehr, und an diesem Tag war er seinem Ziel schon sehr nahe gekommen. Er nahm den Umschlag mit den 20 000 Dollar, öffnete ihn und zählte erneut die Scheine. Er konnte es noch immer nicht glauben. Dass er mit krimineller Energie zu diesem Geld gekommen war, berührte ihn nicht. Für ihn war das Geld eine Art Wiedergutmachung für die Diskriminierung der Schwarzen. Bleeker drehte mehrere kleine Bündel aus den Noten und steckte sie, nachdem er einige in seine Hosentasche geschoben hatte, an verschiedene Stellen seiner Jacke. Von nun an würde er diese Jacke nicht mehr aus den Augen lassen. Dann verstaute er sie zuunterst in seiner Reisetasche, griff zum Telefon und ließ sich mit einer Autovermietung verbinden. Für den nächsten Tag bestellte er einen Range Rover, mit dem sie beide nach Kapstadt fahren wollten.

Nina kam zurück, bepackt mit einer großen Einkaufstüte, setzte sich auf das Bett und stellte die Tüte achtlos auf den Boden. Sie griff das Kleid am Saum und rollte es nach oben, bis sie es über den Kopf ziehen konnte.

»So ist es bequemer für dich, und außerdem ist es zu warm in diesem Zimmer.«

»Du meinst, bequemer für uns beide.« Er beugte sich zu ihr, küsste sie, während sie sich langsam hintenüber fallen ließ. Bleeker lag auf ihr, und so liebten sie sich erneut, wobei sie immer wieder flüsterte, dass sie ihn sehr liebe. Erst als sich beide wieder aufsetzten und die Bierflaschen aus der Tüte nahmen, wurde ihm bewusst, was sie zu ihm gesagt hatte.

»Du liebst mich? Gut, das ist die beste Voraussetzung für unsere Fahrt nach Kapstadt.«

Während sie an den Sandwiches kauten, erzählte er ihr, dass er ein Auto gemietet hatte und dass sie ihre Sachen aus ihrem Zimmer holen solle.

»Dies ist dein Abschied von dieser Gegend. Sag deinen Freunden Bescheid, dass du so schnell nicht wiederkommst.«

»Dann gehe ich jetzt. Wir treffen uns morgen bei der Autovermietung, ist dir das recht?« Nina sah ihn fragend an.

»Gut, ich werde dort auf dich warten. Wenn du nicht kommst, suche ich die ganze Stadt nach dir ab. Irgendwo werde ich dich finden.«

»Willst du mich fesseln, damit ich bei dir bleibe?« Sie lächelte bei dem Gedanken an Fesseln. Es erregte sie.

»Beim Liebesspiel kannst du mit mir machen, was du willst. Aber keine Angst, ich werde da sein. Habe ich dir nicht vorhin gesagt, dass ich dich liebe?«

Bleeker faszinierte der Gedanke, sie zu fesseln, dass sie wehrlos nackt vor ihm liegen würde, seinen Zärtlichkeiten hilflos ausgeliefert.

»Und außerdem will ich weg aus diesem Dreck hier, weg von den Männern, die ich bedienen musste, damit ich überlebe. Mein Sinn steht mir nach einem Mann allein für mich, den ich liebe. Und das bist du.«

Bleeker fasste ihr unter das Kinn, küsste sie und reichte ihr das Kleid.

Nina streifte das dünne, fadenscheinig gewordene Kleidungsstück über. Diesmal hatte sie zuvor ein Höschen angezogen. Dann schlüpfte sie in ein Paar Turnschuhe, die grau und alt wirkten. Vor langer Zeit mussten sie einmal weiß gewesen sein. Sie winkte Bleeker noch einmal von der Zimmertür aus zu und verschwand.

Die ehemals eleganten Geschäftsstraßen in unmittelbarer Nähe des Bahnhofs waren ziemlich heruntergekommen. Das war noch höflich formuliert, denn in Wirklichkeit herrschten Dreck, Lärm und Staub. Seit Monaten waren die Straßen nicht mehr gereinigt worden. Dazu kam, dass es überall vor Menschen wimmelte. Viele Schwarze, wenige Weiße und Farbige lungerten in dieser trostlosen Gegend herum, die wenigen Rasenflächen in der Innenstadt waren übervölkert. Man konnte ohne Schwierigkeiten erkennen, dass die meisten Menschen arbeitslos waren. In ihrer Verzweiflung wollten sie so schnell und billig wie möglich an Alkohol und Drogen kommen, um sich angesichts ihrer aussichtslosen Lage zu betäuben. So gab es in dieser Gegend eine rege Geschäftstätigkeit: Man handelte mit Schnaps, oft heimlich in den Gettos der Schwarzen selbst gebrannt, und mit Heroin, importiert aus Südamerika.

An einigen Straßenecken und vor allem vor dem Hauptgebäude des Bahnhofs waren große Holztafeln aufgestellt worden, auf denen hunderte von Zetteln und Anzeigen angeheftet waren. Billigjob-Angebote, die aber in der Realität niemand mehr annehmen wollte. Die Schwarzen lagen lieber den ganzen Tag in den Parks herum, palaverten, tranken oder spielten Karten.

Doch einige wenige waren an dieser Art nutzloser Beschäftigung nicht interessiert. Es gab auch hier in Johannesburg eine Mafia, die die wirklich lukrativen Jobs vergab, wenn auch nur wenige eine Chance hatten, einen dieser raren Aufträge zu ergattern, Aufträge am Rande und oft außerhalb jeglicher Legalität. Wer einmal einen dieser Jobs angenommen und erfolgreich erledigt hatte, besaß gute Chancen, erneut für eine illegale Arbeit angesprochen zu werden. So konnte man sich im Laufe der Zeit hocharbeiten bis zu den Kapitalverbrechen wie Bankraub, Überfall und Mord.

Nero Malewi war ein groß gewachsener Schwarzer, schlank und muskulös, durchtrainiert, um auch schwierige, seine ganze Kraft erfordernde Aufträge auszuführen. Mord befand sich genauso in seinem Repertoire wie das Geldeintreiben mit brutaler Gewalt. Dieses Mal hatte er einen besonderen Auftrag angenommen. Ein Auftrag, der nicht nur Genauigkeit, sondern auch Kreativität von ihm forderte.

Er trug schwarze Lederhosen und eine passende Lederjacke, die ihn als Motorradfahrer auswies. Mit einem Motorrad war er auch gekommen, in die Straße, an der das kleine Hotel lag. Er hatte einen Mord als Unfall abzuwickeln. Und dazu hatte er sich so seine Gedanken gemacht, bis ihm eine Vision als durchaus realisierbar erschien. Er trug seine kleine Pistole im Hosenbund, nicht sichtbar für Passanten, die an ihm vorbeigingen. Es musste schnellgehen, nur so konnte er den Überraschungsmoment ausnutzen und in der vor ihm liegenden Straßenbiegung verschwinden.

Nina sah sich in ihrer Behausung um und fand kaum etwas außer ein paar Erinnerungen. Sie packte einige Utensilien in eine Tasche. Dann verließ sie das Zimmer über die Feuertreppe, warf die Wohnungsschlüssel in den Briefkasten des Vermieters und verschwand um die nächste Hausecke Richtung Bahnhof, zur Autovermietung.

Dort traf sie auf Bleeker, der den Wagen bereits angemietet

und bezahlt hatte. Gemeinsam fuhren sie zum Hotel, um das restliche Gepäck aus dem Zimmer zu holen. Sorgfältig parkte Bleeker das Auto auf der linken Straßenseite, direkt vor dem Hoteleingang.

Als Bleeker das Fahrzeug verließ, konnte Malewi ihn erkennen. Die Beschreibung, die er erhalten hatte, passte genau auf ihn. Das Mädchen, das im Wagen sitzen blieb, musste die Freundin sein.

Nach wenigen Minuten kam Bleeker aus dem Hotel zurück, eine Reisetasche und einen Beutel in den Händen. Er ging um das Auto herum, öffnete die Heckklappe und stellte Tasche und Beutel in den Kofferraum. Einen Augenblick blieb er nachdenklich stehen, öffnet die Tasche, zog dann seine Jacke raus, griff in eine der Seitentaschen und entnahm ihr einige Geldscheine. Dann legte er die Jacke in die Reisetasche zurück, schloss die Tasche wieder und schlug die Heckklappe des Autos zu. Bleeker ging nach vorn vor den Wagen und winkte Nina heraus. Gemeinsam steuerten sie ein nahe gelegenes Einkaufszentrum an. Den Wagen ließen sie stehen.

Malewi beobachtete sie. Als sie aus seinem Blickfeld verschwunden waren, startete er das Motorrad und fuhr an dem Range Rover vorbei. An der nächsten Kreuzung wendete er, fuhr zurück und postierte sich in einiger Entfernung wieder hinter dem Rover. Den Motor ließ er laufen. Den schwarzen Helm behielt er auf. So konnte ihn niemand identifizieren. Trotz seiner Anspannung blieb Malewi ruhig und geduldig.

Nach einiger Zeit tauchten Bleeker und Nina wieder auf, beladen mit Einkaufstüten. Sie wirkten fröhlich, lachten sich an und näherten sich dem Rover.

Bleeker ließ Nina auf der linken Seite einsteigen, ging um das Fahrzeug herum, öffnete die hintere rechte Tür und legte die Tüten auf die Rückbank. Er warf die Tür wieder zu und ging zur Fahrertür.

Das war der richtige Moment für Malewi. Er schoss auf den Rover zu, und bevor Bleeker die Fahrertür öffnen konnte, war Malewi schon bei ihm, stoppte kurz das Motorrad. Er riss die Pistole aus dem Gürtel, zielte direkt auf den Kopf von Bleeker und drückte ab. Bevor sein Opfer auf die Straße vor ihm fiel, war Malewi schon an dem Fallenden vorbei und erreichte die rettende Straßenecke. Niemand hatte den Unfall richtig wahrnehmen können.

Nina saß steif im Auto und konnte die Situation nicht erfassen. Entsetzt stieg sie aus dem Wagen, lief zu Bleekers leblosem Körper, begriff, dass er tot war, und ging zurück zum Rover. Einige Passanten blieben in gewisser Distanz stehen. Niemand wollte mit diesem Unfall etwas zu tun haben. Und da der Tote auf der Straße ohnehin ein Schwarzer war, würde auch die Polizei nicht so schnell in Erscheinung treten. Die Sanitäter, die einige Zeit später eintrafen, legten Bleeker auf eine Trage und verluden ihn in den Krankenwagen. In wenigen Minuten war die Straße wieder frei.

Nina öffnete die Hecktür des Rovers, griff Bleekers Reisetasche und ihre eigene kleine Tasche. Sie überlegte kurz, was sie mit dem Wagen anfangen sollte, entschied, ihn einfach stehen zu lassen, und verschwand Richtung der nächsten Querstraße. So war auch sie den Blicken der Schaulustigen entkommen. Das Einzige, was ihr von Bleeker geblieben war, waren die Dollarnoten. Wenigstens konnte sie nun selbst damit die Stadt verlassen.

Perth, Australien

Davenport war erschöpft. Die Ereignisse in den letzten Tagen hatten ihn doch mehr strapaziert, als er es für möglich gehalten hatte. Im Grunde, das wusste er, war er ein Krimineller geworden. Lange war er in seinem Berufsleben ein integrer Mann gewesen. Doch er hatte sich wegen seiner Karriere zu illegalen Handlungen hinreißen lassen.

Welcher Teufel hatte ihn geritten? Lag es an Lizzy, mit der er exzessive Zeiten durchlebt hatte? War es der Alkohol, der Sex? All das hatte ihn allerdings auch eine Stange Geld gekostet. Oder war es seine Sehnsucht, sich seine Träume zu erfüllen, bevor das Leben irgendwann einfach vorbei war?

Seine Frau, die ihm in all den Jahren zur Seite gestanden und wenig oder vielleicht doch alles von seinen Neigungen mitbekommen hatte, hielt still zu ihm. Ob sie litt, konnte er nicht beurteilen. Aber in seiner Welt, die ihn auch privat oft mit Geschäftsleuten zusammenbrachte, konnte sie geschickt seine Arbeit mit seinem Privatleben verbinden. Perfekt also, er schätzte das. So war er sich sicher, dass sie in allen Bereichen seines Lebens zu ihm stand. Jetzt allerdings, da er sich hatte korrumpieren lassen, behielt er doch viele Informationen für sich. Ansonsten waren er und seine Frau daran gewöhnt, oft bis spät in die Nacht seine Probleme zu erörtern.

War der Weg nach Australien eine Flucht? Er wusste es nicht. Ein Ausweg aus dem Leben in Südafrika war es mit Sicherheit, obwohl er ahnte, dass er sich nicht so einfach den Konsequenzen entziehen konnte. Aber wenn er rechtzeitig auf die Bremse trat und aus diesem Zug ausstieg, waren er und seine berufliche Laufbahn vielleicht doch noch zu retten.

Seine Reise nach Australien war gebucht. Am Morgen hatte er noch die Berichte über den Unfall mit dem Motorrad und dem Schwarzen in der Zeitung und im örtlichen TV verfolgen können. Telefonisch gab er die Schließfachnummer weiter. Damit war auch dieses Thema, das ihn doch sehr belastet hatte, vom Tisch. Seiner Meinung nach gab es keine Spur, die ihn mit diesem Unfall hätte in Verbindung bringen können. Falls die Polizei sich überhaupt um diesen Überfall kümmerte oder eine Vermutung hatte, dass es sich hier um einen bewusst gezielten Mordanschlag handelte.

Er streckte sich auf seinem Bett und fühlte die Entspannung in seinem verkrampften Rücken bis hin zu seinen Beinen. Ein leichter elektrischer Strom zog durch ihn hindurch und wirkte befreiend. Seine Frau war einkaufen gegangen. Er dachte über den bevorstehenden Flug nach. Die Koffer waren gepackt, das hatte seine Frau für ihn erledigt, so wie sie es immer tat, wenn er auf Reisen ging. Und da er für den Erfolg des Krügerrand verantwortlich war, bedeutete das, dass er sehr oft auf Reisen war. So blieb es nicht aus, dass er überall auf der Welt seine erotischen Erlebnisse hatte. Doch nun musste er ruhiger werden. Als CEO für die australische Goldminenindustrie hatte er gewiss ein genauso reiseaufwendiges Arbeitsfeld. Aber dass er sich die gleichen Eskapaden leisten konnte, glaubte er nicht.

Schließlich stand er auf, ging, nur mit einer Unterhose bekleidet, in die Küche im Erdgeschoss und machte sich einen Kaffee, den er nach oben mitnahm. Mit dem Kaffeebecher in der Hand betrat er das Bad, ließ warmes Wasser in die Wanne und setzte sich auf den Wannenrand. Schräg gegenüber sah er sich im Spiegel. Seine Haut war gebräunt, und trotz seiner Körperfülle hatte er immer noch eine respektable, athletische Figur. Er strich sich mit der freien Hand über sein Gesicht, prüfte die Notwendigkeit, sich zu rasieren, entschied dann aber, sich erst nach der Ankunft in Australien den Bart abzunehmen.

Nach dem Bad inspizierte er seine Reiseunterlagen und den Inhalt seines Koffers, den seine Frau für ihn gepackt hatte. Für den langen Flug zog er leichte Reisekleidung an. Kein Anzug, keine Krawatte.

Nach einem letzten Kontrollblick in den Spiegel nahm er Koffer und Aktentasche und ging ins Erdgeschoss, wo er auf seine Frau wartete, die ihn zum Flughafen bringen sollte.

Auf der Fahrt waren beide schweigsam. Zu viele Gedanken gingen ihm und ihr durch den Kopf.

»Es wird sicher auch für uns eine Chance für einen Neuanfang sein. Lass es uns versuchen.« Seine Worte klangen wie Frage und Bitte zugleich. Er wusste, dass er seiner Frau in den letzten Jahren sehr viel zugemutet hatte, und hoffte, dass sie ihm verzieh.

»Ich bin bereit. Viele andere Möglichkeiten habe ich ohnehin nicht. Aber meine Liebe zu dir hast du nicht zerstören können. Immerhin warst du diskret und hast auch die Chamber nichts merken lassen. Und ich komme gern mit dir, deine letzten Berufsjahre mit dir zu teilen. Wenn du jetzt zu mir zurückgefunden hast, so ist das für mich ein Zeichen deiner Liebe zu mir. Dazu kommt, dass ich deinen Humor, deine Selbstkritik und deine Großzügigkeit immer sehr geschätzt habe. Ich hätte jetzt auch gern Vertrauen hinzugefügt, aber das muss sich erst wieder beweisen. Mit deinem Einfallsreichtum, deiner Spontaneität, deinem Charme hast du noch immer das erreicht, was du wolltest.« Sie löste ihre linke Hand vom Lenkrad und legte sie in seinen Schoß, blickte kurz zu ihm und lächelte ihn an.

Davenport war überrascht. Nicht er, schien es ihm, war großzügig. Sie war es. Wenn sie ihm in all den vergangenen Jahren seine Geschichten verziehen hatte, so war das nicht nur großzügig, sondern zeigte auch ein Verständnis für ihn, mit dem er nicht gerechnet hatte. Er drückte ihre Hand, hielt sie fest, war unendlich dankbar. Erleichtert stellte er fest, dass sich ernste Probleme, geschäftlich und nun auch privat, in Wohlgefallen aufzulösen begannen. So konnte er seine Gedanken voll auf die neuen Aufgaben ausrichten.

»Es wird alles anders werden. Ich bin ruhiger geworden und danke dir für die Chance, die du uns gibst. Es wird eine schöne Zeit werden, und du kannst sicher sein, es wird nur noch eine Frau geben an meiner Seite.«

Er konnte sich nicht erinnern, jemals so offen mit ihr gesprochen zu haben. Die kriminellen Machenschaften allerdings, die nun hinter ihm lagen, hatte er ihr nicht offenbart.

Er streichelte kurz ihre Wange, während sie die Abfahrt zum Flughafengebäude nahm und vor der Abflughalle des Jan Smuts Airport hielt.

»Komm gesund wieder, ich warte auf dich. Ruf mich an, wenn du magst. Ich werde mich inzwischen um den Verkauf des Hauses kümmern.«

Der Abschied war wie immer, wenn er auf Reisen ging, kurz und schnell. Diesmal allerdings gab er ihr einen Kuss.

Zürich

Es war Montag, der 16. Juli 1971, als eine Pressenachricht, die die Weltwirtschaft und Finanzwelt erschütterte, in den Medien erschien.

Präsident Nixon hielt eine Rede vor dem Kongress in Washington und teilte dem Senat eine entscheidende Änderung des bisherigen amerikanischen Währungssystems mit:

„Hiermit erkläre ich offiziell, dass die seit mehr als 27 Jahren geltende Selbstverpflichtung ausländischer Notenbanken, gegen Vorlage von Dollarnoten US-Gold zum Garantiekurs zu geben, aufgehoben ist. Damit ist auch der Dollar nicht mehr als unumschränkte Leit- und Reservewährung zu sehen."

Dies war eine inkonsequente Handlung in der Währungspolitik: Einerseits hob Nixon die Verpflichtung des US-Schatzamtes auf, Dollar gegen Gold einzutauschen, andererseits beließ er zunächst den Goldpreis bei 35 Dollar die Feinunze. Der Druck der westlichen Wirtschaftsnationen erforderte es allerdings wenig später, den Kurs auf 42 Dollar anzuheben.

Zürich lag im dichten Nebel, der vom See herüberwaberte. Es war sehr früh am Morgen. Durch die schmalen Straßen der Altstadt zogen die grauen Schleier, angetrieben von einem leichten stetigen Wind, der zugig in allen Ecken zu spüren war.

Für den Beginn der Woche hatte der Wetterbericht Sonnenschein vorausgesagt. Ein milder Frühlingstag, der sicher viele Bürger und Touristen an die Wasserfront des Zürichsees locken würde. Entlang der Küstenstraße zogen sich die klassizistischen Gebäude zahlreicher Hotels hin, von denen viele ihre besten Jahre hinter sich hatten. Die teilweise maroden Fassaden ließen die Pracht vergangener Jahrzehnte allerdings noch erahnen.

Und doch war genug Geld da. In der Bahnhofstraße lag das Finanzzentrum, befanden sich die international operierenden Banken. Sie arbeiteten eben nicht nur für die Schweizer Bürger, sondern im Wesentlichen für Steuerflüchtlinge aus dem Ausland, die hier ihre Vermögen horteten.

Nutznießer waren nicht nur die Finanzinstitute, sondern auch die Bankdirektoren. Im allgemeinen Profitstreben fiel gewiss auch der eine oder andere Batzen für sie ab. Neben den international gehandelten Währungen wurde die Weltwährung, der Dollar, bei den Schweizer Banken gebunkert. Doch auch diese hatten sich nach der Dollar-Gold-Tauschaktion richtig entschieden, und so geriet die amerikanische Regierung unter Druck. Die Schweiz hatte wie auch der französische Präsident de Gaulle das Ende der Dollar-Gold-Bindung geahnt und ihre Dollarreserven weitgehend getauscht. So wurde der Dollar weltweit geschwächt, das Vertrauen in diese bisher so starke und akzeptierte Währung sank. Amerika unter Präsident Nixon reagierte prompt mit dem sofortigen Ende der Bindung.

Pretoria

Vor seinem Abflug nach Zürich griff Bolden wahllos nach einigen Tageszeitungen und blätterte sie durch.

Mit der Entscheidung des amerikanischen Präsidenten war nun das Floating der westlichen Währungen freigegeben. Der Internationale Währungsfonds trat sofort zusammen und suchte einen Weg, Währungsparitäten festzusetzen. Da ein Weltwirtschafts- und Währungszusammenbruch ausblieb, wurde die Entscheidung für neue Paritäten vertagt. Das liberale System, wonach Angebot und Nachfrage den Preis regulierten, wurde verändert und ersetzt.

Der Sicherheitsaspekt von Gold vor militärischen und Finanzkrisen, vor Inflation, waren nun die Preisindikatoren von Gold.

Bolden konnte sich nur gratulieren. Besser konnte der Zeitpunkt nicht gewählt sein. Die Goldminenindustrie in Südafrika konnte sich glücklich schätzen. Das Konzept des Krügerrand ging auf, die jahrelangen Vorbereitungen trugen jetzt endlich Früchte. Die Zeit, mit dem Absatz dieser Barrenmünze viel Geld zu verdienen, war gekommen. Schließlich durften die Minen bis zu zwanzig Prozent des neu geförderten Goldes direkt an die Handelsbanken verkaufen.

Bolden wusste, das andere Goldförderländer bald mit diesem Konzept folgen würden.

Zürich

In der Verlängerung der Bahnhofstraße Richtung Hauptbahnhof folgten neben teuren Modeboutiquen und Juweliergeschäften die renommierten Banken der Schweiz. Ob UBS, Crédit Suisse, Bank Leu, alle waren sie hier in der Bahnhofstraße vertreten.

An diesem Morgen herrschte rege Betriebsamkeit. Geschäftsleute, Banker in dunklen Anzügen, Passanten und Touristen belebten die Straße. Dies war allerdings kein Vergleich zur sich ausbreitenden Hektik innerhalb der Banken. Die Nachrichten aus den USA hatten die Edelmetallhändler und Devisenmakler aufgescheucht.

Im vierten Stock der UBS residierte der für diesen Geschäftsbereich zuständige Direktor Schmieder. Sein persönliches, mit edler Wandtäfelung aus exotischen dunklen Hölzern ausgestattetes Büro lag direkt neben dem großzügigen Händlerraum, in dem etwa zwanzig Händler telefonisch und auf ihren Bildschirmen Preisverläufe verfolgten und bisweilen lautstark Milliardengeschäfte in Devisen abwickelten. Seit der Nachricht aus den USA waren nun auch Gold und Silber Handelsgüter, die stündlich neu bewertet wurden.

Schmieders überdimensionaler Schreibtisch aus tiefrotem Teakholz war optischer Mittelpunkt des Raumes, an dessen Südseite ein großzügiges Fenster einen Blick auf den Zürichsee erlaubte. An beiden Wänden links und rechts des Fensters waren Konsolen aufgestellt, die vollends mit Akten belegt waren. Auch auf Schmieders Schreibtisch türmten sich die Vorgänge, die er zu bearbeiten hatte. Neben seiner Telefonanlage war ein Bildschirm installiert, auf dem er die Geschäftsabläufe seiner Mitarbeiter verfolgen und gegebenenfalls selbst in den Handel eingreifen konnte.

Heute aber schaltete er nach London, wo vormittags und nachmittags das werktägliche Goldfixing stattfand. Die Notierungen zeigten steigende Tendenz, umso mehr, da nun Angebot und Nachfrage den Preis bestimmten. Fünf renommierte Banken, Mocatta & Goldsmith, Samuel Montagu & Co, Pixley Abell, Sharp and Wilkens unter Leitung des Bankhauses Rothschild, legten den Preis fest. Das Goldfixing wurde nun zu einer festen, obwohl seit 1919 durchgeführten, wichtigen Institution für die Fixierung des Goldpreises mit weltweiter Akzeptanz.

Schmieder war ein Workaholic, und so konnte er oft ohne Pausen stundenlang konzentriert arbeiten. An diesem Tag aber war er nervös. Die Auflösung der Preisbindung des Goldes alarmierte ihn. Vor allem, weil er angestrengt überlegte, wie er selbst Profit aus der Situation schlagen konnte. Für seine Bank hatte er rechtzeitig große Mengen der Dollardevisen in Gold umgetauscht. Und das geheime Lager des Nazigoldes hatte er ebenfalls geschickt aufgelöst.

Zufrieden sah er sich in seinem Büro um. Alle wichtigen Insignien seiner Macht waren vorhanden: schwere, teure Möbel, Kristalllüster an der Decke und eine kleine Bar, versteckt in einer der Seitenkonsolen. Der Fußboden war mit dickem dunkelblauen Teppichboden ausgelegt, der dem Raum die Gediegenheit verlieh, auf die Schmieder Wert legte.

Er stand auf, ging zum Fenster und blickte träumend auf den See. Kurz dachte er an sein Segelboot, eine seiner Leidenschaften neben der Sammlung wertvoller Gold- und Silbermünzen, die er in seinem Haus im Tresor lagerte.

Aus einem Humidor nahm er eine Zigarre, rollte sie am Ohr und steckte sie mit einem Streichholz an.

Er war zufrieden bis auf einen Punkt, der ihn wie ein Blitz durchschlug.

Er hatte von Bradshaw und Davenport noch keine Meldung über die Eliminierung der Piloten gehört, die den Bestand des Nazigoldes aus den Tresoren der Bank abtransportiert hatten. Doch er wusste, dass man ihn in diese Angelegenheit nicht hineinziehen konnte. Er war zwar Mitwisser, aber ohne Beweis hatte er das Vorgehen des Amerikaners stillschweigend über sich ergehen lassen.

Mit Bedacht hatte er sich bei dieser Arbeit zurückgehalten. Er hatte den Piloten Destry nicht getroffen, und das Verladen im Hof der Bank wurde von einigen wenigen Mitarbeitern durchgeführt, die aber nicht über den Inhalt der Kisten informiert waren. Dass die beiden Piloten aus dem Weg geräumt werden sollten, war Bradshaws Entscheidung, der hatte auch das weitere Vorgehen allein geplant. Mitwisser sollte es auch über den Goldtransport nicht geben. Die wenigen Unterlagen, die seinen Verantwortungsbereich betrafen und ihn möglicherweise belasten konnten, steckte er in seine Aktentasche. Das Material wollte er vernichten.

Er ließ sich von seiner Sekretärin einige Finanzzeitungen kommen.

Während er über die aktuellen Hintergründe um die Auflösung des Bretton-Woods-Abkommens las, beschäftigte ihn noch ein ganz anderer Gedanke.

Er hatte diskret von Bradshaw Provisionen kassiert. Zugegeben, sein Lebensstil war sehr aufwendig: Er bewohnte eine Villa mit Seeblick, hatte einige Oldtimer in seiner Garage stehen und unterhielt mehrere Freundinnen, die er von Zeit zu Zeit zu sich nach Hause einlud.

Trotz des leichten unbehaglichen Drucks auf seinem Magen musste er lächeln. Er führte ein durchaus glückliches Leben. Hinzu kam, dass sein Geschäftsbereich sehr erfolgreich war, hatte doch der Vorstand ihm nun auch die Leitung des Edelmetallhandels vollverantwortlich übertragen.

Als er kurz das Fenster öffnete und den milden Duft von See und Sommer in seiner Nase spürte, entschloss er sich, für heute Nachmittag das Büro zu räumen und mit seinem Segelboot auf den Zürichsee zu fahren. Er griff nach der Aktentasche und verließ sein Büro.

Nach einem kurzen Blick in den Händlerraum und einem Nicken in Richtung seiner Mitarbeiter fuhr er mit dem Fahrstuhl in das Erdgeschoss, winkte grüßend dem Schalterpersonal zu und trat hinaus.

Den kurzen Weg durch die Bahnhofstraße bis zu der kleinen Brücke hinter dem Hotel zum Storchen schaffte er in wenigen Minuten. Auf der anderen Seite der Limmat, gleich neben dem Schwimmbad, lag der kleine Bootsclub, in dem sein Segelboot lag. Im Clubhaus zog er sich um und trug nun eine leichte dunkelblaue Hose mit einem weißen Pullover. Dann stieg er auf sein Boot und ruderte es den Fluss entlang, den Mast aufstellend und das Segel setzend, nachdem er die schmale Fußgängerbrücke passiert hatte.

Er lehnte sich neben der Ruderpinne zurück und nahm mit dem leichten Wind, der über den Zürichsee zog, Kurs auf die Seemitte. Dann steuerte er das Boot in den Wind, nahm die Papiere aus der Tasche, zerriss sie in kleine Fetzen und ließ sie über Bord in den See fallen, wo sie sofort von der Strömung in alle Richtungen verteilt und vollgesogen untergingen.

Jetzt war ihm wirklich wohler, er atmete tief durch, spürte eine körperliche Erleichterung, die ihm guttat. Nur Bradshaw kannte die Details, die ihm hätten gefährlich werden können, aber dafür wusste er auch genug von der kriminellen Energie, die Bradshaw in dieser Goldaffäre eingesetzt hatte.

Bolden dagegen wusste von dem Goldtransport nicht alle Einzelheiten, während Davenport die ganze Wahrheit wohl eher ahnte und sich die wahre Herkunft des Goldtransports zusammenreimen konnte.

Schmieder segelte zurück zu seinem Hafen, vertäute das Boot und fuhr mit einem Taxi nach Hause. Mit einem Glas Cognac setzte er sich auf seine Terrasse und genoss den abendlichen Blick über den See.

Das Telefon klingelte.

Seine Sekretärin bat ihn im Auftrag des Vorstandes, zu einer außerordentlichen Sitzung in die Bank zu kommen. Es gehe um Goldgeschäfte, mehr wisse sie auch nicht.

Der Druck auf seinem Magen kam wieder. Ihm wurde regelrecht übel. Hatte er doch etwas übersehen? Aber es half nichts, er trank sein Glas leer, zog sich wieder um und fuhr mit einem Taxi zur Bank zurück. Sein Puls schlug bis zum Hals. Auch als er in der Bank von einer der Vorstandsdamen empfangen wurde und mit ihr in die Vorstandsetage fuhr, besserte sich sein Zustand nicht.

In einem kleinen Besprechungszimmer wartete er auf den Vorstand.

Der innere Druck wurde immer stärker. Er konnte sich einfach nicht vorstellen, dass das Wissen um den diskreten Goldtransport so weit bis in die Vorstandsetage vorgedrungen war. Wahrscheinlich ging es um die Aufhebung der Goldpreisbindung, beruhigte er sich. Er nahm sich ein Glas Wasser von der Mitte des Tisches und wartete.

Nach zähen Minuten erschienen endlich die Vorstandsmitglieder. Es waren vier an der Zahl. Man setzte sich, und alle sahen nachdenklich erst auf die Tischplatte und dann zu Dr. Mitschler, dem Vorsitzenden.

„Wir haben heute Morgen eine merkwürdige Nachricht erhalten, in der es um einen vom Vorstand nicht genehmigten Goldtransport und um eine meldepflichtige Provisionszahlung geht. Das alles in Verbindung mit Ihrem Namen." Dr. Mitschler sah Schmieder an. Er zögerte, als ob er auf eine Antwort wartete, dann fuhr er fort.

„Wenn das so weit stimmt und Sie darin involviert sind, so klären Sie uns bitte auf!"

Dr. Mitschler schob ein Fax über den Tisch zu Schmieder.

Schmieder erkannte Bradshaws Briefkopf. Als er weiterlas, begriff er, dass Bradshaw ihn hereingelegt hatte. Das Fax enthielt einen unmissverständlichen Hinweis auf eine Provision in Höhe von 500 000 Dollar.

„Ich habe mit Bradshaws Unterstützung einen Goldbarrentransfer vorgenommen, um unsere Lagerbestände von Altlasten zu befreien. Das Geschäft hat Bradshaw eingefädelt. Wir konnten dadurch die alten Nazi-Goldbarren loswerden. Mir hatte er dafür ein Honorar angeboten."

„Sie wissen", unterbrach Dr. Mitschler, „dass das in den Statuten der Bank nicht vorgesehen und daher genehmigungspflichtig ist. Wir haben klare Regeln, gegen die Sie verstoßen haben. Das muss Konsequenzen haben. Der Vorstand wird sich mit dem Aufsichtsrat abstimmen, wie wir in diesem Fall entscheiden. Zunächst sind Sie ab sofort vom Dienst suspendiert. Wir werden Ihnen unsere Entscheidung morgen zukommen lassen."

Dr. Mitschler und seine drei Kollegen standen auf, ohne Schmieder eines weiteren Blickes zu würdigen. Schmieder blieb sitzen. Er musste diese Nachricht erst einmal verdauen.

Als er allein war, legte sich die Stille wie ein Winterschal um seinen Hals und blockierte jeden Gedanken in seinem Kopf. Er zitterte. Er war verzweifelt, konnte er sich doch denken, wie der Aufsichtsrat entscheiden würde.

Er hatte hoch gepokert und diese Runde nun verloren. Die fristlose Kündigung lag nun wohl vor ihm, ab morgen. Was sollte er mit seiner Zukunft anfangen? Eine Zukunft in der Bankenwelt hatte er sicher nicht mehr. Was blieb? Er war erledigt.

Von der Vorstandsetage ging er, diesmal die Treppe nutzend, in sein Büro, räumte seinen Schreibtisch auf und entnahm ihm seine kleine Pistole. Er schaute sich noch einmal um, sog tief die Atmosphäre seines Büros ein, sein Büro, in dem er sich über viele Jahre wohl gefühlt hatte. Tiefe Verzweiflung erfüllte ihn, Hoffnungslosigkeit, Zukunftslosigkeit. Einsamkeit.

Als er das Bankgebäude verlassen hatte, setzte er sich am Ende der Bahnhofstraße, wo der Stadtpark begann, nachdenklich auf eine Bank. Zwar hatte er genug Rücklagen, und er würde so schnell nicht auf der Straße stehen. Aber sein Image war angeschlagen, und das traf ihn tief. Sein Ehrgeiz und sein Erfolg waren ihm immer wichtig gewesen, und der Verlust von Erfolg und Karriere nahm ihm den Atem. Die wichtigen Bestandteile seines Lebens waren ihm nun genommen. Das konnte und wollte er nicht hinnehmen.

Warum hatte Bradshaw ihm das angetan? Einen Moment dachte er daran, ihn anzurufen. Aber das würde ihm seinen beruflichen Status auch nicht zurückbringen. Er stand auf und entschloss sich, nach Hause zu gehen. Dort setzte er sich an seinen Schreibtisch und schrieb einen langen Brief an eine Freundin, die oft mit ihm Zeit und Nächte verbracht hatte. Die einzige Person, die ihm in den letzten, seinen so erfolgreichen Jahren nahegestanden hatte. Einen zweiten Brief schrieb er an Bolden. Dann zog er sich um und traf eine Entscheidung. Er würde an diesem späten Abend noch einmal mit seinem Boot auf den See fahren.

Auf dem Weg zum Clubhaus ging er zum Hotel zum Storchen, gab den Brief an Bolden ab und setzte seinen Weg fort direkt zu seinem Bootsclub.

Immer noch fühlte er sich in Trance, ein Zustand, den er oft mit Frauen und Rauschgift erlebt hatte. Mitten auf dem See stellte er sein Boot in den Wind. Fock und Hauptsegel schlugen leicht im Gegenwind mal nach Luv, mal nach Lee, er band sein Ruder mit der Vorschot fest, legte sich an die Bordwand und hing erneut seinen verzweifelten Gedanken nach.

Die Sonne hing jetzt tief über dem bergigen Horizont, der Wind schlief ein, wie oft zum Abend hin, sein Segelboot dümpelte vor sich hin, ohne eigenen Antrieb, ohne Wind und wiegte sich mal zur Steuerbordseite, mal zur Backbordseite. Schmieder lullte diese gleichmäßige Bewegung ein, doch sein Hirn arbeitete noch. Seine ursprüngliche Verzweiflung und Hoffnungslosigkeit wich der Unausweichlichkeit, wurde überrollt davon. Es gab keine andere Lösung.

Am nächsten Morgen wurde in einem vor sich hintreibenden Segelboot auf dem Zürichsee ein Mann gefunden, der an einem Kopfschuss gestorben war.

Die Polizei sprach von Selbstmord.

Flug 1270 der South African Airways aus Johannesburg landete mit dreißig Minuten Verspätung vormittags in Zürich.

Bruce Bolden hoffte, dass seine Zollabfertigung problemlos verlaufen würde. Schließlich hatte er einige Unzen Gold in Form des Krügerrand in seinem Gepäck. Allerdings hatte er auch die notwendigen Begleitdokumente zur Hand.

Er ging die langen Wege über die verschiedenen Ebenen, nutzte die Rolltreppen und passierte die Passkontrolle. Es dauerte lange, ehe sein Gepäck endlich über das Band zu ihm kam.

Der Zoll winkte ihn ohne Fragen und ohne Kontrolle durch. Draußen vor dem Flughafengebäude nahm er sich ein Taxi und ließ sich direkt zum Hotel zum Storchen fahren. Hier in Zürich wollte er endlich offene Fragen klären. Jedenfalls hoffte er, auch von der UBS einige Antworten zu erhalten.

Dies vor allem auch im Interesse von Destry, mit dem er sich angefreundet hatte.

Erst wenn er alle Hintergründe und die damit verbundenen Drahtzieher kannte, würden er und Destry sicher sein können, dass nicht weitere Versuche unternommen werden würden, sie beide zu beseitigen.

Sein Treffen mit Destry und die klärenden Gespräche hatten offensichtlich die Illegalität aufgezeigt, mit der der Goldtransport abgewickelt worden war. Bolden ging davon aus, dass die UBS lediglich südafrikanische Goldbarren an die Mint verkauft hatte. Doch Destry hatte ihm von den Nazi-Goldbarren erzählt. So hoffte er auch in einer persönlichen Aussprache mit Direktor Schmieder absolute Klarheit und zukünftige Sicherheit für sein Leben zu erhalten.

Wenn die Konferenz in Zürich vorbei war, er und Davenport die Marketingstrategien präsentiert hatten, dann würde er möglicherweise aussteigen. Weg aus Südafrika. Seine Erfahrung und sein Wissen konnte er auch anderen Ländern anbieten. Er wusste, dass die Amerikaner an ihm Interesse hatten. Die US Treasury hatte schon vor Monaten nach den Konzepten einer Barrenmünze angefragt. Bolden hatte vor, mit ihr in den nächsten Tagen zu telefonieren.

Im Taxi lehnte er sich zurück und dachte an Eliza. Falls er tatsächlich nach Washington ging und seine berufliche Laufbahn dort fortsetzte, müsste Eliza mit ihm nach Amerika kommen.

Noch hatte er mit ihr nicht über seine beruflichen Pläne gesprochen, auch nicht, ob sie mit ihm eine langfristige Beziehung eingehen würde. Sie waren zu sehr verliebt ineinander, als dass sie die Zeit in Kapstadt mit Plänen und Reden verbracht hätten. Da er ohnehin in den nächsten Tagen mit ihr telefonieren wollte, sollte er sie fragen, ob sie sich eine Zukunft mit ihm, wo auch immer, vorstellen konnte.

Das Leben der Schwarzen und Farbigen in Südafrika unterlag einer Diskriminierung, unter der auch Eliza zu leiden hatte. Eine Verbindung zu einem weißen Mann machte das Leben noch schwieriger, wenn nicht sogar gefährlicher.

Bolden nahm an, sie liebte ihn so sehr, dass sie mit ihm nach Amerika gehen würde. Ihre Aussichten in Kapstadt waren eher als schlecht zu bewerten. In den USA konnte sie problemlos zum Beispiel als Fotomodell arbeiten.

Er dachte an die letzten Stunden der Zärtlichkeit, die er mit ihr verbracht hatte, an ihre dunkle, seidig wie Perlmutt schimmernde Haut, an ihre Art, ihn zu verführen und zu lieben. Doch auch ihre Arroganz und ihr Selbstbewusstsein hatten ihn angezogen, als er sie am alten Hafen angesprochen hatte. In den Nächten allerdings war davon nichts mehr zu spüren. Da war sie verletzlich, sensibel und doch ungeniert fordernd.

Das Taxi fuhr über die Stadtautobahn in Richtung Seeseite, dann durch einen langen Tunnel und hielt, nachdem es eine Brücke überquert hatte, vor dem Hotel zum Storchen.

Bolden zahlte und ließ sich sein Gepäck vom Hotelportier zur Rezeption tragen. Der Mann am Schalter übergab ihm nach dem Einchecken einen Umschlag, der mit Boldens Namen versehen war.

Dann ließ er sich auf sein Zimmer bringen. Es war ein großes Zimmer mit Doppelbett und Blick direkt auf den Zürichsee.

Bolden legte sich aufs Bett. Er war müde. Er öffnete den Umschlag, doch bevor er den Inhalt wahrnehmen konnte, war er eingeschlafen.

Viel später stand er auf, ging unter die Dusche und fühlte sich dann erst einigermaßen erfrischt.

Da er an diesem Abend kein besonderes Programm zu absolvieren hatte, freute er sich, allein durch die Altstadt zu streifen und vielleicht einen Jazzclub zu finden. Schon in seiner Jugend hatte er sich dem Jazz verschrieben, selbst Klarinette und Saxophon gespielt, einige Bands gegründet. Dann hatte ihn seine berufliche Laufbahn nach Südafrika verschlagen. Für die Musik war keine Zeit mehr geblieben, denn seine Karriere forderte seine ganze Person. Doch seine Liebe blieb, und dann entdeckte er die Fotografie, die ihn wie auch die Liebe zum Jazz bis heute nicht verlassen hatte.

Ihm fiel ein, dass auch Destry Jazz liebte.

Er zog Jeans und T-Shirt an und steckte ein wenig Geld in die Tasche. Sein Blick fiel wieder auf den Umschlag. Erneut nahm er die wenigen Seiten heraus und las. Es handelte sich um das Protokoll des minutiös geplanten Goldtransports der Hitler-Barren. Selbst die von Schmieder kassierte Provision war aufgeführt. Alles, mit Namen und Fakten, auch der Auftrag an die Killer, die Destry und ihn eliminieren sollten. Doch Davenport war wohl nur Mitwisser, geplant hatte all das Bradshaw in New York. Bolden war irgendwie erleichtert und beruhigt. Von Davenport hatte er nichts zu befürchten, und mit diesen Unterlagen konnte er Bradshaw konfrontieren. Dann war auch von dieser Seite keine Gefahr mehr zu erwarten.

Die letzten Seiten berichteten über einen seltsamen Flugzeugabsturz und die Explosion einer Altstadtarkade in Kapstadt.

Jetzt war sich Bolden sicher, dass der Arkadenzusammenbruch ein Anschlag auf sein Leben gewesen war. Er faltete die Seiten zusammen, legte sie in den Umschlag zurück und entschloss sich, das Material im Hotelsafe zu deponieren.

Auf dem Weg ins Zentrum überquerte er die kleine Brücke, kreuzte eine Verbindungsstraße und langte direkt in der Altstadt an. Als sein Blick nach rechts schweifte, entdeckte er das Café Odeon. Dort wollte er einen Kaffee trinken und vielleicht ein Abendbrot einnehmen.

Das Café war um diese Zeit des Feierabends voller Geschäftsleute, die hier mit Kollegen und Kolleginnen den Ausklang des Arbeitstages mehr oder weniger begossen.

Bolden fand einen freien Hocker an der Bar in der linken Ecke des Lokals, kletterte hinauf und wartete, bis der Barkeeper zu ihm kam und seine Bestellung aufnahm. Er schaute sich um, aber verstand wenige der um ihn herum diskutierenden Leute. Englisch, ein wenig Deutsch und Französisch, das beherrschte er, aber Schwyzerdütsch war ihm fremd.

Als sein Nachbar, wohl ein Geschäftsmann, seinen Hocker freigab, wurde dieser sofort von einer Frau okkupiert. Bolden schielte nach rechts, er wollte seine Nachbarin genauer betrachten. Attraktiv, dunkle, lange lockige Haare, bekleidet mit einem kurzen schwarzen Kleid, das eine Handbreit über dem Knie endete und einen Blick auf die langen, schlanken Beine zuließ. Weiterhin sah Bolden lange gebräunte Arme, schmale Hände, einen glatten und eleganten Hals, der mit einer kleinen goldenen Kette geschmückt war. Und sie hatte ein schönes Gesicht, verziert mit einer auffallend kleinen Stupsnase.

„Hallo", grüßte sie, nachdem sie sich auf den Hocker geschwungen und Bolden zugewandt hatte.

„Hallo", echote er und lächelte sie an.

Sie gefiel ihm, und so, wie sie ihn ansah, schien auch sie Sympathie für ihn zu empfinden.

„Ich sehe dich hier zum ersten Mal. Bist du neu in Zürich?"

Also Stammgast, dachte er.

„Ich bin neu, ich komme aus Südafrika."

Das war der Anfang eines langen Gespräches, das immer mehr zu einem Flirt wurde. Ihr Name war Bettina Gessler. Bolden war klar, dass er für diesen Abend möglicherweise eine nette Begleitung gefunden hatte. Und sie kannte sich sicher aus in der Stadt. Er lud sie ein zu einem Glas Wein, und später lehnte sie sich sogar an ihn, als ob sie sich schon lange kennen würden.

Sie erzählte ihm von ihrem Beruf. Sie war Journalistin bei der Neuen Zürcher Zeitung. Und als er von seinem Beruf sprach und dabei auf Gold zu sprechen kam, war ihr Interesse so stark, dass es ihn verwunderte.

Als sie schließlich das Odeon verließen und sie sich bei ihm einhängte, während es draußen in Strömen regnete, zog sie ihn trotz des Wetters in die Niederndorfer Straße. Dort lag der Jazzclub, den er für diesen Abend gesucht hatte.

Wieder bestellte er eine Flasche Rotwein. Sie saßen an der langen Bar im Hintergrund und ließen sich von der britischen Jazzband einfangen. Bald waren sie ziemlich betrunken. Jedes Mal, wenn die Band nach fünf Stücken eine Pause einlegte und sie sich wegen der geringeren Lautstärke eigentlich unterhalten konnten, fielen sie übereinander her und küssten sich intensiv.

Inzwischen war es Nacht geworden. Bolden dröhnten die Ohren, er wollte den Abend beenden. Sie bestellten sich noch einen Kaffee und verließen das Lokal.

Draußen kam gerade ein Gewitter über den See, es regnete in Strömen.

Wie Verliebte gingen sie entlang dem Limmatquai in Richtung seines Hotels.

Doch plötzlich zog Bettina ihn die wenigen Stufen hinunter unter die kleine Brücke. Beide waren klatschnass vom Regen, er bewunderte in dem fahlen Licht der Laternen ihre dunklen lockigen Haare, die ihr hübsches Gesicht teilweise verdeckten. Unter dem Brückenbogen war es trocken. Ein stetiges Rauschen des Regenwassers schien sie zu beflügeln. Bettina drehte sich zu ihm um. Sie lehnte an der Steinmauer der Brücke und sah ihm intensiv in die Augen, sofern das hier im Dunkeln überhaupt möglich war. Das Plätschern des Regens ließ ihre Stimme laut werden.

„Komm. Ich möchte, dass du mich küsst."

Ohne auf seine Reaktion zu warten, nahm sie seinen Kopf zwischen ihre Hände, zog ihn zu sich heran und presste ihre Lippen auf seine. Der Kuss war intensiv, und Bolden verstand das als Aufforderung. Er streifte ihr Kleid über die Schultern nach unten, streichelte ihre Brüste. Und als sie noch mehr drängte, schob er ihr Kleid von unten nach oben über die Hüfte, so dass ihre Kleidung wie ein Ring um ihre Taille lag, griff ihren Slip und zog ihn hinunter bis zu ihren Schuhen.

Sie ließ es zu, er war überrascht, doch seine Wildheit ließ ihn jetzt jede Vorsicht, auch vor möglichen Überraschungen anderer Schutzsuchender, vergessen. Er drehte sie um, hielt sie an den Hüften und versuchte so seine heftigen Stöße für sie etwas abzufedern.

Danach lehnte sie sich sanft an die Mauer, außer Atem wie er.

So spontan ihr Liebesspiel begonnen hatte, so heftig und kurz war es. Entspannt bog sie sich jetzt auf einer der Stufen sitzend zurück. Langsam ihr Kleid erst über ihren Unterleib und dann oben wieder zu richten.

„Schön war's." Sie atmete heftig aus.

Er reagierte nicht, saß neben ihr und hatte seinen Arm um sie gelegt. Einen Moment lang dachte er an Eliza, doch schnell verscheuchte er sein schlechtes Gewissen.

Ihre drängenden zärtlichen Versuche, ihre Berührungen, ihre Hände in seinem Schoß lenkten seine Aufmerksamkeit wieder voll auf sie, auf ihre Zielstrebigkeit und ihre direkten Zärtlichkeiten. Sie wollte mehr.

„Warum gehen wir nicht in mein Hotel?" Er konnte nur flüstern, war heiser, immer noch erregt.

„Da sind wir sicher. Und wenn du willst, kannst du die ganze Nacht bei mir verbringen!"

„Ich habe darauf gewartet." Sie drehte sich zu ihm, küsste ihn erneut auf den Mund. „Gern, wenn es dir nichts ausmacht."

Bolden nickte nur, zog sie hoch, und eng umschlungen gingen sie im strömenden Regen die wenigen Schritte zu seinem Hotel. Auf dem Weg nach oben in sein Zimmer entnahm er die Unterlagen aus dem Hotelsafe, die er am Nachmittag dort deponiert hatte.

Oben in seinem Hotelzimmer zogen sie sich aus, gingen gemeinsam in die Wanne, seiften sich gegenseitig ab und landeten dann eng umschlungen in dem breiten Bett.

„Ich muss noch mal in die Halle und einige Termine notieren lassen."

Bolden zog sich wieder an, gab ihr einen Klaps auf den kleinen Po und verließ den Raum.

Ein Drink jetzt noch vor dem Einschlafen wäre nicht schlecht, dachte Bettina und stand auf. Sie stromerte durch das Zimmer, ging zur Bar und entnahm ihr einen Whisky. Dann sah sie sich in dem Raum um und entdeckte den Umschlag, den Bolden aus dem Safe geholt hatte. Neugierig, wie es ihrem Naturell entsprach, öffnete sie das Kuvert. Als Journalistin war sie immer wissbegierig. Schließlich lebte sie von den Zeilen, die sie an die Presse verkaufen konnte.

Das, was sie las, alarmierte sie. Illegale Goldgeschäfte, das war ein ganz heißes Thema in der Schweiz. Schnell machte sie sich Notizen und überlegte, wo und wie sie den Inhalt recherchieren konnte. Sie wurde unruhig, ihre Arbeitswut war geweckt. Sie überlegte, ob sie nicht gleich nach Hause fahren oder die Nacht, die so erotisch begonnen hatte, weiter verfolgen sollte. Sie entschloss sich zu Letzterem. Vielleicht konnte sie ihm noch mehr Informationen entlocken. Sie witterte eine brandheiße Story, die ihr nicht nur ein gutes Honorar einbringen, sondern sie auch einen kleinen Schritt weiter in ihrer Karriere bei der Neuen Zürcher Zeitung bringen würde.

Brav legte sie sich wieder ins Bett, bevor Bolden zurückkehrte, schob die Decke von sich, drapierte sich verführerisch und hoffte so, mit ihrer Nacktheit Bolden von ihrem Tun abzulenken.

Bolden kam zurück, legte achtlos eine Aktenmappe auf den kleinen Tisch, zog sich aus und legte sich zu ihr.

„Wir sollten die wenigen Stunden, die ich in Zürich bin, genießen, findest du nicht?“ Er drehte sich zu ihr und streichelte fordernd ihren Bauch.

„Du hast mir einen unvergesslichen Abend und eine Nacht geschenkt. Bitte denk nicht, dass ich immer gleich so direkt sexuell auf jemanden zugehe, aber du hast mir gefallen. Was treibt dich denn nun nach Zürich? Hat das mit dem südafrikanischen Gold zu tun?“

„Ja, sicher, wir planen eine neue Idee, Gold auf den Markt zu bringen. Mehr kann ich dir im Moment nicht sagen. Wir haben übermorgen eine Pressekonferenz, dann werden wir die Katze aus dem Sack lassen. Also warte es ab.“

Er streichelte ihren Bauch jetzt intensiver. Sie zögerte noch, ging nicht sofort auf seine begehrlichen Hände ein.

Ihre Gedanken waren bei dem Goldgeschäft. Morgen wollte sie in den Archiven der UBS und der Nationalbank recherchieren, soweit ihr Vorsatz. Sie witterte eine Story, die nicht nur brisant, sondern geradezu explosiv war. Und sie war diejenige, die diese Story aufgedeckt hatte. Mit ein wenig Liebe. Obwohl sie wesentlich mehr für Bolden fühlte.

„Wenn dein Besuch in Zürich mit Gold zu tun hat, hast du auch Kontakt zu den Banken?“

Sie hoffte, dass diese Frage ihn nicht wachrüttelte. Er sollte von ihrer Neugier nicht so viel bemerken, dass er deshalb schwieg.

„Ich kann dir jetzt noch nicht viel sagen. Lass uns lieber diese Momente genießen. Wer weiß, was morgen sein wird?“

Damit war das Thema vom Tisch. Bolden griff nach ihr, und gesprochen wurde für die nächsten Stunden nicht mehr.

Erst spät am nächsten Morgen, Bolden war schon verschwunden, wachte Bettina Gessler auf, ging ins Bad, duschte und zog sich an. Sie hatte an diesem Tag einige Recherchen zu erledigen, war sie doch auf eine interessante Story gestoßen. Als sie das Hotel verließ, fühlte sie sich schlapp, entschied sich aber, eine Buchhandlung aufzusuchen, um ein Sachbuch über die Goldgeschäfte der Schweizer Banken aufzutreiben.

Bolden, auf dem Weg zu einem Treffen mit Bradshaw und Davenport im Hotel Baur au Lac, dachte über die Erlebnisse der letzten Nacht nach. Und über Bettina Gessler. Die spontane Sympathie, die sie beide füreinander empfunden hatten, hatte zu dieser unvergleichlichen Nacht geführt. Zwar war er mit Eliza verbunden, doch diese Nacht zeigte ihm, dass es durchaus noch andere attraktive Frauen gab. Da aber seine Anwesenheit in Zürich nur von kurzer Dauer sein würde, musste auch Bettina begreifen, dass ihr Zusammensein ebenfalls begrenzt sein würde.

Er nahm sich vor, nach dem Treffen ein kleines Geschenk für sie zu kaufen und sie am Abend in ihrer Wohnung aufzusuchen. Ihn interessierte, wie sie wohnte. Das würde ihm mehr Aufschluss geben über ihre Art zu leben und vielleicht auch über ihre Charaktereigenschaften.

In der Bahnhofstraße angekommen, entschloss er sich, die Treasury in Washington anzurufen. Vielleicht gab es für ihn eine berufliche Zukunft in den Staaten. Die Apartheid in Südafrika war ihm auf die Dauer zuwider, und er konnte sich immer weniger vorstellen, sein Leben dort zu verbringen.

Spontan ging er zu einer Telefonzelle, suchte die Nummer der Treasury und ließ sich mit Ben Waters verbinden, der ihn schon vor Monaten um Rat zur Entwicklung einer Barrenmünze gefragt hatte. Auf Boldens Frage, wie sie mit der Entwicklung vorankämen, äußerte Waters, ihm fehlten Fachleute für Marketing und Vertrieb. Bolden spürte, dass diese offene Antwort ein Hinweis für ihn sein sollte.

„Also gut, Mr. Waters, ich bin zurzeit in Zürich und könnte in der nächsten Woche zu Ihnen kommen, wenn es Ihnen recht ist.“

Bolden wartete einen Moment. Bevor er weitersprechen konnte, erwiderte Waters: „Das ist eine ausgezeichnete Idee. Ich freue mich sehr, dass wir uns dann einmal persönlich kennen lernen. Geben Sie mir einfach in den nächsten Tagen Ihre Flugdaten, ich werde Sie am Flughafen abholen.“

Bolden dankte und verabschiedete sich. Es ging leichter als erwartet, dachte er. Bester Laune ging er weiter zu seinem Treffen. Er schaute auf seine Uhr. Es war noch Zeit, und so betrat er ein kleines Café, bestellte einen Cappuccino und griff nach einer Tageszeitung, die dort an der Theke auslag. Teilnahmslos blätterte er durch die Seiten. Doch plötzlich stutzte er. In einer kleinen Pressenotiz las er vom Selbstmord eines Bankers der UBS. Man hatte Direktor Schmieder tot in seinem Segelboot auf dem See gefunden.

Es schien Bolden, dass sich einige Dinge ohne sein Zutun weiterentwickelt hatten. Nun verstand er auch, warum Schmieder ihm die Akte in sein Hotel gebracht hatte. Das war sicher auch eine interessante Information für Destry. Die Angelegenheit um den geheimnisvollen Goldtransport hatte also weitere Kreise gezogen, als er bisher angenommen hatte.

Nach einigen Minuten des Nachdenkens entschloss er sich, seine Besprechung zu verschieben. Erst wollte er mit Destry reden, der in den nächsten Tagen in Zürich sein wollte. Und er wollte auch mit Eliza telefonieren und mit ihr seine Zukunft in Amerika besprechen. Er bat den Wirt um das Telefon, wählte das Hotel Baur au Lac an und ließ sich mit Davenport verbinden.

Dem war es durchaus recht, das Treffen zu verschieben, zumal Bradshaw ohnehin noch nicht eingetroffen war. Bolden verabredete sich mit Davenport für den nächsten Tag zum Mittagessen. „Eine gute Idee." Davenport klang etwas zögerlich. „Ich wollte ohnehin etwas Persönliches mit Ihnen besprechen. Also gut, dann bis morgen in meinem Hotel. Sagen wir, so gegen 13 Uhr?"

Bolden bestätigte und legte auf.

Jetzt hatte er viel Zeit, über das nachzudenken, was Davenport von ihm wollte. Er ahnte, dass es mit dem Gold und den Anschlägen zu tun hatte. Und sein Freund Destry käme ebenfalls erst am übernächsten Tag.

Nachdem er seine Gedanken geordnet hatte, entschloss er sich, die freie Zeit zu nutzen, ein Geschenk für Bettina zu besorgen und sie anschließend in ihrer Wohnung zu überraschen.

Auf dem Weg zu ihr schlenderte er durch die Altstadt von Zürich, kaufte in einem Dessousgeschäft einige zarte Unterwäsche und machte sich langsam auf den Weg zu Bettina.

Die kleine Altstadtwohnung lag direkt in einer Nebenstraße der Bahnhofstraße. Das renovierte klassizistische Gebäude hatte vier Wohnungen, im Erdgeschoss mehrere kleine Geschäfte und ein Bistro. Im zweiten Stock, auf der rechten Seite einer geschwungenen Treppe, lag die Wohnung von Bettina Gessler. Ein kleines Emailleschild neben der Klingel zierte den rechten Türstock der dunklen Eingangstür.

Bettina bewohnte eine großzügige Zweizimmerwohnung, deren Zimmer durch eine Schiebetür zu trennen waren. Bevor man in diesen Wohnbereich gelangte, musste man einen langen Flur hinuntergehen, von dem rechts das Badezimmer und links die Küche abgingen. Diese war modern ausgestattet und wies neben einer kleinen Sitzecke auch eine Bartheke auf. Das Bad war mit hellen marmorierten Fliesen versehen. Im Flur und im Wohn-/Schlafbereich hatte man Teakholzbohlen in Schiffsplankenmanier verlegt. An den geweißten Wänden im Flur und im Wohnbereich hingen gerahmte Presseartikel und Auszeichnungen, die Bettina Gessler für ihre Arbeit erhalten hatte. Die Decken waren dunkelrot gestrichen, eingelassene und geschickt abgedeckte Halogenstrahler lieferten ein indirektes und warmes Licht.

Vom Wohnraum aus konnte man nach links in den Schlafbereich sehen, sofern die Schiebetür geöffnet war. Ein kleiner skandinavischer Holzsekretär, von dem man nach draußen schauen konnte, stand rechts der großen Glasscheibe. Daneben führte eine Tür zu der kleinen Terrasse. Der Sekretär war beladen mit Papier voller Notizen, Zeichnungen und Protokolle. Überhaupt waren alle waagerechten Flächen in diesem Raum mit Papierstapeln belegt. Wahrscheinlich konnte nur noch Bettina Gessler einen roten Faden in diesem Durcheinander finden. An der Wand stand ein Vitrinenschrank mit Büchern und Ordnern. Man hatte den Eindruck, ins Reich des kreativen Chaos eingedrungen zu sein.

Auch auf den zwei kleinen weißen Ledersofas, die die Einrichtung vervollständigten, fanden sich Notizzettel. Als Couchtisch diente eine alte Seemannstruhe, ebenfalls voller Papiere. Der Beruf des Journalisten brachte eben eine Menge Schreibarbeit mit sich.

Halblinks neben der Tür zum Schlafbereich stand ein Kamin, auf dem eine alte Kaminuhr tickte. Davor stapelten sich diverse Zeitschriften und Magazine auf dem Boden.

Wer in diesem Raum Platz nehmen wollte, musste erst Bettina Gessler fragen, und wenn es ihr passte, schob sie die Papiere einfach zur Seite. So wurde auch wieder ein Fleck geschaffen, auf dem sich nach Weggang des Besuchers Notizen ablegen ließen. Allerdings gab es selten Besucher. Sie lebte allein, und wenn sie sich mit einem Mann traf, so musste schon viel Gefühl dabei sein, ehe sie ihn in ihr Reich einließ. Sie war sehr attraktiv, und daher wurde sie oft, wenn sie unruhig in den Bars unterwegs war, angesprochen und eingeladen. Wenn sie aber mit einem Mann eine Nacht verbrachte, dann nur im Hotel. Am nächsten Morgen war sie meistens schon verschwunden, ehe ihr Begleiter richtig wach war. Äußerst selten verliebte sie sich richtig, doch die dann folgende Zweisamkeit wurde leider oft vom eintönigen Alltag und der Gewohnheit eingeholt. Dann war eben alles vorbei, und sie war wieder allein. Ein Zustand, an den sie sich gewöhnt hatte und den sie immer mehr genoss.

Ihr Schlafzimmer war ganz in einem dezenten Grauton gehalten. Selbst der eingebaute Wandschrank, der die gesamte Wandbreite einnahm, war von den freien Wänden kaum zu unterscheiden.

Ein großes französisches Bett dominierte den Raum. Vor einem Fenster mit einem Vorhang aus Fallschirmseide stand eine antike Kommode aus Kirschbaumholz, in der Bettina ihre Wäsche untergebracht hatte.

Auf dem Bett lag eine einladend aufgeschlagene dünne Felldecke. Bettina schlief nackt, auf dem Rücken liegend mit zur Seite abgewinkelten Beinen, und schnarchte kaum hörbar. Ihre Augenlider zuckten ab und zu, ein Zeichen, dass sie bald aufwachen würde. Nachdem sie den Tag in einem Buchladen verbracht und eine Dependance der Nationalbank besucht hatte, war sie am späten Nachmittag nach Hause gekommen. Die letzte Nacht mit Bolden hatte sie ermüdet. Viel Schlaf hatte sie in der Nacht ohnehin nicht gehabt.

Auf einem kleinen Beistelltisch stand ein Glas Wasser, und in einer Schale lag die goldene Kette, die sie in der letzten Nacht mit Bolden getragen hatte.

Sie stöhnte leicht, hielt ihre Augen noch geschlossen. Die lange Nacht mit Bolden zeigte ihre Spuren. Sie mochte Bolden, sogar sehr, aber er war ein Durchreisender. Und doch genoss sie seine Nähe. Zu wissen, dass er nur ein paar Tage in der Stadt sein würde, gefiel ihr eigentlich nicht. Sie hätte gern mehr von ihm.

Wieder stöhnte sie, als sie sich langsam aufrecht setzte. Ihre Glieder taten ihr weh. Sie sah an sich herunter und prüfte mit einer Hand die Festigkeit ihrer Schenkel. Sie war zufrieden, gähnte laut, erhob sich und ging ins Bad. Während heißes Wasser in die Wanne lief, betrachtete sie sich im Spiegel. Obwohl so müde und im wahrsten Sinne des Wortes abgekämpft, fand sie ihr Abbild doch immer noch hübsch. Dann legte sie sich in die Wanne und genoss die Wärme des Wassers, die langsam in ihren Körper eindrang und sie wieder munter werden ließ.

Ihre Gedanken begannen um die Story zu kreisen, die sie von Bolden erfahren hatte, und die weiteren Details, die sie den Papieren in Boldens Hotelzimmer entnehmen konnte.

Nach einer halben Stunde stieg sie aus der Wanne, jetzt voller Tatendrang. Da musste doch noch mehr zu erfahren sein. Ihr Jagdinstinkt war geweckt. Nachdem sie sich geschminkt hatte, einen kurzen leichten Rock und einen dünnen Pullover übergezogen hatte, nahm sie einen frischen Kaffee aus der Küche mit in ihr Wohnzimmer, setzte sich an ihren Schreibtisch und machte sich Notizen über ihre nächsten Schritte. Ihr Tag würde sie heute in ihrer Wohnung festhalten, mit Telefonaten und Schreiben. Für den nächsten Tag nahm sie sich eine Außenrecherche vor. In der Nationalbank musste sie fündig werden. Sie spürte, dass sie wieder einmal hinter einer großen Sache her war. Dann orderte sie einen Imbiss aus dem Bistro im Hause und ließ sich auch die Neue Zürcher Zeitung mitbringen. Das war einer der Vorteile in diesem Haus: Sie konnte sich jederzeit etwas zu essen oder zu trinken bestellen.

Als sie in der Neuen Zürcher Zeitung die Nachricht über den

Tod des Goldhändlers der UBS las, wusste sie, wo sie mit ihrer Suche nach den Hintergründen beginnen musste.

Mit ihrem Kaffee und dem Imbiss setzte sie sich wieder an ihren Schreibtisch und begann die Geschichte des Goldes in der Schweiz zu skizzieren. Sie verwarf es und begann von vorn. Doch legte sie ihre Notizen sorgfältig zur Seite, da, wo noch ein freier Platz auf dem Couchtisch zu finden war.

Als sie wegen einer Auskunft mit der UBS telefonierte, teilte man ihr mit, dass es am Telefon keine Auskunft gebe. Sie möge doch am nächsten Tag ins Archiv kommen, da könne man ihr vielleicht helfen. Auch ihr Anruf bei der Nationalbank brachte sie nicht weiter. Dort bat man sie ebenfalls um einen direkten persönlichen Kontakt.

Enttäuscht rief sie ihren Ressortchef in der Neuen Zürcher Zeitung an und informierte ihn grob über ihre neue Story.

„Komm morgen Nachmittag in mein Büro“, bat ihr Chef, „und bring das mit, was du bisher erfahren hast. Das können wir dann gemeinsam durchgehen.“

Seine knappe Art erstaunte sie, aber sie war zuversichtlich, diesmal wieder einen Bonus für ihre Berichterstattung zu erhalten.

Bettina stand auf und überlegte, wo und wie sie die kommende Nacht verbringen könnte. Vor allem, mit wem. Bolden hatte sie im wahrsten Sinne des Wortes wachgeküsst. In Erinnerung an die vergangene Nacht reckte sie sich wohlig.

Als es an der Wohnungstür klingelte, blickte sie automatisch auf ihre Kaminuhr. Kurz nach 18 Uhr, und sie erwartete eigentlich niemanden. Sie ging über den Flur zum Eingang und öffnete die Tür.

Vor Überraschung machte sie einige Schritte rückwärts.

„Was machst du denn hier?“, fragte sie erschrocken. Bolden stand grinsend vor ihr.

„Es ist zwar gelogen, aber sagt man denn nicht: ‚Ich war

gerade in der Nähe?" Bolden trat ein, als er ihre einladende Handbewegung wahrnahm.

„Ich hab dir ein kleines Geschenk mitgebracht." Er überreichte ihr das Päckchen mit den Dessous.

„Danke. Komm rein. Da bin ich wirklich überrascht. Und erfreut, muss ich zugeben. Ich hatte gerade überlegt, was ich heute Abend in der Stadt anstelle. Jetzt weiß ich es." Sie lächelte Bolden an. „Komm mit in die Küche, du kannst uns eine Flasche Wein öffnen."

Er folgte ihr, betrachtete ihre tänzelnden Schritte und ließ sich eine Flasche in die Hand drücken.

Sie nahm zwei Gläser, und während er den Wein eingoss, bat er sie, ihm ihre Wohnung zu zeigen. Sie nahm ihn an die Hand und zog ihn durch die Räume.

Im Schlafzimmer standen sie zum Schluss. Sie war etwas verlegen, weil das Bett unordentlich war.

„Ich habe etwas darin geschlafen. Nicht dass du denkst, ich nehme mir wahllos Männer mit in meine Wohnung. Ich war von gestern noch etwas müde. Das kannst du dir ja vorstellen."

Er umarmte sie. „Das glaube ich dir, aber du hast es sehr schön hier. Ich bewundere deinen Geschmack."

„Ich habe den ganzen Nachmittag gearbeitet. Kannst du mir noch mehr über deine Goldgeschäfte erzählen?" Sie drückte sich fest an ihn, fast um ihn zu mehr Offenheit und Vertrauen zu bewegen.

„Wir sollten im Augenblick nicht über Geschäfte reden. Mach erst einmal dein Geschenk auf."

Als sie die Dessous in der Hand hielt, bat er sie, sie einfach anzuziehen. Ungeniert zog sie sich vor ihm aus, legte die Unterwäsche an, drehte sich ein paar Mal vor ihm und zog dann wieder Rock und Pullover über.

Sie ging zur Balkontür.

„Komm, lass uns ein bisschen draußen sitzen und den Wein genießen."

Bolden fühlte sich vertraut mit ihr, nahm ihre Hand und fing an, von seinen Goldgeschäften zu reden. Sie unterbrach ihn und bedeutete ihm, dass sie in dieser Angelegenheit recherchiere und beabsichtige, einen Artikel zu veröffentlichen.

„Warte damit, bis ich wieder aus Zürich verschwunden bin. Dann ist es mir egal. Ich habe ohnehin andere Pläne."

Dann erzählte er ihr von den Anschlägen auf ihn und den Piloten, und dass es einen geheimnisvollen Goldtransport von Zürich nach Südafrika gegeben hatte.

Bettina nahm das alles auf und entdeckte immer mehr die Brisanz. Sie wusste jetzt, wonach sie bei den Banken zu suchen hatte. Irgendwo musste das in den Archiven dokumentiert sein. Als Bolden dann auch noch über den Selbstmord des Bankers der UBS sprach, konnte sie sich anhand der Facetten, die sie nun vor sich hatte, die ganze Story zusammenreimen.

„Denk daran, dass du deine Arbeit erst mit deiner Zeitung abstimmst, ehe du sie veröffentlichen kannst. Wenn du morgen zu den Banken und Archiven gehst, wirst du sehen, wie die Banken darüber denken. Was viel weit reichender sein wird, ist der Zusammenhang mit den Geschäften während des Dritten Reiches. Und das ist sicher den Banken nicht recht, wenn das publik gemacht wird."

„Okay." Jetzt war sie wieder in ihrer Arbeit. „Lass mich diese Fakten noch notieren, dann würde ich mich freuen, wenn wir in der Altstadt noch etwas bummeln und trinken gehen."

Bettina setzte sich an ihren Schreibtisch, während Bolden auf dem Balkon blieb und die Abendsonne genoss. Und den Wein.

Es war weit nach Mitternacht. Bettina Gessler hatte nun alle Fakten für eine sensationelle Story beisammen. Sie brauchte sich nur noch die Bestätigung aus den Archiven zu holen, sofern man sie ihr geben würde. Dann wollte sie zu ihrem Ressortleiter und sich die Story absegnen lassen. Bolden und Bettina verließen die Wohnung und zogen in die Altstadt.

Auch nach dieser Nacht hatte Bettina Probleme, ihren Kopf wieder klar zu bekommen. Bolden, der nach reichlich Wein die Nacht bei ihr verbracht hatte, war schon verschwunden. Ihr Unterleib schmerzte. Nur verschwommen konnte sie sich an diese nächtliche Orgie in ihrem Schlafzimmer erinnern. Aber ihr blieb der Gedanke des Genießens. Die Sonne schien unbarmherzig in ihr Schlafzimmer. Mit gequältem Gesicht stand sie auf, doch je munterer sie wurde, desto gieriger war sie auf die Arbeit. Es musste ein Erfolg für sie werden.

Sie würde alle wichtigen Fakten zusammentragen und dann ihrem Ressortchef präsentieren. Je mehr sie darüber nachdachte, desto stolzer wurde sie, wieder eine brisante Geschichte ausgegraben zu haben. Allerdings hatte sie die wesentlichen Details ihrer Bekanntschaft mit Bolden zu verdanken.

Ihr Entschluss war gefasst. Den Vormittag würde sie in der UBS verbringen. Inzwischen war es hell geworden, der Arbeitstag in Zürich begann, und die Straßen bevölkerten sich mit Menschen, die zur Arbeit strebten.

Nach den langen Nächten mit Bolden war sie ganz froh, dass er nicht mehr bei ihr war. Zwar fühlte sie sich übermüdet, aber die Zeit mit Bolden hatte sie tief berührt und glücklich gemacht. Eine Zukunft mit ihm erschien ihr trotz allem nicht realisierbar. Mit einer gewissen Gleichgültigkeit ging sie das Erlebte noch einmal im Geiste durch. Das Ergebnis war wie zumeist bei all ihren Bekanntschaften und One-Night-Stands: es zu nehmen, wie es kam.

Und doch tröstete es sie, dass sie ihn wiedersehen würde, zumindest solange er in Zürich war. Dass sie durch ihn aber auf eine aufregende Geschichte gestoßen war, half ihr zusätzlich, die Zeit mit ihm zu genießen.

Nachdem sie sich hergerichtet hatte, was durchaus einige Zeit in Anspruch nahm, ergriff sie ihre Aktentasche und verließ die Wohnung. Sie richtete ihre Schritte direkt zur UBS und bat um Zutritt zum zentralen Archiv der Bank. Da sie hier schon oft für ihre Berichte recherchiert hatte, wurde sie ohne Umschweife in den Keller geführt, wo der Aktenbestand lagerte.

Der Archivar erkannte sie gleich, und seine professionelle Distanz wich einer kollegialen Freundlichkeit. Er führte sie zu den gewünschten Unterlagen zum Thema Goldtransporte.

Bettina sah sich um, nahm wahllos einige Akten zur Hand und blätterte darin. Bald hatte sie das System der Ablage erkannt. Zielbewusst griff sie nach Akten mit der Bezeichnung „Gold". Schließlich fand sie ein Blatt mit Notizen und unleserlichen Unterschriften, die einen Goldbarrentransport nach Südafrika bestätigten.

Das musste die Geschichte sein, die sie von Bolden gehört hatte. Allerdings fand sie in dieser Akte auch eine kurze Notiz über Goldbarrentransfers aus Deutschland während des Zweiten Weltkrieges, deren Details sich offenbar in der Nationalbank befanden. Das war für sie der Hinweis, dort ebenfalls nachzuforschen.

Als sie ihre Notizen eingesteckt hatte und zurück zum Eingang ging, konnte sie den Archivar nirgends entdecken. Also verließ sie die Bank und begab sich sofort zur Nationalbank. Nur wenige Schritte auf der Seeseite führten sie in die Nähe des Paradeplatzes, wo die Dependance der Schweizer Nationalbank lag.

Nachdem sie ihren Ausweis am Eingang abgeliefert und ein Erkennungsschild ans Revers geheftet hatte, durfte sie in den Archivbereich der Nationalbank vordringen, allerdings nur in Begleitung eines jungen Mannes. Sicher ein Volontär, dachte sie.

Auch hier traf sie auf einen eher unfreundlichen älteren Mann im Arbeitskittel. Der Mann hockte an einem Schreibtisch hinter einer abgeschotteten Holztheke. Er blickte auf, erhob sich mühsam und unwillig und näherte sich mit fragendem Blick der Theke.

„Ich würde gern mehr über die Goldgeschäfte der Schweiz in den Jahren 1940 bis 1945 wissen. Ich arbeite an einem Bericht für die Neue Zürcher Zeitung und gehe einigen Hinweisen nach, die die Zusammenarbeit mit Deutschland in dieser Zeit dokumentieren soll."

Ohne eine Antwort öffnete der Mann eine Tür und ließ sie eintreten.

„Bitte suchen Sie selbst. Die Akten sind nach Jahrgang und Kennwort in alphabetischer Folge markiert."

Dann ließ er sie allein. Der Raum war groß und länglich, und an einer Wand stand ein Fotokopierer.

Zielstrebig nahm sie sich einen Ordner der gesuchten Jahrgänge nach dem anderen vor. Erst als sie fast aufgeben wollte, entdeckte sie neben der Reihe, die sie durchsucht hatte, einen dicken grünen Aktenordner mit der einfachen Aufschrift „M". Sie griff sich diesen Ordner und blätterte ihn langsam durch. Es waren 26 Hefte mit hunderten von Blättern, die detailliert den Ankauf von Edelmetall aus Deutschland nachwiesen. Das M stand für Melmer-Akte. Dies war der Nachweis für Gold, Silber und Edelsteine, die die Nationalsozialisten der jüdischen Bevölkerung geraubt hatten. Schwarz auf weiß wurde beschrieben, wie man Material nach Berlin gefahren hatte, das dort umgeschmolzen, mit den Insignien des Dritten Reiches versehen und dann in die Schweiz gebracht worden war.

Bettina Gessler las weiter. Nach dem Krieg hatten die Amerikaner diese Unterlagen zum Finance Department der US Army gebracht und nach der Entnazifizierung 1948 der Bank Deutscher Länder übergeben. Von dort gab es keinen Nachweis mehr zu diesen Unterlagen. Eine offizielle Bestandsliste und ein Film lagen dieser Mappe bei, wie auch ein Schreiben an die UBS.

Wie Bettina dem beiliegenden Schriftverkehr entnehmen konnte, gab es mehrere Anfragen der Deutschen Bundesbank, die diese Akten gesucht hatte. Doch niemand konnte nachvollziehen, wo sie nun lagen. Auch gab es wohl keine klare Auskunft der Nationalbank.

Weiterhin fand sie Bestätigungen, dass die deutschen Machthaber in den okkupierten Ländern auch die Notenbanken geplündert und deren Gold gleich neben dem geraubten Gold der Juden in der Nähe eines Krematoriums umgeschmolzen hatten. Bettina fand auch Schriftverkehr und eine Anfrage des Chefanklägers in den Nürnberger Prozessen nach dem so genannten Nazigold. Zum Schluss fand sie Belege, dass dieses Gold an verschiedene Schweizer Banken, darunter die UBS, weitergeleitet worden war.

Sie nahm die Papiere, vergewisserte sich, dass niemand in der Nähe war, und fotokopierte schnell die brisanten Schriftstücke. Dann ging sie zurück zu dem unfreundlichen Archivar, bedankte sich für die Einsicht und verließ die Bank. Jetzt hatte sie alle wichtigen Unterlagen beisammen, jetzt konnte sie ihrem Chef alle Beweise für eine tolle Story vorlegen.

Auf dem Flur, der zu ihrem Büro führte, stieß sie auf Bird, ihren Chef. Den Namen hatte er von dem Spruch: Early Bird catches the worm. Und das traf auf ihn zu, er hatte eine untrügliche Spürnase für aktuelle und brisante Storys.

„Guten Morgen, Bettina. Komm doch bitte mal in mein Büro."

Sie folgte ihm, und als er die Tür zu seinem Büro hinter sich schloss, forderte er sie auf, sich zu setzen.

„Du hast mir ja schon am Telefon und in unserer letzten

Besprechung von deiner Arbeit, an der du dran bist, berichtet. Ich habe von unserem Direktorium eine Mitteilung an dich weiterzugeben. Der Vorstand bedankt sich für deine hervorragende Arbeit. Du bist vorgeschlagen für die Nominierung zur erfolgreichsten Journalistin des Jahres. Zusätzlich bekommst du eine Prämie in Höhe von 20 000 Franken. Und eine Gehaltserhöhung. Herzlichen Glückwunsch."

Bird gab ihr die Hand.

„Danke. Ich habe heute Morgen noch mehr Details gefunden. Hier sind die Unterlagen."

Sie griff in ihre Aktentasche und legte die Fotokopien auf seinen Tisch.

„Wenn wir das schnell veröffentlichen, haben wir einen guten Vorsprung vor der Konkurrenz. Falls die ebenfalls in dieser Sache recherchiert haben."

Bettina strahlte vor Stolz.

„Wir können im Augenblick dieses Material nicht veröffentlichen."

Bird sah sie nicht an. Er stand mit dem Rücken zu ihr und blickte aus dem Fenster.

„Ich muss dieses Material direkt an den Vorstand weiterleiten, und du musst mir versichern, darüber absolutes Stillschweigen zu bewahren."

Er drehte sich wieder um.

„Habe ich dein Wort?"

Bettina verstand die Welt nicht mehr, jedenfalls in diesem Augenblick. Aber sie musste wohl akzeptieren, wollte sie weiter für diese Zeitung schreiben.

Sie nickte nur, wandte sich ab und verließ ohne ein Wort sein Büro.

„Ich habe einen neuen Auftrag", rief Bird ihr noch hinterher. „Wir haben einen neuen Intendanten am Konzerthaus. Bitte schreib über ihn ein Feature. Bis übermorgen!"

Er bekam keine Antwort. Die Tür seines Büros schloss sich.

Goldsteen hatte wieder die ganze Nacht in dem Jazzclub verbracht. Er war selig, wieder auf seinem Instrument sein Können zu präsentieren und sich weiterzuentwickeln. Für ihn gab es nur seine Musik, doch seit neuestem auch Minky, in der er seine zweite Leidenschaft gefunden hatte.

Nun schienen die Zeiten des ewig leeren Bankkontos vorbei. Er war zuversichtlich, dass die Bank seine Forderungen nicht verweigern und ihm eine Gegenleistung für das Testament anbieten würde.

Es war sehr früh am Morgen. Goldsteen konnte nicht schlafen. Auch Minkys gleichmäßiges Atmen ließ ihn nicht schläfrig werden. Seine Gedanken drehten sich um das zu erwartende Gold. Er schaute zur Seite zu Minky. Ihre Stirn war schweißnass, ihr Mund leicht geöffnet. Sie atmete schwer im tiefen Schlaf oder Rausch. Beide hatten sie wieder viel getrunken im Club. Viel zu viel.

Goldsteen legte sich ganz dicht zu ihr und kuschelte sich an sie, ohne sie zu wecken. Sie roch nach ihrem Parfüm. Und nach Alkohol. Aber das tat er sicher auch.

„Beschwipst kann ich dir noch intensiver zuhören", hatte sie gesagt. Das machte ihn glücklich.

Sie war es auch, die ihn schließlich von der Bühne zog und mit ihm allein sein wollte, im Hotelzimmer. Wenn ein Mädchen wie Minky Warrington, schön, mittelblond, schlank, jung und erfolgreich im Beruf, sich in ihn verliebte, so musste er ihr folgen. Von der Bühne aus hatte er beobachtet, wie sich einige Gäste intensiv mit ihr unterhielten. Vor allem ein schlanker großgewachsener Mann sprach länger mit ihr.

Erst jetzt am frühen Morgen, als die Sonne schon ins Zimmer fiel, wurde Minky wach und schmiegte sich an ihn.

„Hoffentlich klappt das heute." Sie gähnte und sah Goldsteen in die Augen.

„Ich habe genug Argumente, die ich einsetzen kann, falls die Bank ablehnt. Aber glaube mir, wir werden heute Nachmittag feiern. Lass es uns hinter uns bringen."

Sie duschten gemeinsam, waren fast wieder abgelenkt durch ihre Gefühle füreinander. Aber sie konzentrierten sich dann doch auf den Besuch bei der Bank.

„Du wirst sehen", beruhigte er sie, als sie auf dem Weg waren, „die wollen sicher nicht, dass wir diese Geschichte an die große Glocke hängen. Das würde möglicherweise das Wissen um die Aktivitäten der Banken zur Zeit des Dritten Reiches in Deutschland auffrischen. Das Thema altes Nazigold wird sicher noch aktueller werden, als es ohnehin schon heute ist, und sicher möchte keine Bank in diesem Zusammenhang in die Öffentlichkeit gezerrt werden. Die paar Kilo, die wir haben wollen, das merkt nicht mal die Bilanzrechnung. Das wird bestimmt auch vertuscht."

Minky gab ihm schließlich Recht. Diesmal wurden sie nicht einfach abgewiesen, als sie die Bank betraten. Im Gegenteil, als sie ihr Anliegen formuliert hatten, wurden sie sehr freundlich zum Direktor des Devisenhandels gebracht.

„Leider habe ich nicht viel Zeit", sagte Direktor Edwin König, „aber wir müssen Ihre Ansprüche anerkennen. Aus dem Erbe steht Ihnen mit Zins und Zinseszins ein Guthaben nach dem heutigen Goldwert von etwa 100 000 Schweizer Franken zu. Ich hoffe, Sie akzeptieren unseren Vorschlag."

König wartete, lächelte sie beide an.

Goldsteen willigte sofort ein und ließ sich den Betrag in bar auszahlen.

Minky ungläubig, Goldsteen grinsend – so verließen sie die Bank und gingen die wenigen Schritte zum Bankhaus Leu. Dort eröffnete er ein neues Konto und ließ sich den Betrag gutschreiben. Einen Teil davon behielt er gleich in bar, den Rest ließ er sich auf sein Konto nach New York überweisen. Dann schloss er das Konto wieder.

„Wir haben gewonnen!“, jubelte Goldsteen und umarmte Minky mitten auf der Bahnhofstraße. „Jetzt lass uns irgendwo schön essen gehen und feiern.“

Eng umschlungen gingen sie am Seeufer entlang und fanden ein italienisches Restaurant. Verliebt saßen sie auf der Terrasse und genossen ihren neuen Reichtum.

Dann entführte Goldsteen Minky in ein Juweliergeschäft und suchte mit ihr einen Diamantring aus. Und dann, mitten auf der Bahnhofstraße, kniete er nieder und machte ihr einen Heiratsantrag.

„Ich brauche schon einen Kuss dazu, und dann will ich mit dir ins Hotel. Denn das, was ich dann will, können wir nicht hier auf der Bahnhofstraße tun.“

Ihr Rückflug nach New York war für den nächsten Tag gebucht.

Nach der langen Nacht im Jazzclub, in der er begeistert dem Amerikaner Goldsteen zugehört, diverse Gläser Wein getrunken und mit Goldsteens Freundin gesprochen hatte, wachte Parish Destry in seinem Hotelzimmer auf. Wie er dahin gekommen war, wusste er nicht mehr.

Sein Kopf dröhnte, und er wusste, dass er wieder zu viel getrunken hatte. Doch die Tage seines Aufenthalts hier in Zürich waren gezählt. Er hatte als Wiedergutmachung von der Bank und von Bradshaw einen erheblichen Betrag in Dollar erhalten, damit aber auch versprochen, die Anschläge auf ihn und seinen Freund nicht weiterzuverfolgen. Ohnehin hatte Bradshaw ihm glaubhaft versichert, dass auch intensive polizeiliche Ermittlungen zu nichts führen würden. Auch er, Bradshaw, hatte seine Hintermänner in diese Sache mit einbezogen, ohne ihn selbst zu belasten. Das sah er ein, und schließlich war er zufrieden, doch noch einen guten Geldbetrag als Entschädigung erhalten zu haben.

Das Fenster des Taxis zum Flughafen war geöffnet. So konnte er frische Luft tanken und sich etwas erholen, bis er Bolden am verabredeten Punkt treffen würde. Beide wollten sich sein neues Flugzeug ansehen und, sofern die Überprüfung keine Beanstandungen ergab, aus Zürich abfliegen.

Bolden wartete schon.

„Toller Flieger. Aber über die Technik kann ich nichts sagen, das musst du prüfen. Ich bin bereit, Zürich zu verlassen, kann allerdings nicht mit nach Kapstadt zu der Lodge. Ich fliege weiter nach Washington."

Als sie längst den europäischen Flugraum verlassen hatten, erzählte Bolden, was ihn in Washington erwartete. Destry konnte nur gratulieren.

„Ich kann mit Eliza in Südafrika nicht glücklich werden. In Amerika erscheint mir das alles viel leichter. Außerdem reizt es mich, dort ein neues Projekt zu beginnen und zu leiten. Ich glaube, es gibt so einige Manager, die Südafrika wegen der Apartheid verlassen."

Destry verstand ihn. Ihm allerdings war das egal, er wollte mit Sehah das Projekt in der Blue Lake Lodge weiterverfolgen und ausbauen.

Erneut sprachen sie über die Anschläge, die auf sie ausgeübt worden waren, und dass dies wohl endgültig vorbei war. Alle unmittelbar Beteiligten waren schließlich in alle Winde verstreut.

In Kapstadt verabschiedeten sie sich und versprachen, sich bald und regelmäßig zu besuchen, sowohl in der Ranch als auch in Washington.

Während Destry den Zollbereich verließ und mit seinem Gepäck durch die Abfertigung ging, sah er schon von weitem Sehah, die auf ihn wartete.

„Ich hatte große Sehnsucht nach dir." Sehah umarmte und küsste ihn ohne Rücksicht auf die Leute um sie herum, die sie erstaunt betrachteten. Ihr war die Apartheid egal, und solange Destry mit ihr einig war, war es ihr erst recht gleichgültig.

„Ich bleibe etwas länger. Ich wollte mit dir ein Projekt besprechen. Du weißt, dass ich hier mit dir und deiner Schwester einen besucherorientierten Safaripark aufbauen möchte. Deshalb habe ich auch nur ein kleines Flugzeug gekauft. Die Zeit der großen Charteraufträge ist vorläufig vorbei. Ohne McPherson macht das keinen Spaß, und mit dir scheint es mir eine für uns beide viel versprechende Zukunft zu sein."

Sehah stimmte zu. Sie fuhren zur Ranch und verbrachten eine zärtliche Nacht miteinander und besiegelten so ihre gemeinsame Zukunft.

Bolden blieb in Kapstadt, ließ sich zu seiner Wohnung fahren und öffnete die Tür zu seinem Appartement.

Auf dem Sofa im Wohnzimmer saß Eliza. Überrascht stand er einen Moment da. Sie stand auf und sprang auf ihn zu.

„Ich wollte dich überraschen. Ich bin so glücklich, dass du wieder da bist. Bitte nimm mich in deine Arme. Oder freust du dich nicht, mich zu sehen?"

Bolden griff ohne Zögern zu. Diese Geste machte ihn glücklich. Er hielt sie so fest, dass sie spürte, was in ihm rumorte.

„Brauchst es nicht zu sagen, ich fühle, dass du glücklich bist, mich zu sehen."

Sie liebten sich auf dem Fußboden, hastig, wild und ohne Sanftheit, ohne auf den anderen einzugehen. Beide forderten nur.

Als sie sich beruhigt hatten, nebeneinanderlagen, jeder in

seinen Gedanken, flüsterte sie, ohne ihn in seiner Welt stören zu wollen:

„Was geht in dir vor? Du willst mir sicher etwas sagen."

„Ja, du hast Recht. Ich gehe nach Amerika, beruflich, und wünsche mir, dass du mitkommst."

Das war für sie wie ein Hammerschlag, hatte sie doch damit gerechnet, dass er ihr eine neue Liebe irgendwo auf der Welt beichten, sie verlassen würde. Doch mit diesem Bekenntnis hatte sie nicht gerechnet.

„Was hast du vor? Ich würde mit dir überall hingehen. Du weißt, dass ich dich liebe!"

Bolden berichtete ihr von dem Angebot aus Washington. Sie war einverstanden.

Ihren Abend verbrachten sie in demselben Restaurant, in dem sie sich zum ersten Mal getroffen und ineinander verliebt hatten.

Washington

Für Bolden waren die Tage in Südafrika gezählt. Er hatte erfolgreich die erste Barrenmünze der Welt, den Krügerrand, auf die Weltmärkte gebracht. Nun sollte er das gleiche Konzept in Amerika aus der Taufe heben.

Mit Eliza zog er nach Washington, startete Ende 1979 erfolgreich den US Eagle als amerikanische Barrenmünze und verlebte jeden Abend, den er die Zeit hatte, mit seiner Eliza, die er wenig später heiratete.

Beide waren glücklich. Sein Direktor lud sie oft an den Wochenenden zum Segeln auf dem Atlantik ein. Viel später war er es, der seine Freunde, die er inzwischen über die Jahre in Washington gewonnen hatte, an den Wochenenden einlud.

Seine berufliche Laufbahn war 1997 beendet. Als Pensionär hatte er nun viel Zeit, sich seinen Hobbys zu widmen. Schließlich war er ein begeisterter Fotograf geblieben, und so eröffnete er in Washington eine kleine Galerie für Fotografen und auch zur Vorstellung seiner vielen Bilder, die er während seiner beruflichen Laufbahn hatte anfertigen können.

An einem Samstag Anfang September 1997 telefonierte er nach langer Zeit wieder mit seinem Freund Destry in Kapstadt.

„Wann endlich kommst du mal nach Washington? Es wäre Zeit, mal über die alten Zeiten zu reden."

„Das geht nicht so leicht. Ich muss hier in der Lodge arbeiten. Es gibt viel zu tun. Aber falls wir eine gute Verbindung finden, könnte ich ein paar Tage freimachen, vorausgesetzt, Sehah stimmt zu."

Bolden hörte förmlich das Grinsen am Telefon.

„Pass auf, in der kommenden Woche, am 13. September, fliegt

eine amerikanische Maschine von Kapstadt nach Washington. Ich besorge dir einen Platz, kostenlos. Ist das okay?"

„Ich denke, das passt. Sehah kann nicht mitkommen, wir haben Probleme mit den Tieren. Aber ich werde kommen."

Destry besprach seinen Plan am Abend mit Sehah. Schließlich stimmte sie zu.

„Es ist nicht wegen der Arbeit. Ich habe Angst, dass du nicht mehr wiederkommst. Aber gut, damit muss ich leben."

Die nächsten Tage und Nächte bis zu seinem Abflug verbrachten sie intimer miteinander als sonst in den vielen Nächten und Tagen zuvor. Sie hatte Angst um ihn, er versuchte sie immer wieder zu beruhigen. Er bot all seine Überzeugungskraft auf, dass er heil aus Washington zurückkommen würde. Dennoch nistete ein kleiner Zweifel in ihrem Hinterkopf.

Am Tag des Abflugs herrschte dichter Nebel, doch der Flughafen meldete normale Abflugzeiten. Sehah brachte Destry zum Terminal, und da sie wie er lange Abschiedsszenen nicht mochte, genügte eine kurze intensive Umarmung, ein Kuss, und Destry verschwand im Abfertigungsbereich für die amerikanische Militärmaschine, deren Personal in einer Sonderkontrolle abgefertigt wurde. Obwohl nur Militärpersonal für diese Maschine gebucht war, konnte Destry als Gast, avisiert von der US Treasury, mit einsteigen.

Am Nachmittag des 13. September 1997 ging eine Pressemeldung von AP, AFP und Reuters an alle internationalen und nationalen Medien und Pressebüros.

„Zusammenstoß in der Luft: 33 Tote. US-Maschine und Bundeswehrjet aus Deutschland verschwinden gleichzeitig über dem Atlantik."

Eine Transportmaschine der amerikanischen Luftwaffe und eine Maschine der Luftbereitschaft des deutschen Verteidigungsministeriums, eine Tupolev, waren über dem Meer zusammengestoßen. Plötzlich waren sie von den Radarschirmen verschwunden.

Kein Notruf, keine Meldung über Probleme an Bord, einfach nichts. Die Meldung aus Deutschland bestätigten auch die USA: Auch sie vermissten eine Maschine, das Transportflugzeug C 141 Starlifter, letzter Kontakt mit der Flugsicherung 16.03 Uhr, Position 1500 Kilometer westlich von Angola über dem Atlantik. Die amerikanische Maschine war auf dem Flug von Kapstadt nach Nordamerika. Amerikanische Satelliten hatten einen Blitz in der Unglücksregion aufgezeichnet – vermutlich die Explosion beim Zusammenprall der beiden Flugzeuge.

An Bord des amerikanischen Transporters waren fünf Militärangehörige und eine Privatperson.